insel

Ein vermisster Ire wird tot aus dem Schwabinger Bach gezogen. Die Lage scheint klar: ein tragischer Unfall. Patsy Logan, deutsch-irische Kommissarin bei der Münchner Kripo, stößt bei den Ermittlungen trotzdem rasch auf Ungereimtheiten. Denn Donal McFadden hatte ebenso viel Charme wie Feinde, und das in seiner engsten Familie.

Aber eine Theorie nach der anderen endet in der Sackgasse. Und während Patsy sich gegen zunehmende interne Widerstände in den Fall verbeißt, beginnt auch ihre vom unerfüllten Kinderwunsch angeschlagene Ehe zu bröckeln. Dann liefert ein zweiter Todesfall einen wichtigen Hinweis. Doch die Wahrheit ist komplizierter – und schockierender – als jede Theorie.

Ellen Dunne, 1977 geboren, arbeitete als Texterin/Konzeptionistin in Werbeagenturen, danach in verschiedenen Positionen bei Google im Europa-Hauptquartier in Dublin. Sie lebte in Berlin, München und Mexiko-Stadt, seit 2004 in Dublin.

Zuletzt ist von ihr im Insel Verlag erschienen: *Harte Landung* (it 4588).

ELLEN DUNNE

SCHWARZE SEELE

Ein Fall für Patsy Logan

Kriminalroman

Insel Verlag

Erste Auflage 2019
insel taschenbuch 4683
Originalausgabe
© Insel Verlag Berlin 2019
Alle Rechte vorbehalten, insbesondere das
der Übersetzung, des öffentlichen Vortrags sowie der Übertragung
durch Rundfunk und Fernsehen, auch einzelner Teile.
Kein Teil des Werkes darf in irgendeiner Form
(durch Fotografie, Mikrofilm oder andere Verfahren)
ohne schriftliche Genehmigung des Verlages reproduziert
oder unter Verwendung elektronischer Systeme
verarbeitet, vervielfältigt oder verbreitet werden.
Vertrieb durch den Suhrkamp Taschenbuch Verlag
Umschlagfoto: Michael Fellner/Getty Images; FinePic®
Umschlag: zero-media.net, München
Satz: Satz-Offizin Hümmer GmbH, Waldbüttelbrunn
Druck: CPI – Ebner & Spiegel, Ulm
Printed in Germany
ISBN 978-3-458-36383-5

SCHWARZE SEELE

Britta, der hier ist für dich

Prolog: Donal, an Halloween

Kurz vor dem Ende holt ihn die Kälte des Wassers noch einmal zurück an den Rand des Bewusstseins. Nahe genug, um die Stimmen über sich zu hören. Nahe genug, um zu begreifen: Die Menschen da oben in der Dunkelheit sind seine letzte Chance.

Sie lachen. Grölen Unverständliches. Deutsche, natürlich. Trotzdem. Sie müssen ihn hören.

Help!

Aus seinem Mund kommt gar nichts. Aber hinein. Wasser. Er schluckt Bitterkaltes, Erdiges, hustet und prustet, schluckt noch einmal, aber da ist noch mehr. Wasser, überall. Es zieht und saugt an ihm. Dringt in seine Ohren ein und in die Nase.

Die Bäume, sie strecken ihre knochigen Äste nach ihm aus. Ihr müdes Laub raschelt im Wind, als wollte es ihn beruhigen. Mundtot machen.

Er versucht, sie zu fassen zu bekommen, doch das Wasser umfängt ihn, hält ihn zurück, eisern und sanft. Betäubt seinen Körper, macht seinen Verstand zu Blei. Wo Adrenalin sein sollte, ist nur stockendes Blut.

Help! I can't swim!

Mehr Wasser. Mehr Husten. Wasser anstatt Atem.

Dann auch keine Stimmen mehr.

Die Deutschen sind weg, weitergezogen, irgendwohin.

Nur das Wasser ist noch da.

Und die Bäume.

Schhhh, sagen sie.

Dienstag, 7. November

Pull me close look into my eyes
Smile at me when you stick in the knife

Tom McRae, »Karaoke Soul«

Hoch soll sie leben

1

Ein Traum spülte mich aus der Schwärze zurück ins Schlafzimmer. Eine dunkle Welt aus Schemen und Schatten. Und doch immer noch besser als die, aus der ich gerade kam.

Eine Weile wartete ich. Nichts als Stille. Der Schein der Straßenlaternen, gedämpft von cremefarbenen Vorhängen. Der Traum hatte nicht mehr als ein diffuses Grauen hinterlassen und die Gewissheit, dass ich ihm nicht zum ersten Mal begegnet war heute Nacht. Ein Wiedergänger, der mich seit fast einem Jahr regelmäßig heimsuchte.

Fünfter Dezember.

Mein Puls vibrierte gegen die Bettdecke, die ich mit Stefan teilte. Mein Mann schlief, geräusch- und regungslos wie immer, ein menschlicher Anker, der seine Seite des Bettes ganz ausfüllte und trotzdem nie die Grenze zu meiner überschritt.

Meine Hände unter der Decke betasteten meinen Unterleib. Auch so ein Reflex der letzten Monate. Die Suche nach einem zweiten Herz in meinem Bauch. Dem Flimmern von neuem Leben. Ich hatte es mit eigenen Augen gesehen. Letzten Dezember bei Dr. Wahlheimer in der Klinik. Ein Wunder, so lange Klischee, bis es vor den eigenen Augen pulsiert; ein Wunder, das mich die Sprache gekostet hatte und Stefan spontane Freudentränen. Nur Dr. Wahlheimer war ruhig geblieben, sein sonst strahlendes Lächeln gedimmt.

»Es ist ein wenig klein für acht Wochen«, hatte er gesagt. »Das muss aber nichts bedeuten. Beim nächsten Termin sehen wir nochmal nach dem Rechten.«

Der Termin hatte nie stattgefunden.

Nach zwei Tagen voller Ängste in einer bisher nie gekannten Intensität, die in mir hochgestiegen waren wie Giftblasen, hatten die Krämpfe eingesetzt. Dann die Blutungen. Krankenhaus. Das Ende.

Fünfter Dezember. Fast ein Jahr.

Es sei bloß der erste Versuch gewesen, hatte Stefan mich mit erstickter Stimme getröstet. *Das nächste bleibt bei uns, du wirst sehen.*

Inzwischen waren wir beim vierten Versuch.

Ich stand auf, sah den Schneeflocken draußen zu, wie sie hinunter auf die Breisacher Straße taumelten. Tappte dann barfuß und im T-Shirt hinaus auf den Gang, in die Wohnküche, zum Kühlschrank. Öffnete ihn versuchsweise. Letzten Dezember hatte mich Kühlschrankgeruch regelmäßig zum Kotzen gebracht. Diesmal: nichts. Nur Medikamentenschachteln, Einwegspritzen und Applikatoren. Ein Menü an Ersatzhormonen, überlebenswichtig für meine im Labor erzeugte Schwangerschaft. Falls es eine war.

Positiv denken. Negative Gedanken sind schlecht fürs Kind, hatte Stefan mir schon beim ersten Versuch eingebläut. Ganz der Psychologe.

Ich schloss die Kühlschranktür wieder. 5.16 Uhr.

Sich noch einmal hinlegen? Sinnlos. Dann lieber früher ins Präsidium. Dort konnte ich immer noch positiv denken.

2

Ludwig, der Labrador, war nougatbraun, wedelfreudig und trotz seines fortgeschrittenen Alters noch äußerst agil – ein Lichtblick für alle, die ihm begegneten.

Dasselbe konnte man von seinem Besitzer nicht behaupten. Seit er die Menschen kenne, liebe er die Tiere, bediente sich Martin Geiselmayr gerne bei Schopenhauer, um seinen in die Mittvierziger vorgezogenen Altersgrant zu legitimieren.

Er führte das Antiquariat seiner Eltern in der Siegesstraße, war nach frühen Enttäuschungen in der Liebe überzeugter Junggeselle und hing, wie er gern betonte, nicht besonders an seinem »Drecksleben«. Eine Einstellung, die sich an diesem Morgen ändern sollte, denn da begegnete er dem Tod.

Bei ihrer üblichen Runde um fünf Uhr morgens waren er und Ludwig die Ersten am Kleinhesseloher See. Wenig überraschend: Einem föhnigen Allerheiligen mit knapp zwanzig Grad war der Wintereinbruch auf dem Fuß gefolgt. Die Schauer vom Abend hatten sich in der Nacht zuerst zu Dauerregen, dann zu patzigem Schnee verdichtet, der sein Spitzendeckchen über den Englischen Garten breitete. Bis zum Morgengrauen waren noch mehrere Zentimeter dazugekommen.

Kein guter Tag. Bei diesem Wetter würden sich wieder viel zu viele Passanten ins Antiquariat flüchten und mit ihren feuchtkalten Fingern über die Sammlung historischer Magazine tappen, ohne etwas zu kaufen. Nur Ludwig würde glücklich sein über all die zusätzliche Aufmerksamkeit. Aber der war ja immer glücklich, so wie alle, die es nicht besser wissen.

»Alles Zeitverschwender. Schönwetter-Indianer«, murmelte Geiselmayr. Aber zumindest konnte er den Hund jetzt mal frei rumlaufen lassen, ohne dass sich gleich jemand darüber aufregte.

Ludwig war, kaum von der Leine befreit, zurück in Richtung Schwabinger Bach davongestoben. Er liebte es, darin ohne Rücksicht auf die Wassertemperatur nach Treibgut zu fischen und es an Land zu schleppen.

»Ludwig!«

Das Tier war ein hechelndes Phantom, das – immer dem Instinkt nach, dem Wasser entgegen – nur hin und wieder, in stetig wachsender Entfernung den Lichtkegel von Geiselmayrs Stirnlampe kreuzte, während sein Besitzer ihm vergeblich befahl zurückzukommen.

Es war selten, dass Ludwig sich und seine Folgsamkeit vergaß. Vielleicht lag es am Schnee. Der kostete auch die Menschen regelmäßig den Verstand.

Schnaufend lief Geiselmayr hinterher. Flocken fegten in seine Augen, gegen seinen Anorak. Der Gehweg hinüber in Richtung Schwabing schlüpfrig vom Schnee und den vielen Blättern, die der Sturm über Nacht von den Bäumen gerissen hatte. Auf den zweihundert Metern zur Brücke hinüber zur Liebergesellstraße kam er gleich mehrmals ins Rutschen.

»Ludwig, Herrschaftszeiten!«

Der war bereits die Böschung hinunter verschwunden. Ein entschlossenes Bellen, ein Platschen, weg war er. Geiselmayr ihm nach, ohne nachzudenken. Wäre nicht der erste Hund, den es wegen Hochwasser abtreibt – und dann gute Nacht.

Noch mehr Schneematsch, feuchte Blätter, regengesättigter Boden. Geiselmayr fiel und rutschte. Erst am Rand des schon fast über die Ufer getretenen Baches fing er sich. Hier war es geringfügig heller als im Park. Straßenlampen und die ersten Lichter in den Fenstern des Gästehauses am gegenüberliegenden Ufer blinzelten zaghaft durch das entlaubte Geäst der Böschung und den dichter werdenden Schneefall. Nach der Schwärze im Park nun überall weichgraue Schemen. Von den Bäumen tropfte der Schneematsch …

Und da war er, sein Ludwig, auf halbem Weg zwischen dem Ufer und einer von Stauden und Bäumen überwucherten kleinen Insel, die den Schwabinger Bach spaltete. Er paddelte gegen die Strömung an, seine Kiefer verbissen in einen dicken Ast, den er mit sich an Land zu bringen versuchte. Prustete vor Anstrengung und kam doch kaum voran. Der Ast hing irgendwo unter der Wasseroberfläche fest.

»Lass gut sein, Luggi. Komm raus.«

Ludwig ließ nicht gut sein. Grunzte durch die Lefzen, zerrte weiter an seiner Beute. Atemwölkchen stiegen auf. Ruckartig machte er einen halben Meter Fortschritt, steckte dann wieder fest.

Sturschädel.

Zumindest war er jetzt nah genug am Ufer, dass Geiselmayr ihn rausziehen konnte, notfalls gemeinsam mit dem Ast. Er kniete sich auf den schlammig schmatzenden Untergrund. Nach zwei Fehlschlägen bekam er Ludwig am Halsband zu fassen. Noch immer weigerte der sich loszulassen.

»Jetzt lass aus, du saufst mir noch ab.«

Geiselmayr versuchte, den Ast aus den Fängen seines Hundes zu reißen. Die Rinde war weich und schleimig. Der Ast drohte ihm zu entgleiten, doch er hielt ihn fester, zog noch einmal ruckartig daran. Was auch immer ihn zuvor unter Wasser festgehalten hatte, gab ihn jetzt frei.

Während Ludwig, der nun endlich abgelassen hatte, an Land hechelte und sich ausgiebig schüttelte, zog Geiselmayr das schwere Treibgut näher zu sich heran und studierte vor Anstrengung schnaufend im blauen LED-Schein seiner Stirnlampe, in was sein Ludwig sich da verbissen hatte.

Sein Magen war schneller als seine Auffassungsgabe und schickte eine Portion Säure die Speiseröhre hoch, noch bevor sich das goldene Glitzern in den vermeintlichen Zweigen als

Ring und die Zweige selbst als aufgequollene grünliche Finger entpuppten.

Nein, eindeutig kein Ast.

3

8.00 Uhr, die tägliche Fallbesprechung. Natürlich hätte ich es schon beim ersten Schritt in den Besprechungsraum ahnen müssen. Die Art, wie Konstantin den Blick senkte. Das ironische »Guten Morgen, Patsy« des Kollegen Reitsamer. Das honigsüße Lächeln von Lisa, unserer kürzlich zur »Office Managerin« mutierten Sekretärin.

Ich registrierte alles, kapierte nichts. Wahrscheinlich wegen des Schlafmangels, oder weil ich die drei Tage davor abwechselnd in einem Ruheraum, einem Swimmingpool oder unter den Händen eines Massagetherapeuten verbracht hatte. Noch viel wahrscheinlicher aber, weil mein Kopf voll war mit einem ganzen Arsenal unnützer Gedanken. Gedanken an morgen. An den Schwangerschaftstest, der entweder den Erfolg oder Misserfolg unserer vierten künstlichen Befruchtung anzeigen würde. Zum ersten Mal war ich wirklich nervös. Dabei kannte ich das Ergebnis schon.

Als ich endlich erkannte, was los war, stimmte Kris Meyerhofer bereits ein dissonantes »Happy Birthday« an. Die meisten anderen Kollegen fielen mit ein, mehr oder weniger peinlich berührt.

Rehrücken, selbstgebacken. Tischfeuerwerk. Sogar eine Karte: »40 Jahre« stand da zwischen einer Menge Ballons und Konfetti. Unter die 40 hatte jemand mit schwarzem Edding ein »minus 1« und einen schiefen Smiley gemalt. Ein klassischer Konstantin.

»Damit du dich schon mal an die Vier gewöhnst«, sagte er grinsend. Die Kollegen fanden es natürlich ungemein lustig.

Mein Vorgesetzter und ich waren jahrelang Partner auf Streife und später Kollegen in der Mordkommission gewesen. Manchmal behandelte er mich noch so. Nicht immer mit dem besten Timing.

Ich lachte trotzdem mit, nippte am Sekt im Plastikbecher, den man mir überreicht hatte. Im Büro wussten – inoffiziell – alle von meiner Fehlgeburt. Enthaltsamkeit würde zumindest Lisa sofort auffallen, mich wieder unters Brennglas ihrer Neugier rücken. Lieber nicht.

Ich wickelte zwei Geschenke aus dem Superhelden-Papier. Krimis. Kein Polizist außer mir liest sowas. So viel aufregender als mein eigenes Leben. Außerdem bringen sie mich zum Lachen. Das wussten offenbar auch schon alle.

Ich blinzelte rasch die Rührung weg – etwas, was mir bislang vollkommen fremd gewesen war, doch seit ich jeden Tag Hormone in mich hineinpumpte, wurde ich ihrer kaum mehr Herr. Hoffentlich merkte das hier keiner.

Meinen Dank wehrte Konstantin kauend ab. »Hat unser Spaß-Kommittee organisiert.«

Er meinte Kris Meyerhofer. Seit wir letztes Jahr gemeinsam an einem Mordfall in einem Online-Start-up gearbeitet hatten, rumorte in ihr die Sehnsucht nach einem harmonischen Arbeitsumfeld, die sie mit allerlei Vorschlägen für gemeinsame Aktivitäten und allgemeiner Nettigkeit umzusetzen versuchte. Ein Kampf gegen Windmühlen, hatte ich gedacht. Doch Kris' an Irrsinn grenzende Ausdauer zersetzte inzwischen sogar den härtesten Widerstand. Geburtstage waren hier noch nie offiziell gefeiert worden.

Hätte ruhig so bleiben können.

»Wie war's am Tegernsee?«, fragte sie, während es an Lisa hängenblieb, den Tisch abzuräumen. Klang eher höflich als interessiert. Kris sah abgekämpft aus. Aus ihrem sonst stets frisch gefärbten, seit einigen Monaten magentafarbenen Pixie-Cut spross dunkelblonder Nachwuchs. Wahrscheinlich überarbeitet, wie wir alle.

»Schön.« Ich hielt mich an die Kurzfassung. Das war nicht

gelogen, Stefan hatte keine Mühen gescheut: 5-Sterne-Hotel, 5-Gänge-Menü, Seepanorama, das Laub des Herbstwaldes ringsum wie in Flammen, der blaue Himmel mit fedrigen Föhnwolken durchsetzt.

Dass ich mich das gesamte verlängerte Wochenende über nach meinem Schreibtisch gesehnt hatte, war wirklich nicht seine Schuld gewesen.

4

Gefühlte Stunden später. Konstantin hangelte sich von einem Fall zum nächsten. Wortkaskaden. Stifte, die über Papier kratzten. Kommentare um der Kommentare willen von Holger und Philipp, den »jungen Wilden«, wie sie sich selbst gerne nannten. Reitsamers unterdrücktes Gähnen. Und ich? Starrte abwechselnd auf meine To-do-Liste und hinaus in den Novemberhimmel. Sah überall nur Sackgassen.

»Du hast dafür doch noch Kapazitäten, oder?«, fragte Konstantin.

Schweigen reihum. Als ich den Kopf hob, lagen bereits alle Kollegenblicke auf mir, Konstantins Lippen ungeduldig geschürzt.

Kapazitäten wofür?

»Klar, kein Problem«, sagte ich.

Sein Lächeln gefiel mir nicht. Viel zu erleichtert.

»Der Kollege Hauser wird sich bei dir melden. Umgehend, so wie ich ihn kenne.«

Alle grinsten, sogar die stets politisch korrekte Kris. Wo hatte ich mich da gerade reingeritten?

»Du meinst Burkhardt Hauser?«

»Genau den«, sagte Konstantin fröhlich.

Burkhardt *fucking* Hauser von den Vermissten.

Herzlichen Glückwunsch, Patsy Logan.

Nichts gegen den Kollegen Hauser. Ein verlässlicher Mensch und akribischer Methodiker, der für jeden ein Lächeln übrig hatte. Aber leider so agil wie ein Faultier. Zeitdruck und unklare Verhältnisse überforderten ihn, stets suchte er Zuflucht bei Vorschriften und Risikovermeidungsstrategien. Früher hatte er mit seiner Zögerlichkeit das gesamte Dezernat in den Wahnsinn getrieben. Aber angeblich hatte er einen nicht näher definierten Stein im Brett beim damaligen Chef. Dann kamen Konstantin und sein Pragmatismus, und Burkhardt wurde prompt ins K14 weggelobt, zu den Vermissten und den unidentifizierten Toten.

Aber auch von dort streckte er regelmäßig seine Fühler in unsere Richtung. Nutzte Konstantins schlechtes Gewissen aus. Kurze Anfragen und kleine Gefallen entpuppten sich dann gern als Köder für Größeres.

So wie die Sache mit dem vermissten Iren.

5

Siobhan MacFadden hatte lange Haare in salongefärbtem Silbergrau, große Rehaugen und Stimmbänder aus Stacheldraht; in sich einen Zorn, so profund, er musste über Jahre gepflegt worden sein.

Gemeinsam mit ihrem dreizehn Jahre jüngeren Bruder Donal und ihren Eltern führte sie ein kleines Hotel im Küstenort Bray, zwanzig Kilometer südlich von Dublin. McFadden's Inn hatte sich in den letzten Jahren als kulinarisches Pub mit ein paar Gästezimmern etabliert.

Am Sonntag vor einer Woche waren die Geschwister mit dem Abendflug nach München gereist und hatten am Montag und Dienstag die Wein- und Spezialitätenmesse auf der Praterinsel besucht. Am Mittwoch, Allerheiligen, war Siobhan morgens zurück nach Dublin geflogen, während Donal noch bis Donnerstagabend in München hatte bleiben wollen. Als er am Freitagmorgen nicht wie vereinbart im Inn aufgetaucht war und auch sein Mobiltelefon abgeschaltet blieb, hatte Siobhan sich an die Dubliner Polizei gewandt.

»Nutzloses Pack, alle zusammen.« Sie umklammerte ihr Einwegfeuerzeug. *Tack, tack, tack* – Kante gegen Tischoberfläche. Perfekte Fingernägel in schillerndem Blau. Der Rest einer Halloween-Party, vielleicht. »Ich soll mich beruhigen, haben sie gesagt. Donal wäre ein erwachsener Mann, ›spontan verlängerter Urlaub‹ und so ein Bullshit.« *Tack, tack, tack.* »Erst am Samstag haben sie mich ernstgenommen. Und auch da ist nicht mehr passiert als so ein blöder Vermisstenaufruf. Dabei hab ich denen schon gesagt, dass Donal wahrscheinlich nie in Irland angekommen ist. Montagfrüh hatten die noch immer nichts Brauchbares auf der Reihe. Also hab ich die Sachen gepackt und bin hergeflogen. Man muss sich selbst kümmern, sonst tut's keiner.«

So war Siobhan MacFadden am Montagabend im Präsidium aufgetaucht, aufgelöst in Schweiß und Angst, und hatte dort Feuer gespien, bis sich jemand aus dem K14 ihrer angenommen hatte: Burkhardt Hauser.

Siobhans rüder Ton und ihr Dubliner Akzent hatten Burkhardt und sein Schulenglisch ordentlich überfordert. Dennoch hatte er die Frau irgendwie dazu überreden können, am Dienstag wiederzukommen – man würde bis dahin Kontakt mit den irischen Kollegen aufnehmen und die Situation klären.

Die Dolmetscherin war bis Donnerstag über beide Ohren anderweitig beschäftigt, der Ersatzdolmetscher lag mit Magen-Darm-Grippe im Bett. Was also tun? Auftritt Patsy Logan, Halbirin väterlicherseits und immer wieder gerne angefragt, wenn es zu Engpässen in Sachen englischer Sprache kam.

Jetzt saß ich da, in einem überheizten Besprechungsraum ohne Fenster, filetiert von Siobhan McFaddens Blicken, zu viel von ihrem blumigen Parfum in der Nase, während Burkhardt neben mir hüstelnd seine Akten studierte.

Tack, tack, tack.

»Ihr Ansprechpartner, Detective Mahony«, er zog das O übermäßig in die Länge, »also, der Kollege hat heute die Bestätigung von Aer Lingus erhalten, dass Donal für seinen Rückflug nach Dublin nie eingecheckt hat, also wahrscheinlich gar nicht am Flughafen erschienen ist.«

Siobhan McFadden verdrehte die Augen.

Tack, tack, tack.

»Außerdem«, bemühte sich Burkhardt um Contenance, »hat sich gestern die Dame, bei der Sie letzte Woche untergebracht waren, gemeldet, weil sie das Gepäck Ihres Bruders gefunden hat. Es spricht also einiges dafür, dass sich Donal noch in München ...«

»Das sag ich doch schon seit Freitag. Aber gut, dass Sie jetzt auch bei der Erkenntnis angelangt sind.«

Diese Frau hatte den Charme einer Faust aufs Auge. Vielleicht ein Ausgleich für all die Romantikwochenenden, die sie für ihre Gäste organisieren musste.

»Wollen Sie eine Zigarettenpause machen?«, fragte ich.

Ihre penibel gezupften Augenbrauen schossen nach oben, sie beugte sich zu mir vor. Das Feuerzeug wie eine Waffe auf mich gerichtet. »Was ich verdammt nochmal will, ist: wissen was mit meinem Bruder passiert ist.«

So schwer sie es einem machte – Siobhan McFadden tat mir leid. Ich kannte sie nur zu gut, die Verzweiflung, wenn ein Angehöriger verschwunden war. Der ungestillte Hunger nach Information machte jede Minute zur Stunde, jede Stunde zum Tag; der Kampf zwischen Hoffnung und besserem Wissen ließ keine Energie übrig für Schlaf, Essen, Umgangsformen. Siobhan war all das anzusehen: Ihre harte Tour war nur die letzte Etappe vor dem Zusammenbruch.

»Ich weiß, in dieser Situation geht für Sie als Betroffene alles zu langsam«, sagte ich. »Die irischen Kollegen haben inzwischen offiziell um unsere Hilfe angesucht. Detective Hauser setzt alle Hebel in Bewegung, doch wir müssen Sie noch um ein wenig Geduld bitten.«

In ihren Augen flackerte es. Auf ihrer Zunge brannte der Ratschlag, wohin ich mir meine falsche Anteilnahme stecken konnte. Mit sichtbarer Mühe schluckte sie ihn runter.

»Wenn ich Ihnen einen kleinen Tipp geben darf: Sprechen Sie zuerst mal mit dieser Bitch von Fee. Ich wette, die hatte da ihre Händchen im Spiel.«

Ich bat Burkhardt stumm um Klärung.

»Fiona McFadden ist Donal McFaddens Ehefrau«, sagte Burkhardt und versenkte den Blick wieder in seinen Akten.

»Seit Ende Februar dieses Jahres lebt sie von ihrem Mann getrennt, seit März ist sie hier in München gemeldet.«

»Letzten Dienstag wollte sich Donal mit ihr treffen, um sich auszusprechen«, schaltete sich Siobhan ein. »Hat er auch getan, ich hab das schon letzten Samstag aus ihr rausgekriegt. Sie waren bis in den späten Abend unterwegs. Seitdem hat ihn niemand mehr gesehen.«

Ich hatte schon subtilere Schuldzuweisungen gehört. »Das heißt, er ist nach dem Treffen nicht mehr in Ihre Unterkunft zurückgekehrt?«

»Nein.«

»Hat Sie das nicht beunruhigt?«

»Wäre ich sonst zurück nach Dublin geflogen?« Siobhan legte den Kopf schief und fixierte mich, ihre Züge noch faszinierender, ihre silbernen Haare beinahe übernatürlich, ihre Dornen noch offensichtlicher. »Donal war verrückt nach Fee. Dass sie ihn verlässt, war undenkbar für ihn, und er bildete sich ein, er könnte sie zurückholen. Er kann sehr charmant sein, wenn er will. Ich dachte, er hat sie irgendwie rumgekriegt und übernachtet bei ihr. Und wenn nicht bei ihr, dann bei irgendeinem Mädchen, das er stattdessen aufgegabelt hat und so lange fickt, bis es ihm wieder besser geht. So ist er. Kann immer alle und alles haben. Aber er wollte ja unbedingt diese falsche Schlange.« In ihrer Stimme rieben schwesterlicher Stolz und Verachtung aneinander.

»Wann haben Sie das erste Mal vermutet, dass etwas nicht stimmt?«

»Donnerstagabend. Da wollte ich ihn wegen des Frühstücks am Freitag was fragen, und sein Mobiltelefon war abgeschaltet. Nicht mal die Mailbox sprang an, verstehen Sie?« In Windeseile wechselte ihre Miene von besorgt zu verzweifelt zu granitharter Überzeugung. »Fee und ihr Stecher, dieser

Nichtsnutz von Steve, die beiden haben Donal auf dem Gewissen.«

Anschuldigungen als letzte Verteidigungslinie gegen die unerträgliche Ungewissheit. Es sei denn, sie hatte ihre Finger mit drin in diesem Todesfall und wollte ihr schlechtes Gewissen überspielen.

Mordkommissions-Gedanken. Weg damit.

»Zu diesem Zeitpunkt sollten wir optimistisch bleiben. Ihr Bruder wird sicher gesund und munter wieder auftauchen.«

Siobhan schnaubte bloß ihren Feueratem in meine Richtung. Wieder das Falsche gesagt.

Gerade als Burkhardt sich für eine deeskalierende Antwort räusperte, klopfte es an der Tür. Ein Kollege steckte den Kopf herein, entschuldigte sich knapp und flüsterte Burkhardt zu, kurz mit ihm nach Draußen zu kommen.

Als Burkhardt Hauser wenige Minuten später wieder den Raum betrat, war sein gutmütiges Gesicht zu einer Maske erstarrt, seine Lippen so schmal, dass sie hinter seinem Bart verschwanden. Immer wieder strich er sich mit der linken Hand darüber. In der rechten hielt er eine Asservatentasche mit einem Smartphone darin.

Siobhans alarmierter Blick fiel sofort auf den blauen Bumper mit der Aufschrift »Leinster Rugby«.

Burkhardt fragte trotzdem: »Is this the handy of your brother?«

Ein Pfeifen drang aus ihrer Kehle wie Luft aus einem Ballon, ihre Angriffslust nur noch Schall und Rauch.

»Es sieht genauso aus wie seins. Wo kommt das her? Ist Donal aufgetaucht?«

Burkhardt hüstelte, warf mir einen Blick zu, der alles sagte.

Worst-Case-Szenario. Unhappy End. Die verhassteste Situation jedes Kriminalbeamten, und wir mittendrin.

»Ein Spaziergänger hat es heute Morgen gefunden. Es steckte in der Hosentasche eines Ertrunkenen, den wir bisher noch nicht iden...«

Der Rest ging in Siobhans Schluchzen unter. Raue, bellende Laute, die mir sofort unter die Haut fuhren, sich in meine Eingeweide wühlten.

Zum Glück gehörte aktive Anteilnahme zu Burkhardts Qualitäten. Er tätschelte Siobhan McFadden die zittrige Hand und reichte Taschentücher, während ich das Weite suchte, um jemanden aus dem Psychologenteam zu organisieren.

Fee, fünf Monate vor Halloween

Es ist Dienstag. Ihr 102. Tag in München.

Es ist sinnlos, sowas zu zählen, denkt sie, Kästchen in ihrem Kalender auszukreuzen, jeden Tag mit einer anderen Farbe. Es ist kindisch und vielleicht sogar zwanghaft, aber sie zählt einfach gerne. Zählen tröstet sie, und wenn sie etwas nötig hat, dann ist es Trost. Wer kann den besser spenden als sie selbst?

»Fiona, mein Engel, du bist meine einzige Hoffnung«, hat ihre Ma einmal gesagt, der Blick verhangen von Beruhigungspillen. »Nur deinetwegen bin ich noch am Leben.«

Das war ein paar Wochen nach Lauras Begräbnis. Trotz ihrer kindlichen zehn Jahre ahnte Fee schon damals, dass nur dieser unsägliche Verlust und die noch unzureichende Wirkung der Antidepressiva schuld sein konnten an diesem Satz. Ma sagte ihn auch nur dieses eine Mal. Nannte sie nie wieder Engel. Das war immer schon Laura vorbehalten gewesen, während Fee immer nur Fiona gewesen war.

Über zwanzig Jahre ist ihre jüngere Schwester schon tot, und ihre Ma inzwischen auch ein halbes Jahr, und dennoch stolpert sie immer wieder über die Aussage – eine Baumwurzel in ihrem Bewusstsein. Und jedes Mal fällt sie in dasselbe Loch, wo dieses seltsame Chaos aus Schuldgefühl und Stolz, aus Trauer und Liebe und Schwärze auf sie wartet, als wäre all das erst gestern passiert.

Erinnerungen sind zäh und geduldig. Ziehen sich in guten Zeiten in ihre Nische zurück und sammeln Kraft für den geeigneten Moment, um ihre Kerben in einen zu schlagen. Vor allem dann, wenn man zu viel Zeit zum Nachdenken hat, so wie Fee gerade.

Seit ihrer Ankunft in München blähen Stunden sich zu Tagen, und Tage zu Wochen, während sie sich abmüht, an der glatten Fassade dieser Stadt, die sich selbst als weltgrößtes Dorf beschreibt, Halt zu finden.

Warum es bisher nicht geklappt hat, versucht ihr Steve immer wieder zu erklären. Sie sei zu zurückhaltend den anderen irischen Auswanderern gegenüber, die sich hier so wie überall auf der Welt suchen – einem alten, von Auswanderung geprägten Instinkt folgend. Und mit den Einheimischen klappe es noch nicht, weil ihr Deutsch seit dem Schulabschluss eingerostet sei und die Deutschen im Allgemeinen und die muffig-misstrauischen Münchner im Besonderen eher auf Distanz bedacht seien. Fees unglaublich irische Sehnsucht nach Harmonie müsse sich einfach noch eine Weile an der Konfrontationsfreude ihrer neuen Heimat abstoßen. Kenne man die Deutschen erst mal ein bisschen, seien sie nett. »Wirst schon sehen, das wird bald besser.«

Für ihn ist es leicht. Er lebt seit sechs Jahren hier. Seine Wurzeln, wenn er jemals welche hatte, sind hier schon auf Grundwasser gestoßen. Dass er der Grund ist, warum sie überhaupt hier ist, blendet er – typisch Steve – dabei vollkommen aus.

Ich gebe dir und dem Fuckwit drei Monate, höchstens, dann kommst du wieder angekrochen. Er wird dich enttäuschen, und du weißt es.

Donal hat ihr diese Nachricht gesendet, am Tag ihres Abflugs aus Dublin. Der Himmel weiß, wie er das genaue Datum rausgekriegt hat. Seitdem arbeitet sie daran, ihm das Gegenteil zu beweisen.

102 Tage. Nimm das, Donal.

Immerhin: Arbeit und damit Ablenkung hat sie inzwischen gefunden, über einen von Steves Kontakten im Shamrockers, dem der deutsche Schwager seines Cousins noch einen Gefallen schuldete. Typisch. Netzwerke. Eine Hand wäscht die andere. Es ist, als hätte sie Irland nie verlassen.

Aber zumindest hat sie einen Job. Auch wenn sie sich fragt, warum eigentlich. Das Büchercafé Seitenspeise ist heute Nachmittag genauso leer wie gestern, und noch leerer als letzte Woche. Heute hat sie sechs Leute gezählt, die sich seit Mittag von der Elsässer Straße in den Laden verirrt haben. Zwei davon tranken Kaffee, die anderen drei hatten sich nach zielloser Suche für Grußkarten, ein Notizbuch oder gleich für gar nichts entschieden.

Ihren Boss scheint das nicht zu stören. Fee begegnet Herrn Maurer nur gelegentlich, wenn sie ihren Dienst beginnt. Er bringt die Streuseltörtchen, die seine Frau Anita jeden Tag frisch zu Hause backt, arrangiert die Romane, an denen sich bisher noch kaum jemand vergriffen hat, gähnt häufig und herzhaft und verschwindet wieder, ohne mehr als ein paar Floskeln mit Fee zu wechseln.

Das Seitenspeise sei nur so ein Nebenprojekt. Ein Hobby, das er mit seiner Werbeagentur finanziere. Das hat ihr Tammi erzählt, Fees Kollegin. Herrn Maurer nennt Tammi immer nur »Klaus«. Ein Name, der blaue Flecken in Fees Gehörgängen hinterlässt. Ihrer Kollegin hingegen tropft er von den gespitzten Lippen wie Honig.

Das ist nicht das einzige Signal, das Fees neue Kollegin sendet. Da ist ein Misstrauen in ihren Augen, die stets kalt bleiben, obwohl sie immer lächelt. Da ist die Tatsache, dass sie bei Fees Einarbeitung immer wieder Details als unwichtig bezeichnet hat, die sich am Ende sehr wohl als wichtig für den Boss herausgestellt hatten. Dass sie letzten Freitag demonstrativ das Geld nachzählte, nachdem Fee für ein Stück Kuchen kassiert hatte.

Im Gegensatz zu Fee arbeitet Tammi ganztags im Seitenspeise, pendelt unmelodisch summend und mit wippendem Pferdeschwanz zwischen Bistrotischen und noch unausgepackten Bücherkartons – jedenfalls dann, wenn Herr Maurer da ist. Ist er weg, versenkt sie ihren Blick im Smartphone, scrollt auf, scrollt ab, führt augenrollend WhatsApp-Diskussionen, ohne jemals ihr Summen zu unterbrechen. Außerdem geht sie jeden zweiten Tag mindestens eine Stunde vor Ladenschluss nach Hause. Es scheint sie keinen zweiten Gedanken zu kosten. Sie nimmt sich wie selbstverständlich, was sie will. Fee ist schon vielen Frauen wie Tammi begegnet. Frauen mit sonnigem Gemüt und der inneren Überzeugung, etwas Besonderes zu sein. Frauen, denen nie jemand widerspricht, denen ein Lächeln jeden Weg ebnet.

Letzte Woche hat Tammi sich noch die Mühe gemacht, einen Arztbesuch oder Behördengang vorzuschieben. Getestet, ob Fee petzen würde. Natürlich nicht. Dieser erste Job ist zu wichtig. Fee braucht einen Fuß in der Tür. Einen Grund, aufzustehen und aus dieser verdammten Wohnung in der Birkerstraße zu entkommen, in der drei eine zu viel sind.

Dass Judith nicht nur irgendeine Mitbewohnerin ist, sondern einmal Steves Freundin war, kam erst bei Fees Ankunft und auf ihre direkte Nachfrage hin zur Sprache. Angeblich unwichtig, denn sie würde ohnehin bald ausziehen, hat Steve sie beruhigt. Nur Judith scheint davon bis heute nichts mitbekommen zu haben. Ihre Kommunikation mit Fee beschränkt sich auf Drei-Wort-Sätze, ein vergiftetes Lächeln, spöttische Blicke und demonstrative Unterhaltungen mit Steve auf Deutsch.

Tammi und ihr Schlangeninstinkt scheinen all das zu wissen.

Deshalb steht sie heute vor Fee, die gerade durch den ersten Teil der deutschen Harry-Potter-Übersetzung blättert, ihre Tasche mit dem Fellbommel geschultert, die Sonnenbrille in die Surfermähne geschoben, die professionell manikürten Zehen in silbernen Birkenstocks und strahlt.

»Fee, du Gute, ich bin dann mal weg. Wir sehen uns morgen, ja?«

»Okay. Bis morgen.«

Und dann – ein verhasster Reflex – lächelt Fee auch noch zurück. Die Gute. Hauptsache, kein Streit. Niemanden enttäuschen. Zorn ist schlecht. Zorn lässt den Kahn aus dem Ruder laufen. Wer, wenn nicht Fee, kann ihn auf Kurs halten?

Trotzdem hat Tammi ihn offenbar in Fees Gesicht entdeckt. Sie runzelt die Stirn und hält, die Ladentür schon halb geöffnet, in der Bewegung inne. Ihre Sandalensohle klappert rastlos gegen die Türschwelle. Von draußen strömt milde, von einem kurzen Regeschauer geklärte Mailuft herein. Hundegebell, das schwirrende Geräusch von Fahrrädern, hier in der Gegend meist mit Kindersitzen oder romantischen Körbchen bestückt.

»Ich muss meine Oma zu einem Arzttermin begleiten, weil meine Mama nicht kann. Weißt du?« Sie sagt es laut, als wollte sie die Lüge damit übertönen.

»Okay«, wiederholt Fee und hasst sich jetzt noch mehr. Für das irische Harmoniebedürfnis, das der deutschen Selbstsicherheit nichts entgegenzusetzen hat. Für den Zorn, der darunter glüht.

Tammi nickt, zufrieden mit dem geheuchelten Verständnis. Dann strahlt sie wieder, kalt wie immer.

»Ist ja sowieso nie was los zwischen vier und sechs«, sagt

sie, während sie sich zum Gehen wendet. »Das schaffst du fleißiges Bienchen doch mit links.«

Fee sieht ihr nach, ihr Mittelfinger bereit zum Einsatz, als Tammi aufkreischt und zurückschreckt.

Draußen auf der Elsässer Straße vollführt ein Radfahrer eine Art Salto mortale und verschwindet hinter einem geparkten SUV. Reifen quietschen. Metall auf Pflaster. Körper auf Stein.

Geschichte wiederholt sich: Körper auf Stein. Kopf auf Asphalt. So wie bei Laura damals.

Ohne nachzudenken, läuft Fee nach draußen, hin zu dem Körper.

Es sind nur ein paar Schritte bis zur Unfallstelle. Vier aus dem Seitenspeise hinaus, zwei auf dem Gehsteig. Noch versperrt der SUV ihr den Blick. Fee sieht nur den ausgestreckten Arm auf dem Asphalt und die locker geöffnete Faust. Der dazugehörige Mensch ist bewusstlos, wenn nicht tot. Vier Schritte um den SUV herum. Auf dessen Rückbank drängen sich zwei Kinder ans Fenster, drücken sich die Nasen an den Scheiben platt. Schauen, wohin alle schauen.

Der Radfahrer liegt wie vom Himmel gefallen auf dem Straßenpflaster. Daneben sein Fahrrad. Das vom Aufprall verbeulte Vorderrad eiert ein wenig in der Luft, bleibt stehen. Ein Menschenträubchen hat sich gebildet, staut den nachkommenden Verkehr. Weiter hinten hupt es schon, öffnen sich Autotüren, werden Hälse gereckt. Termine müssen eingehalten, Kinder abgeholt, Einkäufe erledigt werden. Und trotzdem – die Schaulust bleibt.

Fees Puls ganz plötzlich auf 100. »Ich bin Arzt«, ruft sie laut. Wie in einem billigen Film, und auch nicht die Wahrheit: Sie ist – war – Krankenschwester und ein paar Jahre lang Rettungssanitäterin. Es wirkt trotzdem. Der falsche Eindruck, den sie erweckt, macht sie stolz: Alle Augen auf Fee McFadden. Eine alte Dame, eigentlich ein Dämchen, so klein ist sie, mit Stock und im hellblauen Kostüm weicht zurück und lässt Fee vorbei.

Das Unfallopfer rappelt sich inzwischen auf, ist bereits auf den Knien. Der Fahrer eines Lieferservices. Sein großer Stoffrucksack mit der Warmhaltekiste klammert sich mit letzter Kraft an seinen Rücken. Sein Helm vom Sturz vom Kopf gerissen, hängt nur noch am zu lockeren Halteband um seinen Hals.

»Passt schon«, sagt er und hebt die Hände, als gelte es, einen zornigen Mob zu beruhigen. »Alles klar. Passt schon.«

Das sagen die Leute hier ständig. Fee traut ihm nicht, diesem »Passt schon«. Es ist dem irischen *grand* zu ähnlich, und *grand* kann alles bedeuten.

Fees Auftritt scheint ihn mehr zu erschrecken als das, was passiert ist. Sein Mund öffnet sich einen Spalt weit.

»Ich bin Arzt«, erklärt Fee noch einmal, versucht, sich an die richtigen deutschen Worte zu erinnern. »Was hat passiert?«

»Passt schon«, beharrt er.

Hinter Fee atmen die Leute auf. Jemand hat die Verantwortung übernommen. Das Träubchen an menschlicher Hilfsbereitschaft beginnt, sich unverzüglich aufzulösen.

Der Mann will aufstehen, doch Fee legt ihm die Hand auf die Schulter, drückt ihn nach unten, bevor sie sich zu ihm kniet.

»Warte. Darf ich?« Ihr eingerostetes Deutsch setzt sich quietschend in Bewegung. »Dein Name?«, fragt sie, während sie ihm signalisiert, die Brille wieder abzunehmen, und seine Augen, Nase und Ohren auf Blutspuren absucht. Hat eigentlich jemand die Rettung gerufen?

»Luis.«

Seine Stimme klingt belegt und einen Tick zu hoch. Sie passt zu seinem fast schon weiblichen Gesicht. Ansonsten hat er etwas Unfertiges, Skizzenartiges an sich. Blasse Haut und schulterlange, dunkelbraune Haare, zusammengebunden zu einem Pferdeschwanz. Scharfe Züge und ein Strichmund, den er inzwischen wieder geschlossen hat. Mit der kreisrunden Brille – werden die etwa wieder modern? – sieht er aus wie ein neurotischer Cousin von John Lennon.

»Wo sind die Schmerzen, Luis?«

Er runzelt die Stirn über ihre Formulierung, ihren Akzent. »Hab keine.«

Dabei hat sie gerade eben noch seine Hand zu seiner Stirn schnellen sehen, gehört, wie er leise durch zusammengepresste Zähne Luft eingesaugt hat. Jetzt tut er so, als wäre nichts passiert. Er hat Angst, Zeit zu verlieren. Er hat Essen abzuliefern.

Er brummt unwillig, als sie seinen Kopf Richtung Sonne dreht, sein linkes Augenlid, dann das rechte nach oben zieht. Pupillen-Reflex links normal. Das rechte braucht etwas länger – Sekundenbruchteile, wenn überhaupt. Zwei schmutzigbraune, mit moosgrünen Flecken besprenkelte Augen starren Fee unverwandt an.

»Ein Hund kam aus dem Park da vorn und – zack, direkt vors Rad. Ich wollte ...« Er stockt, will noch einmal aufstehen.

Wieder hält Fee ihn zurück. »Nicht so schnell. Du warst bewusstlos.«

»War ich nicht.« Er leugnet es wie eine Straftat.

»Luis, du musst ins *hospital*, dich ansehen lassen.«

Er reagiert nicht, untersucht bloß die Speichen seines Fahrrads. »Ich war nicht bewusstlos«, beharrt er dann, sieht auf. »Alles gut. Ich bin okay«, sagt er zum verbliebenen Publikum.

»Eine Frechheit, was die Leute sich erlauben! Die Drecksviecher so frei rumlaufen zu lassen. Hier ist doch Leinenzwang!«, schimpft das alte Dämchen in Richtung Park, aus dem der unfallverursachende Hund offenbar gekommen war. Dann tätschelt sie Luis den Arm und wackelt davon.

Der entzieht sich endgültig Fees Griff, kommt auf die Beine, zerrt sein angeschlagenes Fahrrad auf den Gehsteig, während der Verkehr wieder in Gang kommt. Reicht ihr mit abschließender Bestimmtheit die Hand. »Vielen Dank nochmal, echt«, sagt er und grinst. Sieht dabei aus wie ein freundliches Krokodil. »Ich liefere nur schnell das Essen ab.«

»Nein, ich rufe die *ambulance*«, sagt sie, greift nach dem Mobiltelefon in ihrer Gesäßtasche. Wie war nochmal die Notrufnummer in Deutschland?

»Komm«, seine feuchtkalte Hand legt sich auf ihre. »Ich versprech dir – danach leg ich mich hin für den Rest ...«

Schlagartig verstummt er, lässt sie los, ein dumpfer Aufprall.

Als sie von ihrem Handy aufschaut, liegt er zusammengesackt zu ihren Füßen, sein Kopf auf ihren weißen Turnschuhen, als wäre sie eine Heiligenstatue, die es anzubeten gilt.

Die Bitch vom Dienst

1

München im frühen November. Eine Tristesse, die sogar den nimmermüden Marketingfachleuten und Erfindern kommerzieller Feiertage die Inspiration raubt. Halloween vorbei, Allerheiligen überstanden, der Himmel ist verhangen, die Straßen sind nebelfeucht und die Christkindlmärkte lediglich ein paar Holzverschläge am Straßenrand.

Kris hatte mich schon an der Münchner Freiheit aussteigen lassen und war zum Schwabinger Bach vorgefahren. Ich nähere mich dem Ort des Geschehens gerne zu Fuß. Keine gute Idee heute. Atem aus Wasserdampf, Zehen aus Eis. Mein neuer Fischgrät-Mantel ein unwürdiger Gegner für die feuchte Kälte. Gänsehaut, von oben bis unten.

Es war kurz nach vierzehn Uhr, die bauschigen Flocken des Morgens waren schon vor einer Weile in Schneeregen übergegangen. Weiß zu Braun. Matsch schmatzte unter meinen Stiefeln, spritzte unter Autoreifen hervor auf die Menschen, die sich auf der Suche nach einer halbwegs trockenen Route zu weit an den Rand des Gehsteigs gewagt hatten. Unterwegs war, wer keine andere Wahl hatte. So wie ich.

Am Ende der Gunezrainerstraße eine Szene wie aus David Lynchs Baukasten: Der Verkehr säuselte von der Weißen Brücke herüber, überall tropfte und platschte es, Polizeiabsperrband in Zuckerstangen-Farben vor der Uferböschung, davor zwei Uniformierte mit kurzen Hälsen und Regenschutz auf den Mützen. Ihre gleichmütig leeren Blicke wie die von Pferden auf der Koppel. Zwischen Baumgerippen hervor winkte mir eine einsame plumpe Gestalt in weißem Einweg-Overall. Die Ausgeburt eines Albtraums.

Sebastian »Sebi« Kramer.

»Hätte ich mir denken können, dass sie dich dafür verhaften«, sagte er, als ich unter dem Absperrband hindurchschlüpfte.

»Weil es eine irische Leiche ist?«

»Weil du frisch aus dem Urlaub kommst.«

Ich schnitt eine Grimasse. Keine Ahnung, woher Sebi das wieder wusste. Eigentlich gehörte er wie ich nicht zu den Eingeweihten vom Dienst. Das übliche Marathon-Händeschütteln. Aber heute waren Sebis Patschhände eine warm-weiche Wohltat.

»Und was machst du hier? Ich hätte eigentlich den König erwartet«, sagte ich.

»Der ist mal wieder im Urlaub. Madeira, wie es sich für Könige gehört. Jetzt muss ich die Königskinder babysitten.« Sebi schnaufte. Verständlich. Thomas Königs Truppe trug ihren Beinamen nicht umsonst.

Er fummelte am Zipper seines Overalls, öffnete ihn und griff hinein. Plastik knisterte. Lebkuchenherzen mit Schokoglasur kamen zum Vorschein.

»Auch eins?«

Ich nahm zwei. Bis vor kurzem hatte ich bei Ermittlungen meist das Essen vergessen. Konnte mir jetzt nicht mehr passieren.

»Und wo sind die Königskinder hin?«

»Schon lang weitergezogen in McFaddens Unterkunft«, sagte Sebi mit vollem Mund. »Wir sind seit sechs Uhr früh hier draußen. Die Hubers und ich checken nur nochmal alles.«

Er schaute bachaufwärts. Zwei kleine weiße Figuren stelzten durch das Unterholz. Stocherten, suchten. Albert und

Martin Huber, als eineiige Zwillinge im selben Beruf ein Kuriosum, auf das man stolz war im Präsidium. Sowas mochte die Presse.

Ein paar Schritte hinter ihnen Kris, die Hände in den Taschen ihres Parkas vergraben, ihre Magentahaare eine welkende Blüte zwischen all den Erdtönen. Sie drehte uns den Rücken zu, starrte zur Fußgängerbrücke in den Englischen Garten hinüber.

Ein Grüppchen Schaulustiger hatte sich darauf versammelt. Wetterbedingt weniger als sonst, doch ansonsten die üblichen Verdächtigen: Ruheständler, schulschwänzende Teenager und andere Konsorten mit zu viel Zeit. Handykameras arbeiteten lautlos in hochgereckten Armen. Menschen, Morde, Sensationen.

Falls das hier überhaupt ein Mord war. Bisher sprachen dafür nur Siobhan McFadden und ihre wüsten Anschuldigungen.

»Eigentlich bin ich nur noch hier«, erinnerte mich Sebi an seine Anwesenheit, »weil die vom Präsidium durchgefunkt haben, dass du herkommst.«

»Da bin ich dir sehr dankbar«, streichelte ich mechanisch sein Ego. Der frühe Nachmittag und die Schokolade hatten meinen Sarkasmus stumpf gemacht. Vielleicht war ich auch einfach deprimiert.

»Und was gibt's zu erzählen?«

»Wenig.«

Sebi räusperte sich den Lebkuchen aus der Kehle. Fingerzeig nach links zu der Insel im Schwabinger Bach.

»Der Mann hing am Ostufer der Insel fest. Da ist eine Menge Gestrüpp unter Wasser, und siehst du den Stamm da von dem umgefallenen Baum? Der Jackenkragen hat sich in einem der Äste verfangen und er wurde von der Strömung immer weitergeschoben. Wie auf einen Spieß.« Sebi veranschaulichte das mit ausgestrecktem Zeigefinger in die Lebkuchenpackung und bediente sich bei der Gelegenheit gleich nochmal. »Deswegen ist er trotz des Regens nicht weiter abgetrieben.«

Ich betrachtete den Schwabinger Bach. Angeschwollen vom Dauerregen, war er bereit, weiter die Böschung hinaufzuklettern, Spuren zu zerstören, falls die Zeit etwas davon übriggelassen hatte.

»Wie lang war der unter Wasser?«

»Ein paar Tage sicher.«

»Und jetzt erst hat ihn jemand gesehen? Der Bach ist doch nicht so tief, und hier kommen oft Leute vorbei.«

»Hüfthoch reicht schon. Zum Ertrinken sowieso, und auch zum Untenbleiben. Ich nehm an, er ist schnell untergegangen und dann gleich mal in den Ästen hängengeblieben. Seine Jacke ist fast tarnfarben. Und der Bach hat die letzten Wochen eigentlich immer Hochwasser geführt. Weißt ja, wie verregnet der Herbst war, mal abgesehen vom letzten Wochenende. Wahrscheinlich hat die Strömung ihn da irgendwie verlagert. So konnte ihn der Hund riechen.«

Ach ja. Ludwig, der Labrador. So stand es in der Aussage des Finders Martin Geiselmayr.

Der Schneeregen war abgeflaut. Das wässrige Trommelfeuer auf meiner Kapuze hatte sich in sanftes Ploppen verwandelt. Immerhin. Nass war ich trotzdem, und der auffrischende Wind pfiff in alle meine Glieder.

Sebi hingegen: wasserfester Overall, komplett mit ums Gesicht festgezurrter Kapuze. Ein zufriedenes dickes Baby.

Kein Wunder. Kris hatte mir von Gerüchten erzählt, dass er gerade an einer alternativen Karriere bastelte. Ein Verlag sollte mit einer Idee für ein Sachbuch an ihn herangetreten sein, wie es sie schon von Gerichtsmedizinern und – meist selbsternannten – Star-Ermittlern gab. Keine Ahnung, ob die Gerüchte stimmten. Zuzutrauen war es ihm.

Sebi von der SpuSi – seine spektakulärsten Fälle. Lesungen, Signierstunden, Talkshows.

»Was grinst du so fies?«, fragte er kauend.

»Wie lang war die Leiche wohl unterwegs, bevor der Baum sie aufgefangen hat?«

Prusten. »Nicht weit. Oben ist der Bach seichter, die Leiche wäre wahrscheinlich aufgefallen. Außerdem hat er relativ wenige Abschürfungen im Gesicht und an den Händen. Die Jeans waren an den Knien zerrissen, aber so schlimm auch nicht. Theoretisch könnte der sogar hier, wo wir stehen, reingefallen sein.«

Bis zum Fundort waren es kaum hundert Meter. Wir machten ein paar Schritte die Böschung hinunter. Vorsichtig, weil schlüpfrig. Meine für den Anlass zu hohen Absätze versanken in Matsch, Blättern und moosigem Erdreich. Man konnte sehen, dass vielen anderen vor mir dasselbe passiert war.

»Reingefallen? Sicher?«

»Im Moment für mich die wahrscheinlichste Theorie. Wir haben keine eindeutigen Spuren auf Gewalteinwirkung vor Wassereintritt.«

»Das heißt, ihr habt uneindeutige Spuren.«

Sebi grinste. »Zuhören kann sie, die Pezi.« Sein königlichbayrischer Feldzug gegen Anglizismen machte auch vor meinem Namen nicht Halt. »Er hatte ein, zwei Verletzungen seitlich und hinten am Kopf. Wahrscheinlich hat er sich die im Wasser zugezogen, oder die Leute vom Bergedienst haben geschlampt, aber das müsste man sich natürlich noch näher anschauen.«

»Sonst noch was Interessantes?« Einen Versuch war es wert.

Aber Sebi schnaufte bloß schwer, sein Atem voll Zimt und Schokolade.

»Irgendwelche Spuren?«

Der Kollege brummte abschlägig. »Schau dich um. Hier war Dauerregen, die meisten Blätter sind erst die letzten Tage über gefallen, wegen des Sturms, und dann noch der ganze Schnee und Matsch drauf. Wir können nur hoffen, dass es ein Unfall war. Wenn da irgendjemand seine Finger im Spiel gehabt hat, kann er sich jetzt die Hände reiben.«

Er lächelte über das Bonmot, das wahrscheinlich schon in seinem Manuskript stand, zog sich die Kapuze vom Kopf und wuschelte sich durch die Locken.

»Wir haben den ganzen Abschnitt abgesucht, damit wir keine blöde Nachrede haben. Aber mach dir lieber nicht zu viele Hoffnungen, dass was Brauchbares rauskommt.«

Mal was Neues: Das Wetter als Komplize. Großartig.

Aber woher kam überhaupt die Annahme, die heute an jedem meiner Gedanken klebte, dass Donal McFaddens Tod kein Unfall war? Warum denn nicht? Ein Ire in München. Probleme mit der Exfrau. Selbstmitleid. Billiges Bier. Ortsunkundig. Rutschpartie auf den Blättern. Möglicherweise sogar Nichtschwimmer. Das Ende.

So einfach war das vielleicht, egal, was Donals Schwester oder mein Instinkt behaupteten.

Eine Weile schwiegen Sebi und ich gemeinsam. Beobachteten die Huber-Brüder auf dem langsamen Rückweg zu uns, mit leeren Asservatentaschen.

Nur Kris war zurückgeblieben, stand noch immer auf Höhe des Osterwaldgartens. Neben ihr eine Frau im Lodenmantel. Sie hielt einen Golfschirm über sich, so leuchtend blau, dass es aussah, als stünde sie unter einer Lichtdusche, mit der freien Hand gestikulierte sie wild in Richtung Kris.

»Die da vorn ist Frau Pfeil.« Sebi, alter Gedankenleser. »Der gehört die Wohnung, in die sich die McFaddens einquartiert hatten.«

»Was treibt die hier?«

»Gschaftelhubern, natürlich. Die Königskinder schauen sich gerade die Wohnung an. Jetzt steht sie da rum und geht allen auf die Nerven.«

»Und wo ist die Wohnung?«

»Das gelbe Haus mit den vergitterten Fenstern da oben.« Sebis wegweisender Arm streifte fast meine Nase. »Gleich hinterhalb der Böschung.«

Das waren keine hundert Meter von der Fundstelle.

»Können wir rein?«

Müdes Achselzucken. »Immer. Gibt eh kaum was zu sehen. Dafür kannst du dich gleich persönlich bei der Pfeil bedanken.«

2

Marta Pfeil, Jahrgang 1965. Zunächst Kellnerin, dann Weinstubenpächterin, dann zweite Frau eines Münchner Szenewirts. Dessen unbändige Lebenslust hatte ihm einen frühen Tod beschert, seitdem stritt sie sich mit seinen Kindern aus erster Ehe um den Nachlass – die habgierigen Nichtsnutze. Die Zwei-Zimmer-Wohnung ihrer Mutter, Gott hab sie selig, in einem Mehrparteienhaus zwischen Keferstraße und Schwabinger Bach war alles, was ihr geblieben war. Und seit ihre Nichte ihr von AirBnB berichtet und sogar ein Konto für sie eingerichtet hatte, verdiente sich Frau Pfeil damit ein kleines Zubrot. Prozesskosten und so.

All das wussten Kris und ich bereits, da hatten wir es noch nicht mal die steinerne Treppe hinauf zum Hauseingang geschafft. Kris schrieb trotzdem alles mit, ihre Miene schmerzverzerrt. Die Angst, irgendein Fitzelchen an Information zu verpassen, das sich später eventuell als schlagender Beweis herausstellen könnte, war ihr nicht auszureden. Lieber ging sie in der Flut peinlich genau dokumentierter Nebensächlichkeiten unter, nirgendwo ein rettender Zusammenhang in Sicht. Meinetwegen, sie musste es wissen.

Wir kamen in ein typisches Vorhaus der 1950er Jahre. Eine Kommode mit dürren Topfpflanzen, ein schwarzes Brett, vollgepflastert mit Appellen und Warnungen vor Gasgeruch, nach oben ging's, eingehüllt in den Geruch von kaltem Bratfett, über knarrende Treppen mit Kunststoffscheuerleisten.

Eine willkommene Erinnerung an meine alte Wohnung in der Giesinger Alpenstraße. Seit ich zu Stefan nach Haidhausen gezogen war, hatte sich meine private Umgebung in ein Biedermeier aus Luxuskinderwagen, Häkelcafés und Reformhäusern verwandelt.

Ein vermummter Kriminaltechniker trug einen nagelneu

aussehenden schwarzen Rollkoffer nach unten, erwiderte unseren Gruß mit einem lässigen Tippen an den imaginären Hut. Das Pfeifen auf seinen Lippen erstarb erst nach einem Blick auf meinen Dienstausweis.

Ob wir Donal McFaddens persönliche Gegenstände noch oben in der Wohnung sichten könnten?

»Nee, schon alles eingetütet, Frau Hauptkommissarin. Im Präsidium dann wieder.«

Dann ließ er uns frohgemut auf der Treppe stehen. Großartig. Ein klassischer Vertreter aus Königs Mannschaft. Viel Ego, wenig Umsicht.

Hinter mir hörte ich Marta Pfeil irgendwas über die »typischen Preußen« murmeln. Hoffentlich schrieb Kris alles mit.

Von der Schwelle zu Marta Pfeils Wohnung aus blickte man in eine andere Welt. Verpufft der Mief der Fünfziger, stattdessen moderner Landhauskitsch. Im Vorzimmer ein silberner Rokoko-Stuhl, bezogen mit königsblauem Samt, und ein Hirschgeweih als Garderobe. Hinter halbverglasten Doppeltüren dann das Wohnzimmer. Auf einer Chaiselongue drapierte Felldecken, abstrakte Interpretationen vom »Kini«, Ludwig II., an den Wänden. Ziemlich feudal das alles für ein notwendiges Zubrot. Ich erschnupperte dezenten Lavendelduft.

»Die McFaddens waren aber sehr saubere Gäste.«

»Daran ist die Aga schuld«, sagte Marta Pfeil entschieden. Sie entledigte sich ihres Lodenmantels, dessen Innenfutter eine Menge Kleintiere das Fell gekostet hatte, und fächelte sich mit der flachen Hand Luft zu. »Die Herrschaften wollten am Samstag abreisen, also hab ich sie für Sonntag bestellt. Und was macht die dumme Kuh? Räumt auf und putzt, anstatt mich anzurufen und Bescheid zu geben, dass was nicht stimmt. Dabei war der ganze Krempel von Herrn McFadden noch überall verteilt. Als ich am Sonntagabend hier reinkam, dachte ich, mich trifft der Schlag!«

»Und wo waren Sie am Wochenende, Frau Pfeil?«

Die Frage machte sie nervös, die kannte sie wahrscheinlich aus dem *Tatort*.

»In Bad Griesbach. Ich hatte ein Club-Turnier, Freitag bis Sonntag. Das kann ich beweisen.«

Kris und ich tauschten einen Blick aus. Wer so demonstrativ am Hungertuch nagte, spielte selbstverständlich auch Golf.

Endlich kam die Frau zum Wesentlichen: Donal McFadden hatte ihre Wohnung vor etwa sechs Wochen gebucht. Für eine Geschäftsreise, und danach wollte er noch ein paar Tage das schöne München genießen.

»Ein höchst charmanter Mann.« Marta Pfeil rollte mit ihren Glasmurmelaugen. Die Erinnerung an Donal McFadden entspannte ihr Gesicht. Aber nur kurz. »Von seiner Begleitung, ich glaub, das war seine Schwester, kann man das nicht behaupten. Bei der Schlüsselübergabe hat die mich nur angestarrt und kaum was gesagt. Hasserfüllt, sag ich Ihnen. Wie eine Hexe, mit diesen silbernen Haaren.«

»So wie auf diesem Foto hier?« Ich zeigte ihr ein Bild von Siobhan McFadden, das wir im Internet aufgetan hatten.

»Ja, genau so.«

Ich musste der Frau Recht geben. Siobhan McFadden war ein Opfer ihrer dunklen Augen und des ablehnenden Gesichtsausdrucks. Menschen waren schon für weniger in Untersuchungshaft gelandet.

»Sonst irgendwas, das Ihnen an den beiden aufgefallen ist?«

Nein. Marta Pfeil sei auf dem Weg zu einem Gerichtstermin und in Eile gewesen. Sie habe sich erst wieder über ihre Gäste Gedanken gemacht, als sie bei ihrer Rückkehr Sonntagabend den Zustand der Wohnung hatte prüfen wollen und dabei auf Donal McFaddens notdürftig zusammengeschobenes Reisegepäck im Schlafzimmer gestoßen sei. Ihre Anrufe bei seiner Kontaktnummer waren vergeblich geblieben, und so hatte sie am Montagmorgen bei AirBnB nachgefragt und auf deren Rat hin die Polizei informiert.

Und hier waren wir.

Wir schickten die Vermieterin zurück nach unten und machten uns bereit für die Wohnungsbegutachtung. Kris, die Streberin, hatte alles in doppelter Ausfertigung dabei. Überschuhe, Einweghandschuhe, Mundschutz.

Unnötig, wie sich herausstellte.

Die Spurensicherungsparty war zu Ende, die Wohnung schon wieder geräumt. Im Schlafzimmer stießen wir auf einen letzten Kollegen, der seinen Koffer gerade zuschnappen ließ. Jung und trotz der Montur gutaussehend, wie die meisten der Königskinder. Und unglaublich lässig.

»Hier gibt's nichts mehr zu sehen, Frau Kommissarin«, zwinkerte er mir zu. »Gehen Sie ruhig weiter.«

»Hauptkommissarin, wenns Recht ist. Und tun Sie mir den Gefallen – wenn Sie zu CSI wollen, werden Sie Schauspieler.«

Sein Jungengesicht gewann an Farbe, die große Klappe wurde zum Strich. »Sorry, Frau Hauptkommissarin«, murmelte er.

Nicht der erste Fan, den ich in meiner Karriere verloren habe. Wahrscheinlich auch der Grund dafür, dass Konstantin zum Dezernatsleiter befördert worden war und nicht ich. Aber Respekt hat in meinem Beruf seinen Preis. Vor allem für Frauen. Sieht man auch noch aus wie eine, bleibt einem nichts anderes übrig, als regelmäßig die Bitch vom Dienst zu geben.

Diesen bitteren Erfahrungsschatz versuchte ich auch Kris zu vermitteln. Bisher vergebens. Ihr Drang nach Harmonie blieb ungebrochen. Fast ein Wunder, dass sie es damit in die Mordkommission geschafft hatte. Wir sind nicht gerade für unsere angenehme Arbeitsatmosphäre bekannt.

Während wir uns noch einmal ausführlich in der Wohnung umsahen, erklärte uns der Spurensicherer Riess noch einmal im Detail, was man gefunden hatte: nichts.

Abdrücke von zwei verschiedenen Paar Schuhen im Eingangsbereich, höchstwahrscheinlich alle entweder von Frau Pfeil oder Aga. Ein paar bunte Wollkügelchen aus einem Pullover auf der Couch. Ansonsten nur Wischspuren im Quadrat auf dem Boden. Alle Betten frisch überzogen, alle Mülleimer geleert, und die Müllabfuhr war auch schon gestern früh da gewesen.

Ich sollte Frau Pfeil um Agas Nummer bitten. Gründliche Putzfrauen waren schwer zu finden.

»Hier sind wir fertig«, sagte er mit Bedauern. »Ich habe eigentlich nur noch auf Sebi ... Herrn Kramer gewartet, damit wir versiegeln können.«

»Wir sehen uns trotzdem noch einmal um, bis er da ist.«

Er nickte. »Wie Sie wollen.«

Es war, wie Sebi prophezeit hatte: In all der Wohnjournal-Atmosphäre fanden wir kaum etwas von Bedeutung.

Von den Doppelfenstern im Wohn- und Schlafzimmer aus hatte man einen guten Blick auf die novemberliche Trostlosigkeit entlaubter Böschungen. Der Schwabinger Bach asphaltfarben und voller Miniaturstrudel, in denen Blätter kreiselten. Ich öffnete eines der zwei Fenster im Schlafzimmer und lehnte mich aufs Fensterbrett aus Marmor. Mein Atem formte sich sofort zu kleinen Wolken, dicht wie Zuckerwatte in der schweren Luft.

Rechts unter mir lag das Nordende der kleinen Insel, an der Donal McFadden hängengeblieben war. Theoretisch hätte man seinen Tod von hier aus beobachten können. Im Erdgeschoss begann jemand auf ein Klavier einzudreschen. Klang nach enthusiastischem Kleinkind.

»Ziemlich hellhörig, das Haus«, sagte ich. »Hat eigentlich schon jemand mit den Nachbarn gesprochen, ob die irgendwas gehört haben?«

Kris brummte abwesend. Lag bäuchlings vor dem Doppelbett im Chesterfield-Stil und leuchtete mit einer kleinen Taschenlampe in den fingerbreiten Spalt zwischen Bett und Boden.

»Was zum ...«

»Kannst du mir mal helfen, das Bett zu verschieben? Da ganz hinten liegt was, glaub ich.«

Leichter gesagt als getan bei einem King-Size-Boxspring-Bett. Wir schnauften und schwitzten, dann hielt ich Kris' Fundstück zwischen den Fingern.

Eine dunkelbraune Glasscherbe, eindeutig von einer Flasche. Um die Kanten hatten sich Staubmäuse gesammelt, das Glas selbst war noch ganz klar, kein Körnchen drauf. Also höchstens ein paar Tage alt.

Schau an, von Kris konnten die Königskinder noch was lernen. Offenbar war die Scherbe unter das Bett geschlittert.

Aber wie? In der Hitze des Gefechts.

»Und?«, fragte ich, während Kris in ihrem Rucksack nach einer Asservatentasche aus ihrem eigenen Vorrat kramte. »Worauf tippst du?«

Sie unterbrach ihre Arbeit keine Sekunde. »Augustiner Dunkel, da wette ich drauf.«

Wie ich schon sagte: Streberin.

3

Erstaussageprotokoll der Zeugin Fiona McFadden
Dienstag, 7. November
Aufgenommen telefonisch durch: KOK E. Reitsamer

Am Abend des 31. Oktober verließ die Zeugin um etwa 19.00 Uhr ihre Wohnung in der Birkerstraße 16a und begab sich zu Fuß und mit der U-Bahn in den Münchner Stadtteil Schwabing. An der Station Münchner Freiheit traf sie um 19.30 Uhr wie vereinbart ihren Ehemann, Donal McFadden, von dem sie seit März dieses Jahres getrennt lebt.
Er habe um eine Aussprache gebeten, und sie habe ihm diese gewährt, jedoch ohne ihm Hoffnung auf die von ihm angestrebte Versöhnung zu machen. Bereits beim Zusammentreffen stellte die Zeugin Alkoholgeruch an ihrem Ehemann fest. Er bestritt jedoch, alkoholische Getränke konsumiert zu haben. Man begab sich anschließend auf die Suche nach einer geeigneten Gastwirtschaft, die Wahl fiel auf eine Lokalität mit dem Namen Kini-Garten. Die genaue Adresse ist der Zeugin nicht erinnerlich, da sowohl sie selbst als auch ihr Ehemann ortsunkundig waren und nicht auf die Umgebung achteten. Trotz des ungewöhnlich hohen Alkoholkonsums ihres Ehemannes verlief das Abendessen freundschaftlich und konstruktiv, weshalb sich die Zeugin bereit erklärte, gemeinsam mit dem später Verstorbenen noch ein Getränk zu sich zu nehmen. Man betrat zwischen 21.30 Uhr und 21.45 Uhr eine Cocktailbar in der Nähe (Name und Straße nicht mehr erinnerlich). Die Zeugin nahm dort 2 (zwei) alkoholfreie Getränke zu sich, ihr Ehemann vermutlich 6 (sechs) mit unterschiedlichem Alkoholgehalt. Danach war dieser schwer alkoholisiert und begann, sich ihr gegenüber zunehmend aggressiv zu verhalten. Gegen 23.30 Uhr verließen beide

gemeinsam die Cocktailbar und trennten sich auf der Feilitzschstraße. Von dort kehrte die Zeugin fußläufig zurück in ihre Wohngemeinschaft in der Birkerstraße 16a. Zwischen 0.45 Uhr und 1.00 Uhr nachts kam sie dort an. Sie meldete sich außerdem über den Messengerdienst WhatsApp bei ihrem Freund Luis Kronmeier, wohnhaft Klenzestraße 49, dem sie vom Verlauf des Abends berichtete. Dann legte sie sich schlafen. Zu dem Zeitpunkt war die Wohnung in der Birkerstraße 16a leer, die Rückkehr der Mitbewohnerin Judith Krings hat die Zeugin nicht bemerkt. Als gegen 3.00 Uhr morgens ihr Lebensgefährte Steven Whelan in die gemeinsame Wohnung zurückkehrte, war die zuvor geöffnete Tür zu Judith Krings' Zimmer jedoch verschlossen. Von der Abgängigkeit ihres Ehemannes Donal McFadden erfuhr die Zeugin telefonisch von ihrer Schwägerin Siobhan McFadden am Tag darauf, Freitag, 3. November, um etwa 12.00 Uhr mittags. Da sie ihren Ehemann als impulsgesteuerten Menschen kenne, habe sie ihrer Schwägerin geraten, das Wochenende abzuwarten. Als diese sich am Montag wieder aus München bei ihr gemeldet habe, willigte McFadden ein, mittels eines selbst erstellten Aushanges nach ihrem Ehemann zu suchen.

Unterzeichnet KOK E. Reitsamer, Fiona McFadden (noch ausständig)

4

Kurz vor halb sieben. Vor dem Fenster: Dunkelheit und Dauerregen bei Temperaturen knapp über dem Gefrierpunkt. Im Besprechungsraum: Bestandsaufnahme zum Tod von Donal McFadden.

Kris, Reitsamer und ich, vor uns auf dem Tisch die Früchte unserer Bemühungen an diesem Tag.

Ein magerer Erstbericht von Sebi Kramer bestätigte: Der spurentechnische Kampf gegen die Umstände schien diesmal verloren. Bis Ende Oktober war der Boden trocken und hart gewesen, danach hatten sich Sturm, Dauerregen und Schnee die Klinke in die Hand gegeben. Dazu die vielen Spaziergänger in der Gegend. Kinder und Hunde, die sich durch die Blätter wühlten. Wir konnten nicht einmal sicher sein, wann und wo genau McFadden ins Wasser gefallen war.

Marta Pfeils Wohnung – ebenfalls Fehlanzeige. Die abgenommenen Fußabdrücke waren bereits jetzt der Besitzerin und ihrer Putzkraft zugeordnet.

Der gründlichen Aga war beim Aufräumen nichts Besonderes aufgefallen, außer ein paar Flaschen Wein und Bier, die sie entsorgt habe. Natürlich, über den zurückgelassenen Koffer habe sie sich gewundert, aber sie habe Frau Pfeil nicht beim Golfen in Bad Griesbach stören wollen, da sei die immer empfindlich, deshalb habe sie lieber abgewartet.

An McFaddens Gepäck war ein penetrant süßliches Parfum das Aufregendste. Kris' Glasscherbe lag noch zur Analyse im Labor, Donal McFadden im gerichtsmedizinischen Institut.

Außerdem hatte Dr. Harb die für den späten Nachmittag angesetzte Obduktion kurzfristig abgesagt. Passte nicht zu dem alten Haudegen. Aber zum Fall.

Der Kollege Reitsamer hatte gemeinsam mit Holger, Phillip und ein paar Uniformen die Bars und Wohnhäuser abgeklappert, um Fiona McFaddens Aussage zu überprüfen. Jetzt hatte er am Whiteboard Stellung bezogen. Je weniger es zu sagen gab, desto ausführlicher wurde er, folgte mit dem Zeigefinger den zwischen Häuserskizzen mäandernden Linien, auf die wir Donal McFaddens mutmaßlich letzte Stunden reduziert hatten. Münchner Freiheit – Kini-Garten in der Bismarckstraße – Cocktailhaus in der Feilitzsch. Mit jeder Geste wurde die Fingerspitze farbiger, die Skizze löchriger.

Langer Rede kurzer Sinn: Die Nachfragenden hatten fast ausnahmslos Kopfschütteln geerntet, sowohl vom Barpersonal als auch von den Nachbarn. Nie gesehen, die zwei. Alkoholbedingter Lärm rund um die Schwabinger Bars war außerdem an der Tagesordnung. An Halloween erst recht. Und dann die ganzen Nachtschwärmer auf dem Heimweg. Wenn man sich um jedes Geräusch kümmere, wo käme man da hin?

Nur im Cocktailhaus konnte sich einer der Kellner an Donal McFadden erinnern. »Weil er aus Irland kam, und weil er in so kurzer Zeit so viele Whiskey mit Bier bestellt hat.«

Reitsamer grinste anerkennend. Auch Kris lächelte. Mir blieb nur die Erinnerung an mein letztes Glas Wein ohne schlechtes Gewissen. Lange her.

»Wenn du mich fragst, war die Sache ganz einfach«, begann Reitsamer mit seinem Schlussplädoyer. »McFadden bechert, die Ex nörgelt. Außerdem will sie nicht zu ihm zurück. McFadden bechert noch mehr. Sie geraten in Streit. Die Ex läuft nach Hause und heult sich bei ihrem Freund Kronmeier aus. McFadden lässt die Ex Ex sein und torkelt die Feilitzschstraße runter Richtung Unterkunft. Anstatt links in die Keferstraße abzubiegen, kommt er vom Weg ab, die Böschung runter und rein in den Bach. Er ist zu voll, um sich selbst zu retten, und ertrinkt.«

Reitsamer verschränkte die Arme, sah mich herausfordernd an, setzte sich dann neben Kris. Die kontrollierte schon zum dritten Mal in den letzten zwanzig Minuten ihr Telefon. Mit dem Feierabend hatte sie es schon immer genau genommen. Heute wirkte sie fast nervös.

»Seine Schwester glaubt, er ist bei der Ex, und die Ex glaubt, es ist eine seiner üblichen Kapriolen«, sagte sie langsam.

Reitsamer nickte, zufrieden mit ihrer Zustimmung. »Ein klassischer Saufunfall, wenn du mich fragst. Wenn Sebi nicht noch eine kleine Sensation aus dem Hut zaubert, wird das im Leben kein Fall mehr. Konstantin oder spätestens der Staatsanwalt schießen uns den ab.«

Ich warf noch einmal einen kurzen Blick auf Fiona McFaddens Aussage. Reitsamer hatte wahrscheinlich recht. Sowohl mit seiner Theorie als auch mit der Einschätzung unseres Dezernatsleiters. Konstantin liebte geschlossene Akten. Warum auch nicht? Neunzig Prozent aller Fälle ließen sich auf banalste Art erklären.

Dann waren da noch die anderen zehn.

»Danke, Erwin.« Ich gab das Protokoll an Kris weiter. »Zwei Fragen hätte ich noch: Was ist mit Steve Whelan, Fionas Freund? Siobhan McFadden hat ausgesagt, dass der seit Jugendzeiten mit ihrem Bruder im Clinch lag. Schon damals ging es um Fiona, behauptet sie zumindest. Steve und Donal wollten also beide dieselbe Frau. Ist doch ein schönes klassisches Motiv, oder?«

Reitsamer schüttelte den Kopf. »Whelan hat gleich ein mehrfaches Alibi. Arbeitet in einem Irish Pub in der Trautenwolfstraße, wo auch immer wieder Bands auftreten. Shamrockers heißt es.«

»Kenn ich. Aber das liegt doch gerade mal ein paar Ecken von der Feilitzsch entfernt.«

»Seine Kollegen haben uns alle bestätigt, dass er an dem Abend bis zur Sperrstunde geschöpft hat.«

»Aber es war doch Halloween, nicht wahr?«

Der Kollege nickte knapp. Er war schon immer der Meinung gewesen, ich stelle zu viele Fragen.

»Ich frage mich, wie zuverlässig die Aussagen der Kollegen sind. Die hatten doch auch alle Hände voll zu tun, wenn so viel los war. Hätten die überhaupt gemerkt, wenn er ein paar Minuten weg gewesen wäre?«

»Zwei fehlende Hände würden an so einem Abend in einer vollen Bar sehr wohl auffallen, Frau KHK. Außerdem waren das schon drei Fragen, nicht zwei.«

Ich atmete ein, atmete aus.

Ein klassischer Erwin Reitsamer, Kriminaloberkommissar. Leidlich engagiert, bei sozialen Anlässen unbestrittener Kalauerkönig – aber wehe man begann, ihn zu hinterfragen. Dann wurde die Zusammenarbeit mit ihm zur Bergwanderung in Taucherflossen.

Reitsamer war schon KOK gewesen, da hatte ich mich noch als Juniorpartnerin des legendär polterigen KHK Georg Wagner bei fast jeder Fallbesprechung belehren und belächeln lassen müssen. Jetzt war ich Georg Wagner, und Reitsamer noch da, wo er immer war, samt Pulli-Hemd-Kombi und Bürstenschnitt, der von Jahr zu Jahr grauer und dann plötzlich schwarz geworden war. Seinen Frust darüber bekam ich sofort nach meiner Beförderung zu spüren. Auf jede Frage eine Gegenfrage, auf jede Aussage ein Zweifel, auf jede noch so naheliegende Theorie eine Gegenthese.

Reitsamer nannte das »Advocatus Diaboli«. Ich nenne es passiven Widerstand. Ein Dilemma: Für offene Konfrontation fehlte mir heute die Energie, für Taucherflossen die Geduld.

Lieber einen großen Schluck von meinem doppelten Espresso. Entkoffeiniert, wie schon seit Monaten. Ansonsten vierzig Prozent erhöhtes Fehlgeburtsrisiko, hatte man mir in der Klinik angedroht. Man gewöhnt sich auch daran. So wie an den Kollegen Reitsamer.

»Danke fürs Mitzählen. Und wann war Sperrstunde im Shamrockers?«

Reitsamer musterte mich bloß aus geschlitzten Augen.

»Ein Uhr nachts«, sprang Kris für ihn ein.

Ihr Gedächtnis für Details wollte ich haben.

»Und danach ...?«

»... war er auf ein Bier zur Entspannung, so wie anscheinend immer nach der Sperrstunde, und ging anschließend nach Hause«, übernahm Reitsamer wieder.

»Alleine?«

»Genau. Am besten, du liest dir Whelans Aussage noch einmal durch, da steht's drin.« Pseudogeduldige Erklärungen von den älteren männlichen Kollegen. Wer liebte sie nicht?

»Dann zu meiner zweiten Frage.« Ich zwinkerte ihm zu, und er wich meinem Blick aus. Geradezu lächerlich, welche Genugtuung ich dabei empfand. »Luis Kronmeier. Was ist das für ein Typ?«

Der Kollege prustete. »Was soll das für ein Typ sein? Er war der einzige Zeuge im Angebot. Sowohl Whelan als auch eine weitere WG-Bewohnerin ...«, er blätterte sich gemächlich durch seine Notizen. Bei jedem Blatt einmal kurz über den Zeigefinger geleckt. Kris und ich tauschten einen Blick. Deshalb waren seine Notizbücher immer so wellig. »Eine gewisse Judith Krings, die waren beide nicht zu Hause an dem Abend. Wir hatten schon halb Schwabing hinter uns, als ich den Kronmeier endlich erreicht habe. Für eingehende Persönlichkeitsanalysen per Telefon war da keine Zeit, tut mir leid«, sagte Reitsamer mit steif gefrorenem Lächeln.

»Ich präzisiere: Warum meldet sich Fiona McFadden nach einem so schlimmen Streit bei Kronmeier und nicht bei Steve Whelan. Der ist doch ihr Lebensgefährte, oder?«

Meinem Kollegen entfuhr ein ungeduldiger Schmatzer. »Es war Halloween, wie schon gesagt, und die Bude war laut Aussagen von allen inklusive Whelan voll. Vielleicht wollte sie lieber mit jemandem reden, der auch Zeit für sie hatte?« Demonstrativ klappte er sein aufgequollenes Notizbuch zu und wieder auf. »Alois Christoph Kronmeier«, las er vor wie ein Grundschüler. »37 Jahre alt, aus Buch am Ammersee, wohnt seit Jahren in München, Nähe Gärtnerplatz. Er ist selbstständig als Fahrradkurier, nach einem Unfall derzeit im Langzeit-Krankenstand. Er bestätigt die Aussage von Fiona McFadden. Sie waren in der Nacht auf Allerheiligen über WhatsApp in Kontakt, McFadden hatte Streit mit ihrem Exmann gehabt und sich sehr über sein Verhalten aufgeregt. Sie hatte sich mit jemandem austauschen wollen. Laut seinem Chat-Protokoll war das kurz vor eins, und sie hat ihm vom Streit mit ihrem Mann geschrieben. Das dauerte etwa zwanzig Minuten. Er will mir die Screenshots schicken, darauf warte ich noch.«

»Wenn sie sich austauschen will, warum tippt sie umständlich rum, statt ihn einfach anzurufen?«

»So sind sie, die jungen Leute.« Reitsamer seufzte, klappte sein Notizbuch zu. Auf, zu. »Meine zwei zu Hause auch. Manchmal wünsch ich mir, sie würden einfach wieder die Telefonleitung lahmlegen wie die Teenager früher. Aber bei uns herrscht Grabesstille.«

»Fiona McFadden ist so alt wie ich. Wenn ich was dringend loswerden muss, rufe ich an.«

Schau an, Kris. Es kam nicht oft vor, dass sie Reitsamer widersprach. Oder überhaupt irgendjemandem.

»Aber du bist ja nicht wie die anderen Mädels, oder?« Reitsamers Lächeln eine Warnung. Ein kurzer Schlagabtausch mit Blicken, dessen Inhalt ich nicht decodieren konnte, dann versenkte sich Kris wieder in Fiona McFaddens Protokoll, das sie sicher schon dreimal gelesen hatte. Schniefte.

Jetzt für sie Partei zu ergreifen würde nichts besser machen. Also zurück zur Sache. »Wissen wir, wie lange Fiona McFadden und Luis Kronmeier sich kennen?«

»Ein paar Monate«, sagte Reitsamer, ohne nochmal in sein Notizbuch zu sehen. »Er hatte einen Unfall vor dem Café, in dem McFadden arbeitet. Sie hat erste Hilfe geleistet und ihn ins Krankenhaus begleitet. Seitdem sind sie in Kontakt.«

»So intensiv, dass sie Luis Kronmeier in ihre familiären Probleme einweiht?«

»Warum nicht? Sie ist neu in der Stadt und sucht Anschluss, er ist dankbar für ihre Hilfe nach dem Unfall. Da kann schon mal schneller eine enge Freundschaft entstehen als üblich. Oder hältst du das für unmöglich?«

»Nicht unmöglich, aber ungewöhnlich. Iren wandern ständig aus, und es gibt überall Netzwerke von Landsleuten. Denen schließen sie sich oft lieber an als den Einheimischen.«

»Frau Logan hat also jetzt die universelle Deutungshoheit über alle Iren?« Reitsamer grinste gereizt, stand auf. Das ewig gleiche Ritual: Hemd zurück in den Bund, Pulli drüber, Hände in die Hosentaschen. Immer kam daraus ein Kaugummi zum Vorschein. Auch heute.

»Nein. Aber nachfragen schadet nicht.«

»Dann frag eben nach, Patsy. Morgen kommt die McFadden hierher und unterschreibt ihre Aussage.«

»Gut. Kannst du das koordinieren, Kris?«

Sie nickte, verlängerte ihre Aufgabenliste.

»Und Erwin«, unterbrach ich seine Aufbruchstimmung. »Bitte schreib mir nochmal alles auf, was wir über diesen Kronmeier wissen.«

»Werde mich sofort draufstürzen, Patsy.« Reitsamers Grinsen zeigte mir den Mittelfinger.

Wir leben eindeutig im Zeitalter der persönlichen Befindlichkeit.

Luis, viereinhalb Monate vor Halloween

Heute ist der Tag für den nächsten Schritt. Die Zeichen sind eindeutig: keine Kopfschmerzen beim Aufwachen, die Wirkung des Novalgin noch ein sanfter Schleier über seinem Bewusstsein, die Nacht hinter ihm ein schwarzes Loch, jeder Traum ausgelöscht. Geht doch.

Dr. Spielmann hat ihm zwar dringend von einer Überdosierung abgeraten, aber was wissen ein Neurologe und seine Monobraue wirklich von dem, was da unter Luis' Schädeldecke Amok läuft? Hammer auf Amboss, Hammer auf Amboss, immer wieder, seit seiner Entlassung vor zwei Wochen.

Eine normale Reaktion seines Gehirns, behauptet Dr. Spielmann. Eine subdurale Blutung brauche Zeit. Überhaupt. Er müsse froh sein, sagt Dr. Spielmann. Er sei ein Glückspilz, denn er sei noch am Leben. Was für ein Leben, das fragt keiner.

Dr. Spielmann. Wenn der wüsste, was Luis ihm alles an den Hals wünscht, wenn er mal genug Kraft zum Denken hat. Genug Zeit hat er jedenfalls, schließlich kann er nicht mehr arbeiten. Und nicht radfahren, zumindest bis auf Weiteres. Auch, weil es ihm Angst macht. Geduld, die Kopfschmerzen werden vergehen. Der Wechsel zwischen bleierner Müdigkeit und schlafloser Unruhe wird vergehen, die Angst. Die Minuten, manchmal Stunden, die seinem Gedächtnis abhandenkommen, werden nicht wiederkommen. Aber alles andere wird vergehen. Doch wie lange wird es dauern? Wir wissen es nicht. Vielleicht Wochen. Vielleicht Monate. Es gibt kein Rezept. Keine Prognosen. Es gibt nur Geduld.

Seien Sie dankbar: Ein ungewöhnlich guter Verlauf bei einer Blutung dieser Größe. Keine Lähmungen. Keine Sprachstörungen. Nicht wochenlang in Gesellschaft von menschlichem Gemüse in irgendeiner Reha-Klinik. Und es gibt andere Jobmöglichkeiten. Neue Perspektiven. Sicherlich. Er ist ein Glückspilz.

Dass er jetzt überhaupt noch denken kann, verdankt er ihr. Hätte sie nicht sofort seine medizinische Versorgung sichergestellt. Hätte sie ihn nach Hause gehen und sich ins Bett legen lassen. Hätte sie all das nicht für ihn getan. Dann ...
   Eine Frau ohne Namen zunächst. Sie hat ihn sogar im Krankenhaus besucht, während er schlief. Die Schwester hatte von einer jungen Frau berichtet, die bald wieder gegangen sei. Zurück blieben eine Schachtel Schokoladenherzen und eine Postkarte. Ein Strichmännchen mit verbundenem Kopf, sorgfältige Handschrift, Kreise anstelle von i-Punkten.

> Lieber Luis, Gute Besserung! xxx Fee

Er kannte keine Fee. Grundsätzlich war kein Besuch von jungen Frauen zu erwarten. Auch nicht von älteren Frauen. Mama rief von Mallorca aus an: Asta war gerade an der Hüfte operiert worden, armer Hund, jemand musste bei ihr bleiben.
   Aber Papa kam. Es gab immer genug Termine in München. Seine feingliedrige, hoch versicherte Hand auf Luis' lächerlich unbehaartem Unterarm, sein abgespanntes Gesicht im Schein des Smartphones. Seine permanent bekümmerte Stimme. Leise, immer auf Zwischentöne bedacht. Wir sind so froh, dass es glimpflich verlaufen ist. Wie geht es jetzt weiter für dich? Bei Besuch zwei und drei stellte sich Luis schlafend. Einen vierten gab es nicht.

Heute ist der Tag, an dem der Name wieder ein Gesicht bekommen soll. Kaum hat er sie durch das Fenster des Seitenspeise gesehen, war die Erinnerung da. An sie, am Tag des Unfalls.

Fee ist alleine. Sie trägt enge Jeans, silberne Ballerinas, ein weißes Top mit Ausschnitt. Ihre halblangen Haare mit Metallclips hochgesteckt, Strähne um Strähne. Ein sommerliches Strohblond. Wahrscheinlich gefärbt – an den Wurzeln sieht es dunkler aus. Erschöpft, so wie sie.

Sie lächelt trotzdem. Verabschiedet die ebenfalls erschöpft aussehende Frau Anfang vierzig, obwohl die nichts gekauft hat. Hält ihr und ihrem Doppelkinderwagen die sperrige Tür auf. Lippen ziehen sich von geweißten Zähnen zurück. Lippen bewegen sich. Herzlichen Dank! Zu freundlich! Die exzessive Freundlichkeit unter gut situierten Frauen.

Als die Frau draußen ist, nimmt Fee einen Holzkeil und versucht, ihn zwischen Eingangstür und Holzboden zu schieben. Luis sieht sie erst, als sie sich umdreht und er direkt vor ihr steht.

»Oh, hallo«, sagt sie.

Das Lächeln ist so schnell. Es braucht nur den winzigsten Bruchteil einer Sekunde, schon leuchtet ihr Gesicht.

»Luis?«, sagt sie, mit einem kleinen Schlenker der Unsicherheit in ihrer Mädchenstimme.

»Ja«, sagt er und fährt sich mit der Hand über die Stoppeln auf dem Kopf. »Ich weiß. Der Pferdeschwanz ist weg.«

»Neue Frisur für neue Leben«, sagt sie mit englischem Akzent. Er sieht, wie die ungewohnten Worte Platz brauchen in ihrem Mund. Ihre Oberlippe ist etwas voller als die untere. Sie lacht. Dann fällt ihr graublauer Blick auf seine Hände.

»Oh, ein kleines Dankeschön«, sagt Luis. »Just a little gift. To say thank you.«

Sie nimmt sein Angebot sofort an und verfällt auch ins Englische. »Aber nein. Das ist nicht nötig. Das hätte doch jeder getan.«

Er schüttelt bloß den Kopf.

Sie nimmt das Geschenk, liest die Karte. Sie braucht lange, dabei steht da so gut wie nichts. Er tut sich schwer mit Worten. Er beobachtet lieber.

Fee sieht die Karte an, als wüsste sie, wie viele Versionen des Textes abgewogen und für zu leicht befunden worden waren. Dann sagt sie: »Danke. Das ist wirklich nett ... Und das auch.« Sie hält das Buch in die Höhe: *Gebrauchsanweisung für München*. »Das kann ich sehr gut brauchen. Sobald ich besser Deutsch kann ...«

»Ich kann es dir übersetzen.«

Jetzt lacht sie wieder.

Eine Pause entsteht, sie zögert. Zwischen dem hellblonden Babyflaum auf ihrer Oberlippe kleine Schweißtröpfchen. Mit der flachen Hand beschattet sie sich die Augen.

»Komm, ich lade dich auf einen Kaffee ein. Hast du Zeit?«

Er nickt.

Alle Zeit der Welt.

Bruderherz

1

Gerne würde ich behaupten, dass ich Überraschungen mag. Ist so eine sympathische Eigenschaft, diese Spontaneität. Sich treiben lassen durchs Leben. Dankbar sein für kleine Stolpersteine, wachsen an den großen, sich erfreuen an unerwarteten Geschenken und Wendungen. Dieses ganze New-Age-Palaver eben.

Nein, danke. Vorhersehbarkeit wird oft unterschätzt, aber nicht von mir. Deshalb lebe ich freiwillig in einer Welt von Verordnungen, Paragraphen und Protokollen. Und ich lese platte Krimis. Was soll ich sagen – ich liebe geregelte Verhältnisse.

Wie jedes meiner Defizite schiebe ich es auf meinen Dad. Eine bequeme Lösung, denn der war spontan für zwei. Im Grunde war er zwei.

Euphorischer Dad – deprimierter Dad.

Liebevoller Dad – verletzender Dad.

Welteroberer – Arbeitsloser.

Dazwischen gab es kaum etwas, außer natürlich eine Menge Überraschungen. Eine davon war sein Selbstmord, am Ende unserer jährlichen Sommerferien in Dublin. Er hinterließ uns seine Schuhe, ein Hemd und ein paar regennasse Abschiedsbriefe. Und außerdem eine Menge Schulden bei einer Menge Leuten in zwei Ländern – eine Folge seiner immer neuen Geschäftsideen während seiner manischen Phasen. Überraschung!

Aber gut. Das war 1993. Die Stürme der darauffolgenden

Jahre haben sich lange gelegt, und was sich nicht gelegt hat, das habe ich meist gut im Griff.

Und dann ist da noch Robbie.

2

Ich konnte ihn riechen, noch bevor ich die Wohnung betreten hatte, erkannte ihn am Schweigen in der Wohnküche. Sah, wie er an unserem meist unterbesetzten Esstisch für sechs saß, das Gesicht gestützt auf eine Pyramide aus Ellenbogen, Hand und Daumen. Sein Blick intensiv und doch so oft ohne Fokus.

»Rate mal, wer da ist.« Stefan kam zuerst in den Flur. Seine tiefe Stimme wie immer ein Versprechen, dass alles gut wird, seine Lippen ein warmer Magnet für meine, sein Lächeln eine Entschuldigung dafür, dass er mich nicht vorgewarnt hatte.

Ich erwiderte es, gab ihm stumm die Absolution.

Wie viele Psychologen liebt Stefan zwar Geheimnisse, aber keine Überraschungen. Aus diesem Besuch eine zu machen, war sicher Robbies Idee gewesen, und es war schwer, Robbies Ideen etwas entgegenzusetzen. Letzten Endes bekam und tat er immer, was er wollte.

So lange, bis er weiterzog. Oder man ihn weiterschickte. Meistens landete er dann bei mir.

Robbie und ich sind das, was man »Irische Zwillinge« nennt, denn uns trennen fast auf den Tag genau elf Monate. Inzwischen sind es Welten. Wir haben zwei sehr verschiedene Wege eingeschlagen, die aber immer wieder zueinander führen. Robbie der Komet, der immer wieder in meine Umlaufbahn einschwenkt, mein Gravitationsfeld durcheinanderbringt und sich dann wieder aufmacht hinaus ins Universum.

Da stand er in der Küchentür. Wie immer barfuß, in Dreiviertelhose und T-Shirt. Grinsend. Voller Sommersprossen, eingebrannt in keltisch blasse Haut.

»Schwesterherz, wie lang ist das her?«

»Über ein Jahr«, sagte ich, denn ich wusste, es war keine rhetorische Frage. Sein Gefühl für Zeit war Robbie irgendwann abhandengekommen. Er hatte es abgegeben, wie er es gerne formulierte. Nichts leichter als das, ohne festen Job – und mir ist egal, wie sehr sowas nach meiner Mutter klingt.

»Viel zu lange jedenfalls. So schön, dich zu sehen.«

Wie recht er hatte.

Ich umarmte ihn, er umklammerte mich. Kompliziert geformte Teile, die ich weder verstehe noch beschreiben könnte, griffen ineinander, rasteten ein, wie bei jedem Wiedersehen. Und natürlich roch er nach Gras. So wie immer. Robbie war Robbie geblieben. Mein kleiner Bruder.

Ich löste mich von ihm und trat einen Schritt zurück, hielt seinen wandernden Blick für höchstens drei Sekunden auf. Ihm reichten die auch.

»Hast schon besser ausgesehen, Patsy.«

Man altert in Schüben, heißt es immer wieder. Kann ich bestätigen. Mein vergangenes Lebensjahr war ein einziger Schub. Wo ich bisher ein etwas herb geratenes, aber doch halbwegs attraktives Schneewittchen im Spiegel erkannt hatte, sah ich derzeit nur noch graue Haare sprießen und Augenringe, die sich immer tiefer in mich hineingruben. Zumindest die Falten hielten sich in Grenzen – wahrscheinlich, weil ich wegen der ganzen Hormonbehandlungen fast zehn Kilo zugenommen hatte.

»Kommt von dieser chronischen Krankheit. Arbeiten und Geld verdienen, pass bloß auf.«

Stefan schüttelte den Kopf und verdrehte die Augen. Was in meiner Familie als liebevoller Humor durchging, war ihm schon immer fremd gewesen.

»Tut mir leid, dass ich euch so überfalle, aber ich bin gerade ein paar Tage in München. Ich wollte Ma besuchen, und Kev, und vor allem meine allerliebste Lieblingsschwester. Ich bleibe aber nur für heute Abend zum Essen.«

Blödsinn. Das alte Spiel, so begann es jedes Mal.

»Aha. Und der da?«

Ich zeigte auf den Tramper-Rucksack, der in der Ecke des Wohnzimmers stand. Gleich neben Paulis Käfig, den unser Graupapagei eigentlich nur zum Schlafen benutzte – oder wenn ihm etwas nicht behagte. Mit eng angelegten Federn trippelte er dort im Halbdunkel auf seinem Schlafast auf und ab, den Schnabel leicht geöffnet vor nervöser Empörung. Pauli hasste Fremde, und ganz besonders hasste er Robbie.

»Da drin sind lauter Geschenke für euch!« Mein Bruder riss an Klettverschlüssen, zippte und zappte an Reißverschlüssen, versenkte seinen Arm tief in den Eingeweiden seiner Habseligkeiten.

Zum Vorschein kam ein vollkommen verknautschter Karton, wahrscheinlich für jemand anderen gedacht, gefüllt mit seltsam riechenden Teigwürfeln in Knallfarben.

»Barfi«, erklärte er, während ich daran schnupperte. »Ich schwör dir – probier die ein Mal und du wirst für sie töten wollen.«

Stunden später wollte ich tatsächlich töten – vor allem für ein wenig Schlaf. Aber der Abend war gelaufen wie erwartet, vorherbestimmt von einem Drehbuch, das vor über zwanzig Jahren geschrieben und seitdem kaum variiert worden war. Dazu gehörte eine lange Nacht mit vielen unwillkommenen Gedanken.

Begonnen hatte es wie immer. Stefans Antipasti, Gnocchi und Wein für alle außer mich. Robbie war charmant. Robbie diskutierte mit Stefan über den neuesten Murakami-Roman. Robbie erzählte. Von ein paar Wochen in Chile, um die Torres del Paine zu umrunden, die zu sechzehn Monaten wurden. Von Chiara, dem Mädchen aus Italien, das er in Puerto Natales kennengelernt hatte. Dreizehn Jahre jünger als er, und sie hatte einen Freund gehabt, aber *so what*, sowas kann sich ändern, und das tat es. Es waren die vielleicht schönsten neun Monate in Robbies Leben. Dann war das Feuer aufgezehrt, und das Hostel, in dem er gegen Kost und Logis gearbeitet hatte, hatte für den Winter geschlossen. *So what*, so war das Leben. Mit einem Bekannten war er also zuerst nach Buenos Aires und dann weiter nach Indien. Kerala. Irgendein Ashram, das ihn mit offenen Armen aufgenommen hatte. Aber die Leute da hatte er nicht lang ausgehalten. Zu erleuchtet. Echte Yoga-Nazis. Ideologie war nichts für ihn, und Yoga eigentlich auch nicht. Also zurück nach Deutschland. Zuerst Mikey in Frankfurt, dann zu mir und Kev nach München.

Hier wollte er ein bisschen bleiben. Familie tanken. Aber nur so lange, bis er genug zusammengespart hatte. Er schuldete seinem Freund aus dem Ashram noch Geld für den Flug hierher, und er wollte etwas ansparen für sein nächstes Ziel. Wahrscheinlich Neuseeland. Morgen würde er Fergal, Dads alten Freund und noch immer Pächter des Fiddler's Green in der Orleansstraße, um einen Job fragen.

»Und du wohnst solange – wo?«, fragte ich, bevor es Stefan tat. Der räumte bloß mit einem vielsagenden Räuspern den Tisch ab.

»Kev hat es mir angeboten, aber du weißt ja – ganz schön eng mit den zwei Kindern. Außerdem hasst Bea mich.«

Man muss es ihm lassen: Robbie ist auf seine eigene Art sehr berechenbar.

»Pauli hasst dich auch«, sagte ich.

Und Robbie lächelte. Dieses bahnbrechende Lächeln. Ein Erbe meines Vaters. Leider nicht das einzige.

»Danke, Schwesterherz. Nur ein paar Tage, ich versprech's.«

Stefan hasste Robbie nicht. Aber er wusste genauso gut wie ich, was die Versprechungen meines Bruders wert waren. Was seine Gegenwart aus mir machte. Und wie es unweigerlich enden würde. Deshalb sein beredtes Schweigen nach meinem raschen Zugeständnis. Deshalb seine besonders enge Umarmung im Bett.

»Glaubst du wirklich, es ist eine gute Idee, ihn hier unterschlüpfen zu lassen?« Seine große warme Hand auf meinem Bauch. »Dieser zusätzliche Stress, ausgerechnet jetzt?«

Ich atmete ein, atmete aus.

»Ausgerechnet jetzt«, das war unser Status seit über einem Jahr. Mit jedem neuen Versuch, schwanger zu werden, schwanger zu bleiben, zu scheitern, zu trauern, sich zusammenzureißen, den nächsten Versuch anzugehen. Der Ausnahmezustand als Regel. Jedes Ziehen in der Leiste, jedes flaue Gefühl im Magen plötzlich von größter Bedeutung. Feuchtigkeit, die im Sichtfenster eines Schwangerschaftstests immer weiter nach oben klettert. Ein zweiter Strich oder kein zweiter Strich. Leben oder Auslöschung. Das war Stress. Mein Bruder – *so what*.

Das sagte ich nicht. Stattdessen sagte ich: »Ich habe Robbie über ein Jahr lang nicht gesehen. Und davor waren es zwei. Ich will, dass sich das ändert. Wenn ihm Fergal einen ...«

»Ach was, Fergal. Robbie wird sich nicht ändern, das weißt du.«

Nur zu gut. Aber. »Klär mich auf, Doktor Fuchs. Warum?«

»Weil du dich auch nicht änderst. Alte Familienkrankheit. Die Logans, stur bis ans bittere Ende.«

»Und mit sowas willst du Kinder haben?«

Ein Schnauben in meinem Nacken. Die warme Hand kam unter mein T-Shirt, streichelte. Das Wort allein reichte schon, um ihn glücklich zu machen. Ein Wort – alles, was ich ihm bisher hatte geben können. Das und einen blutigen Zellklumpen.

Es war herzzerreißend, wirklich. Und dann noch seine Eltern. Die hatten letztes Jahr in Aussicht gestellt, Stefan zu enterben, wenn wir keinen Nachwuchs zeugten. Auch wenn sie inzwischen so etwas wie ein schlechtes Gewissen deswegen entwickelt hatten und sich an den Kosten dieser IVF-Runde mit 50 Prozent beteiligten. Der Druck wurde durch ihr ständiges Nachfragen auch nicht weniger. Aber gut. Morgen war es vorbei, so oder so.

Am Abend hatte es bloß geregnet, jetzt wieder Schneeregen. Winzige Explosionen auf den Fenstersimsen. Drüben im Wohnzimmer Schritte auf Parkett, in die Küche und zurück. Feuerzeug. Feuerzeug.

Stefan wollte etwas sagen. Sagte es nicht. Schnauben. Luftholen. Jetzt kam's gleich.

»Wenn er seinen Shit rauchen will, muss er zu Kev gehen«, sagte mein Mann. »Ab morgen kommen wieder Klienten, das kann ich hier nicht brauchen.«

Bingo. Der erste Stein rollte schon. Weitere würden folgen.

»Klar. Sag ich ihm.«

Egal, wie minimal mein Körper sich versteifte, Doktor Fuchs spürte es. Die warme Hand über meinem Bauch blieb. Tätschelte seinen unklaren Inhalt.

»Was sagt dein Gefühl? Ich meine, wegen dem Test morgen?«

Als bräuchte ich eine Erinnerung daran, was er meinte. Urinbecher und Packung schon jetzt auf dem Nachtkästchen. Hochsensible Klinik-Tests, Irrtum ausgeschlossen.

Ich überlegte eine Weile. Horchte in mich hinein, so wie ich es schon all die anderen Male getan hatte. Erwartete die Antwort auf eine Frage, die ich mir seit dem Transfer der zwei laut Labor wunderschönen Blastozysten in meine Gebärmutter vor zwei Wochen stellte. Jeden Tag. Jede Nacht.

»Ich hab keine Ahnung«, sagte ich schließlich.

Stefan schwieg dazu. Wahrscheinlich glaubte er mir nicht. Ob gut oder schlecht – Patsy Logan hatte meistens irgendein Gefühl auf Lager. Eine Tatsache, mit der er mich konfrontieren wollte. Stattdessen entschied er sich für Harmonie, einmal mehr an diesem Abend.

»In ein paar Stunden wissen wir's auf jeden Fall«, murmelte er. Küsste meine Haare, drehte sich um. Zuckte, begann regelmäßig zu atmen. Verschwand im Schlaf der Gerechten und ließ mich allein zurück am Portal einer langen Nacht.

Da lag ich, lauschte dem Dauerregen, den Geräuschen meines rastlosen Bruders, dann ihrer Abwesenheit. Fragte mich, warum ich Stefan gerade angelogen hatte.

Mittwoch, 8. November

*We're bleeding into a cup when we've got enough
We'll just paint the walls*

Tom McRae; »Karaoke Soul«

Kleines Trauma, großes Trauma

1

1 neue Nachricht, hinterlassen um 6.24 Uhr

Patsy, ich bin's, Kris. Mein verdammtes Auto springt nicht an, und ich muss mich erst irgendwie organisieren, wie ich zur S-Bahn komme. Ich werde es nicht rechtzeitig in die Stadt schaffen für die Obduktion. Um halb acht bei Dr. Harb, LMU. Nur zur Erinnerung. Tut mir leid. Wir sehen uns dann später, ja?

2

1 neue Nachricht, hinterlassen um 7.10 Uhr

Guten Morgen, hier spricht Patrizia Logan, L-O-G-A-N.
Mein Mann und ich sind Patienten Ihrer Klinik. Ich sollte
anrufen, wegen dem Ergebnis unserer Schwangerschaftstests.
Ich habe einen frühen Termin, deshalb melde ich mich jetzt
schon. Beide Tests sind negativ. Danke, auf Wiederhören.

3

Rund ums Sendlinger Tor staute sich der Verkehr. Stop-and-go. Stoßstange an Stoßstange. Scheibenwischer im Intervallmodus, die nur Tau beseitigten. Es hatte aufgeklart, die Temperaturen jetzt weit im Minus. Die Dämmerung noch nicht mehr als eine Ahnung. Alle warteten auf Erlösung.

Kaum war ich aus der U-Bahn-Station aufgetaucht, stülpte sich die Luft über meinen Kopf wie ein kalter Helm, der jedes Gefühl aus meinen Wangen presste. Gut so.

Je kälter, desto besser. Je gefühlloser, desto besser.

Eigentlich musste ich Kris und ihrem unzuverlässigen Auto dankbar sein. Der Drang, mich nach dem Anblick von zwei Teststreifen mit je nur einem Strich zurück ins Bett zu legen und nicht mehr aufzustehen, war überwältigend gewesen. Nur wegen Kris war ich auf dem Weg in die Nussbaumstraße ins rechtsmedizinische Institut, stakste ferngesteuert über Bodenfrost und Streusplit. Weil eine Ermittlung, egal auf welch wackeligen Beinen, Ermittlerinnen braucht. Wenigstens eine.

Vorbei am Empfang. Ausweis. Der quadratisch aussehende Sicherheitsbeamte lächelte mir zu. Warum? An mir konnte es nicht liegen. Vielleicht war es »Ace of Spades«, das mit etwa neunzig Dezibel aus meinen Kopfhörern drang. Oder Mitleid, weil ich zu Dr. Harb musste.

Es roch nach nassen Regenschirmen, dem frisch aufgestellten Christbaum mit seinen penetrant blinkenden Lichterketten, und weiter unten, wo die Marmortreppe hinunter ins Untergeschoss führte, roch es nach den Ausläufern des Todes.

Ich ließ den Mantel im Umkleideraum, obwohl es kalt genug war, ihn anzulassen. Diesen Geruch wollte ich später nicht mit mir herumtragen. Handschuhe. Schürze. Minzöl auf die kleine Fingerspitze, einen Tropfen für jedes Nasenloch.

Als Mann der alten Schule strafte Dr. Harb das Abblocken von Verwesungsgeruch natürlich mit Verachtung. Zu einer gründlichen Obduktion gehöre jede Art von Sinneseindruck, hatte er mal in meinen frühen Jahren doziert. Nur Amateure und Frauen wollten das verwässern. Meinetwegen. Ich war inzwischen zu lange dabei, um für ihn die Heldin abzugeben.

Natürlich hatte Dr. Harb schon angefangen. Was auch immer ihn gestern von seinem Plan abgebracht hatte, schien heute keine Rolle mehr zu spielen.

Die Assistentin nickte mir kurz zu, als ich eintrat, murmelte einen Gruß. Er selbst sah kaum auf, sprach in sein Diktiergerät. Irgendeinen Rhabarber von avital imponierten Treibverletzungen. Trotz der Kälte trug er Schutzkleidung mit kurzen Ärmeln. Seine Arme verrieten, dass er noch nicht so alt war, wie man immer vermutete. Teure Uhr. Gäbe es einen Pathologen wie Dr. Harb nicht, man müsste ihn erfinden.

Vor ihm ausgebreitet lag Donal McFadden, außer seinem Mund noch alles ungeöffnet. Ich trat einen Schritt näher. Augen auf. Fokus auf die Tatsachen, nicht auf ihre mögliche Bedeutung.

Auch tot war McFadden noch von imposanter Statur, ein Berg von Mann im Gegensatz zur vergleichsweise hageren Gestalt des Arztes, der ihn schon bald auseinandernehmen, ihn von seinen Organen trennen, seine letzten Stunden von jeglichem Geheimnis befreien würde. In seinem etwas groben, von Wasser und Tod entstellten Gesicht konnte ich noch die ausgeprägten Wangenknochen erkennen, die mir auch an seiner Schwester Siobhan aufgefallen waren. Alles, was ihn sonst vielleicht noch ausgemacht hatte, war weg. Der Charme, über den Marta Pfeil geschwärmt hatte. Sein zweites Gesicht, das bei der Aussage seiner Ehefrau zwischen den Zeilen Form angenommen hatte. Alles verschwunden, in Luft aufgelöst oder gefangen in einer Parallelwelt, zu der es für uns Lebende keinen Zutritt gab. Sein Körper ein leeres Gefäß.

»Frau Hauptkommissar.« Dr. Harb legte das Diktiergerät zurück auf den Seziertisch. »Hat sich die Kollegin Meyerhofer gedrückt, ja? Wenig verwunderlich. Bei so einem schwachen Magen.«

Der alte Sack. Seit einem Jahr schleifte ich Kris zu Dr. Harbs Obduktionen. Zur Abhärtung, und damit er, wenn es irgendwann so weit war, normal mit ihr arbeitete. Stattdessen kotzte sie jedes Mal, und Dr. Harb ignorierte sie beharrlich. Offenbar aber nicht so sehr, wie ich gedacht hatte.

»Autopanne. Sie lässt sich entschuldigen.«

Etwas in meiner Stimme ließ Dr. Harb innehalten, mich für ein paar Sekunden ansehen. Mit inneren Verletzungen kannte er sich aus.

»Gute Besserung«, sagte er abrupt. Unser Augenkontakt ununterbrochen, seine körnige Stimme plötzlich warm.

Einen Augenblick lang war ich überzeugt, dass die Absage des Termins gestern einen ebenso schwerwiegenden wie traurigen Grund gehabt hatte. Dass eine Nachfrage ihn in ein Häuflein Mensch verwandeln würde, hier vor meinen Augen.

Der Augenblick zog vorüber. Ich stellte keine Fragen. Dr. Harb blieb in seinem Olymp.

»Hier, hier, hier!« Sein Zeigefinger im Latexhandschuh hackte in Richtung Stirn, Handrücken und Knie. Im Gegensatz zur wächsernen, von Feuchtigkeit aufgeweichten Haut und zu den schwärzlichen Fingern waren diese Stellen grellrot von Abschürfungen; am rechten Handgelenk noch immer die Bissspuren von Ludwig, dem Labrador. »Das sind alles postmortale Verletzungen. Ertrunkene treiben mit dem Rücken nach oben, die Extremitäten hängen nach unten und schleifen bei geringer Wassertiefe über den Grund. Die Haut ist vom Wasser aufgeweicht und anfällig für Traumata. Der Gewebeabrieb ist vergleichsweise gering, der Tote hat vermutlich keine weite Strecke zurückgelegt. Ich gehe von zweihundert, höchstens dreihundert Metern aus.«

In Gedanken maß ich die Distanz zwischen der Böschung am Ende der Feilitzschstraße und der bewachsenen Insel, an der Donal McFadden hängengeblieben war. Passte wie die Faust aufs Auge.

»Alle Verletzungen am Kopf und im Gesicht sind ebenfalls postmortal. Einzige Ausnahme ist dieses kleine Trauma hier.«

Ich folgte Dr. Harbs Fingerzeig und ging um den Seziertisch herum. Zwischen Donal McFaddens dunkelbraunen Haaren zog sich ein Riss von ein paar Zentimetern über den rechten Hinterkopf. Unter den schwarzen Rändern grellrote Kopfhaut, weiße Schädeldecke.

»Gar nicht so klein.«

Dr. Harb schüttelte den Kopf. Nachsicht mit den Unwissenden.

»Das ursprüngliche Trauma sehen Sie hier an den glatten Rändern. Ein Schnitt durch einen scharfen Gegenstand. Die Einblutungen sind getrocknet. Zu einem späteren Zeitpunkt wurde die Wunde wahrscheinlich wieder neu aufgerissen, von einem Ast zum Beispiel. Dann fressen noch ein paar Fische mit. Schon wird aus einem kleinen Trauma ein großes.«

»Das heißt, die Verletzung hatte für seinen Tod keine Bedeutung?«

»Mit hoher Wahrscheinlichkeit nicht. Sie hatte genug Zeit, um zumindest ein Stück weit zu verheilen, bevor der Tote ins Wasser eingetreten ist.«

Ich betrachtete Donal McFaddens Hinterkopf. Kleines Trauma? Großes Trauma?

»Was könnte die ursprüngliche Verletzung hervorgerufen haben?«

»Das lässt sich nicht mit Sicherheit sagen. Ein harter Zusammenstoß mit einer scharfen Kante. Ein offen stehendes Fenster, zum Beispiel, oder ein Verkehrsschild.«

»Oder eine Glasflasche?«

»Theoretisch, ja«, sagte Harb abwesend. Er hatte kein Interesse an Spekulationen, war schon beim nächsten Schritt. »Fest steht jedenfalls, der Tote war bei Wassereintritt noch am Leben. In seinem Rachen haben wir Schaumpilzreste gefunden. Ein sicheres Vitalzeichen. Ich gehe davon aus, dass wir noch mehr davon finden, wenn wir den Torso öffnen.«

Die Assistentin reihte die Untersuchungsinstrumente neben dem Tisch auf. Skalpell. Herzschere. Rippenschere. Bronchialschere. Dr. Harb wies sie mit einem Blick zurecht. Sie klapperte zu laut.

»Die Ergebnisse sind zurück aus dem Labor, Herr Professor«, sagte sie. Eine kleine Besänftigung für den großen Medizinmann.

»Ach ja«, sagte Harb und nickte irritiert. »Wir haben vorab eine Blutuntersuchung angestrengt. Herr McFadden hat den Gastwirtschaften in Schwabing am Abend seines Todes noch einige Freude gemacht. Sein BAK lag bei 2,2.«

»Er hatte 2,2 Promille?«

Bedächtiges Nicken.

»Wenn Sie mich fragen, war es ein Wunder, dass der Mann überhaupt noch gehen konnte. Seine gute körperliche Konstitution war offenbar auch sein Pech.« Er betrachtete noch einmal den Reigen an Untersuchungsbesteck vor sich, bevor er zum Skalpell griff und sich Donal McFaddens Brustkorb zuwandte.

»Und jetzt sehen wir mal, was wir hier drin noch alles finden.«

4

Um es kurz zu machen: Dr. Harb fand nichts, was wir nicht vorher schon geahnt hatten.

Zum Zeitpunkt der Obduktion war Donal McFadden bereits über eine Woche tot. Geschätzter Todeszeitpunkt irgendwann zwischen dem 31. Oktober und dem 1. November. Todesursache: typisches Ertrinken, keine Hinweise auf Fremdeinwirkung, ein Tötungsdelikt unwahrscheinlich.

Er war am Ende der Feilitzschstraße vom Weg abgekommen und von der unbeleuchteten Böschung ins Wasser gefallen. Als inzwischen bestätigter Nichtschwimmer mit 2,2 Promille im Blut war er außerstande, sich selbst aus dem gerade mal ein Meter tiefen Wasser zu retten. Aufgrund des Hochwassers an dem Abend war die Strömung stärker als sonst, wahrscheinlich war er abgetrieben worden und im Unterholz der kleinen Insel im Bach hängengeblieben. Die massiv aufgeblähten Lungen und die stark ausgeprägten Erstickungsblutungen deuteten auf einen ebenso langen wie stillen Ertrinkungsprozess hin, auf den kein etwaiger Passant aufmerksam geworden war. All das, während Siobhan McFadden nichtsahnend ein paar hundert Meter weiter schlief.

Tragisch, aber: Ein Unfall in Neonbuchstaben. Einer, wie er jedes Jahr einer Handvoll Unglücklicher im Englischen Garten passiert.

So formulierte es Konstantin bei der Fallbesprechung und erntete dafür reihum Kopfnicken. Verständlich. Warum die Dinge komplizierter machen als nötig? Wozu schlafende Hunde wecken, wenn der Stapel offener Fälle schon umzukippen droht? Wozu Energie verschwenden, die ich gar nicht hatte? Keine Ahnung.

»Ich finde, wir sollten nicht vorschnell urteilen«, sagte ich. Hörte unterdrücktes Stöhnen von Holger und Phillip. Ungeduldiges Scharren unter dem Besprechungstisch. Schon wieder die Logan mit ihren Ahnungen. Nicht einmal Kris schien ich diesmal auf meiner Seite zu haben. Wenige Minuten vor Beginn der Fallbesprechung war sie in vollem Lauf zur Tür herein, berichtete wortkarg von der Wiedergenesung ihres Autos und saß seitdem wie erloschen auf ihrem Platz. Gut, sie meldete sich in Besprechungen selten zu Wort, aber der leere Blick war neu.

»Was ist mit McFaddens SIM-Karte?«, fragte Konstantin. »Hier steht, die Daten sind nicht rekonstruierbar, weil sie eine Woche unter Wasser verbracht hat.«

Einsatz Reitsamer. »Wir haben über die irischen Kollegen eine Anfrage an seinen Mobilfunknetz-Betreiber rausgeschickt. Wir kriegen auf jeden Fall eine Liste mit den Anrufen. Textnachrichten speichern sie auch eine Weile. Mal sehen, ob da noch was rauskommt, was wir nicht schon lange wissen.«

»Aus dem Labor haben wir auch noch nicht alle Ergebnisse«, gab Konstantin zu bedenken. Ausgerechnet. Seit er mein Chef war, forderte er mich meistens besonders heraus, aus Angst, man könnte ihm vorwerfen, er würde mich bevorzugen.

»Ach ja, Kris' Glasscherbe.« Niemand rollte so laut mit den Augen wie Erwin Reitsamer, KOK.

»Genau die«, sagte ich, erwiderte seinen spöttischen Blick. »Denn möglicherweise war die in Kontakt mit McFaddens Hinterkopf, nicht lange, bevor er starb. Und ist es in diesem Zusammenhang nicht seltsam, dass seine Schwester einfach ihre Koffer packt und abreist, obwohl ihr Bruder nachts nicht zurück in die Unterkunft gekommen ist, ohne ihr Bescheid zu sagen? Und nur einen Tag später setzt sie den Kollegen in Dublin zu und veranstaltet bei den Vermissten hier ein Riesentheater. Wie passt das zusammen?«

»Du meinst also, McFaddens Schwester hat da ihre Hand im Spiel? Ich dachte, sie hat ihn im Bettchen bei irgendeiner Frau, vielleicht sogar bei der Ex vermutet.«

»Alles, was ich meine, ist: Eine derart entspannte Einstellung passt nicht zu Siobhan. Die Frau ist doch die reinste Springfalle.«

»Na, weil sie ein schlechtes Gewissen hatte«, erklärte mir Reitsamer eine offensichtliche Tatsache noch einmal genau. »Immerhin hat sie sich gemütlich in ihr Bettchen gekuschelt, während draußen ihr einziger Bruder abgesoffen ist.«

Er schlürfte von seinem Kaffee. Jeder Schluck ein Schlürfen, an jedem einzelnen Tag der über elf Jahre, die ich inzwischen bei der Mordkommission arbeitete.

»Vielleicht hast du recht, und das ist der Grund. Aber ›vielleicht‹ ist mir zu wenig, bevor ich sie vom Haken lasse, und dasselbe gilt für Fiona McFadden mit ihrem halbgaren Alibi.«

Der Becher, schon auf halbem Weg zum Mund, traf wieder auf den Besprechungstisch. Ein bisschen zu fest. Kaffee schwappte heraus, auf Reitsamers Finger. Seine Kiefer verkrampften sich. »Weil ich sie deiner Meinung nach zu früh vom Haken gelassen habe, oder was?«

»Hm. Ein gekränktes Ego. Mal was Neues, Erwin.«

»Also gut.« Konstantins rechte Hand schoss in die Höhe. Konflikte in seinem Team waren ihm grundsätzlich egal, solange sie nicht an die Oberfläche traten. »Dann einigen wir uns drauf, dass wir die Frage nach Fall oder Unfall zu achtzig Prozent geklärt haben. Es ist deine Akte, Patsy. Kümmer dich um die restlichen zwanzig Prozent, am Montag dann zum Staatsanwalt und ab die Post. Kris hilft dir, die anderen konzentrieren sich wieder auf ihre eigenen Fälle. Der gute Burkhardt hat uns alle schon genug Zeit gekostet.«

Zack, Ordnerdeckel zu. Die Fronten waren geklärt. Wie Reitsamer hielt auch Konstantin die ganze Sache für Zeitverschwendung. Andererseits hatte Patsy Logans anstrengende Nachfragerei erfahrungsgemäß schon öfter zum Erfolg geführt. Was also tun? Heimliche Übereinstimmung mit Reitsamer signalisieren. Auf die glitschige Art. Zwischen den Zeilen. Offener Widerspruch abgewendet, alle waren glücklich.

Alle, außer mir. Ich las in seinem Gesicht, dass er das in meinem Gesicht las. Er räusperte sich, zog seinen zu einer Art Henkersschleife gelegten Schal zurecht, den er neuerdings auch im Büro trug.

»Schafft ihr das bis Freitag, Kris und du?«

»Natürlich.«

Hörte sich leider genauso trotzkindlich an wie befürchtet. Und täuschte ich mich, oder war Kris plötzlich noch ein wenig tiefer in ihren Sitz gerutscht?

Neben mir schlürfte Reitsamer genüsslich.

So was nennt man wohl Zugzwang.

5

Fiona McFadden, 32 Jahre, diplomierte psychiatrische Krankenschwester, war von durchschnittlicher Größe, durchschnittlicher Statur und auf eine Art hübsch, wie geschaffen für das Wort »nett«. Ein »Darf ich?«-Lächeln, eine Reihe von Grübchen in ihren Wangen. Die schulterlangen blonden Haare in aktuell üblichen sanften Wellen, die Augenringe gekonnt begraben unter Make-up, eine Aknenarbe am Kinn als ferne Jugenderinnerung.

Sie fügte sich in jede Kulisse, war eine angenehme Ergänzung, irritierte nicht. Man wandte den Blick von ihr ab und vergaß sie.

Ich stellte sie mir an der Seite von Donal McFadden vor. Selbst auf Dr. Harbs Seziertisch, reduziert auf einen Schatten seiner selbst, hatte er noch auffallend viel Raum eingenommen. Großspurig, selbstsicher, präsent. Ein Mann, der viel Aufmerksamkeit bekam und noch mehr davon verlangte. Daneben Fiona, halbtransparent und flüchtig.

Ihre Lippen bewegten sich, während sie ihre Aussage noch einmal stumm durchlas. Langsam, Wort für Wort. Den Kugelschreiber, den ich ihr hingelegt hatte, nahm sie erst auf, als sie fertig war. Unterschrieb in einem sprunghaften Auf und Ab, setzte kleine Kreise auf ihre I, legte den Kugelschreiber zur Seite, nahm einen Schluck aus ihrem Wasserglas, setzte sich auf ihrem Stuhl zurecht. Keine ihrer Bewegungen schien zufällig. Ihr war klar, dass ich sie beobachtete, Schlüsse zog aus jedem Räuspern, jedem Zögern, jeder zu schnellen Antwort. Sie wollte alles richtig machen, auf keinen Fall schuldig aussehen.

Seit ich sie bei ihrem Eintreffen im Präsidium gefragt hatte, ob sie noch ein wenig Zeit für ein Gespräch habe, nachdem sie ihre Aussage überprüft hatte, war sie auf der Hut. Verständlich. Der Kriminalpolizei zu begegnen ist selten Anlass zur Freude. Mein immer etwas amüsiert wirkender Gesichtsausdruck, den mir meine seltsam geknickten Mundwinkel eingebrockt haben, hilft auch nicht gerade. Ich weiß etwas, was du nicht weißt. Im Dienst ist so eine Ausstrahlung vielleicht nicht schlecht. Freunde macht man sich damit keine. Aber Fiona McFadden sollte meine Freundin werden, zumindest vorübergehend.

Meine Beileidsbekundungen nahm sie mit einem gepressten Lächeln an, den Smalltalk über meinen irischen Vater und die zahlreichen Sommer, die ich in ihrer Heimat verbracht hatte, erwiderte sie mit der routinierten Umgänglichkeit der Iren.

Egal, welchen Ball ich ihr zuschoss, sie passte ihn freundlich zurück, während sie darauf wartete, dass ich zum Punkt kam.

»Sie wollten noch einmal mit mir über meine Aussage sprechen. Ist damit etwas nicht in Ordnung?«, brach sich schließlich ihre Besorgnis Bahn. Ihre Hände, jetzt ohne Aufgabe, hatte sie unter ihren leichten hellblauen Daunenparka geschoben, der zusammengeknüllt auf ihrem Schoß lag.

»Keineswegs. Doch mein Kollege war gestern unter großem Zeitdruck. Ich bin verantwortlich dafür zu klären, was genau mit Ihrem Mann passiert ist. Ich nehme an, es ist auch in Ihrem Sinne, wenn wir alle offenen Fragen beseitigen können.«

Sie nickte ernsthaft. »Natürlich. Fragen Sie nur.«

»In Ihrer Aussage haben Sie schon erwähnt, dass Ihr Mann schwer alkoholisiert war. Trotzdem haben Sie ihn weder nach Hause begleitet noch sich erkundigt, ob er gut zu Hause angekommen ist.«

Sie schnaubte kurz, nickte, als hätte sie meine Frage vorausgesehen. »Stimmt, das hätte ich tun können. Aber ich war nach dem Abend wirklich nicht in Stimmung. Wenn ich ehrlich bin, wollte ich nie wieder etwas von ihm hören zu dem Zeitpunkt. Ich hatte die Nase voll von seiner Sauferei und seinem Benehmen und dachte: Soll sich eben Siobhan um ihn kümmern.« Sie überlegte eine Weile, lächelte dann bedauernd.

»Stattdessen haben Sie Luis Kronmeier kontaktiert.«

»Ja. Ich hatte ihm versprochen zu erzählen, wie es gelaufen ist, und ich habe außerdem jemanden gebraucht, dem ich das erzählen konnte.«

»Warum nicht Steve?«

Ihr Blick flackerte kurz. »Steve war in der Arbeit, da wollte ich ihn nicht stören. Außerdem war es mir irgendwie peinlich zuzugeben, dass es so mies gelaufen ist. Steve meinte von Anfang an, ich sollte mich nicht mit Donal treffen, schon gar nicht alleine. Aber Donal konnte so ... so überzeugend sein. Außerdem hatte ich ein schlechtes Gewissen. Wir waren drei Jahre verheiratet, ich habe ihn verlassen. Da war ich ihm zumindest ein Gespräch auf neutralem Boden schuldig. Oder nicht?«

»Kommt darauf an. Was meinen Sie?«

Ihr um Verständnis heischender Blick wendete sich von mir ab, glitt über die Tischplatte. »Die Sache zwischen Donal, Steve und mir war immer ... kompliziert.«

»Sie drei kennen sich schon seit Ihrer Kindheit, hat Ihre Schwägerin erwähnt.«

Beim Wort Schwägerin saugte Fiona McFadden ihre Oberlippe ein, entließ sie nach ein paar Sekunden wieder, lächelte dann unerwartet sarkastisch. »Siobhan spricht nur Gutes über mich, nehme ich an?«

»Nur, dass Sie, Ihr Mann und Steve Whelan schon miteinander in der Schule waren. Mehr nicht.«

Sie durchschaute meine Lüge sofort. Unvermittelt stiegen

ihr Tränen in die Augen. Ihre Hand kam unter der Jacke hervor, drehte an dem schlichten Goldreifen in ihrem linken Ohrläppchen, zog ihn vor und zurück, vor und zurück, bis sie sich wieder unter Kontrolle hatte.

»Für Siobhan bin sowieso ich an allem Schuld, ich wette, die erzählt jetzt überall herum, dass ich Donal umgebracht habe«, sagte sie mit belegter Stimme, lehnte aber ein angebotenes Taschentuch stumm ab. »Die konnte mich nie leiden.«

Fee und ihr Stecher Steve. Die haben Donal auf dem Gewissen.

»Warum glauben Sie das?«

»Weil Siobhan nie ein Geheimnis daraus gemacht hat. Sie meinte immer, Donal hätte was Besseres verdient als mich. Und vielleicht stimmt das auch. Vielleicht war sie die Einzige, die mich durchschaut hat.« Sie lachte erbittert, sah mich dann direkt an. Ein Anflug von Rot auf ihren Wangen. »Ich wollte immer schon mit Steve zusammensein. Das klingt kitschig, aber es ist wahr. Wir waren eine Horde Kinder, alle im ähnlichen Alter, alle in derselben Gegend aufgewachsen. Und kaum war ich alt genug, um von einem Prinzen zu träumen, der mit mir in den Sonnenuntergang reitet, dachte ich an ihn. Eine Liebe für die Ewigkeit, wissen Sie?«

Wusste ich nicht. Diese Sehnsucht nach Romantik konnte ich seit jeher weder verstehen noch teilen, hatte mich nie auf die Suche nach Liebe gemacht. Sie hatte mich immer gefunden, ob ich wollte oder nicht. Mich gnadenlos verbrannt, jedes Mal. Ich war heilfroh, als in meinen frühen Dreißigern dann endlich Stefan aufgetaucht war. Dass er immer noch da war – wieder so ein kleines Wunder.

»Geheiratet haben Sie aber Donal McFadden.«

»Ja«, sagte sie, ihre Stimme beinahe ohne Ton. »Es ist schwer zu erklären, aber damals fühlte es sich richtig an. Wir waren auf derselben Schule. Ich hatte ihn immer gemocht, und er hat sich so sehr um mich bemüht. Aber wie man eben ist in dem Alter – geschwärmt hab ich nur für Steve. Jedes Mal, wenn wir zusammen waren, war da ... was Besonderes.«

Ein Licht ging an in Fiona McFaddens Augen. So naiv. Fast beneidete ich sie.

»Aber irgendwie kam immer etwas zwischen uns. Zuerst hatte er eine feste Freundin, da war er für mich tabu. Dann hatten wir ein paar Dates, aber gerade mal zwei Wochen später starb sein Vater ganz plötzlich, und dann krachte noch die irische Wirtschaft in den Keller. Steve hatte gerade seinen Bachelor als Architekt gemacht. Eine sichere Sache, hatte man immer gesagt.« Wieder schlich sich der Zynismus auf Fiona McFaddens Lippen. »Dabei gab es Ende der Nullerjahre in Irland so gut wie keine Aussichten auf irgendeine Art von Arbeit. Nicht mal als Kellner oder so. Jede Woche wurden Leute entlassen, und irgendwas wurde zugesperrt. Es war so deprimierend. Irgendwann ging Steve dann einfach weg. Ich konnte das verstehen. Die Banken hatten unsere Zukunft verspielt. Wer wollte in so einem Land noch bleiben?«

»Sie sagen, Steves Vater verstarb ganz plötzlich.«

Fee räusperte sich kaum hörbar. »Ja, er ist unglücklich eine Treppe hinuntergestürzt.«

»Betrunken?«

Wieder der verbitterte Ausdruck. »Was glauben Sie? Barry hat schon immer viel getrunken, und er hatte ein Bauunternehmen, das den Bach runterging. Da war er nur noch im Pub, und eines Tages fiel er im Suff die Treppe runter.«

Noch ein Unfall im Alkoholrausch. Noch jemand aus Steves unmittelbarer Umgebung.

»Das muss schlimm für Steve gewesen«, sagte ich.

Das kostete Fee McFadden nur ein schwaches Lächeln. »Ja, dabei hat ihn sein Vater immer mies behandelt, weil er nicht in seine Fußstapfen treten, sondern immer nur Musik machen wollte. Architektur hat er nur studiert, damit sein Vater ihm nicht den Geldhahn zudreht. Aber er war eben sein Vater. Steve war vollkommen durch den Wind.«

»Was wurde aus Ihrer Beziehung?«

»Nichts. Es war noch nicht wirklich eine, und Steve hatte andere Sorgen. Denn kaum war sein Vater begraben, kam raus, dass auf dem Familienhaus eine riesige Hypothek lag, weil sein Vater heimlich in irgendwelche Apartments in Bulgarien investiert hatte und da über den Tisch gezogen wurde. Sie mussten es versteigern, und danach hatte Steve Irland ziemlich satt. Er wollte sein Leben neu überdenken. Er hat immer Musik gemacht und wollte es damit versuchen. Damit kann man überallhin gehen.«

»Was war mit Ihnen?«

»Ich war damals noch am College. Krankenschwestern in der Psychiatrie wurden sogar in der Krise gesucht. Das wollen nicht viele werden.«

»Sie aber schon. Warum?«

Ihr entkam ein kurzes, beglücktes Lachen. »Sie werden glauben, ich spinne, aber mein Lieblingsonkel war auch Pfleger in der Psychiatrie. Der arbeitete immer in Schichten und hatte deshalb oft Zeit, unter der Woche mit mir ins Kino zu gehen oder mir ein Eis zu kaufen. Das wollte ich auch!« Sie schüttelte melancholisch den Kopf, ihre Stimme war plötzlich tiefer. »Außerdem hat Onkel Des sich um mich gekümmert, als meine Schwester weg war. Meine Eltern waren plötzlich nur noch Zombies. Ob ich kam oder ging, war ihnen vollkommen egal. Aber er hatte sich immer Zeit genommen, nur für mich. Er war mein Held. Da hab ich beschlossen, ich werde mal so wie er.« Sie holte sich mit Gewalt in eine ungleich düsterere Gegenwart zurück. »Das St. Vincent's in Fairview machte mir ein Jobangebot, nachdem ich dort mein Praktikum absolviert hatte. Meine Mutter war zu der Zeit schon schwer krank. Ich wollte sie und Dad nicht in Irland zurücklassen. Sie hatten ja nur noch mich.«

»Sie haben keine Geschwister mehr?«

Erinnerungen wie Elektroschocks. Ihre Hand schoss wieder nach oben zu ihrem Ohrring. Vor, zurück. Vor, zurück. »Meine kleine Schwester ist mit neun Jahren bei einem Fahrradunfall ums Leben gekommen.« Wieder kamen ihr die Tränen. Diesmal nahm sie das Taschentuch, schneuzte sich langwierig. »Und mein Bruder Andrew ist auch einer von denen, die ausgewandert sind. Er lebt in Melbourne und hat zwei Kinder mit einer Australierin. Der kommt nie wieder.« Ihre Stimme kippte in ein anklagendes Moll. »Der hat nicht mal versucht, einen Job in Irland zu kriegen, er wollte nur weg. Und ich saß plötzlich alleine da.« Sie schloss die Augen, rief sich stumm zur Ordnung, ließ ihre Hand wieder unter ihrer Jacke verschwinden. »Man muss ihn wohl verstehen. Es war schwierig bei uns zu Hause. Ma hat sich nach Lauras Tod von uns allen zurückgezogen ...« Sie räusperte sich, ein Strich unter die Vergangenheit. »Jedenfalls hat Donal mich sehr unterstützt damals, als meine Ma krank wurde, und mir ständig den Hof gemacht. Außer uns beiden waren fast alle aus unserem Freundeskreis ausgewandert. Steve hat sich kaum gemeldet, er war beschäftigt mit seinem neuen Leben. Und Donal war so aufmerksam und verliebt in mich, ich dachte mir irgendwann – warum nicht? Ich konnte Steve doch nicht ewig hinterhertrauern.« Fiona McFaddens Hände hoben sich unter der Jacke zu einer hilflosen Geste. »Er hat mir schon nach eineinhalb Jahren einen Heiratsantrag gemacht, und es gab zu der Zeit einfach keinen Grund, es nicht zu tun. Also habe ich Ja gesagt.«

»Wie schnell haben Sie es bereut?«

Sie schnaubte in ihr Wasserglas. »Sagen wir mal so: Ich habe auf meiner eigenen Hochzeit viel geweint. Alle waren hingerissen, weil ich so gerührt schien. Dabei hatte ich dumme Kuh noch diese Hoffnung, dass Steve sich am Altar zwischen uns wirft.« Sie schüttelte den Kopf über ihr gerade mal vier Jahre jüngeres Selbst. Wenig Nachsicht war darin zu finden, fast nur Wut. »Ich weiß noch, wie Steve mich bei der Feier angesehen hat. Wir wussten beide, der Zug ist jetzt wirklich abgefahren. Trotzdem hat er ein Lied für uns geschrieben.«

Sie sah mich an. Das Lächeln einer Teilnehmerin an einem dieser gruseligen Schönheitswettbewerbe für Kinder.

»Ich wusste, es war nur für mich. Damit hab ich mich getröstet. Außerdem waren wenigstens alle anderen glücklich, es war ein schönes Fest. Meine Ma hat immer davon geträumt, dass ich heirate. Noch dazu einen Unternehmer. Donal hat ihr sehr imponiert. So wie allen, die ihn nicht so kannten wie ich.« Sie griff wieder nach ihrem zerknüllten Taschentuch. »Sorry, ich bin noch immer sehr emotional.«

Das glaubte ich ihr. Fiona McFaddens Tränen waren echt. Die Frage war nur, aus welcher Quelle sie kamen.

»Wie war denn der Donal, den Sie kannten?«, fragte ich.

Fee, vier Monate vor Halloween

Eine neue Nachricht, hinterlassen am 19. Juni um 21.02 Uhr

»Fee, Baby, ich bin's ... mal wieder. Seit Wochen versuche ich, dich zu erreichen, aber du hebst nicht ab. Bitte ruf mich endlich zurück, ja? Ich liebe dich. Ich weiß, im letzten Jahr war das vielleicht nicht ganz so offensichtlich, aber nur wegen Siobhan, das weißt du. Sie macht mir die Hölle heiß wegen der Sache mit dem Inn, seit du weg bist, liegt sie mir jeden Tag damit in den Ohren. Jetzt geht sie mir auch noch auf die Nerven, weil ich mir hin und wieder einen Drink genehmige. Aber ohne hält man ihre angefressene Visage doch gar nicht aus. Die vertreibt uns noch die Gäste, sag ich dir! Und dann beschwert sie sich seit Jahren, dass sie nie einen Mann abgekriegt hat ... Aber jetzt mal ernsthaft, Fee. Du hattest deinen Spaß, ich verstehe, dass du was aus deinem System rauskriegen musstest, auch wenn ich nicht verstehe, warum ausgerechnet mit Steve. Aber vielleicht stehst du einfach auf Bad Boys, haha. Und vielleicht hab ich dich auch zu sehr unter Druck gesetzt wegen deinem Job. Aber du musst verstehen – alles was ich will, ist eine gute Zukunft für uns. Du und dein schönes Lächeln – ihr passt perfekt zum Inn. Und die ganze Zeit mit Verrückten abhängen, ist nicht gut für dich. Dass sogar die nettesten Menschen mal durchdrehen, wissen wir ja jetzt aus eigener Erfahrung, haha. Im Ernst jetzt, jeder macht Fehler, Fee, aber jetzt ist es auch wieder gut. Ruf mich an, damit wir mal vernünftig reden können. Wie Erwachsene, okay? Also dann, bis bald, hoffentlich.«

Zwei verpasste Anrufe von Donal

Eine neue Nachricht, hinterlassen am 19. Juni um 22.52 Uhr

»Missie, was soll das? Hier geht's um was, und du meldest dich einfach nicht. Hasst du mich wirklich so sehr? Ich weiß, dass du bloß nicht abnimmst. Oder steckt grad der Schwanz von diesem Arschloch in dir? Dann ruf mich wenigstens später zurück. Ciao.«

Eine neue Nachricht, hinterlassen am 20. Juni um 0.40 Uhr

»Warum nimmst du nicht ab, du Schlampe? Willst du mich für immer ignorieren? *Well, guess what bitch*, ich bin dein Mann – vor Gott und Gesetz! In guten wie in schlechten Zeiten, schon mal davon gehört? Aber dir ist vollkommen egal, was mit mir ist oder mit allem, was ich und meine Familie aufgebaut haben. Dich von einem Vatermörder nageln zu lassen reicht dir wohl nicht. Nein, du musst mich jetzt noch bei jeder Gelegenheit demütigen. Vorhin musste ich mir in der Harbour Bar anhören, dass du letzte Woche sogar hier in Bray warst, um deinen Dad zu besuchen. Schön für ihn, aber ich durfte den Leuten jetzt erklären, dass ich nicht mal gewusst hab, dass du überhaupt in Irland warst. Aber wenn du glaubst, du brauchst nur weiter seelenruhig auf deinem kleinen Arsch in Deutschland sitzen und auf die Scheidung warten – schmink's dir ab! Dreieinhalb Jahre können lang sein. Und vielleicht willige ich in die Scheidung gar nicht ein, wer weiß? Übrigens: Ich hab mal mit einem Anwalt gesprochen, nur so aus Interesse. Und stell dir vor: Er kann fremdfickende kleine Ehebrecherinnen genauso wenig leiden wie ich. Er hat außerdem ziemlich gute Verbindungen. Vielleicht wühlen wir mal ein bisschen weiter in dem Dreck, den dein herzallerliebster Steve so am Stecken hat. Mal sehen, was wir rausfinden. Überleg dir also genau, ob du mich weiter wie Luft behandeln willst. Und was immer du tust, pass auf, wenn du neben ihm auf einer Treppe stehst, Fee. Man weiß ja nie, wann das Arschloch dich wieder loshaben will. Also dann, mein Schatz – gute Nacht, und träum was Schlechtes!«

***

Von: Siobhan McFadden <siobhan@mcfaddensinn.ie>
An: Fiona McFadden <mcfadden.fee@gmail.ie>
Gesendet: 20. Juni, 14:03 Uhr
Betreff: Donal und das Inn

Fee,

sag mal, was ist eigentlich los bei dir und Donal?
Heute kam er wieder nicht aus dem Bett, und Ma musste schon wieder kurzfristig einspringen, damit das Frühstück serviert werden konnte. Du ignorierst seine Anrufe, meint er, und du warst heimlich in Bray, ohne dich zu melden, obwohl er dich drum gebeten hat.
Nicht, dass mir der kleine Prinz besonders leidtut. Selber Schuld, eine Frau zu heiraten, die ihn nicht liebt, nur damit er sich mein Erbteil auch noch unter den Nagel reißen kann. Was zwischen euch beiden abgeht, ist mir ehrlich gesagt auch ziemlich schnuppe. Aber nicht das Inn!! Und das geht den Bach runter, wenn er so weitermacht. Donal konnte schon immer ein narzisstisches Arschloch sein, aber die Sauferei

war Jahre vorbei. Seit du abgehauen bist, geht es wieder los. Hoffe, du bist stolz auf dich!!
Er fantasiert sogar irgendwas von einer Versöhnung und einer Aussprache, die du ihm angeblich in Aussicht gestellt hast. Stimmt dieser Bullshit etwa? Ansonsten hör mit den Spielchen auf und zieh verdammt nochmal einen Schlussstrich, ja?
Ma und Dad wollen meine rechtmäßigen Anteile wieder auf mich übertragen. Die sehen jetzt, dass es der größte Fehler ihres Lebens war, mir die wegzunehmen, nur weil der Kronprinz und seine Auserwählte das Inn angeblich in die nächste Generation tragen. Ha, was für ein erbärmlicher Mist!! Donal will sein Spielzeug nicht mehr teilen, nur deswegen lässt er sich weiter von dir demütigen.
Wie auch immer – da wir auf dieser beschissenen Insel noch im Mittelalter leben, wird eure Scheidung ewig dauern. Aber ich habe mit Bert Lawlor gesprochen. Er sagt, wir könnten die Sache mit dem Inn rechtlich auch davor klären, wenn du deinen Anspruch offiziell abtrittst.
Du wolltest das Inn sowieso nie, keinen Finger hast du jemals gerührt, was bedeutet es schon für dich? Für unsere Familie geht es aber um alles, was wir je aufgebaut haben. Wir wissen beide, dass Donal eine schöne Visitenkarte fürs Inn ist, aber ohne mich ist das Inn ruiniert, erst recht jetzt, wo er wieder trinkt. Das werde ich verhindern, und wenn ich dafür über deine hübsche kleine Leiche gehen muss.
Also, tu uns allen den Gefallen und schaff klare Verhältnisse mit Donal, und zwing mich nicht, nach alternativen Möglichkeiten zu suchen. Ich meine das verdammt nochmal ernst!!

Siobhan

Es ist kompliziert

1

Zwei Stunden, fünfunddreißig Minuten und eine Handvoll Taschentücher später. Fiona McFaddens kompliziertes Leben, einmal durch den Wolf gedreht. Ihre als Kind tödlich verunglückte Schwester. Ihre an Krebs verstorbene Mutter. Das Beziehungsvieleck zwischen Steve, ihrem narzisstischen Ehemann und Siobhan, dessen laut Fionas Aussage psychotischer Schwester.

Jetzt dröhnte mein Kopf, mein Magen röhrte nach Futter, und ich verfluchte mich mal wieder selbst. Andere hielten sich einfach an die Fakten, machten aus einer Obduktions-Mücke keinen Elefanten, ließen Unfall Unfall sein.

Stattdessen bei Patsy Logan: Steine umdrehen. Und weil heute ein großes, überfahrenes Stinktier von Tag war, krochen anstatt Antworten nur noch mehr Fragezeichen unter jedem dieser Steine hervor. Großartig.

Auf dem Rückweg in mein Büro dichter Gegenverkehr von Kollegen mit Kaffeetassen. Mahlzeit. Mahlzeit. Mahlzeit.

Endlich am Ziel: leere Schreibtische, erloschene Monitore. Die Kollegen von den Drogen, mit denen Kris und ich ein Büro teilten, wie immer unterwegs. Nur Kris war da, verfolgte von ihrem Schreibtisch aus, wie ich zur Tür reinkam, zu meinem Platz ging und meine Unterlagen darauf fallen ließ. Das tat sie seit jeher. Angeblich leitet sie aus Fallhöhe und Lautstärke meine Laune ab. Das hat mir mal der Reitsamer gesteckt. Bei Weihnachtsfeiern wird er gern vertraulich, sogar mit mir.

Gut möglich, dass er mit diesem Verrat nicht nur einen

Keil zwischen uns treiben wollte, sondern dass Kris sich tatsächlich hinter meinem Rücken über meine Unberechenbarkeit beschwert hat. Ich habe nie nachgefragt.

»Alles klar? Schon wieder zurück von Luis Kronmeier?«, fragte ich sie.

»Gerade erst.«

»Und? Was ist dein Eindruck?«

»Ein ziemlich spezieller Typ.« Sie lehnte sich mit verschränkten Armen auf ihren wie üblich perfekt aufgeräumten Schreibtisch und sah mich über ihren Bildschirm hinweg an, als erwartete sie jeden Augenblick eine wichtige Verlautbarung von mir.

»Aha. Speziell im Sinne von relevant für den Fall McFadden?«, fragte ich.

Kopfwiegen. »Er wusste erstaunlich viel über die gute Fee und ihren Steve. Apropos, wie war's mit ihr?«

»Nette Frau, aber einen schrecklichen Geschmack bei Männern. Erzähl ich dir beim Mittagessen. Hast du Hunger?«

Sie schaute verwirrt. »Schon, aber du bist heute doch verabredet?«

»Wer sagt das?«

»Lisa. Ich hatte sie beim Reinkommen gefragt, ob du noch mit der McFadden beschäftigt bist. Da saß schon ein Herr und wartete auf dich.«

Mein ahnungsloser Blick amüsierte Kris sichtlich.

»Wusste gar nicht, dass du einen Bruder hast.«

Robbie also. Wie eine Anomalie in meiner Polizei-Matrix saß er im Schatten von Lisas Pult – unrasiert, tiefenentspannt und trotz der Winterkälte im T-Shirt –, während Lisas Gesicht immer tiefer hinter ihrem monströsen Schal in Knallrot verschwand. Zumindest zu Jeans und festen Schuhen hatte er sich durchgerungen.

»Ziemlich cooles Büro habt ihr hier. Und das Bürgerliche

Gesetzbuch kann ich dir als nächsten Schmöker empfehlen. Erhält ganz hervorragende Kritiken.« Er stand auf und hielt mir die entsprechende Seite in der Gewerkschaftszeitung entgegen. Lächelte breit. Als er mein Gesicht sah, wurde das Lächeln schmaler.

»Wie kommst du hier rein?«

»Der Typ unten am Portal hat mir sofort angesehen, dass ich dein Bruder bin.« Er zog mit dem Zeigefinger einen Kreis um sein Gesicht. »Und dann war Lisa hier so nett und meinte, ich soll raufkommen. Niemand wusste, wie lange du noch brauchst. Aber alle waren sehr zuvorkommend, und jetzt weiß ich alles, sogar dass hier mal ein Kloster war.«

Sein Killer-Lächeln in Richtung Empfang blieb nicht ohne Wirkung. Lisa strahlte. Robbie Logan, Everybody's Darling. Ich wusste auch, warum. Hier entstand gerade der nächste Kantinentratsch, mit Lisa als Lieferantin.

Ich zog Robbie mit mir außer Hörweite, hinaus auf den Gang. »Warum hast du mich nicht angerufen?«

»Weil du mich ignoriert hättest.«

Eine von Robbies schlechtesten Eigenschaften: Er las in mir wie in einem Buch. Und er behielt seine Erkenntnisse viel zu selten für sich.

»Weil ich eben keine Zeit habe für spontane Mittagessen. Ich arbeite gerade mit einer Kollegin an einem Fall, wir haben Zeitdruck und müssen …«

Der nächste Tross Kollegen auf dem Weg Richtung Kaffeeküche. Mahlzeit. Mahlzeit. Mahlzeit.

»Pat, bemüh dich nicht.« Mein kleiner Bruder, plötzlich groß. Seine Hand, besprenkelt von einem Kosmos an Sommersprossen, der sich über seinen ganzen Arm erstreckte, legte sich auf meine Schulter. »Ich weiß alles. Stefan hat es mir heute Morgen erzählt.«

In mir Frost, dann Flammen. Sie loderten in meinen Wangen. Brannten in meinen Augen. Etwas, was mir in letzter Zeit andauernd passierte. Aber nicht hier. Meine Arbeit war Zufluchtsort und Verteidigungslinie. Vielleicht die letzte. Und da stand Robbie und schaute erstaunt auf das Loch, das er hineingerissen hatte.

»Jetzt sei nicht gleich eingeschnappt. Stefan hat mir das nicht aufgedrängt. Dass du neben der Spur bist, hab ich doch gestern schon gesehen. Heute hab ich ihn drauf angesprochen, und da kam es eben aus ihm raus. Es tut mir echt leid für euch, Pat«, seine Finger tiefer in meiner Schulter. Sein Mitgefühl presste mich aus wie eine Zitrone, saure Tränen in den Startlöchern.

»Danke. Aber reden wir lieber später drüber, ja?« Zumindest meine Stimme tat meistens, was ich wollte. Robbie zwinkerte, irritiert von meiner beherrschten Kühle.

»Komm schon, Schwester. Du musst mal raus hier. Ich lad dich zum Lunch ein, wir reden ein bisschen, dann geht's dir besser.«

»Hat Stefan dir das aufgetragen?«

»Nein. Der hat mir sogar abgeraten.«

»Warum hörst du nicht öfter auf ihn?«

»Seine Mind-Control-Ratschläge interessieren mich einen Dreck, wenn es meiner Schwester schlechtgeht.«

Hinter der Glastür zum Treppenhaus tauchte wieder eine Gestalt auf, trat zu uns auf den Gang. Konstantin, wer sonst. Seine Antennen für unpassende Augenblicke irrten sich nie. Sein neugieriger Blick war schon von Weitem sichtbar. Zeit für die Reißleine.

»Es würde mir jedenfalls bessergehen, wenn du mich nicht hier überfallen und von der Arbeit abhalten würdest.«

Verletzen konnte ich schon immer, wenn ich musste. Nichts,

worauf ich stolz bin, aber heute galten andere Gesetze. Selbstschutz als oberste Priorität.

Robbies Hand fiel von meiner Schulter, seine Enttäuschung über meine Abfuhr war ungefiltert und roh. Kindlich. Damit hatte er mich damals gekriegt, damit kriegte er mich heute.

»Wie wär's mit Dinner nach der Arbeit?«, versuchte ich eine Versöhnung. »Dann hab ich den Kopf freier. Was meinst du?«

Robbie schüttelte den Kopf, sein Blick verankert in meinem. Ich durchschaue deinen Trick.

Konstantin, jetzt genau neben Robbie.

»Hab verstanden, du willst mich nur schnell loswerden«, sagte Robbie deutlich, wandte sich an Konstantin. »Seit meine Schwester bei der Polizei ist, kennt ihr Pflichtbewusstsein keine Grenzen.«

Kurzes Stutzen, dann: Charme an. Konstantin verstand es, Fassaden aufrechtzuerhalten. »Robert, nicht wahr?« Er schnappte sich Robbies Hand, schüttelte. Fast meinte ich die Knochen knacken zu hören. »Ich hab schon von dir gehört.«

Tatsächlich? Unsere gemeinsamen Nächte auf Streife damals in der Maxvorstadt waren lang gewesen, aber so lang?

»Sicher noch nicht alles«, lachte Robbie, hob seine Augenbrauen in meine Richtung. »Ich könnte Ihnen Geschichten erzählen ...«

Ja, das könnte er. Über eine dunkle Welt im Schleudergang. Über Blut und Schmerz und Panik. Eine Welt, mit der ich nichts mehr zu tun haben wollte. Eine, die Konstantin einen Dreck anging.

»Robbie wollte nur mal kurz sehen, wie es so aussieht bei uns. Er ist schon wieder auf dem Weg nach draußen.«

Zum Glück spielte er diesmal mit, nickte verständnisvoll. »Stimmt. Ich habe noch einen Termin und muss los.« Er richtete seinen Zeigefinger auf mich. »Für heute Abend ist schon ein Tisch für drei reserviert. Sakristei. Sieben Uhr. Ich hol dich ab. Damit du es nicht wieder vergisst.«

Konstantins Zahnweiß-Grinsen blendete. »Klingt nach einem schönen Abend«, sagte er, tätschelte meine Schulter. »Gönn dir das ruhig mal, Patsy. Wird dir guttun.«

Das würde ich ihm heimzahlen, irgendwann.

2

Mit Kris im Gepäck flüchtete ich in die Osteria im Künstlerhaus. Gnocchi Gamberetti und Kristalllüster. Genau, was ich heute brauchte, mal abgesehen von Alkohol. Negative Schwangerschaftstests haben ihre Vorteile.

»Geht's dir gut?«, fragte Kris mit einem Blick auf mein rasch geleertes Glas Rotwein.

»Blendend. Und deinem Auto?«

Sie zuckte die Schultern, stocherte in ihrem Salat. »Die Nachbarn haben mir Starthilfe gegeben. Hoffentlich geht's noch eine Zeit lang gut.«

Ich wartete ein paar Sekunden auf weitere Informationen. Umsonst. Kris' Blick blieb auf ihrem Salat haften. So wortkarg kannte ich sie nicht. Vielleicht war sie beleidigt, weil ich ihre neugierigen Fragen zu Robbie ignoriert hatte. Oder war an der Geschichte mit dem Auto mehr dran? Warum stellte ich mir diese Fragen überhaupt? Hatte ich nicht zu viel privatem Kontakt unter Kollegen schon mehrfach abgeschworen? Brachte nur Probleme. Der Eiertanz mit Konstantin seit seiner Beförderung war nur ein Beispiel dafür. Oder der Skiller-Fall letztes Jahr. Man hatte mich nach Dublin geschickt, um den Tod einer Online-Managerin zu klären, und was tat ich? Mich hinreißen lassen. Vielleicht, weil mein erster Besuch in Irland nach zwanzig Jahren mich jeglichen emotionalen Abstand gekostet hatte. Vielleicht, weil mich der irische Kollege mit Cider, fuseligem Rotwein und Rammstein zum Reden gebracht hatte. Es spielte keine Rolle. Das Halblächeln von DS Ben Ferguson bescherte mir seitdem jede Menge angenehmer Träume und ein umso schlechteres Gewissen. Genug Komplikationen, da brauchte ich nicht noch Kris dazu.

»Also, junge Frau, erzähl mir mehr vom speziellen Herrn Kronmeier.«

Kris schien erleichtert, dass ich zur Sache kam. Beflissenes Blättern in ihrem Notizbuch. Mein zweites Glas Wein auf dem Weg. Schon besser. Ich schloss die Augen. Kris' kräftige Stimme, ihr Räuspern zwischen den Sätzen, im Hintergrund nachmittagsträger Restaurantbetrieb.

»Luis Kronmeier, 37 Jahre alt. Einziger Sohn von Marianne Kronmeier und Jonathan Herzog. Die Mutter ist Geschäftsführerin einer kleinen Immobilienkette namens ImmoRoyal mit Niederlassungen im Münchner Raum und auf Mallorca. Der Vater ist Produzent für Schlagermusik. Vielleicht nicht gerade Ralph Siegel, aber in der Szene gut etabliert.«

»Und der Sohn fährt für den Schnabulierkurier?«

»Ja, komisch. Dachte ich auch.« Räuspern. »Er meinte, er sei von Anfang an ganz anders als seine Eltern gewesen. Ihre Jagd nach Geld und Erfolg hätten ihm eine schwierige Kindheit beschert, und das alles würde ihn abstoßen.«

»Und wie leistet er sich die Miete im Gärtnerplatzviertel?«

»Die Wohnung haben ihm die Eltern zum Schulabschluss geschenkt.«

Ich schnaubte. »Solche Rebellen lob ich mir.«

Kris grinste in ihren Salat, während mir der herbe Duft meiner nahenden Bestellung die Augen öffnete. Ein bisschen Rotwein vor Dienstschluss hatte noch niemandem geschadet. Es sei denn, Konstantin sah es.

»Gut, und warum ist der Mann nun der neue Erzählonkel für Fee McFadden?« Seit ich sie persönlich kennengelernt hatte, kam mir Fionas Spitzname wie von selbst über die Zunge. Irgendwie plausibel für ein so schwer greifbares Wesen.

Wir blätterten synchron in unseren Notizen, verglichen Luis Kronmeiers Version mit der von Fee. Aus beiden gemeinsam ergab sich ein halbwegs vollständiges Bild. Fee McFaddens Entscheidung, Luis Kronmeier nach dessen Unfall nicht alleine nach Hause gehen zu lassen und stattdessen einen Krankenwagen zu holen, hatte ihm möglicherweise das Leben gerettet, ganz sicher aber vor Schlimmerem bewahrt. Dafür hatte sie Probleme mit ihrem Boss bekommen, da sie kurzerhand das Café zwei Stunden früher als üblich geschlossen und nicht Bescheid gegeben hatte.

Ich kannte das Büchercafé Seitenspeise von meinen Spaziergängen. Typische Haidhausener Stapelware aus Zuckerguss mit Stil, wie gemacht für einen Instagram-Account. Nur Kunden waren mir darin noch nie aufgefallen.

Ihren Job hatte Fee McFadden zumindest behalten. Und einen äußerst dankbaren neuen Freund dazugewonnen.

»Wie der Kronmeier über diese Frau redet, das hättest du sehen sollen«, sagte Kris, während sie in ihrem Espresso rührte. »Hat gestrahlt wie ein Christbaum.«

»Er verdankt ihr vielleicht sein Leben. Oder ist da mehr dahinter?«

Kris überlegte eine Weile, wie sie es formulieren sollte. Eine Wartezeit, die sich meistens lohnte.

»Er hatte was sehr Intensives an sich. Ohne, dass ich erklären könnte, was genau es war. Irgendwie hungrig und erleuchtet gleichzeitig.«

Vor meinem inneren Auge ein Bild. Diese Leute mit dem entrückten Blick, die durch die Kaufinger Straße streifen, einem Bücher schenken oder zu Persönlichkeitstests überreden wollen. Eine Armee heiter gelassener Zombies, die mir jedes Mal eine Gänsehaut bescherte und in mir vage Befürchtungen weckte, unter ihnen eines Tages Robbie zu entdecken.

»Er sagte mir, dass sich mit Fee sehr schnell eine enge Freundschaft entwickelt hat. Sie würden sich oft treffen.«

»Wohl eher seine Initiative. Fee hat ihn nur erwähnt, wenn ich sie nach ihm gefragt habe.«

»Luis schien wirklich eine Menge über sie zu wissen. Und nicht nur über sie. Angeblich gab es auch Stress zwischen Donal und Siobhan McFadden, schon seit Jahren.«

In meinem Magen entzündete sich ein Funken. Menschen, die immer alles schon wussten, misstraute ich. Solchen, die über die Maßen dankbar waren, auch.

»Na, jedenfalls«, machte Kris weiter, »kurz nach Donals Hochzeit wollten die alten McFaddens sich aus dem Tagesgeschäft zurückziehen und es offiziell an ihre Kinder übergeben. Aber irgendwie hat Donal seinen Eltern wohl eingeredet, die Anteile nicht wie geplant zu gleichen Teilen an Siobhan und ihn zu übertragen, sondern nur an ihn. Immerhin wären von ihm Nachkommen zu erwarten und dadurch die Fortführung des Geschäfts in der nächsten Generation. Und da es keinen Ehevertrag gibt, gehört das Inn nun ihm und Fee zu gleichen Teilen. Siobhan ist wohl die Decke hochgegangen und hat Fee seit der Trennung dazu gedrängt, ihre Ansprüche ans Inn noch vor einer Scheidung an sie abzutreten. Sie wurde anscheinend immer aggressiver. Dabei wäre mit der Scheidung ohnehin alles geklärt, oder?«

»Es sei denn, Donal stirbt vorher«, sagte ich.

Kris lehnte sich zurück, nahm einen maßvollen Schluck von ihrem Sprudelwasser, studierte meinen Weinkonsum mit vorgeschobenem Kinn. Etwas in ihr arbeitete.

Je mehr ich über Donal McFadden erfuhr, desto sicherer wurde ich, dass sein Unfall keiner gewesen war. Nur wie der Tod ihn gefunden hatte, dazu fehlte mir jede belegbare Idee. Überall Motive, nirgendwo Spuren. Mein Instinkt, sonst ein zuverlässiger Kompass, rotierte nutzlos, zeigte mal dahin, mal dorthin.

Ich versuchte, Kris mit einem Blick zu ermuntern, ihre eigenen Schlüsse zu formulieren. Eine erste Theorie ist natürlich immer ein Risiko. Sie führt meist zu Widerspruch, Konflikten, Spott. Und nichts verabscheute Kris mehr. Zeit, dass sie sich ein paar Eier zulegte. Erst recht als Frau.

»Also«, gab sie sich einen Ruck. »Wenn es kein Unfall war, hat seine Ex sicher das stärkste Motiv.« Sie begegnete bewusst meinem Blick. Das hier war lange gedanklich vorbereitet worden.

»Aha.« Ich schob mein Glas von mir weg, zog es wieder zurück. »Und geht's noch weiter?«

Ihr Blick senkte sich, sammelte Kraft, hob sich wieder. »Du hast es ja selbst vorhin erzählt: Dieser Donal war ein mordsmäßiges Arschloch.« Kris räusperte sich. Ihre Zungenspitze machte einen nervösen Kurzauftritt auf ihrer Unterlippe, zog sich wieder zurück. »Also lockt sie ihn unter dem Vorwand einer Aussprache zum Schwabinger Bach und stößt ihn rein. Ihr Problem ist gelöst. Dann geht sie nach Hause und nutzt ihren Chat mit Kronmeier als Alibi.«

Kris' Schultern, fast auf Ohrenhöhe vor Anspannung, sackten wieder runter. Ende der Theorie. Sie lehnte sich mit verschränkten Armen zurück in ihren knarzigen Stuhl. Bereitete sich auf das Schlimmste vor.

Einen schönen Ruf hatte ich mir da erarbeitet. Nicht ohne Grund. Halbgare Theorien kann ich nicht ausstehen. Von meiner derzeitigen Ratlosigkeit hatte sie zum Glück keine Ahnung.

»Vielleicht war es so«, sagte ich langsam. »Das irische Scheidungsrecht ist ein einziger Albtraum. Sie hätte erst in über drei Jahren die Scheidung einreichen können. Das Verfahren hätte Jahre dauern können, wenn Donal sich querlegt.«

»Das hätte doch für ihn gar keinen Sinn ergeben, oder?«

Mein Stoßseufzer überzog die Wände meines Glases mit Dampf. »Schon mal mit einem sexuell gekränkten Mann zu tun gehabt?«

Zugegeben – ich sprach aus zu viel Erfahrung. Kris hingegen äußerte sich dazu nur räuspernd. Zum ersten Mal kam mir der Gedanke, dass ihr Männer allgemein gleichgültig waren, egal ob sexuell gekränkt oder nicht.

»Wie auch immer. Über Fee McFaddens Motiv lässt sich nicht streiten.«

Kris nickte und wartete, ihre Schultern wieder auf dem Weg nach oben. Am Horizont erkannte sie bereits das Aber.

Ich dachte an Fee McFadden vorhin im Vernehmungsraum. Auffallend unauffällig. Nur ihr Lächeln stach hervor. Fast unmöglich, es nicht zu erwidern, so entwaffnend war es in seiner Schutzlosigkeit. Eine Einladung an die falschen Menschen. Übergriffige. Gewalttätige. Narzisstische. Der dunkle See an Traurigkeit im Grau ihrer Augen zeugte davon. Aber wer wusste schon, was wirklich darin steckte?

»Unser Problem sind die Spuren, die das untermauern«, sagte ich. »Haben wir eine Kamera-Aufnahme von ihr irgendwo in der Umgebung nach elf? Zeugen, die sie gemeinsam gesehen haben? Irgendwelche Hinweise, dass sie gelogen hat?«

Kopfschütteln. Kopfschütteln. Kopfschütteln.

»Überhaupt: Auch wenn Donal McFadden betrunken war, er war zwanzig Zentimeter größer als Fee und viel schwerer. Er hätte sich zumindest zur Wehr gesetzt. Der Schwabinger Bach ist kein reißender Fluss und sieht auch nicht so aus. Donal hätte genauso gut einfach aufstehen und wieder rauskrabbeln können, und dann Gnade ihr Gott. Sie sieht nicht aus, als würde sie so ein Risiko eingehen.«

Kris biss hinter einem Lächeln die Zähne zusammen. So schnell wollte sie nicht aufgeben. »Was ist mit Siobhan McFadden?«

Fee und ihr Stecher. Die beiden haben Donal auf dem Gewissen.
»Was ist mit ihr?«

»Du hast doch selbst gesagt, dass die einen auf aggro gemacht hat«, sagte sie, fixierte ihre Finger, die mit dem Löffel ihres leergetrunkenen Espresso spielten.

Die Glasscherbe. Kaum hatte ich den Gedanken beendet, hatte Kris ihn schon gelesen.

»Vielleicht hat die Scherbe unter dem Bett wirklich was mit alldem zu tun?«

Der nächste Schuss ins Blaue. Ja, vielleicht. Der nächste Schluck Wein.

»Na gut, noch jemand mit einem Motiv. Und Siobhan war auch um die Ecke vom mutmaßlichen Tatort. Wann kriegen wir da die Fakten?«

»Ich hab das Labor angerufen. Anscheinend gibt es minimale Blutspuren an der Scherbe. Sie machen jetzt noch einen Abgleich mit Donal McFaddens DNA-Profil und melden sich.«

»Morgen?«

Kris hob die Schultern, ihr Stuhl knarzte. »Konnten sie mir nicht versprechen. Bei denen ist total Land unter.«

Wir waren also depriorisiert worden. Jetzt schon.

»Na, jedenfalls«, versuchte mich die Kollegin mit ihrem nimmermüden Eifer abzulenken, »die Geschwister hatten sich wegen des Erbes gefetzt. Wenn Siobhans Bruder tot ist, würde sein Anteil an Fee fallen. Wenn sich die zwei finanziell einigen, könnte Siobhan letztendlich also doch noch das ganze Inn gehören.«

»Weil Fee sowieso nie Interesse am Inn hatte und sich ausbezahlen lässt?«

»Genau«, nickte Kris, ihr Selbstbewusstsein wieder im Aufwind. »Ich wette, Siobhans Chancen, das ganze Inn für sich allein zu haben, stehen ziemlich gut.«

Kein schlechter Punkt. Trotz der wilden Theoriespinnerei hatte Kris sich was überlegt. Aber, Moment mal.

»Woher hast du eigentlich diese ganzen Details?« Zum ersten Mal seit seiner Ankunft trennte ich mich von meinem Weinglas. Wahrscheinlich besser so. Mein Kompass machte Anstalten, sich einzuordnen. »Etwa von diesem Luis Kronmeier?«

Kris' Schnaufen kam einem Achselzucken gleich. »Fee hat es ihm irgendwann erzählt. Ist wohl kein Geheimnis.«

»Und was hat er dir sonst noch alles verraten? Vielleicht, wie Donal McFadden im Schwabinger Bach gelandet ist?«

Der Löffel hörte auf zu klirren. Kris sah mich an, als würde sie diese Äußerungen dem Rotwein zuschreiben. Dann erschien auf ihren Lippen plötzlich ein Knick, den ich sonst nur von meinem eigenen Spiegelbild her kannte.

Ich weiß was, was du nicht weißt.

»Übrigens bin ich dank Luis Kronmeier auf eine Ungereimtheit in Fee McFaddens Aussage gestoßen.«

»Aha«, krächzte ich, »und die wäre?«

»Nach unserer Besprechung hab ich mir nochmal Erwins Aussageprotokolle von Steve Whelans Kollegen durchgelesen, die mit ihm an Halloween im Shamrockers gearbeitet haben.« Wieder flatterten die Seiten ihres Notizblocks. »Du hattest ja ganz richtig gesagt, dass es komisch ist, dass Fee nach so einem Desaster mit Donal nicht zu Steve geht. Also hab ich mir vom Barmanager im Shamrockers nochmal eine Liste aller Angestellten geben lassen, die an dem Abend gearbeitet haben, und sie mit den Protokollen verglichen. Da fiel mir auf, dass ja an Allerheiligen, als Erwin seine Befragungen gemacht hat, einige Leute der Halloween-Besetzung frei hatten. Und von denen gab es kein Protokoll.«

Sie räusperte sich. Erwins Schlamperei an mich zu verraten war ihr unangenehm, dem Herz.

»Wie ich Kommissarin Meyerhofer kenne, hat sich das schnell geändert.«

Die Freude über mein Lob färbte ihr beinahe die Wangen. »Es waren zum Glück nur zwei Kellnerinnen, und die hab ich heute früh angerufen. Eine davon eine gewisse Shauna Doherty. Und sie sagte mir ...« Kleine Pause, der Höhepunkt nahte. »Sie sagte, dass sie Steve gemeinsam mit seiner Freundin im Hinterhof beim Rauchen gesehen hat. Sie wären einander auch eindeutig nahegekommen.«

»Wann ungefähr?«

»Sie war sich ziemlich sicher, dass es gegen Mitternacht gewesen sein muss.«

Kris lehnte sich zurück. Sie war stolz auf sich. Ich auch. Wobei, auf den Gedanken mit Allerheiligen hätte ich auch selbst mal kommen können. Ich verbarg den Selbstvorwurf hinter einem anerkennenden Lächeln durch rotweinblaue Zähne.

»Und diese Shauna war sicher, dass die Frau in Steves Armen wirklich Fee war?«, fragte ich und registrierte Kris' aufflackernde Verunsicherung mit einer fiesen Genugtuung. »Ich meine ... Shaunas Aussage steht immerhin gegen die einer Handvoll anderer Kollegen. Sie könnte sich geirrt haben.«

»Oder sie ist die Einzige, die Fee nicht übersehen hat.«

Zugegeben, bei Fees Allerweltsgesicht war das nicht ganz abwegig, erst recht, wenn die Bar voll mit Leuten war.

»Hat das Shamrockers irgendwo eine Sicherheitskamera?«

Kris schüttelte den Kopf. »Die Aufnahmen hätten wir uns sonst schon durchgesehen.«

»Hast du ihr das Foto von Fee gezeigt, das Erwin hatte?«

»Wie soll das gehen am Telefon?« Kris wechselte von einer Pobacke auf die andere.

»Konnte sie dir Fee beschreiben?«

Kris schniefte nur, die Wangen bereits zartrosa. Sie hatte es vergessen. Kann jedem passieren. Nur nicht Kris.

»Ich ruf Shauna nochmal an«, murmelte sie, zückte das Telefon und eilte nach draußen vor die Tür, während ich die Aufmerksamkeit des grundlos geschäftig umhereilenden Kellners mit Man-Bun auf mich zu lenken versuchte.

Als sie zurückkam, hatte ich meinen Espresso und eine Toilettenpause schon lange hinter mir, mein Magen war schwer und übersäuert.

»Sorry«, sagte sie, ohne meinem Blick zu begegnen. Ihr Unterkiefer vibrierte von der Kälte, das Display ihres Handys beschlagen vom Temperaturwechsel.

»Also, laut Shauna ist Steves Freundin ziemlich auffällig, weil sie rote Locken hat und Sommersprossen«, sagte sie, ohne mir in die Augen zu sehen. »Das kann also unmöglich Fee gewesen sein.«

»Es sei denn, sie war kostümiert.«

Kris schüttelte entschieden den Kopf. »Sie war unverkleidet, und Steve hat auch nur einen Haarreifen getragen, bei dem es aussieht, als hätte man ein Messer im Kopf.«

Inzwischen hatte sich der vordere Gastraum weiter gefüllt. Schlipsträger zum Nachmittagskaffee, junge Touristen mit Shoppingtaschen beim späten Mittagessen.

Rote Locken und Sommersprossen. Kam mir bekannt vor. Nur, woher?

»So weit, so gut«, sagte ich. »Jetzt müssen wir bloß noch rausfinden, wer die Rothaarige war.«

»Na ja, mir ist eingefallen, dass ich irgendwo in den Unterlagen jemanden mit roten Locken gesehen hab, nur nicht genau, wo. Also hab ich noch kurz den Reitsamer im Büro angerufen und nachgefragt. Der hat ja zu jedem Protokoll auch ein Foto.«

Tapptapptapp. Meine Fingerspitzen verrieten mich und meine Ungeduld jedes Mal. Wann kam sie zum Punkt?

»Kurz und gut, Shaunas Beschreibung passt ziemlich genau auf Judith Krings.«

Ich war kurz davor zu fragen, wer zum Teufel das nun wieder war. Dann, endlich, der rettende Geistesblitz. »Die Mitbewohnerin von Steve und Fee?«

»Genau die.« Kris sah mir zum ersten Mal seit längerem wieder in die Augen. »Reitsamer hatte ja schon mit ihr gesprochen. Da hat sie behauptet, sie war an dem Abend gar nicht im Shamrockers. Wenn Shauna die beiden also verwechselt hat, heißt das, Judith hat eine falsche Aussage gemacht.«

»Und wenn sie sich geirrt hat, dann hat Fee gelogen.«

»Es sei denn, es kommt noch weiterer Damenbesuch infrage.«

»Diesen Steve sollten wir bald mal kennenlernen«, sagte ich.

»Der ist sowieso für morgen früh einbestellt.«

»Hervorragend.«

Kris grinste, schien ähnlich erleichtert wie ich. »Judith Krings habe ich übrigens auch gleich kontaktiert.«

Deshalb also der Marathon draußen. Kris hatte ihren Fehler sofort wiedergutmachen wollen. Manchmal liebe ich mein einsames Dasein als Bitch vom Dienst.

»Und was sagt sie?«

»Sie arbeitet nicht weit von hier im Westend. Ein Kindergarten am Gollierplatz. Sie könnte gleich nach Dienstschluss um fünf zu uns ins Präsidium kommen.«

Bis dahin hatten wir nicht mal eine Stunde, sagte mein Handy. Ich rechnete hoch, dachte an meine Verabredung mit Robbie. Dass er und seine Marihuana-Pfeife im Präsidium rumhängen würden, wenn ich nicht wie versprochen um Punkt neunzehn Uhr rauskam.

»Holen wir sie lieber persönlich ab, geht schneller«, sagte ich, leerte mein Glas und winkte dem Man-Bun noch einmal. Höchste Zeit, meinen Rotwein-Atem zu neutralisieren.

Fee, vier Monate vor Halloween

Es ist Sonntag. Ihr 136. Tag in München. Die Sonne versprüht ihren Zorn vor blitzblauem Hintergrund, erlaubt keine Wolke neben sich. Die Münchner im langen Wochenende, am See oder unterwegs mit ihren Erstkommunionskindern, die Straßen der Innenstadt und die Ortskerne der Dörfer weiß betupft mit Kinderbräuten. Eine Erinnerung an zu Hause. Ein Stich ins Herz.

Es ist ihr freier Tag, und ihr erster Ausflug jenseits der Münchner Stadtgrenze. Versprochen hat ihn Steve, vor vielen Wochen schon. Eingehalten hat das Versprechen Luis.

Im Shamrockers war der Sonntagsgig ausgefallen, und Steve hatte sich und seine Band als Ersatz unterbringen können. Sie weiß, wie lange er seinen Boss schon um einen Termin bekniet hat. Und dass sie davor noch proben müssen. Wie enttäuscht Steve wäre, wenn er diese Chance nicht nutzen könnte, von Pete und Ronan mal ganz abgesehen. Und so ist eben Fee enttäuscht – mal wieder.

Steves aufrichtiges Schuldgefühl und die Aussicht auf ein nächstes Mal haben Fee bisher immer getröstet. Diesmal reicht ihr das nicht. Diesmal will sie in der ersten Reihe sitzen, egal neben wem. Und deshalb ist da jetzt Luis, am Steuer eines kleinen Volkswagen, dermaßen in Schuss, sie hat ihn zunächst für ein Mietauto gehalten.

Vor einiger Zeit hat er ihr vorgeschlagen, sich mal außerhalb des Seitenspeise zu treffen. Sie hat abgewehrt. Seine Besuche im Café reichten ihr. Jeden Tag ein Cappuccino und ein Streuseltörtchen. Der *Economist*, wenn Fee mal keine Zeit hat, was selten genug vorkommt. Tammis Augenrollen und sarkastisches Grinsen. *Dein Psycho ist wieder da.*

Sie weiß, aus Tammi spricht die Eifersucht. Weil Luis klug ist und auf nerdige Weise attraktiv, reiche und berühmte Eltern hat und vor allem, weil er sich lieber dem *Economist* widmet als ihr. Aber Sätze wie dieser bleiben haften. Als sie vor einer Stunde in Luis' Auto gestiegen ist und sein zurückhaltendes Lächeln erwidert hat, kam er ihr wieder in den Sinn. *Psycho.* Und du steigst auch noch in sein Auto. Wie die dümmsten Opfer im Film.

Dann rufen ihre Vernunft und ihre Erfahrung sie wieder zur Ordnung. Was weiß eine Mediendesignstudentin wie Tammi von pathologischem Verhalten? Fee hat jahrelang kranke Menschen betreut. Und Luis ist keiner von ihnen. Er ist einsam. Sein Unfall hat ihn aus dem Leben gerissen und in einem neuen, unbekannten wieder ausgesetzt. Ohne Routinen. Ohne Aufgaben. Ohne Wurzeln. Fee kennt die Angst und die Leere, die damit einhergehen, seit ihrer Ankunft in München nur allzu gut.

Das verbindet sie. Aber vor allem tut ihr seine Aufmerksamkeit gut. Sie wollte schon immer etwas Besonderes sein. Aber sie hat keine besonderen Talente und ist nicht hübsch genug. Sie ist zu glatt, zu unauffällig, um im Gedächtnis der Menschen hängenzubleiben. Manchmal sogar in dem ihrer Eltern. »Karma Chamäleon«, hat sie die schreckliche Bernie O'Rourke in der Schule immer genannt. Und tatsächlich, der Hintergrund war seit jeher ihr Lebensraum. Das perfekte kleine Rädchen, das hinter Lauras Glanz verschwand, hinter Lauras Tod, hinter Moms Krankheit, hinter Donals Narzissmus und Steves Wankelmut. Hat Bernie dieses Muster in Fees Leben vorhergesehen? Oder hat sie es mit ihrer kindlichen Bösartigkeit erst geprägt?

Egal ob Henne oder Ei, es spielt keine Rolle mehr. Jetzt ist da Luis, der nicht nur zuhört, sondern sich jedes Detail ihrer

Erzählungen merkt. Der sie auf die Bühne holt: Fee McFadden, Lebensretterin.

Wenn sie sich jetzt noch in ihn verlieben könnte, wäre alles perfekt.

Er fährt sie zuerst zum Starnberger See, den er für überschätzt hält, dann weiter zum Ammersee. Dießen.

Beim Mittagessen auf einer Terrasse direkt am Wasser lachen sie darüber, dass Fees Name auf Deutsch ein fabelhaftes Zauberwesen beschreibt, und dass sie Dießen wie *decent* ausspricht. Ordentlich. Wie wahr.

Danach will er an die Ostseite des Sees fahren. Da wohnen seine Eltern. Schön da, noch besser als hier. Sie sollte es sich ansehen. Warum nicht, sagt sie und leert ihr Glas Weißwein. Warum nicht?

Die Gegend eine Postkarte. Überall üppiges Grün und der stechende Geruch frisch gemähter Wiesen, Kirchtürme auf bewaldeten Hügeln.

Die Klimaanlage röchelt und bläst Staub aus ihren Düsen wie Konfetti. Luis schaltet sie aus, entschuldigt sich. Aber wofür? Fahrtwind ist doch viel besser. Sie hängt den Ellenbogen aus dem Fenster. Warme Luft rauscht in ihren Ohren. Wenn sie langsamer werden oder an einer Ampel halten müssen, übernimmt das Gezwitscher der Vögel. Fremd klingt es und fröhlich. Weit weg von den Möwen am Strand von Bray, die nur klagen und krakeelen.

Auf den Straßen ausschließlich dellenlose, gepflegte Autos, sie transportieren Fahrräder, Kajaks und wohlhabend aussehende Menschen, viele davon braungebrannt.

»Hier bin ich aufgewachsen«, sagt Luis verächtlich. »Ich konnte es gar nicht abwarten wegzukommen.«

Wie kann man hier wegwollen? Alles wirkt, als könnte man es aufessen. Kirchturmspitzen wie Lollies, Häuser aus

Zuckerguss, die Blumen in den Fenstern wie bunte Streusel.

Kein Verfall, keine Vernachlässigung, so wie in Bray, in Dun Laoghaire oder Dublin, oder wie überall in Irland, wenn man ein wenig genauer hinsieht. Keine abgehalfterten Spielcasinos, keine leer stehenden Ladenlokale, keine Secondhand- oder Ein-Euro-Läden.

Dafür erheben sich Berge in der Ferne. Die Schneereste auf ihren Gipfeln blenden mit dem Blau des Himmels um die Wette, spiegeln das Blau-Weiß der Fahnen und Fensterläden wider, das ihr immer wieder begegnet. Jederzeit erwartet sie, dass aus irgendeiner Ecke Maria von Trapp springt und zu trällern beginnt wie in *Sound of Music*, das sie mit Laura und Andrew früher immer am Tag vor Weihnachten geschaut hat, begraben unter Kuscheldecken und mit Marshmallow-Kakao in den Händen.

Sie will jetzt aber nicht an Laura denken. Auch nicht an Steve oder Judith, und schon gar nicht an Donal. Sie will bloß dieses Gefühl festhalten und an sich drücken, es nie wieder hergeben.

Sie fahren durch den Ort, vorbei an Strandbädern und Bootsstegen und Landgasthäusern weiter in die sattgrüne Landschaft. In die Einfahrt eines Hauses, das noch weit entfernt zu sein scheint. Ein niedriges schmiedeeisernes Gittertor gleitet zur Seite, die Auffahrt ist mit Natursteinen gepflastert. Der Wagen schnurrt darüber hinweg. Ein Vermögen für Geräuscharmut.

Luis hat einmal im Café erzählt, dass seine Eltern ständig dem Geld nachjagten. Offenbar mit mehr Erfolg als die meisten.

»Sie sind das halbe Jahr über auf Mallorca. Ich schaue alle zwei, drei Wochen mal nach dem Rechten.«

»So selten? Haben deine Eltern keine Angst vor Einbrechern?«

Luis zuckt die Achseln. »Sie haben eine Alarmanlage. Und der Gärtner kommt alle paar Tage. Dem würde auffallen, wenn irgendwas aufgebrochen wäre.«

Am Seeufer ein riesiges Haus im neuenglischen Stil. Sicher hat es sieben Schlafzimmer oder mehr. Dreifachgarage. Trotz der Größe verschwindet es fast in einem Garten wie aus dem Märchenbuch. Rosen, Beete, Efeu, keine Ahnung, was noch, Fee kennt sich mit Pflanzen nicht aus. Und erst auf den zweiten Blick erkennt sie, dass der Wildwuchs Methode hat. Chaos auf Deutsch – faszinierend.

»Meine Eltern wollten einen Garten, der beeindruckt, aber möglichst wenig Arbeit macht«, sagt Luis, der ihr Staunen gleich bemerkt. »Die Gartendesignerin hat sich dann das hier einfallen lassen.«

Gartendesignerin. Aus seinem Mund klingt das alltäglich.

»Soll ich hier auf dich warten?«, fragt sie, als Luis aussteigt.

Im Rückspiegel sieht sie, wie sich das Tor zurück an seinen Platz schiebt. Er lächelt sie durch die Windschutzscheibe an. »Nein, ich will dir was zeigen.«

Nahe dem Eingang, unter einem feingliedrigen Bäumchen, steht eine steinerne Laterne. Luis hebt sie an, holt zwei Schlüssel darunter hervor.

Sie prustet. »Ist nicht dein Ernst.«

Er grinst, öffnet die stahlgraue Tür. Auf seiner Lippe perlen Schweißtröpfchen. Er trägt seine John-Lennon-Brille heute nicht. Wahrscheinlich Kontaktlinsen. Nicht vom Brillenglas gebrochen, sehen seine dunklen Augen riesig aus.

Damit ich dich besser sehen kann.

»Genau deswegen ist es so sicher.«

Er weist ihr den Weg hinein. Auch hier lauter Teile eines

Gesamtkunstwerks, kein Möbelstück steht aus Zufall an seinem Platz, jedes abstrakte Gemälde ein Statement. Perfekt, weil keine Menschen vorhanden sind, die das Ensemble stören. Es riecht nach Leere, Staub.

Will er ihr das zeigen? Die emotionale Hölle, der er in diesem teutonischen Bullerbü ausgesetzt war? Die gibt es auch mit weniger Geld. Und sie hat schon genug junge Opfer des Wohlstands getroffen in ihrem Beruf. Magersüchtig. Bulimisch. Autoaggressiv. Opfer eines Kampfes um die elterliche Liebe. Erstaunlich, wie viele ihn verloren und einfach starben, über Nacht. Und wie bei manchen die Aggression sich plötzlich nach außen und nicht nach innen richtete. Dann starben manchmal auch andere. Eltern. Geschwister. Objekte der Begierde.

Luis geht vor ihr eine gemauerte Treppe hinunter. Der Keller? Unwillkürlich greift sie nach ihrem Handy. Empfang nur noch für Notrufe.

Da kommt dein Psycho.

Er scheint ihr Zögern zu bemerken. »Alles klar?«, fragt er.

Sie nickt, setzt ihr Gutes-Mädchen-Gesicht auf. Das für jede Gelegenheit. »Steve hat mir nur gerade eine Nachricht geschrieben, wie es mir geht«, lügt sie. Verflucht sich für ihre Naivität. Wer sagt eigentlich, dass sieben Jahre Psychiatrie genug Erfahrung sind, um Menschen sicher einschätzen zu können?

Natürlich folgt sie ihm trotzdem nach unten, spürt den kalten Handlauf, lächelt Luis an.

Dennoch fragt er: »Bist du nervös? Wegen des Kellers?« Er wartet ihre Antwort nicht ab. Seine Augen werden noch größer. Noch immer Schweißtröpfchen auf der Oberlippe, trotz der Kühle. »Ich will dir keine Angst machen.« Er fährt sich mit der Hand über die Haarstoppeln, das kleine Loch, das die Chirurgen in seinen Schädel gebohrt haben, um sein Gehirn vom Druck der Blutung zu entlasten, nur noch eine kleine haarlose Sichel. »Ich ... ich will dir nur das Studio meines Vaters zeigen. Okay?«

Im gekachelten Flur unten öffnet er eine massive Tür, stößt sie weit auf. Dahinter ist alles anders. Der Produktionsraum eines Tonstudios, größer als das Haus, in dem Fee aufgewachsen ist. Ausladende Bürosessel vor einem großen Mischpult, Monitore, Computer. Hinter Isolierglas und einer weiteren Tür der Aufnahmeraum, voll ausgestattet. Ein Schlagzeug glänzt im Licht von Spots, Obsidian und Chrom, umringt von Mikrofonständern.

»Dein Freund hat eine Band, hast du erzählt«, sagt Luis, der ihre gerunzelte Stirn bemerkt haben muss. »Die Deutschen sind ganz wild auf irische Musik. Wenn sie mal was aufnehmen wollen ...«

Fee schnaubt. Auch wenn er das Angebot sicher nur ihr zuliebe macht, es macht sie wütend. Womit hat Steve das verdient? Womit ihre Liebe? Und jetzt sollte er vielleicht noch die Möglichkeit bekommen, ein professionelles Studio zu nutzen?

Plötzlich wieder das schlechte Gewissen. Sowas durfte sie gar nicht denken. Steve würde sich so freuen.

»Das ist wirklich nett, aber ich glaube, die Jungs können sich deinen Dad nicht leisten.«

»Den brauchen sie gar nicht.« Luis zuckte mit den Schultern. »Sie können das Studio benutzen und sich einen billigeren Produzenten nehmen. Mein Dad arbeitet erst Anfang nächsten Jahres wieder hier. Das Zeug verstaubt bloß.«

»Danke, Luis. Ich werde es ihm anbieten. Er wird das sicher toll finden.«

Ihr Lächeln misslingt. Luis scheint auch daraus seine Schlüsse zu ziehen. Lichtschalter klicken, und das Studio versinkt im Dunkel.

»Du fühlst dich nicht wohl hier, oder? Gehen wir lieber nach oben.«

Noch mehr schlechtes Gewissen. Wirkt sie undankbar? Wenn nur diese endlose Selbstgeißelung nicht wäre. Ein verdammt irisches Laster. Seit Langem arbeitet sie daran, es loszuwerden.

»Sorry wegen vorhin«, sagt sie, als sie schließlich gemeinsam auf dem Steg des Bootshauses sitzen, das zum Grundstück gehört. Vier blasse Füße schimmern grünlich im kühlen Wasser. Luis hat in Dießen Brezen gekauft. Aufstriche. Weißwein im Kühler, die Flasche halb leer – das geht allein auf Fees Konto, Luis trinkt nur Wasser, wegen der Medikamente.

Überall Segelboote, in der Ferne zieht ein Ausflugsdampfer ratternd seine Bahnen. Über ihren Köpfen das Brummen von kleinen Privatflugzeugen. Kein Wind und keine Brandung, so wie zu Hause, keine mildernde Kühle in der Luft. Die Sonne ohne Gnade, die Hitze absolut. Auf Fees Haut kribbelt es. Sie hätte einen Hut mitnehmen sollen.

»Du solltest dich nicht so oft entschuldigen«, sagt Luis. Er klingt streng. Sein Blick bleibt aufs Wasser gesenkt.

»Stimmt. Sorry.«

Er lacht verhalten über ihre Ironie. Ein Gefallen an sie, wie so vieles heute. Welchen Preis wird er irgendwann dafür veranschlagen? Es gibt immer einen Preis.

»Dir braucht nichts leidzutun«, sagt er, reibt sich die Stirn, kratzt sich rund um seine Narbe am Kopf. »Wahrscheinlich hältst du mich für einen Freak. Belagere dich jeden Tag im Café, dann will ich dir in einem abgelegenen Haus irgendwas im Keller zeigen. Wie blöd von mir.«

»Du bist kein Freak, wie kommst du darauf?«

Er wischt ihren reflexartigen Widerspruch mit derselben Ernsthaftigkeit zur Seite wie vorhin. »Sogar meine Eltern halten mich für einen. Und frag mal meine Exfreundin. Oder deine Kollegin.«

»Tammi?«

»Hast du noch eine andere?«

Er lächelt über seine eigene Bemerkung. Deutscher Humor wahrscheinlich. Der ist für sie bisher ein Buch mit sieben Siegeln, sogar mit einer halben Flasche Wein intus.

»Tammi hat nie sowas gesagt.«

»Seltsam, dass du sie verteidigst. Ihr könnt euch doch gar nicht leiden.«

Jetzt amüsiert seine Beobachtungsgabe sie doch. »Wie wärs mit Privatdetektiv als neuem Beruf?«

»Gute Idee«, sagt er nach einer kurzen Pause. »Ich werde sowieso umsatteln müssen. Und ich wäre an der frischen Luft.«

Sie lacht, er nicht. Aus seiner Hosentasche bemüht er ein Arzneimittelfläschchen. Öffnet es und lässt sich einige Tropfen auf die Zunge fallen – 21 … 22 … 23, was immer es ist, es muss stark sein. Spült mit ein paar Schlucken aus seiner Mineralwasserflasche nach.

»Ich würde dich sofort engagieren. Dann könntest du rausfinden, welchen Stein Tammi bei meinem Boss im Brett hat. Ständig haut sie früher ab, und niemanden scheint das zu stören.«

»Warum erzählst du's nicht einfach deinem Boss?«

»Habe ich schon.« Eigentlich hatte sie Luis das gar nicht erzählen wollen. Aber warum immer alles in sich reinfressen? Zur Hölle mit der verdammten Zurückhaltung. »Nach deinem Unfall. Ich hatte ja den Laden zugemacht, damit du im Krankenhaus nicht alleine bist. Aber ich hatte vergessen, dass noch jemand Törtchen bestellt hatte für einen Kindergeburtstag. Und die hat sich beschwert. Und wer bekam den Ärger? Tammi, die früher abgehauen ist? Oder vielleicht doch die Neue?«

Die Erinnerung an das Gespräch, der Weißwein und die Mittagssonne treiben ihr die Hitze in die Wangen, pumpen den Zorn in ihre Adern. Klaus, mit seinem hauteng geschnittenen Hemd, die Ärmel hochgekrempelt, die ablehnend verschränkten Unterarme, die grauen Augen, vollkommen frei von Verständnis für ihre Entscheidung, einen verletzten Fremden über seine wirtschaftlichen Interessen zu stellen. Die Mütter in der Gegend seien wohlbestallt, äußerst anspruchsvoll – und gut miteinander vernetzt. Der verpatzte Auftrag könne ihn seinen guten Ruf kosten.

»Ich hätte meine Verantwortung dem Laden gegenüber ohne Not vernachlässigt und einem kleinen Kind den Geburtstag versaut. Ha, diese verwöhnten Gören!«

Sie sieht, wie Luis' ernste Züge sich zu einem zynischen Lächeln verziehen. Sprich weiter, sagt es. Ich höre zu und verstehe dich.

»Und als ich ihn darauf hingewiesen habe, dass Tammi eigentlich noch im Dienst hätte sein sollen zu der Zeit, meinte er, ich solle lieber zu meinen eigenen Fehlern stehen, anstatt anderen die Schuld zuzuschieben.«

Ihr erstickter Zorn entzündet sich, füllt sie vollkommen aus. Lass mich raus.

»Wahrscheinlich fickt er sie«, sagt Luis, das Lächeln ist wieder verschwunden. »Ein Unternehmer in der Midlife-Crisis und eine junge Angestellte. Die älteste Story der Welt. Dagegen hast du keine Chance, egal, ob du im Recht bist oder nicht. Verliebte Männer sind grundsätzlich Idioten.«

Sie seufzt, leert ihr Glas. Am liebsten würde sie es mit aller Kraft in den See schleudern. Den vergnügten Ausflüglern und der ungerechten Welt ins Gesicht. Sie hält sich zurück, ihre Impulse wieder unter Kontrolle. Gute Fee.

»Irgendwann fliegt die Sache auf«, sagt Luis, den Blick wieder aufs Wasser gerichtet. »Und dann verschwindet diese Tammi ganz schnell aus deinem Leben.«

Seine kalte Überzeugung überrascht sie. Kribbelt auf ihrer Haut. Oder ist das der beginnende Sonnenbrand?

»Könnten da ein paar andere gleich mitverschwinden?«, fragt sie und lacht, als Luis' Augenbrauen sich amüsiert heben.

»Sag bloß, jemand wie du hat auch Feinde?«

Sie denkt an Donals Anrufe, den ständigen Wechsel zwischen Versprechungen und Drohungen, Liebesbeteuerungen und Beleidigungen. Siobhans aggressive E-Mail. Alles unbeantwortet. Judiths bösartiges Zischen am Tag ihrer Ankunft in München, als Steve ihr Fee als seine neue Freundin vorgestellt hat. *Wir werden ja sehen, wie lange das hält.*

»Das glaubst du nur, weil du mich nicht kennst.«

»Deshalb will ich dich ja kennenlernen. Dich und deine Feinde.«

Fee lacht, Luis auch.

Die Sonne nicht mehr so heiß, ihre Gedanken nicht mehr so schwer. Sie hält Luis ihr leeres Glas hin und beginnt zu erzählen. Zur Hölle mit dem schlechten Gewissen.

Skelette

1

Judith Krings, 28, betreute Kinder mit Lernschwäche in einer Tagesstätte am Gollierplatz. Meine Idee, sie dort zu überfallen und das Gespräch sofort zu führen, begeisterte sie ebenso wenig wie das Interieur des Gasthauses um die Ecke, das ich für uns ausgekundschaftet hatte. Eine Menge dunkles Holz, Kunstlederpolsterung mit Nieten und mit Gänsen bestickte Tischdecken, ein Stammtisch, dessen Belegschaft sichtlich noch mit dem allgemeinen Rauchverbot haderte. Fünfmal glasige Blicke, die uns auf unserem Weg in einen abgetrennten Raum verfolgten. Da war es schön leer, und wir konnten ungestört reden.

»Ich hoffe, die haben hier auch Tee«, sagte Judith Krings und wickelte sich aus ihrem extralangen, extrabreiten Schal.

Ein spitzmäusiges Gesicht kam zum Vorschein. Ihre Haare das von Shauna beobachtete künstliche Kupfer, die Naturkrause auf eine unglückliche Halblänge getrimmt, die an die Sphinx erinnerte. Dazu ein Kleid aus den Siebzigern, Ringelstrümpfe, Doc Martens. Passte alles hervorragend auf einen Schulhof und zu ihrer Piepsstimme. Zu ihrem recht deftigen bayrischen Akzent weniger. Und auch ihr Händedruck war eine schmerzhafte Überraschung.

Den Pfefferminztee bestellte sie erst nach eingehendem Studium der Karte durch zusammengekniffene Augen, ihre wegen des Temperaturwechsels beschlagene Brille neben sich auf dem Tisch.

Ich mochte sie auf Anhieb. Merkte, dass es Kris genau umgekehrt ging. Ihre Sympathien gelten meist Menschen mit schweren Schicksalen. Widerspenstige Charaktere liegen ihr nicht.

Während ich mich mit Mineralwasser ausnüchterte und Kris sich die Finger wund notierte, redete Judith Krings. Redete und redete.

Sie und Steve Whelan waren sich vor zweieinhalb Jahren im Shamrockers begegnet. Da sei sie Stammgast, vor allem wegen der Live-Musik, und Steve habe damals neu als Kellner begonnen. Über die horrenden Münchner Mieten waren sie ins Gespräch gekommen. Judith war damals auf der Suche nach einer Bleibe in der Nähe ihres neuen Arbeitsplatzes und Steves WG in der Birkerstraße gerade in Auflösung begriffen, weil sein irischer Mitbewohner und dessen Freundin geheiratet hatten und zu ihrer Familie nach Galway hatten zurückkehren wollen. So war sie kurzerhand bei ihm eingezogen.

Ihren Redefluss unterbrach sie immer wieder durch geduldiges Pusten in ihren Tee, den sie zwischen ihren täuschend zarten Knochenbrecher-Händen hielt. Abgeknabberte Nägel lugten aus lammfellgefütterten Fingerlingen hervor.

»Eine Zeitlang ging das auch gut. Wir waren zuerst WG-Kollegen, dann Freunde. Aber Steve ist eben Steve.«

»Erklären Sie mir, was das heißt?«, fragte ich und erntete einen Seitenblick von Kris. Sie hatte sich ein paar Sekunden vom Mitschreiben erholen wollen.

Die bekam sie auch. Zum ersten Mal schienen Judith Krings die geeigneten Worte zu fehlen. Stattdessen schloss sie die mit reichlich kupferfarbenem Lidschatten bestäubten Augen.

»Steve hat was an sich, das einen unvernünftig werden lässt.« Sie verzog das Gesicht, als müssten wir ihr eine kleine Sünde verzeihen. »Obwohl man es besser weiß, glaubt man ihm gern alles, was er sagt. Aber wahrscheinlich muss man ihn mal getroffen haben, um das zu verstehen.«

»Das werden wir leider erst morgen«, sagte ich.

Sie beobachtete mich über den Rand der Teetasse hinweg beim Kritzeln in meinem Notizbuch.

»Bis es so weit ist, müssen Sie etwas konkreter werden, Frau Krings. Was sagt Steve denn so?«

»Ach ... er kann eben reden. Er ist intelligent, er ist lustig, er macht gute Musik, und er sieht gut aus. Muss ich noch konkreter werden?«

»Unbedingt.«

Sie seufzte, als wäre ich eines ihrer lernschwachen Kinder, eine kleine Falte erschien über ihrer Nasenwurzel. »Steve hat neben der Arbeit eine Band mit zwei Freunden. Irischer Folk, ziemlich gut. Ich bin immer wieder zu ihren Auftritten gegangen. Wir haben uns viel über Musik unterhalten, und eins kam irgendwann zum anderen.«

»Kurz und gut, sie hatten Sex.«

Sie nickte, pustete weiter in ihren bereits abgekühlten Tee.

»Mehr als einmal?«

»Es war nicht nur Sex«, sagte sie unwillig. »Eine Beziehung.«

»Wie lange dauerte die?«

Sie rechnete, die Augen zur Decke gedreht. Kam zu einem offenbar traurigen Ergebnis. »Ein gutes halbes Jahr. Seit Oktober vor einem Jahr lief nichts mehr.«

Dreizehn Monate, und noch immer stiegen ihr Tränen in die Augen.

»Wer hat die Beziehung beendet?«, fragte ich.

»Ich natürlich«, schoss es aus ihr hervor. Wieder grub der Zorn eine Furche zwischen ihre drahtigen Augenbrauen. Dazu kam die passende nörgelige Tonspur, weltweit perfektioniert von Frauen passiv-aggressiver Partner. »Steve hat noch keine einzige seiner Beziehungen beendet. Der ist doch viel zu feige! Lässt einen lieber an der langen Hand verhungern und wartet, bis man es irgendwann von selbst kapiert!«

»Sie wohnen aber noch immer zusammen?«

»Ja, wir sind auch immer noch Freunde.«

Freunde.

Judith Krings sah mir an, was ich von dieser Aussage hielt, schob ihre Mikrolippen nach vorne. »In München zu wohnen wird immer teurer«, erklärte sie mir in schneidendem Ton. »In den letzten zwei Jahren sind die Mieten nochmal gestiegen. Eine eigene Wohnung auch nur anzuzahlen ist sowieso nicht drin, und ...«

»Sie haben die Hoffnung auf Steve noch immer nicht aufgegeben, oder?«

Die Empörung erfasste Judith Krings so schnell, sie konnte ihre Tasse nicht früh genug absetzen. Dunkle Tropfen auf ihren Fingerlingen und auf der Holztischplatte.

»Steve und mich verbindet mehr als nur ein paar Monate«, sagte sie eisig. Ich hatte einen schmerzhaften Punkt getroffen. Den unansehnlichen Kern unter den Wortgirlanden der letzten halben Stunde.

»Haben Sie Steve deshalb am Abend des 31. Oktober an seinem Arbeitsplatz besucht?«

Kris lehnte sich vor. So wie ich erwartete sie Gegenwehr. Rechtschaffene Entrüstung.

»Wer sagt das?« Judiths Stimme ebenso scharf wie dünn. Sie schwankte zwischen Unglauben und Wut. Jemand hatte sie verraten.

»Sie brauchen es nicht zuzugeben. Dass Sie im Shamrockers waren, wurde uns schon bestätigt«, sagte Kris in ihrem tröstenden Alt.

»Jetzt interessiert uns vor allem, zu welcher Uhrzeit«, machte ich weiter, weil Judiths ablehnender Blick sich noch immer auf mich konzentrierte. »Und warum Sie in Ihrer ersten Aussage meinem Kollegen gegenüber davon nichts erwähnt haben. Lassen Sie sich Zeit, aber sagen Sie die Wahrheit. Abgemacht?«

Ich versuchte, ihre Sympathie mit einem ermunternden Lächeln zurückzugewinnen. Scheiterte wie üblich an meinem Beruf und dem spöttischen Knick in meinen Mundwinkeln.

Judith Krings wich meinem Blick jetzt aus. Erwägte offenbar kurz, den »Ich hab's vergessen«-Joker zu ziehen, ließ es aber sein. Zupfte an ihren Fingerlingen, kratzte sich am Oberarm, an der Brust.

Ich trank mein Wasser und wartete, während Kris ihre Schreibhand massierte.

»Steve wollte nicht, dass wir eine große Sache daraus machen«, sagte Judith. Ihre Lüge sah aus wie Schwerstarbeit. Und war trotzdem so lächerlich offensichtlich.

Ich hob die Augenbrauen.

»Er war sowieso den ganzen Abend im Shamrockers und hat da gearbeitet«, beeilte sie sich nachzuschieben. »Ein Alibi von mir hätte er doch gar nicht gebraucht.«

Meinte die das ernst?

»Lügen war aber auch ein Risiko. Warum das eingehen?«

Sie seufzte. »Ich hab Steve ja gesagt, dass wir uns damit Probleme machen. Aber er wollte auf keinen Fall Ärger mit Fee.«

»Warum sollte er Ärger befürchten?«

»Weil sie spinnt. Tut immer so lieb und nett, aber ... Wer packt wegen irgendeiner Jugendliebe gleich die Koffer, schmeißt alles hin und glaubt, jetzt beginnt einfach so ein neues Leben?«

Interessantes Urteil von jemandem, der sich ohne Rücksicht auf Verluste an eine tote Beziehung klammerte.

»Vielleicht, weil Steve ihr genau das versprochen hat? Fee

hat uns erzählt, dass Steve Sie schon mehrfach darum gebeten hat, aus der Wohnung auszuziehen.«

Ein Knurren stieg aus Judith Krings' Kehle. »Das redet sie sich vielleicht ein. Aber Fee verdient mit ihrem mickrigen Job nicht mal genug Geld für die halbe Miete. Woher soll die kommen wenn nicht von mir? Von Steves Trinkgeld?«

»Viele Menschen suchen eine Bleibe in München.«

»Steve und ich sind Freunde, das hab ich schon erwähnt. Und an dem Abend haben wir miteinander gesprochen, so wie an vielen anderen Abenden auch.«

»Da haben wir andere Informationen«, sagte ich.

Na ja, keine konkreten, aber ein kleiner Bluff schadete nie. Die Verlegenheit färbte nun doch noch Judith Krings' blutleeres Gesicht.

»Na gut, wir haben uns umarmt. Vielleicht geküsst, aber nur auf die Wange, als er eine Zigarettenpause hatte.«

»Ist das Teil Ihrer besonderen Freundschaft?«

Vor meinem inneren Auge konnte ich meinen Finger beinahe dabei beobachten, wie er sich in Judith Krings' Wunde bohrte.

Ihr über die letzten Minuten mühsam zurückgestutztes Temperament wucherte plötzlich wieder. »Ist es, Frau Kommissarin«, schnappte sie. Aggression als Vorhut von Tränen. »Wir haben ein Kind erwartet, Steve und ich. Es war ein Unfall. Eine blöde, betrunkene Geschichte nach einem Konzert, Anfang Januar. Aber da hatte das mit Steve und Fee schon begonnen, und wir wussten beide, er will sie, nicht mich. Ein Kind hätte nichts als Probleme bereitet, für uns alle.« Sie wischte sich über die Wangen. Dunkle Tränenschlieren auf dem Rauleder ihrer Fingerlinge.

Ein flimmerndes Herz in einem zu kleinen Embryo. Abgestoßen in ein Meer aus Blut.

Ich schluckte. Weg damit.

»Steve hat die Abtreibung bezahlt und war auch mit dabei.« Sie hielt inne, legte den Kopf in den Nacken, sah mich dann gestärkt wieder an. »Er war anständig. Wir dachten beide, wir machen das Richtige. Aber seither fühle ich mich beschissen. Deshalb schaffe ich es gerade nicht auszuziehen, wissen Sie? Steve versteht das. Deshalb drängt er mich auch nicht. Das mit dem Ausziehen sagt er nur für Fee, damit sie nicht ausflippt.« Sie schniefte. »Jedenfalls: An Halloween ging's mir besonders dreckig, und Steve ist der Einzige, der das versteht. Deshalb war ich bei ihm. Ist Ihnen das Wahrheit genug?«

Ich nickte. Schluckte und schluckte nochmal an gegen das Meer aus Blut, gegen das flimmernde Herz.

Großartig, Patsy Logan.

Ein Volltreffer ins eigene Knie.

2

Kurz vor offiziellem Dienstschluss. Judith Krings quietschte auf ihrem altmodischen Dreigangrad davon, die Kraft der Wut in den Beinen.

Kris und ich nahmen das Auto und stellten uns in den Stau Richtung Sonnenstraße. Das Navi zeigte eine um fünfzehn Minuten verlängerte Fahrzeit an. Ich wusste, warum ich nur im Notfall in einen Dienstwagen stieg. Nächstes Jahr zogen wir laut Konstantin endlich raus ins LKA. Weniger Atmosphäre vielleicht, aber zumindest gab es Parkplätze und man verbrachte weniger Zeit auf dem Weg dahin. Hoffentlich.

Schneegrieseln, Atemwolken im Auto, Sitzheizung auf Höchststufe. Für morgen prophezeite der Wetterbericht Föhnsturm. Eine ziemliche Ausnahmeerscheinung und sicherlich die Ursache für das ungute Ziehen, das sich seit einer halben Stunde von meinem Nacken aus in den Hinterkopf vorarbeitete. Das oder meine Hormone, die zu einer immer rascheren Talfahrt ansetzten.

Wir überdachten den Nachmittag, jede für sich. Schweigend. Kris kannte mich inzwischen besser, als dass sie mich nach meinem Befinden fragte. Sie wartete, während ich meine Emotionen wieder sicher in ihre Zwangsjacken legte und meine Gedanken für Donal McFadden freizumachen versuchte.

Ein Fall wie ein Kropf. Dabei war es noch nicht mal ein richtiger Fall. Trotzdem. In jedem Faden, an dem wir zogen, ein Knoten. In jeder Geschichte zumindest eine Lüge. Alles, was so abscheulich war am menschlichen Miteinander, traut vereint wie auf einem Familienfoto.

Bis hundert Meter vor der Kreuzung Sonnenstraße hielt Kris durch, dann überwältigte sie ihr Redebedarf.

»Judith hat gelogen, weil Steve es wollte. Offensichtlich ist

Fee dermaßen eifersüchtig, dass die Angst vor ihr haben. Ich wette, sie haben auch Grund dazu, weil sie immer noch was miteinander haben. Wie siehst du das?«

Gute Frage. Ich sah einen Fall, begraben unter einem Haufen Einzelteile, sah Elemente durchschimmern, die sich teilweise sogar verbanden, bevor sie abtauchten ins Nichts, anstatt ein großes Ganzes zu bilden. Mein Kopf so leer wie mein unfruchtbarer Bauch, mein Verstand stumpf, mein Blick trüb.

»Also«, sagte ich, nahm einen Schluck Mineralwasser aus der Flasche, die ich aus dem Gasthof mitgenommen hatte. »Egal, ob Judith und Steve was miteinander hatten oder immer noch haben. Heute Mittag hat Fee ihren Steve als Prinzen auf dem Pferd bezeichnet. Ich frage mich, wem sie damit etwas vormachen wollte, uns oder sich selbst.«

Kris fauchte ihre Ratlosigkeit ins Auto, behielt das Dauerrot der Ampel im Auge. Es mischte sich mit ihren grellen Haaren zu einer Art LSD-Trip.

Ich schloss die Augen, atmete lange ein und noch länger aus. Ich brauchte ein paar Minuten für mich, und das bald. Wunden lecken. Schlachtreihen neu aufstellen. Aber noch waren wir in diesem Auto eingekesselt, umzingelt von einer Armee Bremslichter.

»Wenn Fee McFadden Zweifel an Steve gekommen sind«, sagte ich, »warum geht sie dann das Risiko ein und ermordet ihren Mann? Für wen?«

»Vielleicht, damit sie diesen Typen ein für alle Mal los ist?«, brach es aus Kris raus. »Der hat doch allen um sich herum das Leben zur Hölle gemacht. Betrügt seine Schwester, unterdrückt seine Frau, und wenn sie das Weite sucht, reist er ihr nach, um sie zu beschimpfen? Mann, inzwischen würde ich ihn ins Wasser schubsen.«

Mein spontanes Lachen war schwarz. Kam direkt von einem

Ort, der wahrscheinlich meine Seele war. Kris hörte sich langsam an wie ich. Objektiv vielleicht keine gute Entwicklung, aber im Augenblick tröstlich.

Unbewusst hatte Kris den Kern unseres Problems getroffen: Wenn es jeder gewesen sein konnte, war es wahrscheinlich keiner. Mit jeder weiteren Befragung würden wir vermutlich weitere Skelette zutage fördern. Und zu viele Motive würden uns ohne ein Geständnis oder harte Beweise genau an dasselbe Ziel bringen: eine geschlossene Akte.

»Dass sie nicht im Shamrockers war, schließt Fee jedenfalls nicht als Täterin aus«, machte Kris noch einen Anlauf. »Sie hat kein echtes Alibi.«

»Das hat Siobhan McFadden auch nicht. Und Steve genauso wenig. Donal ist irgendwann nach Mitternacht gestorben. Das Shamrockers schließt um ein Uhr nachts. Nach Hause kam er laut Fees Aussage erst um drei, oder?«

»Im Protokoll von Erwin steht, er musste noch aufräumen und war dann auf ein kurzes Bier.«

»Kann das jemand bestätigen, dieses kurze Bier?«

Wieder Kris' gereiztes Schniefen. »Nein, er war angeblich allein.«

»Dann kann Steve genauso gut gelogen und sich mit Donal zu einem Duell am Bach getroffen haben«, sagte ich.

»Warum sollte Steve ...«

»Die zwei konnten sich seit Jahren nicht riechen. Sie haben dieselbe Frau für sich markiert. Deswegen sind schon Kriege angezettelt worden, junge Frau.«

Unvermittelt gab Kris Gas und fuhr als Letzte in die Kreuzung ein, blockierte ein paar Sekunden die halbe Spur. Hupen. Gestikulieren. Ich winkte zurück. Grundlos wütende Menschen entspannen mich irgendwie.

Kris hingegen schaute weiter grimmig drein. Stumm reihte sie unseren Mondeo in die Abbiegespur zur Herzogenspitalstraße ein. Die Pschorr-Garage, in der auch die Parkplätze des Präsidiums untergebracht waren, nur noch eine Frage von ein paar hundert Metern, das Ende dieser Zumutung von einem Tag in greifbarer Nähe.

»Weißt du, Patsy«, sie sprach meinen Namen aus wie etwas, mit dem sie mich verletzen wollte, »du kannst mir schon sagen, wenn du glaubst, ich hab nicht das Zeug für die Mordkommission.«

Als ich an Kris' Stelle und noch neu im Dezernat gewesen war, hatte mich Georg Wagner, mein Seniorpartner, andauernd demontiert. Mich Theorien spinnen lassen, nur, damit er sie zerlegen konnte. Meistens vor Publikum. Natürlich hatte ich ihn gehasst. Keine Ahnung, ob ihn das jemals gejuckt hatte. Ich hatte viel gelernt, das war es, worauf es ihm angekommen war. Und er war stolz auf mich – hatte er mal jemandem gesagt, der es mir dann auf einer Weihnachtsfeier erzählt hatte. Jetzt hasste Kris also mich. Der Kreislauf des polizeilichen Lebens. Wann genau war das zum Problem geworden?

»Kris«, sagte ich so verständnisvoll, wie es meine Müdigkeit zuließ. »Du bombardierst mich mit einer Spekulation nach der anderen. Zuerst war es Fee, dann Siobhan, dann Steve, dann vielleicht doch Fee. Für nichts haben wir verwertbare Spuren. Was erwartest du? Dass ich alles abnicke, anstatt zu hinterfragen?«

»Okay«, sagte sie abrupt. Mit einer heftigen Bewegung drehte sie am Zündschlüssel. Der Motor erstarb. Waren wir etwa schon zurück? Tatsächlich. »Warum erzählst du mir nicht deine Theorie? Und ich hinterfrage sie?«

Was war das jetzt? Die verletzte Kris kannte ich. Dafür hatte ich Rezepte, Entscheidungsbäume. Der Zorn war neu. Er infizierte ihre Labradoraugen mit Tollwut, machte ihren burschikosen Körper einschüchternder, ihre natürlich laute Stimme zum Hackbeil.

»Warum bist du überhaupt so sicher, dass es kein Unfall war? Dafür sprechen nämlich so ziemlich alle Indizien, die wir haben«, sagte sie, hob die Hände vom Lenkrad, ließ sie wieder zurückfallen, schnallte sich mit hektischen Bewegungen ab, schien ihren Ausbruch schon wieder zu bereuen. Trotzdem. Die Katze war aus dem Sack.

Kris glaubte, was alle anderen auch glaubten. Ein Unfall, unsere Zeit nicht wert. Doch anstatt der Banalität des Schicksals ins Auge zu sehen, stemmte sich die arme Patsy dagegen. Strickte sich aus ein paar Ungereimtheiten eine Verschwörung zurecht, um sich von der Misere ihrer Kinderlosigkeit abzulenken. Kris hatte mir trotz ihres miesen Tages die Stange gehalten. Sich aus Loyalität oder persönlicher Zuneigung dazu überwunden, mir ein paar Theorie-Bälle zuzuspielen. Und anstatt sie dankbar aufzunehmen, entkräftete und demontierte ich sie.

»Mal ganz mit der Ruhe«, sagte ich nach einer Atempause. »Ich weiß, dass ein Unfall wirklich sehr naheliegend ist. Aber zu viele Leute verhalten sich hier zu seltsam, und Erwin hat zu schlampig gearbeitet. Das lass ich nicht gut sein. Nicht, bevor ich mit Steve Whelan und diesem Luis Kronmeier gesprochen habe. Noch sind nicht alle Informationen auf dem Tisch. Wir warten auf das Ergebnis der Untersuchung der Glasscherbe, und ...«

Neben mir klopfte es an die Scheibe. Eine Hand in schwarzen Lederhandschuhen. Direkt neben meinem Kopf. Ein Klassiker aus dem Abendkrimi.

Es war Reitsamer, auf dem Weg in den Feierabend. Er grinste.

»Erwin«, sagte ich und ließ mein Fenster runterfahren.

»Nervös, Frau KHK? Was zu verbergen?« Er schnupperte auffällig. Roch ich nach Wein? Hatte er womöglich mein Urteil über seine Arbeit gehört?

»Köstlich, Erwin.« Ich fletschte die Zähne.

Ich musste Kris nicht ansehen, um zu wissen, dass ihr meine Verlegenheit gefiel. Reitsamers Feixen schlug mir dagegen mitten ins Gesicht. *Ich weiß etwas, das du nicht weißt.*

»Und? Habt ihr den McFadden-Fall schon gelöst?«, fragte er und klimperte mit seinem Autoschlüssel. Früher Toyota, jetzt BMW.

»Das spricht man wie MäcFädden aus, nicht mit a«, sagte ich, meiner andauernden Flucht nach vorn plötzlich genauso müde wie der Sticheleien des Kollegen. »Was ist mit dir?«

»Ich hab mir die Akte zu Steve Whelan angesehen, die heute Nachmittag von den Iren kam.« Er sperrte seinen Wagen auf. Wartete.

»Und was stand da so drin?«, tat ich ihm den Gefallen.

»Ein Typ mit bunter Vergangenheit, wenn ich das so sagen darf. Ein Jahr bevor er nach Deutschland gekommen ist, war sein Vater unter ungeklärten Umständen verstorben. Anscheinend im Suff die Treppe hinuntergestürzt.«

»Aha«, sagte ich, weil mir heute ohnehin nichts Besseres mehr einfiel. Dabei wusste ich es schon von Judith.

In meinem Rücken scheuerte Kris ihren Sitz durch. Der Klang des Unbehagens. Hoffte ich zumindest. Also doch kein Unfall, was?

»Besonders interessant sind aber die Daten von Donal McFaddens Mobilfunkbetreiber.«

Reitsamer kostete seinen Wissensvorsprung bis zum letzten Blutstropfen aus. Meinetwegen. Die Bestätigung, dass Patsy Logans Instinkt noch nicht ganz ausgedient hatte, genügte mir vorerst.

»Die haben sich richtig ins Zeug gelegt.« Er blinzelte mich irritierend lange an.

»Fleißige Lieschen. Und kam was dabei raus?«

»Kann man so sagen.« Mein Kollege schmatzte zufrieden. »Der letzte Kontakt in der Nacht auf den 1. November war mit Fee McFaddens Herzblatt, Steve Whelan.«

3

Textnachricht an Steve Whelan, gesendet am 31. Oktober um 23:06 Uhr

wo bist du mörder hast du angst die wahrheit kommt sowieso ans Licht dafür sorge ich kämpf wenigstens wie ein mann

Textnachricht von Steve Whelan, empfangen am 1. November um 00:01 Uhr

Hast du noch was anderes zu bieten als große Worte? In einer Stunde bin ich hier raus. Treffen wir uns einfach, dann erfährst du die Wahrheit. Falls du dich traust.

Loser

1

18.30 Uhr. Wie vereinbart lehnte Robbie an einer der Säulen am Gittertor in der Ettstraße, gleich unter dem kauernden Steinlöwen. Er hatte sich schickgemacht. Um ihn gewickelt ein steingrauer Mantel, der nach Militärfundus aussah und beim Näherkommen nach naphtalinverseuchtem Schrank roch, durchgescheuerte Jeans, Tennisschuhe und eine Bergmütze, die seine dunklen Haare platt drückte. Er las in einem alten Taschenbuch, wahrscheinlich irgendwas Verkopftes, die freie Hand in der Manteltasche, sein Atem fragiler Dunst in der Kälte.

Robbie Logan, der leicht räudige Traum unerfahrener Mädchen. Heimkehrer. Verlorener Sohn. So nannten ihn meine anderen Brüder, Mick und Kev, oft und das ganz ohne Wohlwollen. Robbies angebliche Narrenfreiheit hatten sie nie verstanden. Die offenen Arme, mit denen ihn Mama immer wieder aufnahm, zumindest anfangs. Meine Geduld mit ihm. Als wären wir alle noch die Kinder, die sich um Mamas teigverschmierte Mixstäbe prügelten. Weil meistens ich und Robbie, die älteren, rabiateren, erfolgreich waren. Weil sie letztendlich immer die kleinen Brüder waren, die mit dem halbwegs respektablen Leben, das selten Anlass zur Sorge gab. Weil sie immer noch größere Sorge mit größerer Zuneigung gleichsetzten. Die Herzen.

»Hey, schöne Frau«, sagte Robbie. »Wie war dein Tag?«
»Entbehrlich.«
Vor allem das Ende. Dank Reitsamer spukte mir Steve Whe-

lan noch immer im Kopf herum. Die Dokumente der Iren waren erstaunlich umfangreich gewesen. Vielleicht lief das auf eine neue Theorie hinaus. Ganz sicher aber auf eine kurze Nacht. Ich würde morgen früh raus und mich durch den gesamten Kram lesen müssen. Für halb neun war Steve Whelan schon zu uns ins Präsidium bestellt. Kris und ihr Morgenmenschentum.

»Wie war deiner, Bruderherz? Hast du schon mit Fergal gesprochen?«

»Er war heute nicht im Pub. Krank.« Robbie klang unbesorgt. »Ich probier es morgen wieder.«

»Es gibt auch andere Pubs. Vielleicht solltest du es woanders ...«

»Mit meinem Lebenslauf?«

Ich atmete ein, atmete aus. Der Abend hatte gerade erst begonnen. Ich zeigte auf das Taschenbuch in seiner Hand.

»Oho, Dostojewskij. Buchhändlerinnen-Pin-up als alternative Karriere?«

»*Aufzeichnungen aus dem Kellerloch*.« Robbie ließ es in seiner Manteltasche verschwinden. »Dad hat den alten Fjodor immer gelesen, weißt du noch?«

Wusste ich.

»Und danach hatte er immer Depressionen.«

Mein Bruder schüttelte bloß den Kopf, seine Kastanienaugen voll Eifer. »Die *Aufzeichnungen aus dem Kellerloch* sind heute genauso relevant wie zu Zarenzeiten. Sogar noch relevanter! Die ganze Technikgläubigkeit. Der Materialismus. Schau dich um!« Er machte eine Geste in Richtung Michaelskirche, die offenbar alles bewies. »Wir stecken doch alle im Sack von Konzernlobbys und Datenkraken. Weißt du eigentlich, dass Manager in den USA in den 60er Jahren zwanzigmal so viel verdient haben wie ihre Mitarbeiter und jetzt 354-mal? Aber *so what*, in zwanzig Jahren haben wir sowieso alle keinen Job mehr, dann machen alles die Roboter. Ha!«

Darauf lieber keinen Kommentar. Das endete nie gut.

»Für Sozialkritik und Aluhüte ist bei uns Stefan zuständig«, sagte ich und hakte mich bei Robbie unter, setzte uns beide in Bewegung. »Damit kannst du loslegen, wenn wir in der Sakristei sind.«

»Ach so, Stefan. Der kommt später. Er hat noch einen Klienten und stößt dann zu uns. Er lässt sich entschuldigen.«

Ich nickte nur stumm, meine Augen schmal. Ich kannte den leicht atemlosen Ton. Das entschuldigende Lächeln. Er wollte mich für sich allein. Ungestört die Klauen seiner Neugier in mich schlagen. Aber er hatte Glück. Der Tag hatte mein Harmoniebedürfnis geweckt.

Ich dirigierte meinen Bruder über den vom Streusplit körnigen Gehsteig die Karmeliterstraße entlang zum Promenadenplatz. In stummer Übereinkunft reihten wir uns dort in den Personenverkehr ein – öffentlicher Verkehr wenn nötig, Autos nur im Notfall; zumindest eine Meinung, die Robbie und ich teilten.

Er mochte sich bei der Planung des Abends einige Freiheiten genommen haben – mit der Sakristei aber hatte Robbie einen Volltreffer gelandet. Der Gasthof ist neben dem Hinterhofcafé mein liebster Unterschlupf in Haidhausen. Auf den grob gepflasterten Straßen, zwischen den dörflich kleinen Häusern fühlt es sich an wie in Freilassing abzüglich der Langeweile; man kann sich trotz guter Atmosphäre ungestört unterhalten. Außerdem schlägt man mit schlechter Laune nicht so stark aus der Art.

Eine wehmütige Erinnerung an Giesing. Da war ich im damals noch jungen Jahrtausend aufgeschlagen, als ich frisch nach München gekommen war. Nicht im idyllischen Giesing natürlich, als Polizeifrischling war ich permanent knapp bei Kasse gewesen. Ich hatte einfach bei der ersten halbwegs günstigen Gelegenheit zugegriffen – und war geblieben. Erst Stefan und die Beschwerden der neuen Nachbarin über Paulis unflätiges Gekrächze hatten mich loseisen können. Ich neige einfach zum Hängenbleiben, Ignorieren, Sturschalten. Sagt Stefan seit damals, und heute dachte ich zum ersten Mal: Er hat recht.

»Es ist mein Körper«, sagte ich zu Robbie, während er uns Veltliner nachschenkte.

Es war kurz vor halb neun, auf dem Vorspeisenbrett kaum noch Speck und Käse und Stefan immer noch nicht da.

Robbies Blick prüfte mich eine Sekunde, zog weiter. Er stellte die Flasche kopfüber zurück in den Metallkühler – sanftes Schwappen und Klirren von Eiswürfeln –, beugte sich über die Tischplatte zu mir vor.

Mein irischer Zwilling war nicht dumm. Wenn auch nicht aus beruflichen Gründen, arbeitete er mit denselben Verhörmethoden wie ich. Einen Nachmittag lang hatte er mich im Klaren darüber gelassen, dass er die Wahrheit über meine Situation kannte und sie unweigerlich zur Sprache bringen würde. Wenn ich schlau war, gab ich ihm freiwillig, was er wollte, solange ich den Zeitpunkt noch selbst wählen konnte. Sprich: Bevor Stefan hier reinkam.

»Was ist mit deinem Körper, Pat?«

Ich senkte den Blick. Auf meine Brüste, angeschwollen und schmerzhaft unter meiner zum Zerreißen gespannten schwarzen Bluse.

»Er hat sich drauf eingestellt, Robbie. Auf diese Behandlungen. Beim ersten Versuch haben wir ihn überrumpelt. Da hat er noch ein paar Wochen gebraucht, um unser Kind loszuwerden.«

Kleiner als gedacht.
Robbie schaute mich an. Seine Aufmerksamkeit galt jetzt voll und ganz mir.

»Beim zweiten Versuch war es schon eine Woche nach dem positiven Schwangerschaftstest vorbei.«

Die Erinnerung an den Verlust von etwas, das noch nicht einmal als Mensch anerkannt wurde, die tagelange Verzweiflung, die diesem Verlust gefolgt war, der Anblick von Stefan, der mir zuliebe lächelte. Eine Fratze des Optimismus über all der Trostlosigkeit.

»Beim dritten Mal war der Test negativ, und heute wieder. Nur diesmal war mir das schon klar, als sie mir alles eingepflanzt haben. Und beim nächsten Mal wäre es dasselbe Lied. Die Tür ist zu, verstehst du? Es ist vorbei.«

»Vielleicht brauchst du eine Pause. Dein Körper ist nicht dein Feind.«

»Erzähl mir bitte nichts über meinen Körper, okay? Sieh mich an: Er hasst mich. Der wird kein Kind bekommen. Nicht so.«

»Pat.«

Noch nie hatte ich meinen egozentrischen Bruder so betroffen und mitfühlend gesehen. Wahrscheinlich glaubte er, ich sei verrückt. Seine Hand wanderte zu mir herüber. Wollte meine tätscheln. Ständig musste er andere Menschen körperlich berühren. Mein Gegenpol.

Ich sah meiner Hand dabei zu, wie sie zum Weinglas auswich. Der nächste Schluck zu viel. Immer noch besser als Robbies mitfühlende Haut auf meiner.

»Robbie«, ich lächelte ihm zuliebe, es schien ihm trotzdem nicht zu gefallen. »Du wolltest wissen, wie es mir geht, und genau so geht es mir. Ich bin am verdammten Ende der Fahnenstange. Aber danke der Nachfrage.«

Er nickte, lehnte sich abrupt zurück und sah peinlich berührt drein. Die übliche Reaktion meiner Umwelt, wenn ich mal ehrlich war.

»Dass es so schlimm ist, hätte ich nicht gedacht«, sagte Robbie.

»Ich auch nicht.« Noch ein Schluck, sollte der Veltliner löschen, was sich da durch mein Inneres brannte. Aber unwiderruflich ausgesprochen, war es Gewissheit geworden. Was machte ich jetzt bloß mit ihr?

»Warum hörst du dann nicht einfach auf? Haben doch viele Leute keine Kinder. Du lebst außerdem für deinen Beruf, also ...«

»Es gibt auch noch Stefan.«

»Trotzdem. Er sollte dich dazu nicht zwingen.«

»Das geht nur uns was an, okay?«

Ich stellte mein Glas beiseite und begann, die letzten Fitzel Speck mit meinem Zeigefinger vom Jausenbrett aufzupicken. Studierte Robbie mir gegenüber, der sich die Haare quer über die Stirn strich. Sein Blick hatte sich wieder in Bewegung gesetzt, streifte die beiden jungen Pärchen am Nebentisch. Alle paar Augenblicke gerieten Biere und Hugos klirrend aneinander. Man freute sich des Lebens.

Dann beugte er sich ohne Vorwarnung vor, ergriff mit seinen weichen, frösteligen Händen meine heißen.

»Pat«, sagte er bloß. Seine ewig suchenden Augen entdeckten etwas in meinen. Bevor ich es verhindern konnte, löste sich ein Erinnerungsfetzen in mir. Presste mich in einen Autositz, schleuderte mich in die Vergangenheit.

2

Es ist eine dieser Nächte. Regen nach Wochen von Frost und Schnee. Dann reißt die Wolkendecke auf. Neumond, der sich trotzdem gegen den Himmel abzeichnet, direkt über dem Untersberg steht und auf uns herabstarrt. Uns beobachtet.

Irgendwo zwischen Reichenhall und Anger. Ein Schleichweg, denn es sind Polizeikontrollen angesagt für die Hauptstraßen. Wir sitzen in meinem Panda, Robbie und ich. Oder Rob, der Mod, wie er sich gerade nennt. Nicht, weil er einer ist, sondern weil es ein Freibrief ist für die Pillen. Seinen Konsum begründet, ihn in ein großes Ganzes einordnet, zu einer Philosophie macht.

Fuck Philosophie. Als ob es nicht reicht, die ganze Nacht tanzen oder mehr trinken zu können als sonst oder die Sterne mal im Schein der Ritas zu sehen, weil es der allerschönste Anblick der Welt ist, oder es einfach zu tun, weil man es tun will.

Whatever, das war einmal. Denn seit ein paar Monaten will ich etwas anderes, als mich durch das Drogenregister zu experimentieren. Mein Leben in den Griff kriegen. Mehr aus meinem Abitur machen als einen Auto und Pillen finanzierenden Schicht-Job am Fließband bei Sony. Mich aus dem Haufen aus Wut und Selbstmitleid buddeln, in dem ich mich seit dem Verschwinden unseres Vaters gesuhlt habe. Drogen ziehen einen da für eine Nacht raus, aber eine Nacht reicht mir nicht mehr.

Deshalb nur noch Zigaretten. Und an diesem Abend ein paar Wodka-Red-Bull über dem Limit. Ausnahmsweise. Wir kommen von der Party eines ehemaligen Schulkumpels von Robbie, auf die mein Bruder mich geschleppt hat. Ehemalig, weil Robbie vor ein paar Wochen geschmissen hat, im vorletzten Semester. Geschleppt, weil ich da niemanden kannte und alle achtzehn waren, also zu jung für meine zwanzig. Und alle auf E. Aber meinetwegen. Ich hatte was zu feiern. Ein neues Leben.

»Paaaat wird zum Kiiiee-ber-err«, grölte Robbie zu Beck mit. Seit wir auf dem Heimweg waren, spielte er »Loser« in Dauerschleife.

»Kieberer« hat er von einer der Salzburgerinnen auf der Party aufgeschnappt. Die hasste Polizisten, so wie eigentlich alle, die ich kenne.

Loser, alles Loser.

Bald werde ich eine von ihnen sein. Vor einigen Tagen sind die Ergebnisse gekommen, mit haushohen Punktezahlen im theoretischen Teil, körperlicher Eignungstest: geht so.

In zwei Monaten wird meine Ausbildung in Dachau beginnen. Und danach – keine Ahnung. Aber der Schnitt ist vollzogen, der Weg eingeschlagen. Und er führt weg von Freilassing, weg von der Vergangenheit, nach vorne. Ein Verrat, und Robbie lässt mich dafür bezahlen, mit meinem verdammten schlechten Gewissen als Komplizen.

I'm a loser baby, so why don't you kill me?

»Mach das aus«, sage ich, zeige mit dem Kinn zum Autoradio. Sony, mit CD-Spieler. Mehr wert als mein Panda.

Robbie strubbelt sich modelmäßig durch die Haare, nimmt die Kippe aus dem Mundwinkel, beugt sich aufreizend vor und fixiert die Knöpfe mit gespielter Kurzsichtigkeit. Tippt und grinst mich an, während »Loser« von vorne beginnt, fällt wieder in Becks Kiffertonfall ein, den er so gut, viel zu gut, imitieren kann. Das war immer sehr amüsant, wenn ich drauf war, aber ich bin nicht mehr drauf. Mein Kopf trotzdem zu voll, die Luft im Auto zu verraucht, die Fenster zu beschlagen, die Heizung ist schon seit Wochen hin. Das kleine Waldstück rechts vor uns wabert in meinem Augenwinkel. Seidiger Asphalt im Fernlicht. Zumindest kaum Gegenverkehr.

Zu schnell, denke ich vage. Und dann: Die paar Kilometer noch, die schaffst du.

»Schalt um Robbie, im Ernst jetzt.«

»›Im Ernst jetzt‹«, äfft er mich nach. »Das hör ich nur noch von dir in letzter Zeit. Was ist mit Spaß? Gibt's den jetzt nicht mehr bei dir? Oder hast du Angst, dass sie dich blasen lassen, deine zukünftigen Kollegen?«

»Halt die Klappe, oder du gehst zu Fuß!«

Mein Bruder weiß immer auf Anhieb, wo mein Knopf ist. Er weiß auch, dass er nicht zu Fuß gehen wird.

Als ich den Arm nach dem Radio ausstrecke, wehrt er ihn ab. Noch einmal. Plötzlich verläuft der Mittelstreifen unter dem Panda. Ich reiße ihn zurück nach rechts. Schlingere, komme wieder in die Spur. Robbie lacht ein paar träge, hässlich verwaschene Silben.

»Entspann dich, Schwester. Siehst du, so was kommt davon, wenn man sich so viel aufregt.«

Er nimmt noch einen Zug von seiner Kippe. Asche rieselt auf seine Jeans, zwischen seine Beine. Sein Arm streckt sich wieder Richtung Autoradio. Hitze explodiert in mir.

»Robbie, ich ...«

Dann eine ruckartige Bewegung in den Ausläufern des Fernlichts. Vier Beine, ein brauner Rumpf und Hufe, mein Fuß auf der Bremse, und ich schreie noch irgendwas wie »pass auf« oder was ähnlich Sinnloses, bevor sich das Weltkarussell mit einem dumpfen Knall in Bewegung setzt. Um die eigene Achse, immer im Kreis. Salto mortale.

Mein Panda knüllt sich zusammen wie ein übergroßes Stück Alufolie, Becks »Loser« zermalmt von einer Kakophonie aus Metall und berstendem Glas, bevor sich die Stille über uns breitet.

3

»Und, ihr zwei? Ist das Aufgebot schon bestellt?«

Stefan. Er stand direkt vor unserem Tisch, zog sich die Handschuhe von den Fingern. Ein bärtiger, immer leicht besorgt klingender Riese, sein kräftiger Körperbau noch betont durch seine Daunenjacke.

Meinen zweifellos erschrockenen Gesichtsausdruck quittierte er mit einem schmalen Lächeln und vermerkte ihn für später. Dann schälte er sich wortlos aus seiner Jacke und ließ sich neben mich auf die Bank fallen.

Robbie, der sich wieder zurückgelehnt hatte, ordnete sich gedankenverloren die Haare. In seinem leeren Blick erkannte ich die Bilder von unserem Unfall. Eine launische Hellsichtigkeit, die sich weder herbeiwünschen noch kontrollieren ließ und mich, seit ich denken konnte, begleitete. Die sich in den letzten Monaten völlig aus mir zurückgezogen zu haben schien. Ich hatte sie nie vermisst, denn sie bescherte mir ebenso viel Ärger wie Einsichten.

Robbie verfolgte mit feindseliger Genugtuung im Blick, wie Stefans Schaufelhand sich auf meine Wange legte. Diese lächerliche Eifersucht hatte er bisher gegenüber jedem meiner Partner entwickelt. Bei Stefan war sie noch schlimmer, weil der mich Pat nannte, ein Privileg, das seit unserer Kindheit Robbie für sich in Anspruch nahm. Außerdem war Stefan der Einzige, der versuchte, mich glücklich zu machen, und umgekehrt.

»Wie geht's?«, fragte Stefan in seiner üblichen Tonlage, der traurigen Posaune.

»Katastrophal dürfte hinkommen«, sagte ich und fabrizierte das Wrack eines Lächelns.

Stefan erwiderte es seufzend – konnte aber auch ein Kommentar zur Weinkarte sein. Die Auswahl der Sakristei war den Ansprüchen önologischer Snobs wie ihm nicht gewachsen.

»Sorry, dass ich früher dran bin als vereinbart«, sagte er mit einem betonten Blick auf das Vorspeisenbrett, das soeben abserviert wurde.

Früher dran? Ich hob eine Augenbraue in Richtung Robbie. Der tat, als bemerkte er es nicht. Er wusste, dass Stefan und ich seine durchsichtige Scharade nicht auffliegen lassen würden.

»Ich hab euch bei einem intimen Thema unterbrochen«, sagte Stefan nach seiner Bestellung des geringsten Übels. »Den Eindruck hatte ich zumindest. Ihr beide seht ein wenig ... betroffen aus.«

»Keineswegs. Ich hab Pat nur gerade eine interessante Anekdote aus Irland erzählt. Mach ich gern nochmal.« Robbies gewinnendes Lächeln hatte jetzt etwas Teuflisches. So wie ich war er ein glücklicher Erbe von Arthur Logans Talent zum Bluff.

»Du warst in Irland?« Zum Glück achtete Stefan vor lauter Erstaunen gar nicht auf mich und meine eigene Überraschung. »Hast du gar nicht erzählt.«

»Ja, der alte Geheimniskrämer«, pflichtete ich lahm bei. Anekdote und Irland, das klang jetzt schon nach Problemen.

Mein Instinkt lag richtig. Leider.

Dass Robbie im Gegensatz zu mir regelmäßig nach Dublin kam, war mir nicht neu. Unsere Tante Edel, eine von Dads sechs Schwestern und Robbies Taufpatin, hatte ein großes Haus nahe am Strand von Baldoyle und pflegte Gastfreundschaft der alten irischen Schule. Der ideale Stützpunkt in Robbies Couch-Surfing-Dasein.

Robbie hatte das clanartige Familienleben der Logans immer besser vertragen als ich. Wo ich schon als Teenager mit eigenen Meinungen angeeckt war, hatte er stets charmant lächelnd genickt und war abgehauen, sobald er die Nase voll hatte. Nicht ohne verbale Kusshände, mit denen er die Saat des Wohlwollens für seinen nächsten Besuch säte. Beneidenswert.

Im Juni habe ihn Tante Edel großzügigerweise, wie er betonte, gleich fünf Wochen beherbergt. Der Hinweis auf unsere eigene, offenbar mangelhafte Gastfreundschaft ging nicht verloren.

Stefans dauertrockene Hand legte sich unter dem Tisch auf meinen Oberschenkel, rieb mit Hunderten mikrofeinen Widerhäkchen über den Stoff meiner Hose, drückte ein bisschen. Über der Tischplatte lächelte er. Ich auch. Vorübergehend.

»Und eines Abends, stell dir vor, habe ich einen ehemaligen Kollegen von Patsy kennengelernt«, sagte Robbie, während er an den soeben servierten Knödeln schnupperte. »Das muss man sich mal vorstellen. Von wegen München und das größte Dorf der Welt. Dublin, sag ich nur.« Er fixierte kurz sein straff in die Papierserviette gewickeltes Besteck, dann mein Gesicht, bevor ihm einfiel, dass ich die Geschichte offiziell schon kannte.

»Ach, welcher ehemalige Kollege denn?«, fragte Stefan mich und nippte an seinem offenbar ziemlich mediokren Glas Chardonnay.

Robbie, der Schlaumeier, lächelte in sich hinein und begann, seine Knödel zu zerlegen.

Wie ich seine Spielchen hasste. Aber meinetwegen. Im Augenblick half nur mitspielen.

»DI Ferguson«, sagte ich so neutral wie beiläufig. »Er hat mit am Fall der toten Skiller-Managerin gearbeitet letztes Jahr.«

Stefan nickte, die Freude in seinem Staunen blieb verhalten. Wir erinnerten uns beide nicht unbedingt gerne an diese Zeit. Wir hatten uns für oder gegen eine künstliche Befruchtung entscheiden müssen. Gräben hatten sich aufgetan, über die wir uns nur mit Mühe gerettet hatten. Dabei war das erst der Anfang gewesen, wusste ich jetzt.

»Ja, ziemlich krasse Geschichte. Aber von Patsy hat der Sergeant nur das Beste erzählt«, sagte Robbie, sein Blick wieder erwartungsvoll über seinem Tellerrand. Er schien alles, was damals vorgefallen war, sowohl bei Skiller als auch mit DI Ferguson, zu wissen – oder zumindest zu spüren.

Warum erzählst du das? Warum jetzt, vor Stefan?, fragte ich ihn stumm.

Er lächelte zurück. Brüderlich süß.

Na warte.

»Krasse Geschichte. Das kannst du laut sagen«, sagte ich und stach mit der Gabel in meinen bisher unberührten Apfelstrudel. Um uns herum waren die Unterhaltungen lebhafter geworden, floss Wein in Gläser und sprudelte in den Stimmen. »Aber was du noch nicht erzählt hast – wie kommt's, dass du DI Ferguson überhaupt getroffen hast? Der arbeitet doch bei den Drogen und dem organisierten Verbrechen. Und wie seid ihr auf das Thema gekommen? Ist ja kaum ein Gespräch, das man so eben mal im Pub führt.«

Robbies Lächeln wurde breiter, seine Augen dunkler.

Erwischt, Schwester.

4

Es lief wie es immer läuft mit Robbie. Er bedankte sich für den netten Abend und verabschiedete sich noch »für eins« in Richtung Glockenbachviertel, wo er sich mit einer Bekanntschaft unbestimmten Geschlechts traf, die er in einem Refugio in Chile kennengelernt hatte. Zur Rechnung in der Sakristei steuerte er einen Fünfer bei; den Rest dann morgen, er müsse heute Abend noch einen Geldautomaten suchen.

Ich nickte und zahlte – auch wie immer –, ging mit Stefan an meiner Seite nach Hause, sein Arm auf meiner Schulter, meiner um seine Hüfte, aneinandergedrängt und doch getrennt von einem Berg unausgesprochener Fragen und Antworten. Es war zu spät und wir zu müde, um ihn heute Abend noch abzutragen. Dachte zumindest ich Naivling.

Ich war beim Abschminken im Bad, als Stefan hereinkam, in einem seiner nerdigen Retro-T-Shirts, in denen er schlief; auf seinem Unterarm saß Pauli. Beide ein Bild der Anklage.

»Wie oft hast du Robbie eigentlich schon das Essen bezahlt?«
Je heiterer Stefan klang, desto ernster war es ihm.

Ich zuckte die Schultern. »Zu oft. Aber er ist billig. Ein paar Knödel mit Pilzen kann ich verschmerzen.«

Der Stefan hinter mir im Spiegel lächelte angegriffen.

»Das war keine Kritik an deinem teuren Geschmack.« Ich blinzelte ihm zu und wusch mir das Gesicht.

Als ich wieder aufschaute, stand mein Mann noch immer hinter mir. Kraulte Pauli mit dem Zeigefinger, begegnete meinem Blick im Spiegel.

»War er schon bei Fergal wegen dem Job?«
»Fergal ist krank.«
»Und das glaubst du?«
Nein.
»Warum nicht? Er ist mein Bruder.«

»Und ein zwanghafter Lügner.«

Genau wie mein Vater, schoss es mir durch den Kopf. Wie ich? Ich drehte mich zu Stefan um. Die Arme verschränkt – ich konnte Schutz brauchen.

»Schau«, seufzte Stefan. »Es tut mir leid, dass ich das gesagt habe. Aber wir haben hier weiß Gott genug Probleme. Und jedes Mal, wenn Robbie auftaucht, gibt's noch mehr davon. Ich weiß, er ist dein Bruder, aber er tut dir nicht gut. Heute in der Sakristei, als ich euch überrascht hab ... da hast du mir Angst gemacht, Patsy. Was war los?«

»Nichts, ich ...« Ich lehnte mich an das Waschbecken. Ich hätte mit dieser Frage rechnen sollen. Mich vorbereiten. Doch in meinem Kopf rauschte es nur. »Ich hab ihm vom Schwangerschaftstest erzählt. Er wollte sein Mitgefühl ausdrücken, das war alles.«

Stefan sah mich lange an, seine Stirn gerunzelt. Seine schöne Stirn. Ständig in Bewegung. Immer schien sich etwas Tiefgründiges dahinter zu tun. Ich wollte darüber streichen. Sie glätten. Küssen. Nicht die Gedanken dahinter hören. Ein frommer Wunsch.

»Das ist nicht alles, Pat.«

»Nein? Was ist denn noch?« Ich streckte Pauli, der sich zu putzen begonnen hatte, meinen Zeigefinger entgegen. Wurde mit einem angedeuteten Schnabelhacken abgewiesen.

»Diese seltsame Geschichte da in Dublin. Mit diesem Detective Ferguson. Macht dir die keine Sorgen?«

Und wie. In so vieler Hinsicht. Hunde hatten sich in mir unvermittelt aus ihrem Schlummer erhoben, streckten sich, zerrten an ihren Ketten.

»Robbie braucht sein Gras irgendwoher«, sagte ich. »Dass der Typ, von dem er es gekauft hat unter Beobachtung der Guards stand, war Pech. Wäre schön, wenn er was draus lernt.«

Stefan zischte leise. »Aber dass sie ihn gleich mit aufs Präsidium genommen haben?«, beharrte er. »Wegen ein bisschen Cannabis für zwanzig Euro? Haben die nichts Besseres zu tun in Dublin?«

»Ich weiß nicht, was ich dir sagen soll. Aber ich kann Detective Ferguson fragen, wenn du willst.«

»Wer ist dieser Detective überhaupt? Den hast du kaum erwähnt.«

Aus Gründen.

»Es gibt viele Kollegen, die ich kaum erwähne.«

Stefan sagte nichts mehr. Fixierte mich bloß mit seinem Psychologenblick.

»Aber die lassen dir keine Grüße ausrichten«, sagte er. »Über deinen Bruder, den sie bei einer Drogenrazzia kennengelernt haben.«

War das noch Ironie oder schon Sarkasmus? Mein überreiztes Hirn tat sich schwer, das mit Sicherheit festzustellen.

Stefans Augenbrauen ballten sich um seine Nasenwurzel. »Ihr hattet euch in der Sakristei gar nicht über Robbies kleine Begegnung mit der irischen Polizei unterhalten. Die Geschichte hat Robbie sich aus der Nase gezogen, weil ich plötzlich reinkam. Und was mich am meisten ärgert: Er hält mich für so dumm, dass er denkt, ich merke es nicht.« Stefan klang ehrlich verletzt. Fast zornig. »Und du? Hältst du mich auch für dumm?«

Belügst du mich, Patsy? Das war es, was er mich eigentlich fragen wollte. Genauso wie ich war er müde von unserer Reise durch die Wellen von Hoffnung und Verzweiflung. Da saßen wir, tiefer als je zuvor. Und er reagierte, wie Stefan eben auf Enttäuschungen reagierte. Er forderte Rückversicherung. Von mir. Keine Geheimnisse voreinander zu haben war für ihn der ultimative Liebesbeweis. In den acht Jahren unserer

Beziehung, vier davon verheiratet, hatte ich nur das Notwendigste vor seinen Verschmelzungsfantasien gerettet.

Jetzt stand ich vor meinem Kartenhaus an Beziehung und konnte entscheiden, welches Blatt ich rauszog. Jedes der Themen, die er angesprochen hatte, würde uns die Nacht kosten. Unsere Beziehung. Es sei denn, ich benutzte einmal mehr meinen überstrapazierten Joker.

»Du bist so viel schlauer, als du sein solltest«, sagte ich. Strich ihm über den Bart. Über die Stirn, bis sie endlich glatt war. Drängte ihm ein Lächeln auf, das er erwidern musste. »Aber tu mir den Gefallen und fang nicht irgendwelche Diskussionen über Robbie mit mir an, okay? Bitte nicht heute. Seit fünf Uhr bin ich auf den Beinen, und in fünf Stunden muss ich wieder aufstehen, eine Vernehmung vorbereiten. Ich bin so voll mit Progesteron, ich weiß nicht mal, ob grade meine Hormone mit dir reden oder ich.«

Stefan lächelte gequält. Betrachtete Pauli, der sich aufplusterte und schüttelte. Abrupt setzte er ihn mir auf die Schulter, wo er sofort begann, an meinem Ohr zu knabbern.

»Okay. Du hast recht. Jetzt ist nicht der richtige Zeitpunkt.« Da war keine Wut in der Stimme, kein Vorwurf. Schlimmer. Es war ein Abschied. Keine Ahnung wovon, aber es klang endgültig.

Er gab mir einen Kuss auf die Stirn, tätschelte mir flüchtig den Arm und ging hinaus. Ich starrte auf die geschlossene Badezimmertür. Eine Minute lang, zwei.

Noch so ein Sieg, und wir waren verloren.

Donnerstag, 9. November

*And we don't care how much it hurts
You think you're cursed it's what you deserve*

Tom McRae; »Karaoke Soul«

Lose Enden

1

Textnachricht von Kris Meyerhofer, gesendet um 05.55 Uhr

Patsy, ich hab Brechdurchfall und kann heute nicht arbeiten. Tut mir echt leid wegen der Vernehmung von Steve Whelan. Ich hab dem Reitsamer aber schon Bescheid gesagt. Sein Handy war noch aus, aber der springt sicher für mich ein. Hoffentlich morgen wieder. Kris

2

Das Morgengrauen nahm kein Ende.

Kurz vor neun. Noch immer surrte meine Schreibtischlampe. Nicht beruhigend, eher wie eine Stechmücke. Zumindest war sie so etwas wie Gesellschaft. Die Kollegen von den Drogen: abwesend. Und Kris: nicht einsatzfähig. Die Arme. Mein Mitleid wäre grenzenlos, hätte ich ihr die Geschichte abnehmen können. Klang zwar durchaus plausibel – gerade kursierte wieder so eine Magen-Darm-Sache durchs Präsidium –, aber Kris rief immer zuerst an, ob fiebrig oder gesund, ob vorbereitet oder nicht. Manchmal sprach sie mir minutenlang auf die Mailbox. Textnachrichten verschickte sie erst, wenn sie telefonisch gescheitert war.

Per SMS ließ es sich leicht lügen. Da gab es kein nervöses Räuspern, keine Ahs oder Ähms, kein vielsagendes Zögern. Mein Rückruf war auch sofort in die Mailbox umgeleitet worden.

War Kris schon einmal nicht erreichbar gewesen? War sie noch immer sauer wegen unserer Auseinandersetzung gestern? Oder war das meine Paranoia? Bei ungünstiger Stimmungslage wähne ich mich gern im Mittelpunkt von Verschwörungen.

Heute war die Stimmungslage mehr als ungünstig. Mal abgesehen davon, dass ich eine weitere Nacht durchgegrübelt hatte, anstatt zu schlafen – im Schatten von Stefans breitem Rücken.

Der Kollege Reitsamer sah auch nicht glücklicher aus. Keine Spur vom Triumph gestern Abend in der Parkgarage. Stattdessen Augenringe und ein weißer Hemdzipfel, der unter seinem Karopullover hervorlugte.

Wir begegneten uns in der Kaffeeküche zwischen unseren Büros. Keine Fenster, Platz für drei normalgewichtige Leute, ein launischer Kaffeeautomat, der keinen Cappuccino mehr machte, weil die abgenutzte Wahltaste nie ersetzt worden war. Ein Ort für Montagsstimmung, Gerüchte, Mobbing.

»Morgen.«

»Morgen.«

Unwirsch hantierte Reitsamer mit dem Wassertank des Kaffeeautomaten. Der widersetzte sich der Staatsgewalt, verteilte seinen Inhalt auf Arbeitsfläche und Reitsamer.

»Ist die Speiberei also endlich auch im K11 angekommen ...«, brummte er.

Ich hätte ihn beruhigen können. Von Kris ging keine Gefahr aus. Stattdessen summte ich vage zustimmend. Noch immer war ich unsicher – hatte er gestern Abend gehört, wie ich seine Arbeit als schlampig bezeichnet hatte? Egal, wie sehr das der Wahrheit entsprach, wir standen kurz vor einer gemeinsamen Zeugenvernahme.

»Danke fürs Einspringen, Erwin.«

»Ja, ja, eh klar«, sagte er bärbeißig. »Aber ich sag dir gleich – es ist deine Show. Ich spitze nur die Ohren.«

Ich nickte, hoffentlich nicht zu erleichtert. Die Zahl unserer gemeinsamen Vernehmungen war überschaubar. Nicht ohne Grund. Reitsamer findet meinen Stil manipulativ und ausschweifend, ich seinen ideenlos und unflexibel. Eine gute Vernehmung braucht Führung, Abstimmung, Chemie; im Grunde wie ein Tanz. Trampelt man sich dabei ständig gegenseitig auf die Füße, schadet das nur der Ermittlung. Also hielten wir uns voneinander fern. Wenn möglich.

»Jetzt ist mehr Wasser draußen als drinnen«, erklärte mir der Kollege mit anklagender Geste zum Tank, wischte sich die feuchten Hände an der Jeans ab, fuhr sich dann durch die Haare und ordnete endlich seine Hemd-Pullover-Kombi, während ein Verlängerter in seine abgeschlagene Kaffeetasse tröpfelte. *Papa* stand darauf, in ungelenken Pinselstrichen, und daneben ein pinkes Herz. Inzwischen sicher eine peinliche Angelegenheit für die Künstlerin.

Reitsamers Keramiktasse war mir alles andere als unbekannt; die beiden trennten sich selten. Aber dass mich ihr Anblick so wehmütig machte – für Stefan, für mich, für den Reitsamer und sein an die Pubertät verlorenes kleines Mädchen –, was sollte das?

Falls er etwas von meinem übermüdeten Gefühlsdusel mitbekam, ließ sich Reitsamer zumindest nichts anmerken.

»Auch einen?«, fragte er.

»Espresso. Doppelt, bitte.«

»Kommt sofort, Frau KHK.«

Er durchsuchte das Sammelsurium an Tassen, die sich über die Jahre aus verschiedensten anonymen Quellen im Dezernat angesammelt hatten und zu denen sich keiner mehr bekannte. Eine hässlicher als die andere. Reitsamer wählte eine aus, ließ die Maschine surrend ihre Arbeit tun.

Erst als er sie mir schmunzelnd überreichte, entdeckte ich die Aufschrift: *Ich Chef. Ihr nix.*

»Damit er gleich weiß, wer hier der *good cop* und wer der *bad cop* ist, der Herr Whelan.«

Er sprach es aus wie WLAN. Gut möglich, dass er das für einen gelungenen Scherz hielt. Reitsamer klopfte sich gern die Schenkel. Wollte er mich gar aufheitern? Egal, ich korrigierte ihn nicht, nahm nur dankend die Tasse entgegen, während er schon aus der eigenen schlürfte. Lautstark. Alles beim Alten zwischen uns. Auch irgendwie beruhigend.

3

Steve Whelan also. Verwuschelte, hellbraune Haare, im Gesicht ein Zwischending aus unrasiert und Bart, ein aufmerksamer Blick aus undefinierbar blauen Augen. Ein Abziehbild jener Jungs, an die ich mich aus den irischen Sommern meiner Kindheit und Jugend erinnere. Gutaussehend auf diese unaufgeregte, bodenständige Art, die von rauem Klima und ständigem Wind zeugte; vom Schwimmen im Meer bei dreizehn Grad, Hurling-Training am Samstag und Sandwiches mit Butter und Kartoffelchips.

Auf fast allen öffentlich zugänglichen Fotos trug er die Uniform des alternativ angehauchten Mannes um die dreißig: Jeans, Tennisschuhe, schlabbrige Wollmütze. Jetzt auch. Einer unter Vielen. Doch was die Fotos nicht transportierten und was wahrscheinlich vom Resopal-Charme unseres Vernehmungsraums noch verstärkt wurde, war seine Ausstrahlung. Jungenhaft, verschmitzt, doch mit dem dunklen Unterton lange zurückliegender Verletzungen. Typ Singer/Songwriter. Sein Händedruck war flüchtig, nervös, kalt. Ein großflächiges abstraktes Tattoo, das mich an einen dieser alten Bildschirmschoner von Windows erinnerte, kroch aus den Ärmeln seines T-Shirts bis fast zum Ellenbogen. Mein Kompliment an sein nahezu perfektes Deutsch, nach sechs Jahren so viel akzentfreier, als es mein Vater jemals gesprochen hatte, quittierte er mit bescheidenem Abwinken, zeigte kurz seine verfärbten Zähne.

Nichts an ihm schien zu den Informationen zu passen, durch die ich mich heute Morgen gearbeitet hatte. Auch auf die Belehrungen über seine Rechte und Pflichten als Zeuge reagierte er auffallend gelassen.

Erst als seine Akte auf den Tisch kam, geriet sein freundlicher Charme etwas ins Wanken. Gut gefüllte Aktendeckel in Polizistenhänden kündeten stets von Schuld und Beweislast. Von Mühlen, die irgendwo heimlich zu den eigenen Ungunsten mahlten.

»Sie wollten noch mal über Halloween mit mir reden?«, fragte er mit Welpenblick unter einem gesenkten Kopf hervor.

»Unter anderem«, sagte ich. »Von unseren irischen Kollegen haben wir einige Informationen erhalten. Dazu gibt es noch Fragen. Und meinetwegen, ja, fangen wir gleich mit Halloween an. In Ihrer Aussage über den Verlauf des Abends finden sich ein paar, sagen wir mal, künstlerische Freiheiten.«

»Lügen«, sagte der Kollege neben mir drohend und unvermittelt. Offenbar schien er sich doch nicht nur als Beisitzender des Gesprächs zu begreifen.

Steve Whelans Blick zuckte zu ihm hinüber. Er fragte sich wahrscheinlich, welches Spiel wir Bullen mit ihm zu spielen versuchten. »Ich hab nicht gelogen«, sagte er in den Luftraum zwischen Reitsamer und mir.

»Aber zum Beispiel verschwiegen, dass Judith Krings Ihre Exfreundin ist«, sagte ich, »und Sie an dem Abend im Shamrockers besucht hat.«

Charmant unschuldiger Augenaufschlag. »Das hatte doch gar nichts zu tun mit Donals Unfall.«

»Steve. Sie erzählen uns restlos alles, was an dem betreffenden Abend passiert ist. Womit es was zu tun hat oder nicht, darum kümmern wir uns. Deal?«

»Okay«, sagte er, als hätte ich mitten im Spiel die Regeln geändert und er müsste jetzt auf der Hut sein vor meiner fehlenden Fairness. Er verschränkte die Arme, lehnte sich in seinen Stuhl zurück. Zu unbequem. Beugte sich wieder nach vorne. »Ihre Kollegen haben mich aus dem Koma geklingelt, da hatte ich einfach nicht jedes Detail parat, sorry.«

»Es war sicher schon Mittag«, quengelte der indirekt kritisierte Kollege von rechts.

»Ich arbeite in einer Bar«, sagte Steve Whelan mit einem Lächeln, das melancholisch war und einem versprach, dass die Liebe und überhaupt alles möglich war im Leben. Dessen Opfer Fee McFadden garantiert immer wieder wurde. »Mittag ist mein Mitternacht, wissen Sie?«

Ich schnaubte. Jetzt wurde er auch noch kokett. War das naive Unschuld oder bloß die tiefe Überzeugung mancher Täter, dass wir sowieso nichts würden nachweisen können?

»Kann passieren«, sagte ich, ließ dann einen Finger in seine Akte gleiten und zog das erste Blatt heraus, tat so, als müsste ich mich erst noch orientieren, während Steve Whelans Hals länger, seine Augen größer wurden. »Ihr Gedächtnis erscheint mir überhaupt recht löchrig. Von Ihrem Treffen mit Donal McFadden in der Nacht seines Todes steht in Ihrer Aussage nämlich auch nichts.«

Grabesstille.

»Weil es keines gab«, sagte er nach langen Sekunden.

»Aber es war geplant.« Ich räusperte mich und las seine Nachricht an Donal McFadden vor. Dann ließ ich das Blatt sinken und sah in die blauen Weiten von Steve Whelans Augen. Darin weder Naivität noch Hybris. Nur Angst. Wir hatten etwas geweckt in ihm, und es machte sich auf den Weg nach draußen.

»Speichern die jetzt private Nachrichten?«

»Haben Sie diese Nachricht an Halloween um Mitternacht gesendet, Steve?«, fragte ich.

Er zuckte mit den Schultern, als täte der Zeitpunkt hier gar nichts zur Sache. »Ja, die ist von mir. Keine Ahnung, wann genau ich sie geschickt hab, aber irgendwann an dem Abend. Und dieser Scheißkerl von Donal ...« Er streckte den Oberkörper durch.

Eine unbedachte Äußerung, beinahe schon in Hörweite.

Na komm, nur eine!, spornte ich ihn stumm an.

Neben mir beugte sich Reitsamer erwartungsvoll vor, stellte seine Tasse auf den Tisch, fügte damit den olympischen Ringen in Braun, die sich darauf bereits angesammelt hatten, einen neuen hinzu und schlug sein Notizbuch auf – nach all dem Geplänkel jetzt bloß nicht die wichtigen Aussagen verpassen.

Diese Gedanken konnte ich regelrecht lesen. Das war keine Kunst. Steve Whelan konnte das offenbar auch. Er zögerte. Wurde sich bewusst, an welcher Klippe er gerade stand – und machte einen Schritt zurück.

Ich schickte Reitsamer den giftigsten Seitenblick aus meinem Repertoire. Bereute meine mitfühlenden Gedanken für ihn vorhin am Kaffeeautomaten zutiefst. Verfluchte im Stillen Kris und ihr angebliches Norovirus. Half alles nichts. Unseren Trumpf hatten wir ausgespielt und vorerst verschenkt.

»Was sagte denn dieser Scheißkerl von Donal?«, versuchte es Reitsamer noch einmal drohend.

Aber Steven Whelan hatte sich wieder im Griff. Mit dem rechten Zeigefinger begann er, an einem Bläschen rumzuzupfen, das die Tischoberfläche aus Kunststoff warf. Senkte den Blick, um seine Hände dabei zu beobachten, schaute dann wieder auf – so offen und ehrlich, als hätte er es geprobt.

»Wenn man die Nachrichten nur so da stehen sieht, wirken sie vielleicht krass, das geb ich zu«, sagte er angemessen betreten, ließ den Blick wieder sinken. »Aber für mich war zu dem Zeitpunkt klar, dass Donal einen Unfall hatte und meine Aussage nur eine Formalität ist. Sollte ich da sagen: Ähm, ja, zu Ihrer Information, Donal hat mich kurz vor seinem Tod noch als Mörder beschimpft, und ich war im ersten Moment so angepisst, dass ich ihm gedroht habe? Falls Sie doch einen Verdächtigen suchen, vergessen Sie mich nicht! Welcher Idiot würde das tun?«

Fee McFaddens Freund hatte durchaus komödiantisches Talent. Neben mir hörte ich Reitsamer laut schmunzeln, und auch Steve Whelans bezauberndes Mikrolächeln kam wieder zum Vorschein.

Müdigkeit überfiel mich plötzlich. Ich griff nach meinem Kaffee. Kalt. Wenigstens stand da noch mein Glas Wasser. Und Reitsamer hielt die Klappe. Noch.

»Sie haben Donal McFadden also nicht mehr getroffen an dem Abend?«, fragte ich.

»Nein. Meine Antwort war so ein blöder Reflex. Ich wollte Donal einfach mal ...« Er suchte nach den richtigen deutschen Worten, machte dann eine Geste, die wohl *eins auf die Fresse geben* bedeuten sollte.

»Sie wollten ihn verprügeln?«

»Ja. Im ersten Augenblick, als die Nachricht kam.«

»Weil er Sie als Mörder bezeichnet hat?«

»Natürlich«, regte er sich auf. »Mein Vater hatte vor sieben Jahren einen tödlichen Unfall. Aber Donal hat es damals schon zu seinem *fucking business* gemacht, Gerüchte zu verbreiten.«

»Hat er sie nur verbreitet oder auch erfunden?«

»Woher soll ich das wissen? In Irland tratschen die Leute doch die ganze Zeit.«

»In Bayern auch.«

Unsere Blicke begegneten und hielten einander, dann bröckelte der Trotz unvermittelt. Er ahnte meine nächste Frage und dass es keinen Ausweg gab.

»Erzählen Sie uns, was passiert ist, Steve.«

»Die Geschichte mit meinem Vater kennen Sie doch sicher schon, oder?« Sein Blick pendelte kurz zu meiner Hand auf der Akte. »Ich meine, wenn Sie das mit den Textnachrichten wussten, haben Sie sicher auch davon gehört.«

»Nicht Ihre Version.«

Der Welpe nickte. Seine Schultern sanken, dann seine Lider. Vor meinen Augen schrumpfte Steve Whelan zum kleinen Jungen. Begann wieder, mit dem Fingernagel am Lufteinschluss in der Tischoberfläche zu kratzen. So als würde er Gitarre zu einem traurigen Lied spielen.

4

Fax von: Det. Brian A. Mahony, An Garda Siochiana, Harcourt Street, D2
An: DI Patrizia Logan
Gesendet: 8. November, 16.57 Uhr
Betreff: Akte Steven Whelan

DI Logan,

wie von Ihnen angefordert, habe ich in unserem PULSE-System eine Abfrage zu den folgenden Personen durchgeführt:

Donal McFadden, geb. am 11. Dezember 1984
Fiona McFadden, ehemals Maguire, geb. am 31. März 1985
Siobhan Alice McFadden, geb. am 2. März 1972
Steven Barry Whelan, geb. am 24. Mai 1985

Zu den drei ersten Personen gab es in unserer Datenbank keine relevanten Einträge, abgesehen von einer Anzeige gegen Donal McFadden wegen stark überhöhter Geschwindigkeit.
Bei Steven Whelan ist die Sache nicht ganz so einfach. Zwar hat er keine Vorstrafen. Trotzdem habe ich Ihnen einige relevante Dokumente zu Ermittlungen gesendet, die im Oktober 2010 von meinem Kollegen Det. Kelly von der Garda Station Bray durchgeführt wurden. Im Zusammenhang mit Ihren Vorerhebungen sind sie doch zumindest interessant.
Kurz zusammengefasst:
Am 12. Oktober 2010 spätabends meldete Steven Whelan dem Notruf, sein Vater sei schwer alkoholisiert in seinem eigenen Haus die Treppe hinuntergestürzt.

Zu dem Zeitpunkt befanden sich sowohl Steven als auch seine Mutter Miriam sowie die jüngere Schwester Sarah im Haus. Barry Whelan unterhielt in Bray, Co. Wicklow, ein Unternehmen für Gerüstmaterialien, das zum Höhepunkt des Celtic Tiger Booms etwa hundert Mitarbeiter angestellt hatte. Mit Beginn der Krise 2008 ging es schnell abwärts, Whelan musste bis Mitte 2010 nach und nach seiner gesamten Belegschaft kündigen und Konkurs anmelden. Trinker war er laut Det. Kelly immer schon und ein »Typ mit ziemlich kurzer Lunte«, so steht es in manchen Aussagen zu ihm. Es wurde gemunkelt, er schlage seine Frau, aber es wurde nie etwas Derartiges zur Anzeige gebracht.
Laut Obduktionsbericht starb er an Ort und Stelle: Genickbruch. Steven, Miriam und Sarah Whelan erzählten alle drei, dass sie im Erdgeschoss des Hauses ferngesehen hätten und Barry auf dem Weg nach oben ins Schlafzimmer das Gleichgewicht verloren haben musste. Sie hätten ihn nur fallen gehört und bereits leblos am Fuß der Treppe aufgefunden.
Dann gab es aber noch die Aussage einer Nachbarin. Durch das Fenster ihres Badezimmers wollte sie zur fraglichen Uhrzeit zwei Personen im oberen Stockwerk der Whelans bei einem handgreiflichen Streit beobachtet haben. Die Nachbarin war recht betagt. Außerdem sind Beobachtungen durch strukturiertes Glas wenig zuverlässig. Als sie ihre Aussage zwei Tage später bestätigen sollte, wurde sie plötzlich unsicher und hat widerrufen.
Niemand sonst will etwas gesehen oder gehört haben, und die drei Whelans bestanden auf ihrer Version, also wurden die Ermittlungen eingestellt.
Eigentlich nichts Besonderes, aber: Die Nachbarin war Clara McFadden, Donal McFaddens Großmutter (verstorben 2014). Insofern natürlich eine bemerkenswerte Konstellation.

Die Berichte von Det. Kelly finden Sie in den Dokumenten, die ich Ihnen im Anhang faxe. Wenn Sie noch Fragen haben oder weitere Unterstützung brauchen, melden Sie sich gerne bei mir. Nummer unten im Anhang.

Grüße,
Brian Mahony, Detective

5

»Die alte McFadden, *God love her*.« Steve Whelan schüttelte den Kopf. »Mit ihren trüben Augen hat sie mir das Leben in Bray zur Hölle gemacht. Mal abgesehen von ihren satanischen Enkeln.«

Er schien seinen Bericht so weit abgeschlossen zu haben, lehnte sich erneut in seinem Stuhl zurück. Befand ihn wieder für zu unbequem. Gut so. Zum Entspannen waren die nicht gedacht. Der harte Kunststoff und die unergonomischen Winkel sollten den unterbewussten Wunsch erzeugen, hier rauszukommen. Das Gespräch beschleunigen. Am besten durch eine brauchbare Aussage.

Die von Steve Whelan hatten Reitsamer und ich nun gehört.

Clara McFadden hatte ihre Beobachtung zwar nicht einmal 48 Stunden nach ihrer Aussage widerrufen, doch das Kind war bereits im Brunnen. Durch auseinandergebogene Jalousienlamellen und unauffällig zur Seite geschobene Vorhänge wurden die auffallend häufigen Besuche der Garda Siochana, der irischen Polizei, registriert und interpretiert, wurden Informationslücken durch Hörensagen und Nachbarschaftsklatsch gefüllt.

Wollte die alte McFadden ursprünglich zwei Gestalten unbestimmten Geschlechts durch ihr Fenster beobachtet haben, verwandelten sie sich mit der Zeit, verformt durch zahlreiche Münder und Gehörgänge, in Männer und weiter in Vater und Sohn. Wer auch sonst hätte die Kraft gehabt, den Haustyrannen die Treppe hinunterzustoßen? Die arme Frau Whelan etwa, so zart gebaut? Die unschuldige Tochter Sarah mit ihren gerade mal sechzehn Jahren? Nein, Steve wars.

Der hatte eine günstige Gelegenheit genutzt. Barry Whelan hatte über seine Verhältnisse gelebt, seiner Familie immer wieder zugesetzt mit seinem Jähzorn und der Trinkerei. Vor allem seiner Frau und seinem missratenen Sohn, der schon in besseren Zeiten lieber auf seiner Gitarre geklimpert hatte, als im Unternehmen des Vaters zu arbeiten. Jetzt drohte die Bank mit der Pfändung des überdimensionierten Familienwohnsitzes, und Barry hatte eine hohe Lebensversicherung abgeschlossen. Nur ein Schubs, und so viele Probleme gelöst. Man musste bloß dreimal dieselbe Version des Vorfalls präsentieren. Ja, genau so musste man es machen.

Schließlich noch der Auftritt der Bösewichte in Steve Whelans Erzählung – Donal und Siobhan McFadden.

Die hatten nämlich ein weiteres Gerücht gestreut – ihre Omama, gutgläubig und ständig auf der Hut vor Gottes Gesetz, war in Wahrheit bis ins Grab vollkommen überzeugt davon gewesen, was sie gesehen hatte: zwei Schatten, die einander im oberen Stockwerk an die Gurgel gingen, und das in etwa um die besagte Uhrzeit. Aber sie war in nicht näher ausgeführter Weise von den Whelans eingeschüchtert worden und habe sich nur aus diesem Grund dazu entschlossen, ihre Aussage zurückzunehmen. Immerhin lebte sie alleine und wäre einer möglichen Rache ihrer Nachbarn schutzlos ausgeliefert gewesen. Die Whelans waren seit Generationen für ihre gespaltene Zunge und gewalttätige Natur bekannt. Siehe die Gerüchte über Mrs Whelans unerklärliche Blutergüsse. Siehe nun Barry Whelans eigener verdächtiger Tod.

Welches Interesse Donal und Siobhan überhaupt hatten, solche Geschichten in Umlauf zu bringen?

Ganz einfach, Steve hatte damals begonnen, mit Fee auszugehen. Auf die wiederum hatte Donal schon lange ein Auge geworfen, war bislang jedoch abgeblitzt. Zumindest für einen wie Donal Grund genug, den Rivalen als mutmaßlichen Mörder darzustellen. Und Siobhan war eine *crazy bitch*, die für das Inn über Leichen ging. Die sich auch noch erdreistet hatte, nach Barry Whelans Tod eine Rechnung über all die Runden zu senden, die Steves Vater in den vergangenen Monaten ausgegeben und nie bezahlt hatte. Ihre herzensguten, aber geschäftsuntüchtigen Eltern hatten eben auf eine Verbesserung von Barrys finanzieller Lage gehofft. Die Familie Whelan möge doch Verständnis haben und sie begleichen, denn auch im McFadden's seien die Zeiten hart, und man müsse Gehälter zahlen.

Laut Steve hatte er Siobhan zu verstehen gegeben, dass die Whelans andere Probleme hätten als ihre dämliche Rechnung, und es tue ihm leid, aber nein. Siobhan könne ihn gern auf die ausstehende Summe verklagen, vielleicht würde man ja seine Sozialhilfe pfänden können.

Siobhan McFadden hatte nicht geklagt. Doch nur wenige Tage später war es losgegangen. Die komischen Blicke. Das Getuschel. Die ausbleibenden Einladungen und Hilfsangebote der Nachbarn für Steve, seine Mutter und die drei Schwestern, die Gespräche, die sich plötzlich nur noch auf einzeilige Floskeln beschränkten. Wegziehen? Keine Option. Wohin denn? Und mit welchem Geld?

Ein feiner kleiner Alptraum auf dem Lande. Und sein Ursprung lag eindeutig im McFadden's Inn. Wenn man Steve glaubte.

Warum auch nicht? Die Geschichte war deprimierend schlüssig. Nur: Abgesehen von Steve Whelans treuherzigem Jungengesicht war seine Version keinen Millimeter glaubwürdiger als die der McFaddens.

Ein heilloser Fall von Aussage gegen Aussage und keine verwertbaren Spuren. Nicht zu beneiden, dieser Detective Kelly und seine Kollegen von der Garda Station in Bray. Wie zu erwarten hatte der Staatsanwalt keine weitere Untersuchung angeordnet. Die Arbeit der Polizei war beendet.

Der inoffizielle Prozess gegen Steve Whelan in Bray hatte trotzdem stattgefunden. Das stumme Urteil eindeutig: Vatermörder, davongekommen aus Mangel an Beweisen. Nicht einmal ein Jahr hatte er die soziale Ächtung in seinem Heimatort ausgehalten, dann war Steve Whelan nach Deutschland geflohen. Offiziell wegen der irischen Krise. In München hatte er bei bereits ausgewanderten Freunden erst Unterschlupf gefunden, dann einen Job.

Hatte neu begonnen. Bis ihm Fee und damit auch seine Vergangenheit gefolgt waren. Und jetzt Donal McFaddens Tod. Tragischer Unfall im alkoholisierten Zustand, ohne verwertbare Spuren. Wir befanden uns in einem verdammten Déjà-vu.

»Ich weiß, was Sie jetzt denken«, sagte Steve Whelan unpassend ironisch. Sein leeres Wasserglas ließ er geräuschvoll um die eigene Achse kreisen. »Der Whelan, jetzt hat er noch einmal zugeschlagen. Sein Rivale wollte die alte Geschichte mit seinem Vater wieder aufwärmen, und da hat er einfach wieder einen kleinen Unfall inszeniert, so wie damals. Kein Rivale mehr, kein Wühlen in alter Dreckwäsche. Nicht wahr?«

Steve Whelan schickte wieder sein gewinnendes Lächeln in unsere kleine Runde. Vielleicht war es Taktik, vielleicht auch Hilflosigkeit oder eine Laune der Natur, wie meine Mundwinkel. Was auch immer. Es ließ ihn manipulativ wirken. Schuldig.

»Wollen Sie denn verdächtigt werden?«, fragte ich.

Ein Zischen entwich seiner Nase, mischte sich mit Reitsamers unmutigem Räuspern neben mir. Solche Fragen kamen in seinem Katalog offenbar nicht vor.

»Hab ich eine Wahl?« Ruckartig setzte er sich auf. »Mein Arsch, sorry für meine Wortwahl, ist doch schon offen, oder? Warum bestellen Sie mich sonst ein zweites Mal hierher und sitzen hier mit einem Kollegen? Doch nur, damit Sie etwas gegen mich in die Hand kriegen, was dann vor Gericht standhält, oder?« Er schnüffelte laut, kratzte sich den Kopf durch seine Mütze hindurch, begann, unter dem Tisch mit seinen Beinen auf und ab zu wippen. Seine Nervosität ließ sich nicht mehr bändigen.

»Wenn Sie so besorgt sind um Ihren Arsch, was soll dann die ganze Lügerei?«

»Was meinen Sie?« Sogar seine Empörung klang jetzt unecht und verzagt.

»Ach kommen Sie, Steve. Sie haben uns doch bisher nur die Wahrheit gesagt, wenn es nicht anders ging. Und sogar Judith haben Sie zur Falschaussage angestiftet.«

Ein Mikro-Elektroschock presste Steve Whelans Kiefer aufeinander. Interessant. Das schien ihm tatsächlich neu zu sein. Dabei hatte Judith genug Gelegenheit gehabt, ihm von unserem Gespräch gestern zu erzählen.

»Wer sagt das?« Sein Widerstand war so schwach, man konnte ihn getrost ignorieren.

»Falschaussagen sind eine strafbare Handlung, wie Sie sicher wissen. Und bevor Sie sich noch um eine Ausrede bemühen: Die Sache mit der Abtreibung hat uns Judith ebenfalls erzählt.«

Wieder ein Räuspern von Reitsamer. Wahrscheinlich hielt er mich gerade für eine eiskalte Bitch, mal wieder.

Steve Whelans Augen wurden zu Schlitzen, sein Gesicht hart und kantig. Judith, du Verräterin.

»Das hat alles nichts mit Donals Unfall zu tun«, sagte er frostig. Verschränkte die Arme, lehnte sich noch einmal zurück. Verharrte diesmal in der Position, den Blick in seinen eigenen inneren Abgrund gerichtet.

»Womit dann?«

»Ich will Fee nicht verlieren«, sagte er, sein Zorn kühlte nur langsam ab. »Das mit Judith war nie was Ernstes. Eher *friends with benefits*. Dass sie jetzt einen auf große Liebe macht, versteh ich ehrlich gesagt nicht.«

Wenn auch egoistisch und gefühlskalt, klang das zumindest ehrlich. Fee McFadden hatte wirklich einen schrecklichen Geschmack bei Männern.

»Was ist mit Fee? Lieben Sie die?«

Noch ein ungeduldiges Schnauben von Reitsamer. Gefühliger Schnickschnack, der nichts zur Sache tat.

»Sie ist mir wirklich sehr wichtig. Und ich will sie nicht enttäuschen«, sagte Steve mit seinem seelenvollen Lächeln, das sein rückgratloses Inneres so perfekt verschleierte. »Fee hat immerhin alles aufgegeben für mich. Ihren Job, ihre Familie. Und hier in München hat sie nur mich.«

»Ja«, lächelte ich zurück. »Sie und Luis Kronmeier.«

Ich registrierte Steve Whelans irritiertes Blinzeln mit beschämender Genugtuung.

»Luis Kronmeier?«, wiederholte er, seine Augenbrauen zwei erstaunte Fragezeichen. »Wer soll das sein?«

Luis, zwei Monate vor Halloween

Da ist er wieder. Der Alte aus dem Erdgeschoss. A. Metz – falls das Schild stimmt. Es ist das einzige nicht schon mehrfach überklebte. Ein chaotisches Kommen und Gehen in diesem Block aus den 60ern. Viele junge Leute. Fahrräder. Die Anonymität der Durchreise. Und A. Metz.

Auf den ist Verlass. Zwischen 16 Uhr und 16.15 Uhr unternimmt er mit seinem Jack Russell einen Spaziergang. Öffnet seinen Briefkasten, wenn er das Haus verlässt und dann noch einmal bei der Rückkehr eine halbe Stunde später. Manchmal ist was drin, meistens nicht.

Aber jedes Mal kläfft der Hund zu Luis herüber. Egal, ob er am schmiedeeisernen Zaun gelehnt steht oder in der Einfahrt zur Garage vom Block gegenüber oder in seinem Auto sitzt, sein Mountainbike-Magazin auf den Knien – tollwütiges Gekeife.

Die Beobachtungsgabe seines Herrchens scheint weniger ausgeprägt. Metz hat Luis noch kein einziges Mal bemerkt. Zieht den Kläffer gleichmütig weiter und um die Hausecke. Auch heute. Er wirkt grantig, die meisten seiner Nachbarn schenken ihr Lächeln nur dem Kläffer oder schauen einfach zu Boden oder in die Luft. So wie dieser Steve, der ständig um irgendeinen Gedanken zu kreisen scheint.

Nur Fee grüßt Metz mit einem Lächeln. Beugt sich hinunter zum Kläffer, der für sie sogar seine Tollwut vergisst, und krault ihn hinter den Ohren. Manchmal schaut Metz danach ein wenig freundlicher in die Gegend.

Und wie kann man auch anders auf Fee reagieren?

Er vermisst sie. Sie sehen einander fast jeden Tag im Seitenspeise. Seit Tammi weg ist, arbeitet Fee dort in Vollzeit. Das bedeutet mehr Arbeit. Aber auch mehr Freiheit. Verantwortung. Geld für die Miete. Und vor allem weniger Tammi. Die falsche Schlange – geköpft. So wie Fee es wollte.

Doch seit Tammi weg ist, ist sie nicht nur beschäftigter. Sie scheint vorsichtiger, reservierter. Bringt ihm noch immer jeden Tag seinen Cappuccino und ihr Lächeln, aber seine Einladungen, sich wieder einmal außerhalb zu treffen, schlägt sie aus, wie am Anfang. Dabei spricht sie weiterhin viel von ihrem gemeinsamen Ausflug nach Dießen. Wie schön es dort war, wie unvergesslich der Tag mit ihm.

»Aber die Arbeit«, sagt sie, »die macht mich müde.«

Eine Ausrede natürlich. Er weiß, was Müdigkeit ist. Sein angeschlagenes Hirn hat es ihm die letzten Monate über gezeigt. Hat ihn mit ihrer bleiernen Schwere gefoltert, wann immer er nicht Kopfschmerzen hatte, oder Albträume, oder diese Schlaflosigkeit, gegen die nur eine laut Dr. Spielmann nicht empfehlenswerte Dosis an Codein hilft – ein Hoch auf zwielichtige Online-Apotheken. Aber egal, wie schlecht es ihm geht, immer will er Fee sehen.

Die Symptome sind abgeflaut oder zumindest leichter zu kontrollieren, seine Haare nachgewachsen. Er hält sie trotzdem kurz.

Neue Frisur für neue Leben.

Genau das will er. Ein neues Leben. Ohne Schmerzen. Mit Fee. Er will mehr von ihr. Erst recht, seit sie sich kaum mehr länger als ein paar Minuten zu ihm setzt, sondern ständig Kaffee macht oder Törtchen schichtet oder Bücher umsortiert. Ihn mit diesem unverbindlichen Lächeln bedenkt, das jeder von ihr bekommt, sogar A. Metz und sein Kläffer. Dann brennt es in ihm wie Durst. Um ihn zu löschen, ist er hier. Um einen Eingang zu suchen in sein neues Leben.

Sogar über diesen Steve hat er es versucht. Wenn man Fee glauben darf, ist der ja zu bescheiden, um Luis' Angebot mit dem Studio anzunehmen. Blödsinn. Alles eine Frage der Zeit.

Zu oft hat er diesen Steve die letzten Wochen über beobachtet. Luis kennt die Sorte Mann. Musiker. Seit er ein Kind war, gehen die bei seinem Vater ein und aus. Nehmen sich selbst und ihre austauschbare Kunst viel zu wichtig. So auch dieser Steve, mit seinem hübschen Gesicht, dem Herzensbrecher-Lächeln und der geistesabwesenden Aura von Menschen, die sich für besonders kreativ halten.

Klar, Fee gefällt das. Sie ist eine Frau. Glaubt, dieser Steve ist der sensible Gegenentwurf zu ihrem tyrannischen Ex. Die Erlösung. Einen Teufel ist der. In der empfindsamen Schale steckt derselbe Kern wie in diesem McFadden. Nur dass die Eitelkeit ihres Ex schon auf seinen Facebook-Profilbildern offensichtlich wird. Zweimal nur er selbst – einmal mit öligem Gewinnergrinsen, einmal auf einem Schnellboot. Ohne Oberteil. Menschen, die die Welt nicht braucht.

Doch auch dieser Steve macht Fee unglücklich. Von wegen müde. Luis erkennt Enttäuschung, wenn er sie sieht. Nach einer kurzen Pause im Frühsommer strömt sie nun wieder aus allen ihren Poren, spricht Bände durch den fahlen Ton, der den perfekten Biscuit ihrer Haut heimsucht, durch die Schwere um ihre Mundwinkel, die Schatten unter den Augen. Wie sie Luis' Blick ausweicht, wenn er fragt, wie es ihr geht. Hat sie denn nichts gelernt aus dem Schiffbruch mit ihrem Ex?

»Sagen Sie«, fräst sich eine Stimme durch seinen inneren Monolog, »kann ich Ihnen helfen?«

Ein knochiges Ding mit roten Kraushaaren steht vor ihm. Blass, die mageren Schultern von der Augustsonne verbrannt, ihr Gesicht von einem Schweißfilm überzogen. Brille mit selbsttönenden Gläsern. Ihre Finger krallen sich um das Lenkrad ihres Hipster-Fahrrads, als wäre es ein flammendes Schwert. Ein bodenlanges Kleid mit Farnmuster flattert um ihre breit aufgestellten Beine. Dürr zeichnen sie sich gegen den Stoff ab.

»Suchen Sie was?«, fragt sie – kein Hilfsangebot, sondern ein Verdacht. Was willst du hier?

Es ist diese Andere. Judith. Fee nennt sie immer nur die Öko-Bitch. Sie ist zu früh dran heute. Unter der Woche kommt sie meist erst nach Fee von der Arbeit. Immer mit ihrem verzopften Rad, selbstgestrichen in Lindgrün. Immer mit quietschender Kurbel.

»Ich, ich ... ich wollte einen Freund besuchen«, stottert er. Wollte? Klingt wie eine Lüge – astrein. »Er ist gerade hier hergezogen.«

»Ach so?« Worte wie scharfkantige Steine.

Zum ersten Mal sieht er die Öko-Bitch aus der Nähe. Ihr altersloses Gouvernanten-Gesicht steht in keinerlei Konkurrenz zu Fee. Kein Wunder, dass sie sich bedroht fühlt.

»Ja. Be..., Bernd Schober.« Der Name eines Schulkameraden, der ihm als Erstes in den Sinn kommt. Hört, wie ertappt es klingt. Beim Improvisieren war er immer eine Niete. Sein Platz ist im Zuschauerraum und wird es bleiben.

»Schober? Gibt es keinen hier im Haus.« Das Gesicht der Öko-Bitch wird mit jedem Wort spitzer. Sie macht einen Schritt auf ihn zu. »Haben Sie denn seine Adresse?«

Je länger das hier dauert, desto höher das Risiko, dass aus dieser Begegnung mehr wird. Am Ende kommt Fee nach Hause und sieht ihn. Dann wird sie ihn für einen Stalker halten. Ihn vielleicht nicht wiedersehen wollen. Alles wäre aus. Oder die Öko-Bitch erzählt in der WG von dem Typen, der vor dem Haus rumgehangen hat. Pädarast. Ruhestörer. Außenseiter. Mit Fee spricht sie angeblich nicht, aber was, wenn doch?

Plötzlich ein Einfall. »Birkerstraße 16, hat Bernd gesagt. Ich kann aber keinen Schober auf den Türschildern finden.«

Das sitzt. Die Öko-Bitch entspannt sich ein wenig. »Wenn Ihr Freund gerade hergezogen ist, ist das kein Wunder«, sagt sie, verdreht dann die Augen. »Das mit den Schildern dauert hier ewig, und wenn er sich nicht selbst eines gebastelt hat ... Hier ist außerdem 16a«, belehrt sie ihn nachsichtig. Nur ihr Blick bleibt wachsam. Sie wischt sich den Schweißfilm von der Stirn, bevor sie nach rechts zeigt. »Es gibt noch 16b, das ist der nächste Eingang um die Ecke. Vielleicht haben Sie ja da Glück.«

»Gute Idee«, sagt er hastig. »Das werde ich probieren.«

Das macht sie wieder stutzig, wirft ihre Stirn in Fältchen. Womöglich fragt sie sich gerade, warum der Fremde seinen Freund Bernd nicht einfach anruft, um die Sache zu klären.

Egal, nur schnell weg jetzt.

Er bedankt sich, verabschiedet sich und macht einen Schritt in die falsche Richtung, bevor ihm einfällt, dass er ja zur 16b gehen muss. Seine Wangen brennen. Alles in ihm. Zumindest an sein Handy denkt er rechtzeitig. Tut so, als würde er darin nach einer Nummer suchen. Ruft »Bernd« und beeilt sich, aus ihrem Blickfeld zu kommen.

Dreht sich nicht mehr um. Er weiß, dass die Öko-Bitch noch immer am schmiedeeisernen Tor steht und ihn beobachtet, bis er um die Ecke verschwunden ist. Sie und ihr lindgrünes Fahrrad.

Advocatus Diaboli

1

Wir ließen Steve Whelan gehen, nicht ohne ihn um eine Speichelprobe zu bitten. *Reine Routine, versteht sich, und freiwillig.* Er war zu erleichtert, uns loszuwerden, um sich dagegen zu wehren. Taten eh die wenigsten. Entweder, weil sie überrumpelt waren, eingeschüchtert oder autoritätsgläubig, oder weil wir ihnen das Gefühl vermittelten, von ihrem Recht der Verweigerung Gebrauch zu machen, würde sie automatisch schuldig aussehen lassen. Was soll ich sagen? Die Mordkommission ist kein Ort für Menschen mit ausgeprägten moralischen Ansprüchen.

Reitsamer, der Steve zur Probenabgabe begleitet hatte, kehrte nicht mehr in den Vernehmungsraum zurück. Kantine wahrscheinlich. Im Gegensatz zu mir war er in seinen Mittagspausen ständig ausgebucht.

Ich saß längst wieder am Schreibtisch, als seine Kaffeetasse und er zur Tür hereinlugten.

»Wie geht's dem kleinen Horrorladen?«

So nannten alle das Büro, das Kris und ich mit den drei Unsichtbaren von den Drogen teilten, denn mein Schreibtischnachbar Frido betrieb auf den Fensterbrettern eine Venusfallen-Zucht. Eine Armee grüner Killermaschinen, ihre klebrigen Mäuler derzeit aber geschlossen.

»Winterschlaf«, sagte ich.

Reitsamer grinste. »Du oder die fleischfressenden Pflanzen?«

Keine schlechte Idee, so ein paar Monate Schlaf. Vielleicht war das alles, was ich im Augenblick brauchte.

Stattdessen: Motivdickicht. Beweiswüste. Vor mir auf dem Bildschirm Steve Whelan, sein gefälliges Gesicht, das entwaffnende Lächeln. Sah so ein zweifacher Mörder aus?

Ja, manchmal.

»Haben wir eigentlich ein Foto von Luis Kronmeier? In seiner Akte hab ich nichts gesehen.«

Reitsamer schaute pikiert. »Von dem war nichts aufzutreiben im Internet. Und wir ermitteln außerdem gegen Whelan, oder?«

»Wir ermitteln in alle Richtungen. Und immer wieder stolpern wir über diesen Kronmeier.«

»Na gut. Ich schau nochmal.«

»Sei so gut. Außerdem will ich diesen WhatsApp-Chat zwischen ihm und Fee mal sehen, bevor ich mit ihm rede.«

Ein Fehler.

»Du willst jetzt auch noch mit dem reden?« Jetzt klang der Kollege auch pikiert. »Ich hab doch schon mit ihm geredet, und Kris auch.«

»Ist dir das nicht recht?«

»Bitte, bitte. Wenn du so viel Zeit hast, tu dir keinen Zwang an.«

Ich gab mir wenig Mühe, mein Seufzen zu unterdrücken. »Jetzt sei nicht gleich beleidigt. Aber jedes Mal, wenn dieser Kronmeier ins Spiel kommt, passt irgendwas nicht zusammen. Fee McFadden hat sich in Rekordzeit mit ihm angefreundet. Er weiß so ziemlich alles über sie, und in Zeiten der Not wendet sie sich lieber an ihn als an ihren Freund. Anderseits hat Steve Whelan den vielleicht engsten Freund seiner Freundin noch nie getroffen. Nicht mal sein Name kam ihm bekannt vor. Du warst doch dabei.«

Reitsamer unterdrückte ein Rülpsen. Ein Hauch von Kaffee, Zigaretten und irgendwas mit viel Knoblauch stieg mir in die Nase.

»Vielleicht fliegt der Kronmeier einfach unter seinem Radar«, sagte er. »Der Typ kreist doch vor allem um sich selbst.«

Zugegeben, das war kein schlechter Punkt. Steve Whelan wirkte ziemlich selbstbezogen. Und ging außerdem gerade unter im selbst angerührten Chaos. Da konnte einem schon was entgehen.

»Also, wenn du mich fragst, verschwenden wir mit dem Kronmeier unsere Zeit«, fuhr Reitsamer fort, noch bevor ich seinem Kommentar zustimmen konnte. »Alles, was irgendwie nach harten Fakten riecht, zeigt in Richtung Whelan. Ich wette, der kleine Steve hat die Wut seines alten Herrn immer wieder mal zu spüren gekriegt. Und als sich die Gelegenheit geboten hat, ihn loszuwerden ...« Reitsamer machte eine Schubs-Bewegung und dann ein erschrecktes Gesicht. »Ein kleiner Unfall.«

Etwas Kaffee tropfte aus seiner Tasse auf meinen Schreibtisch.

»Oma McFadden hat's gesehen oder glaubt, was gesehen zu haben. Die Whelans schüchtern sie ein, entweder direkt oder indirekt. Man weiß ja, wie das am Land läuft. Sie zieht die Anzeige zurück, um ihre Ruhe zu haben, aber Donal McFadden lässt es nicht gut sein. Allein schon, um seinem Rivalen eins auszuwischen.«

Eine säbelnde Bewegung mit der Hand. Mehr Kaffee auf meinem Schreibtisch.

»Whelan verschwindet von der Insel, und McFadden schnappt sich das Mädchen. Ein paar Jahre lang fühlt er sich wie der Gewinner. Bis seine Frau ausgerechnet mit Whelan durchbrennt. McFadden kommt nach München und droht, die alten Geschichten wieder aufzuwärmen und Whelans neues Leben, das er sich aufgebaut hat, zu zerstören ... Der kleine Steve entdeckt das Erbe seines Vaters in sich und wird zum Hulk.«

Reitsamer zerriss ein unsichtbares Hemd. Noch mehr Kaffee.

»Die beiden treffen sich auf der Blutwiese, Whelan schubst und gewinnt. Er stoppt damit die Gerüchte und kriegt außerdem das Mädchen. Problem gelöst.«

Ein markiger letzter Schluck. Der Anschauungsunterricht war vorbei, die Tasse endlich leer.

Der Kollege sah mich eine Weile an, dann verschwand die Erwartungsfreude von seinem Gesicht. »Glaubst du nicht?«

»Nein.«

»War ja klar.« Er zischte genervt und zuckte die Achseln, als hätte ich noch nie im Leben einer seiner Theorien zugestimmt. Vielleicht nicht mal ganz zu Unrecht.

Ohne Einladung nahm er das einzige Foto auf meinem Schreibtisch in die Hand – ein ungerahmtes Portrait von Pauli, der auf Stefans haarigem Unterarm thronte und direkt in die Kamera starrte. Als er es wieder zurückstellte, sah er mich fast mitleidig an. Das Foto schien ihm alles, was mit mir verkehrt war, auf einen Blick erklärt zu haben.

»Woher denn der Sinneswandel? Du hast ihn doch selbst ganz schön rangenommen. Hat dich sein hübsches Lächeln um den Finger gewickelt, ja?«

Ich knurrte leise. »Nur weil ich ihn nicht vorverurteile?«

»Weil du die Fakten ignorierst.«

»Welche Fakten? Ich sehe bisher nur Gerüchte, die von den McFaddens gestreut wurden.«

»Die SMS-Nachrichten sind verbürgt. McFadden und Whelan haben sich bewiesenermaßen verabredet. Wer sagt uns, dass das Treffen nicht wirklich stattgefunden hat? Nur weil Whelan das behauptet? Die Geschichte mit dem einsamen Absackerbier nach der Arbeit glaubt doch kein Mensch. Also für mich ist die Whelan-Theorie die einzig halbwegs plausible im Augenblick.«

Das alte Lied mit Reitsamer und mir.

»Haben wir uns mit demselben Mann unterhalten, Erwin? Traust du Whelan zwei Morde zu?«

Reitsamer grinste mit einem guten Schuss Zitrone. »Und was glaubst du, dass er ist?«

Ein konfliktscheuer Windhund, der Pech gehabt hat, sagte mein Instinkt. Aber der war im Augenblick nicht besonders zuverlässig.

»Zwei Mal?« Reitsamers Gesicht verzog sich noch weiter. »Schon ein blöder Zufall.«

»Blöd, aber nicht unmöglich. Aber falls Steve Whelan tatsächlich ein skrupelloser Doppelmörder ist, wird Sebi Kramer sicher irgendwo einen harten Beweis dafür finden.«

Sollte das tatsächlich passieren, würde ich das von Reitsamer für den Rest meiner Tage zu hören bekommen, so viel stand fest.

»An Gerüchten ist immer was dran, Patsy. Haben sie dir das in der Schule des Lebens nicht beigebracht?«

»Wenigstens erklärst du es mir jetzt, Erwin. Und weil wir gerade dabei sind: Wie machst du das eigentlich immer mit deinem Pokerface in Vernehmungen? Sogar Whelan war beeindruckt. Das musst du mir unbedingt auch beibringen.«

Die Spitze stach mitten ins Herz. Reitsamer mochte manchmal etwas begriffsstutzig sein, aber an seinen Patzer beim Gespräch mit Steve Whelan erinnerte er sich sofort.

Ich wartete darauf, dass er seine Tasse abstellte, wie sonst, wenn es vorbei war mit der Zurückhaltung. Auf seine übliche Kampfhaltung mit den verschränkten Armen und dem vorgeschobenen Kinn. Stattdessen schüttelte er nur den Kopf.

Auf Kris' verwaistem Schreibtisch begann das Telefon zu klingeln.

»Die perfekte Frau KHK«, sagte Reitsamer wie zu sich selbst, steckte sich den Zeigefinger ins Ohr, als wollte er sich die Gehörgänge freimachen, sah sich an, was sich unter seinem Fingernagel angesammelt hatte. »Bloß komisch, dass trotzdem der Stani deinen Job bekommen hat. Und dass keiner gern mit dir arbeitet, nicht mal die Meyerhofer.«

Etwas in mir, auf das ich mich in solchen Momenten immer verlassen konnte, wurde hart. Machte die Schotten dicht. »Mitarbeiterin des Monats wollte ich nie werden, Erwin.« Der war schon auf dem Weg nach draußen, murmelte irgendwas Unfreundliches, das im Telefonklingeln unterging.

Ich entfernte die braunen Überreste seines Besuchs mit einem Taschentuch von meinem Schreibtisch, während das Klingeln von Kris' Apparat auf meinen übersprang. Lehnte mich in meinen Bürostuhl zurück und starrte an die Decke. Zählte die Sprünge im Verputz, bis es endlich still wurde.

Dachte: Nicht mal Kris?

2

Eine neue Nachricht, hinterlassen um 15.26 Uhr

»Patsy, Max hier vom Labor. Sag mal, was ist eigentlich Sache bei euch heute? Die Meyerhofer ruft mich gestern Abend extra nochmal an wegen dem DNA-Abgleich mit dieser Scherbe aus Donal McFaddens Wohnung und wie dringend sie da ein Ergebnis braucht. Jetzt hebt sie weder im Büro noch am Handy ab, noch ruft sie zurück, wenn ich ihr eine Nachricht hinterlasse. Und nicht mal auf dich kann man sich noch verlassen. Hast du jetzt auf einmal ein Privatleben oder was, haha? Na jedenfalls, euer Max war heute früh nochmal fleißig. Kurz und gut: Donal McFaddens DNA findet sich im getrockneten Blut, das wir von der Scherbe abnehmen konnten. Dann gab es noch einen halben Fingerabdruck, den ich an Sebi Kramer weitergegeben habe. Jedenfalls, meinen Bericht mach ich bis morgen für die Akte fertig. Falls du vorher Details brauchst: Ich bin noch eine Stunde da, du kannst mich gern zurückrufen. Oder Kris, oder wer auch immer sich noch für diesen Fall interessiert. Also bis dann, Ladys.«

3

Von: Konstantin Aigner <k.aigner@polizei.bayern.net >
An: Patrizia Logan <p.logan@polizei.bayern.net>
Gesendet: 9. November, 15.47 Uhr
Betreff: (leer)

Patsy, kannst du mal bei Gelegenheit rüberkommen zu mir? Wenn möglich vor 17 Uhr, da muss ich weg.
K

4

Konstantin Aigner, Leiter des K11 für Vorsätzliche Tötungsdelikte, war nicht immer nur »K« gewesen. In unseren gemeinsamen Schupo-Zeiten war er den meisten als Panik-Stani bekannt. Weil er legendär ungeduldig ist, rasche Erfolge liebt und in verfahrenen Situationen gern überreagiert.

Dass seine Bewerbung bei der Kripo erfolgreich war, verwunderte viele Kollegen. Sein rascher Aufstieg erst recht. Vor bald drei Jahren hatte er mit gerade mal siebenunddreißig die Leitung unserer Abteilung übernommen. Sowas kommt nicht von spektakulären Ermittlungserfolgen oder der Leitung erfolgreicher SOKOs, auch wenn das natürlich nicht schadet. Sowas kommt von der richtigen Persönlichkeit. Konstantin hat ein unglaubliches Talent dafür, zur richtigen Zeit zu den richtigen Menschen in diesem Apparat das Richtige zu sagen. Freunde und Fürsprecher an den entscheidenden Stellen zu gewinnen.

KHK Aigner setze die richtigen Prioritäten und wisse, wie man die Abteilung personell auf Vordermann bringe, hatte unser alter Dezernatsleiter Horst Mayr bei seinem Abschied in den Ruhestand schalmeit. Er werde das Dezernat rüsten für die Herausforderungen der nächsten Jahre. Ein Mann der Zukunft.

Und ich? KHK Im-Gespräch-aber-übergangen. Die mit den guten Aufklärungsquoten. Die Frau, die zu viele Fragen stellte.

»Die Frau der Stunde.« Konstantin sah von seinem Bildschirm auf, als ich an den Türrahmen klopfte. So nannte er mich immer, wenn er etwas von mir wollte. Meist begleitet von einem cartoonartigen Grinsen. Heute nicht. Er sah nachdenklich aus, sein kameratauglisches Gesicht ungewohnt farblos.

Als ich die Tür hinter mir geschlossen hatte und vor ihm saß, wurde es noch offensichtlicher: Linien um seine Augen und auf der Stirn, die mir bisher nicht aufgefallen waren. Der kränkliche Schimmer des Monitors leuchtete sie gnadenlos aus. Drei lange Jahre im Fadenkreuz des öffentlichen Interesses, unter Druck, seine Position zu rechfertigen, im Kampf zwischen Politik im Präsidium und Grabenkämpfen im Dezernat, während zu Hause seine beiden Töchter ohne ihn aufwuchsen.

Er lud mich mit einer Geste ein, mich zu setzen. Schon jetzt fröstelte ich. Konstantins Büro hatte selten über siebzehn Grad, das Fenster war nur bei Dauerfrost geschlossen.

»Wie geht's dir?«, fragte er, seine Gedanken meilenweit entfernt von diesen vier Wänden.

»Bestens. Und dir? Noch immer Halsschmerzen?«

Ich zeigte auf seinen affigen Modeschal, von dem er sich nur noch im Hochsommer trennte. Er antwortete mit einer Grimasse.

Sowas konnte ich mir nur noch hinter verschlossenen Türen erlauben. Die Unbefangenheit unserer früheren Zusammenarbeit war das erste Opfer von Konstantins frühem Erfolg gewesen. Das Porzellan unserer Freundschaft brüchig geworden durch seine Unsicherheit, meinen Trotz und unsere jeweilige Hilflosigkeit, mit dem plötzlichen Hierarchiegefälle umzugehen.

Ernst musterte er mich über den Schreibtisch hinweg. Seine Finger auf der Tischplatte verschränkt. Weiß im stromsparenden Licht seiner Schreibtischlampe. Etwas an ihnen war anders.

»Wir müssen mal reden, Patsy.«

»Okay. Worüber?«

Er hob die Schultern, als müsste ich das eigentlich selbst am besten wissen.

»Also gut. Schöne Grüße von Donal McFadden. Sein Unfall war vielleicht doch keiner.«

Zumindest Konstantins Augenbrauen hoben sich müde. Der Rest blieb unverändert. Ungewöhnlich. Meistens konnte er kaum stillhalten, wenn man mit ihm sprach.

»Welche Spur verfolgt ihr jetzt?«

»Kris hat eine Glasscherbe in der Unterkunft der McFaddens gefunden, da waren Blutreste drauf.«

»Von McFadden?«

Ich nickte.

»Vielleicht hat er sich den Finger geschnitten.« Witterte Konstantin einmal eine geschlossene Akte, ließ er sich nur mehr ungern davon abbringen.

»Oder den Hinterkopf«, sagte ich. »Donal McFadden hatte eine kaum verheilte Schnittwunde in der Kopfhaut.«

»Okay.« Der Gedanke erhaschte nun doch ein paar Sekunden Aufmerksamkeit, brachte ihn ab vom ursprünglichen Kurs. Er lehnte sich zurück. Kämmte sich mit den Fingern durch die Haare. Ein Hauch von Trockenöl stieg mir in die Nase.

Jetzt fiel mir auch auf, was sich an seiner Hand verändert hatte. Der Ehering fehlte.

»Die Flasche wird er sich nicht selbst auf den Schädel geschlagen haben«, sagte er, die Hände auf den Scheitel gelegt. »Aber wer kommt sonst infrage? Seine Ex? Diese Fiona?«

»Zumindest hätte sie guten Grund dazu gehabt«, sagte ich.

Konstantin nickte bedächtig. Es arbeitete in ihm. Seine Ungeduld kam nicht von irgendwoher, sondern von seiner enorm schnellen Auffassungsgabe. Seit er sie vor allem für Statistiken, Kommunikationspolitik und Pressekonferenzen einsetzte, fehlte er mir als Sparringspartner. Jetzt waren wir wieder gemeinsam im Ring. Egal, wie kurz von Dauer – es tat gut.

»Nur stellt sich mir die Frage, wie die Glasscherbe unter dem Bett gelandet ist und Donal McFadden im Schwabinger Bach. Wie hätte seine Ex das durchziehen sollen?«

Fee und dieser Steve. Die haben Donal auf dem Gewissen.
»Seine Schwester Siobhan war in der Wohnung. Den Abend über und die ganze Nacht.«

»Glaubst du, die beiden haben zusammengearbeitet?«

Ich überlegte einen Augenblick. Siobhan und Fiona. Die eine zornig, die andere harmoniesüchtig. Die eine verbittert, die andere auf der ständigen Flucht vor der Realität. Sie schienen rein gar nichts miteinander zu teilen. Außer einer ganzen Kette von Enttäuschungen, verursacht von Donal McFadden.

»Siobahn ist Einzelkämpferin. Die traut niemandem über den Weg, schon gar nicht ihrer Schwägerin. Wenn, dann macht die sowas allein, weil sie glaubt, sie kann es selbst am besten.«

Konstantin nickte mit dem Anflug eines Lächelns. Nicht das für die PR. Das von früher. »Klingt nach einer echten Frau der Stunde, diese Siobhan.«

Autsch. Die Retourkutsche für meine Bemerkung mit dem Schal. Ich grinste über den Schmerz hinweg.

»Nicht wahr? Außerdem hat sie Fee McFadden und Steve Whelan schon mehr oder weniger des Mordes beschuldigt, als ihr Bruder nur vermisst war. Wenn das ein Ablenkungsmanöver war, dann kein sehr schlaues.«

Konstantin brummte zustimmend, ließ sich in seinen Kapitänssessel sinken, aus dessen Polsterung leise fauchend die Luft entwich. Den Kopf in den Nacken gelegt, nickte er der hohen Zimmerdecke zu. Eines musste man ihm lassen. Mir und meinem Instinkt vertraute er meist mehr als allen anderen im Dezernat. Bisher hatte ich ihn auch nicht enttäuscht. Hatte ihn immer gut aussehen lassen.

»Eine Kooperation von Ex und Schwester ist theoretisch also möglich, aber unwahrscheinlich«, sagte er. »Bleibt also immer noch das Dreieck zwischen Scherbe, Bach und Wohnung. Da gibt es einen Missing Link.« Abrupt richtete er sich wieder auf. Das war kein Sparring mehr, kein Ball, den er mir zuwarf, sondern ein Frontalangriff. »Oder irre ich mich?«

Zu gerne hätte ich ihm das bestätigt. Aber wir hatten es hier nicht mit einem Missing Link zu tun, sondern mit einem Abgrund. Unüberbrückbar, es sei denn, Siobhan McFadden hätte sich, wie vom Kollegen Reitsamer so eindrucksvoll demonstriert, in einen Hulk verwandelt und ihren viel größeren und schwereren Bruder zuerst mit einer Flasche k. o. geschlagen und anschließend aus dem Fenster der gemeinsamen Wohnung geworfen. Direkt in den Bach. Ohne Spuren. Großartig.

Eine Weile saßen wir da und sinnierten. Draußen das Scharren und Schlurfen und Hacken von Kollegenfüßen, die sich in den Feierabend verabschiedeten. Konstantin verschränkte die Arme vor der Brust und betrachtete mich, während er vor und zurück kippelte. Sein Slim-Cut-Hemd spannte ungewohnt um die Mitte.

Saßen wir also im selben Boot. Strudelten ohne Ruder oder Steuer dem körperlichen Verfall entgegen. Ein schwacher Trost. Ich grinste trotzdem. Der nächste Fehler.

»Was?« Konstantin war jetzt sichtbar gereizt.

»Vielleicht hat Siobhan McFadden ihrem Bruder in der Nähe der Unterkunft aufgelauert und ihn dann geschubst.«

»Wie auch immer«, sagte Konstantin, als hätte er gar nicht zugehört. Er setzte sich auf und polierte das Glas seiner Armbanduhr mit einer Manschette. »Ob Unfall oder nicht, dieses Herumgeeiere muss aufhören. Meinetwegen arbeite nach dem Ausschlussverfahren, wenn du darauf bestehst, dass es kein Unfall war.«

Wenn ich darauf bestand. Konstantin war wieder eingefallen, dass die alten Zeiten endgültig vergangen waren. Wer von uns beiden hier das Sagen hatte und warum dieses Treffen überhaupt stattfand.

»Am Montag ist Vortanzen bei Staatsanwalt Hocke, und wenn ich ihm dann nicht ein paar stichhaltige Spuren oder eine plausible Ermittlungsrichtung vorlege, also ich meine ...«, seine eheringlose Hand verscheuchte etwas Unsichtbares, »... mehr als so ein komisches Zwicken in deinem Bauch, dann tut's mir leid, aber dann hatte McFadden eben einen Unfall und seine Angehörigen haben wenigstens ihren Frieden.«

Frieden, ja. Der Gedanke daran war geradezu unwiderstehlich. Wären da nicht die alten Reflexe.

»Und sein Mörder vielleicht auch.«

»Mörder?« Konstantins Ungeduld glitt kurz ab in Aggression. »War es jetzt also plötzlich ein Mann?«

»Frauen waren natürlich mitgemeint.«

Der Scherz war an ihm verloren. Befeuerte vielmehr, was da in Konstantin zu glosen begonnen hatte.

»Apropos Frau.« Das klang nach schwerer Drohung.

Ehekrise, flüsterte es in mir. Pia, sie hat ihn verlassen. Die Mädchen eingepackt und ihn verlassen.

»Was ist mit Kris los? Warum fällt sie ständig aus in letzter Zeit?«

»Ständig?«

Konstantin sah mich an, als bestätigte sich gerade eine schlimme Vorahnung. »Gestern kam sie viel zu spät.« Sein Daumen wuchs in die Höhe; dann der Zeigefinger. »Heute ist sie krank, und der Reitsamer muss kurzfristig für sie einspringen.«

Reitsamer, die Petze.

Ich wartete auf den Mittelfinger, Punkt drei. Überlegte, was ich möglicherweise übersehen hatte. Gut, Kris sah manchmal übermüdet aus. Aber öfter als sonst? Und ging es uns nicht allen so? Willkommen im K11.

»Man hört, sie überlegt, das Dezernat zu verlassen.«

Plötzlich war mir warm, trotz siebzehn Grad Raumtemperatur. »Wer ist man? Der Kantinenstammtisch?«

Er machte eine unwillige Kopfbewegung, schickte mir eine weitere Nase voll Trockenölduft. »An Gerüchten ist immer etwas dran.«

Hatte ich das heute nicht schon einmal gehört?

»Sowas sollte ich von dir erfahren, Patsy.« Konstantin zog Daumen und Zeigefinger wieder ein. Die Aufzählung war zu Ende. Die Abrechnung noch nicht. »Du bist ihre erste Ansprechpartnerin im Dezernat.«

»Sie hat mir aber nichts erzählt.«

Und auch wenn. Welche gute Ansprechpartnerin rannte mit so einer Information gleich zum Dezernatsleiter?

»Ja, und die Tatsache macht mir Sorgen.«

»Sorgen um Kris oder um mich?«

Die Antwort darauf blieb unausgesprochen. Konstantins blaue Strahleaugen wurden ganz starr, während sie mein Innenleben auszuspähen versuchten. Ich hielt dagegen. So saßen wir eine Weile da.

»Daher weht also der Wind«, sagte ich, lehnte mich zurück. Keine Ahnung, woher der wehte, aber mein Hintern hielt es nicht länger auf der harten Kante des Stahlrohrstuhls aus. Zeit, dass sich etwas bewegte.

»Ich hab dir schon mal gesagt, du schüchterst das Mädchen ein. Kannst du dich erinnern?«

Ja. Damals, nach unserem ersten gemeinsamen Fall. Skiller. Dublin. Erinnerungen, versenkt in einem tiefen Brunnen, kletterten Stein für algigen Stein nach oben. Ich stieß sie wieder runter.

»Und ich hab dir schon damals gesagt, dass sie kein Mädchen ist. Kris ist gut. Ihr fehlen nur die Erfahrung und das Selbstvertrauen und ...«

Konstantin machte eine Art Kartegeste, die er mal aus einem Führungskräfte-Seminar mitgebracht hatte und seitdem gern bei Besprechungen einsetzte. Bei mir hatte er sich die bisher noch verkniffen. Hätte ruhig so bleiben können.

»Wenn Kris gut ist, sorg dafür, dass sie sich im Dezernat auch wohlfühlt.«

»Ach, dafür bin ich allein verantwortlich?«

Konstantin betrachtete mich voll Gram, dann wieder seine Armbanduhr. Zehn vor fünf, und die Logan leistete noch immer Widerstand. Zeit für die schweren Geschütze.

»Kris ist nicht die Einzige, Patsy.« Kurzer Kampf mit sich selbst. »Jemand von Königs Leuten hat sich über deinen Umgangston beschwert.«

Mein Lachen darüber war kurz und dreckig und verzweifelt. »Die armen Königskinder.«

»... und du sprichst schlecht über Kollegen im Dezernat.«

Also doch. Reitsamer hatte mich gestern im Auto gehört. »Hat sich der Reitsamer ausgeheult, ja?«

»Ich hab selbst Augen im Kopf«, schoss es aus Konstantin. Dann räusperte er sich, steckte sich die flachen Hände unter die Achseln, so wie immer vor heiklen Botschaften. »In letzter Zeit ziehst du durchs Dezernat wie eine schwarze Wolke. Gibt's ein Problem? Brauchst du Urlaub?« Er beugte sich vor, senkte vertraulich die Stimme. »Ich meine ... längeren Urlaub?«

Es war einer dieser Momente wie in den alten Western. Bösewicht betritt Saloon. Das Klavier und alle Gespräche verstummen. Meine Hände eiskalt. Ich spürte jede Sehne in ihnen. Jedes Knirschen, als sie sich in meine Stoffhose krallten, sich wieder öffneten. Unser Schweigen dunkel und dicht, zwischen uns Vakuum. Urlaub?

»Ist das eine Frage, Konstantin?« Meine Stimme klang flach und trocken. »Oder eine Empfehlung?«

Konstantins schwaches Lächeln galt nicht mir. Eher der Uhrzeit. 16.58 Uhr. Seine Nachricht hatte er überbracht, seine Haltung halbwegs bewahrt. Er konnte seine Hände guten Gewissens aus seinen Achselhöhlen ziehen, flach auf den Tisch legen und sich damit abstoßen. Sie hinterließen zwei feuchte Abdrücke auf seiner Schreibunterlage.

»Kein Grund, sich aufzuregen«, sagte er.

»Ich rege mich nicht auf, ich stelle eine Frage.«

»Denk einfach mal drüber nach, ja?« Er erhob sich fast ungestüm, seine rastlose Energie war mit einem Mal zurück. »Und wir reden in ein paar Tagen wieder. Schließen wir zuerst mal diese ...«, seine eheringlose Hand verquirlte wieder die Luft, »... diese Sache mit McFadden ab.«

»Okay.« Was auch sonst gab es zu sagen?

Ich wollte mich aus dem Stuhl hieven, doch der ließ mich nicht gehen. Zog das ganze Schwermetall in mir an wie ein Magnet. Erst als Konstantin seinen Mantel angezogen, einen weiteren Schal um seinen Hals gewickelt und seine Frisur geordnet hatte, brachte ich genug Kraft auf, um mich hochzustemmen.

»Schönen Abend, Patsy.« Kaum war die Tür zum Flur hin offen, schlug Konstantin diesen Ton an, der von Kameradschaft kündete und High-Fives quer durch das Dezernat. »Hast du schon Pläne?«

»Arbeiten«, sagte ich. Und dachte: Woran eigentlich? Donal McFadden ist nicht mehr zu retten. Und ich?

Konstantins Blick fragte dasselbe. Seine Hand auf meiner Schulter heiß und schwer.

»Tu dir mal was Gutes, zur Abwechslung. Was Spaß macht oder so.« Dann ging er, winkte noch einmal, ohne sich umzudrehen. Jeder seiner o-beinigen Schritte federte. Vielleicht die Erleichterung oder die Vorfreude auf den kommenden Abend.

Ich stand im Flur des weitgehend von Kollegen entleerten Dezernats und sah ihm nach, bis das von einem Bewegungssensor gesteuerte Licht ausging. Spaß, das klang nicht schlecht. Nur – wo trieb ich den jetzt so schnell auf?

5

Kontakte öffnen. Nummer suchen. Auswählen. Nummer anstarren. Den Mann auf dem zur Nummer gespeicherten Foto studieren. Die dunklen Locken, das Lächeln, das im echten Leben nicht mal halb so breit wurde wie auf dem Bild; die unirisch olivfarbene Haut, angeblich ein Erbe der sizilianischen Urgroßeltern. Dann Kontakte wieder schließen. Wieder öffnen. Starren. Schließen.

So exerzierte ich das durch, immer wieder, während um mich herum die Computer träge in Bereitschaft summten und die Böen Schneeregen gegen das Fenster hinter mir peitschten. Zehn Minuten lang, vielleicht sogar länger.

Bis er sich meldete, dauerte es bloß zweieinhalb Klingeltöne.

»Ah«, sagte Ben Ferguson. »DI Logan.« Dann nichts mehr.

Im Hintergrund Männerstimmen. Lachen explodierte. Entfernte sich rasch, dann wurde eine Tür geschlossen. Stille. Eine Sekunde lang überfiel mich die irrationale Angst, er könnte mein idiotisch vor sich hin hämmerndes Herz bis nach Dublin hören.

Dann übernahm wieder die Frau der Stunde. »Kommt mein Anruf ungelegen?«

»Nein.« Kurze Nachdenkpause. »Nur ein Jahr später, als ich dachte.«

»Zu spät?«

Er lachte. Warm, ins Gallige gehend. Egal, er lachte. Ich schloss die Augen, ließ mich tiefer in meinen Stuhl sinken, drehte mich dem Fenster zu. Spürte, wie sich mein Kiefer entspannte, mein Atem vertiefte. Dieser wohltemperierte Bariton, der Mann, der dazugehörte. Hatte ich die tatsächlich so vermisst?

»Dich soll mal jemand verstehen«, sagte DS Ferguson. »Der

Skiller-Fall ist seit September abgeschlossen. Ich war dein Detectiv Sergeant bei den Ermittlungen, mehr nicht. Keine private Kommunikation, hast du gesagt.«

Ja, ja, ja, das hatte ich gesagt. Der typische Bullshit, den ich von mir gebe, wenn ich auch nicht mehr weiter weiß. So wie jetzt.

»Warum rufst du an?«

»Warum hebst du ab?«

»Unfall. Ich dachte, es ist mein Kollege.« Viel zu nonchalant, um wahr zu sein. »Warum jetzt, Patsy?«

Weil Konstantin gesagt hat, ich solle mir was Gutes tun. Weil DS Ferguson etwas Gutes war. Weil er mir wie einer verdammten Halbwüchsigen durch den Kopf geisterte, mitsamt seinem intensiven Blick, dem Klick-klick seines Zungenpiercings. Meistens bei Nacht, manchmal bei Tag. Und er war in Dublin. Keine Gefahr, mich wieder zu vergessen, wie damals vor fünfzehn Monaten. Harmlose Zerstreuung, hatte mein Fluchtreflex mir damals versprochen. Lügner.

»Meinen Bruder hopszunehmen ist auch private Kommunikation«, sagte ich. »Nur die Botschaft versteh ich nicht ganz.«

Er lachte widerwillig. »Ihr zwei redet nicht oft miteinander, oder? Das war im Juli.«

»So was verjährt nicht. Worum ging es?«

»Patsy ...«, plötzlich klang er abwartend. »Vielleicht solltest du das lieber deinen Bruder fragen.«

»Robbie ist ein Kiffer, das ist nichts Neues. Aber wer muss wegen ein bisschen Shit mit aufs Polizeirevier?«

»Ich hab dich sofort in ihm erkannt«, sagte Ben in einem Ton, als hätte er Robbie bloß mal auf ein Bier eingeladen. »Dann noch sein Name. Ich wollte ihm einen Schrecken einjagen, damit er sich nicht nochmal in Schwierigkeiten bringt. Und ja, ich war neugierig zu hören, wie es dir geht. Das war alles.«

Das war nicht alles. »Du hast ihm von uns erzählt.«
»Hab ich nicht.«
»Trotzdem hat er's gewusst.«
»Nicht von mir«, verteidigte er sich. Dann Angriff. »Und überhaupt, was soll er denn von uns wissen? Ist doch gar nichts passiert.«

Ach ja?, beschwerte sich eine kindische innere Stimme, diese Nacht im Club Hell war also nichts?

Offenbar war die Stimme laut genug für Ben Fergusons feine Antennen. Er schien erfreut, dass seine Spitze getroffen hatte. »Im Ernst jetzt. Ich hab ihm erzählt, dass wir gemeinsam in diesem Mordfall bei Skiller ermittelt haben und dass wir Freunde sind. Den Rest hat er sich zusammengereimt. Er ist dein Bruder. Er kennt dich.«

»Das glaubt er auch.«

Ben Fergusons stimmloses Lachen darüber summte in der Leitung. »Ich hoffe, du bist nicht in Schwierigkeiten deswegen.«

»Nicht mehr als sowieso schon.«

»Du bist mir ein Rätsel, DI Logan.«

»Dabei kennen wir uns schon so lange.«

Wieder ein Lachen.

»Also: Worum ging's mit Robbie?«

»Um euren Dad, was sonst?« Ben wurde ungehalten. Registrierte mein langes Schweigen und senkte die Stimme wieder. »Ich dachte, das wüsstest du.«

»Jetzt schon.« Augen zu und atmen. Warten auf konstruktive Gedanken. Stattdessen wurden sie mal wieder von meinem Dad besetzt. Arthur »Art« Logan, Hansdampf in allen Gassen, Tausendsassa an guten, schwarzes Loch an den schlechten Tagen. Bis es ihn verschlungen hatte, im Sommer 1993, und damit uns alle.

»Ich hatte dir eine E-Mail geschickt, Ende letzten Jahres«, tastete sich Ben Ferguson vor. »Du hattest mir doch erzählt von ihm, an einem unserer Abende.«

Ja, leider. Vor allem an den Kater danach erinnerte ich mich noch. Eins meiner Probleme. Lässt man mich zu nahe an Alkohol, bleibt nur noch Reue übrig.

»Welche E-Mail?« Eine rhetorische Frage. Die Erinnerung war raketenartig in mir aufgestiegen, kaum hatte Ben sie erwähnt. Stefan und ich, im Wartezimmer der Kinderwunschklinik. Unser erster Versuch einer künstlichen Befruchtung. »Es gab da mal eine, die hab ich gelöscht«, sagte ich, noch bevor er zur Erklärung ansetzte. Lauschte in die entstehende Pause hinein, um abzuschätzen, wie schwer sie wog.

»Ungelesen?«, fragte er lauernd.

»Es war wirklich schlechtes Timing.« Ich war so nervös gewesen. Hatte mich ziellos durch meine Inbox gescrollt, als Ben Fergusons E-Mail darin aufgetaucht war. Ausgerechnet. Damals war ich fest entschlossen gewesen zu einem neuen Leben als Erfüllerin von Kinderwünschen. Beherrscht von dem Gedanken, es zu schaffen, mit Stefan endlich eine allgemein anerkannte Familie auf die Beine zu stellen, ihn glücklich zu machen. Meine Erlebnisse bei den Ermittlungen in Dublin und DS Ferguson gehörten nicht in dieses Leben. Und so hatte ich seinen Versuch der Kontaktaufnahme im Keim erstickt. Als ich eine Fehlgeburt später zum ersten Mal wieder an seine E-Mail gedacht hatte, war sie längst automatisch aus meinem virtuellen Papierkorb entfernt worden.

»Tut mir leid«, sagte ich und meinte es so ernst wie schon lange nicht mehr.

»Sowas in der Art hab ich mir fast gedacht«, knurrte mein irischer Kollege unwirsch.

»Warum hast du mir nicht nochmal geschrieben?«

Ein noch unwirscheres Knurren. »Wozu? Ich dachte, du hättest inzwischen ein Kind auf den Knien sitzen und abgeschlossen mit ...«, er suchte nach den richtigen Worten, scheiterte, »... alldem.«

»Ich kann dich beruhigen. Meine Knie sind noch frei«, sagte ich, streichelte über meine Mogelpackung von Bauch, der sich nutzlos unter meiner schwarzen Bluse blähte. Vielleicht wurde es Zeit, sich endlich mit dem lebensfeindlichen Ödland darin zu versöhnen.

»Das tut mir leid«, sagte Ben.

Nur wenige schafften es, diese Hülse von Satz mit so viel Aufrichtigkeit zu füllen wie er. Außer vielleicht Kris.

»Danke. Aber was hast du mir in der E-Mail geschrieben? Und was hat das mit meinem Dad und Robbie zu tun?«

Er seufzte. »Willst du's wirklich wissen?«

»Seit wann hab ich was gegen die Wahrheit?« Klang kämpferisch. Trotzdem begann meine Hand plötzlich über mein Gesicht zu streichen. Ein Kratzen in der Kehle und am Mageneingang. Was hatte ich gerade heraufbeschworen? Das hier hatte als harmlose Realitätsflucht begonnen. Egal, ich würde es zu Ende führen.

»Ich hatte mich ein wenig umgehört«, sagte Ben nach weiterem Zögern. »Wegen deinem Vater. Letztes Jahr, nachdem du wieder zurück in München warst, hab ich mal die Akte über sein Verschwinden rausgesucht.«

Selbstmord, wollte ich ihn korrigieren. So stand es auf seiner gerichtlichen Todeserklärung. So erzählten wir es in unserer Familie und allen anderen. Ich hatte sogar einen Abschiedsbrief, egal wie kurz der gewesen sein mochte.

»Verschwinden« klang zu sehr nach Chaos und Verrat, nach ungeklärten Umständen; Rissen in vor langer Zeit errichteten Fundamenten.

»Bist du noch dran, Patsy?«

»Ja.«

»Alles okay?«

»Ja. Erzähl weiter.«

»Es gibt nicht viel mehr.«

»Warum nicht?«

»Ich konnte nicht die ganze Akte sehen. Nur die notwendigsten Infos waren im System. Der Rest ist noch irgendwo auf Papier. Mit Zugriffsbeschränkung.«

Mein Büro war plötzlich ein U-Boot. Die Wände in Halbdunkel getaucht, leise schwirrende Ventilatoren. Rote Lichtpunkte auf schlafenden Monitoren. Tausende Meter unter dem Meer. Meine Stimme wie im Vakuum. »Was soll das heißen?«

»Nur, dass nicht die gesamte Akte zugänglich ist. Das muss nichts bedeuten.«

»Das bedeutet was.«

»Hey, ruhig Blut. Was ich meine ist: Offenbar hängt das Verschwinden deines Vaters mit ...«

»Wieso Verschwinden? Es war Selbstmord.«

»Verschwunden, weil nie gefunden und identifiziert, das ist alles, was ich sage.« Ben bereute hörbar, das Thema angeschnitten zu haben.

Zu spät, zu spät.

»Immer wenn du ›das ist alles‹ sagst, ist das nicht alles.«

Ein nervöser kleiner Schnaufer am anderen Ende der Leitung bestätigte meinen Treffer ins Schwarze. Dass die Antwort, die ich einforderte, alles schlimmer machen würde, nicht besser.

»Also, ich fand das natürlich seltsam«, sagte er, »deshalb habe ich mir angesehen, wer die Untersuchung geleitet hat. Offenbar hat zuerst einer von den Leuten in der Garda Station

Howth dran gearbeitet. Aber geschlossen hat die Akte einer von den Jungs aus dem Hauptquartier.«

Jungs aus dem Hauptquartier? »Klingt nach Typen im schwarzen Anzug.« Mein Auflachen klang zu nervös.

Ben fiel nicht mit ein. Holte auffallend lange Luft für seine Antwort. »So ähnlich. Special Branch.«

Special Branch. Zwei kleine, kompakte Bömbchen, die er da über mir abwarf. »Hatte mein Dad was mit Terroristen zu tun?«

»Blödsinn«, bemühte er sich etwas zu hastig um Entschärfung. »1993 hatten die ihre Finger überall drin. Das klingt schlimmer, als es ist.«

Eine plausible Erklärung, weshalb das nicht so schlimm war, blieb er mir schuldig. Aber inzwischen hatte ich genug damit zu tun, nicht in den Stromschnellen meiner Gedanken unterzugehen. Special Branch. Antiterror. Was zum Teufel?

»Wie auch immer«, sagte Ben aus der Ferne. »Das ist alles bald ein Jahr her, die Details hab ich nicht mehr im Kopf. Hätte ich deinen Bruder nicht getroffen, hätte ich das auch wieder vergessen.«

»Und warum hat Robbie dich daran erinnert?«

Es knisterte in der Leitung. Dünnes Eis. »Das solltest du eigentlich wirklich ihn fragen, Patsy.« Sein offizieller Ton versprach weiteres Ungemach. Ein guter Zeitpunkt, um den Mund zu halten. Aufzuhören, mir ins eigene Fleisch zu schneiden und in seines.

»Ich frage aber dich. Brings hinter dich und sag die Wahrheit. Bitte.«

Während Ben noch einmal schwieg, versuchte ich, mich aus dem Kokon zu arbeiten, in den mich das Gespräch gesponnen hatte, seine nächsten Worte und ihre Wirkung abzuwägen. Versuchte, den Laternenschein hinter meinem Fenster zu fokussieren, an dem Klümpchen von Schneeregen hinunterliefen.

Fluchtreflex, alter Freund, dachte ich. Was hast du bloß wieder angestellt?

Dann begann Ben zu erzählen.

Fee, ein Monat vor Halloween

Steve und sie haben das Apartment für sich an diesem letzten Septemberwochenende. Es ist das zweite in Folge. Eine kleine Glückssträhne, die sie dem Oktoberfest zu verdanken haben, denn seit es begonnen hat, verlässt Judith kaum noch ihr Zimmer, und an den Wochenenden flüchtet sie zu ihren Eltern, die inzwischen irgendwo im südlichsten Westen von Deutschland leben. Judith hasst die Massen mit ihren Polyester-Dirndeln und Zopffrisuren, das Gegröle in den U-Bahnen, den latenten Dunst von Alkohol und Aggression, die billigen Kuscheltiere aus China und die Lebkuchen mit »Spatzl«-Aufschrift, die multikulturellen Alkoholleichen am Sendlinger Tor, die den Weg zu ihrer Unterkunft nicht mehr finden, und überall die Kotze. Kitsch! Kommerz! Scheinheiligkeit! Schon Wochen vor dem Ereignis hat sie ihre mürrischen Urteile verkündet, in Fee anfangs sogar eine Verbündete gesucht. Erfolglos.

Sie liebt das Oktoberfest. Es weckt die Stadt aus ihrem Koma der satten Beschaulichkeit, die Leute scheinen wärmer und fröhlicher, ein bisschen so wie die Leute in Dublin an einem der wenigen Sommertage im Jahr. Außerdem ist es Judith ein Dorn im Auge, das ist Grund genug.

Ohne Judith atmet es sich freier. Steve verschanzt sich nicht mehr hinter der Bar des Shamrockers oder im Probenraum mit den Jungs. Er verbringt Zeit mit ihr. Spricht wieder von einer Zukunft, die nur für sie beide bestimmt ist. Er küsst sie wieder häufiger, einfach so. Und er schreibt wieder an Liedern. Die Inspiration, sagt er, ist zurück.

Ihretwegen?

Er hat nur gelacht und sie geküsst, ohne zu antworten.

Sie hat ihre Enttäuschung weggelächelt. Sei nicht kindisch. Bessere Zeiten werden kommen. Ja, aber wann?

Sie sitzen im Englischen Garten, am Fuß der Anhöhe mit dem kleinen runden Tempel im Schatten eines alten Baumes, dessen Grün ausgelaugt aussieht und staubig. Die Luft ist warm, fast wie im irischen Sommer. Überall dieser erdige, kontinentale Geruch, der Fee schon bei ihrer Ankunft in München aufgefallen ist.

Sie haben ihr Picknick beendet. Steve zupft Melodiefragmente auf seiner Gitarre, summt leise dazu, macht sich Notizen, summt weiter, während Fee einfach dasitzt und ihn in sich aufnimmt. Seine Haare wie Sand. Das konzentrierte Gesicht mit den leicht kurzsichtigen Augen, die er lieber zusammenkneift, als sich eine Brille zu besorgen. Das Stück Knie, das durch seine aufgescheuerten Jeans lugt, während sein angewinkeltes Bein zum Takt seiner kreativen Energie wippt.

Fee macht sich eigentlich nicht viel aus Musik. Musik ist für sie ein dudelndes Radio im Hintergrund, ein Hindernis auf dem Weg zu einem guten Gespräch. Steves Liebe dafür ist aufrichtig und intensiv und unermüdlich. Noch eine Rivalin, gegen die Fee nie gewinnen kann.

Der Gedanke zieht noch schlimmere nach sich; um sich davon abzulenken, beginnt sie zu zählen. Zuerst die Picknickdecken in ihrer Umgebung, dann die Kinder, dann die Leute, die auf Slacklines balancieren, dann die Menschen, die gerade eine Bierflasche in der Hand halten so wie sie. Dieser selbstverständliche Umgang mit Alkohol in der Öffentlichkeit irritiert sie nicht mehr, fällt aber noch ins Auge. Das und die Nackten überall. Der Sommer ist vorbei, doch noch immer zählt sie vier Frauen, die sich ohne Oberteil auf ihrer Decke ausbreiten, ihre Brüste flach wie Spiegeleier oder mit vorwitzig erigierten Brustwarzen. Sie glibbern oder schwingen, wenn sie lachen, während über ihnen die Kirchtürme der Innenstadt aus dem erschöpften Grün der Baumwipfel aufragen, als wollte Gott selbst sich den besten Blick auf seine Schöpfung sichern.

Schlechte Gedanken, pfui. Sie lacht auf, nimmt noch einen Schluck aus ihrer Flasche Radler. Wenigstens ist hier keiner dieser Männer zu sehen, die sich oft an den Randbereichen der Isar herumtreiben, mit ihren sonnengegerbten Pimmeln und dem selbstzufriedenen Lachen durch falsche Zähne.

»Was ist so lustig?« Steve sieht von Gitarre und Notizen auf, zwischen amüsiert und alarmiert. So ist er, seit sie einander kennen. Immer auf der Hut. Stets auf das Schlimmste gefasst: Behandelt zu werden, wie ihn sein Vater oft behandelt hat. Mit »harter Hand«, wie er seine Brutalität nannte. Meist war sie seelischer Natur.

Sie hat Steves Version von Barrys Treppensturz nie infrage gestellt, von Anfang an nicht. Und selbst wenn Donals Granny irgendwas durch ihr Badezimmerfenster gesehen haben sollte – Barry Whelan hat sein Schicksal verdient, egal, wie es ihn gefunden hat.

Trotzdem steigt jetzt ein dunkler Impuls in ihr auf, und sie folgt ihm. Der Drang, Steves fragiles, nach Aufmerksamkeit gierendes Künstlerego zu verletzen. Zumindest ein bisschen. Dafür, dass er gelacht hat, als sie ihn vorhin fragte, ob er gerade ein Lied für sie schreibt. Für die vielen kleinen Verletzungen, die entstehen, wenn einer den anderen ein bisschen weniger liebt als umgekehrt.

»Es dreht sich nicht immer alles nur um dich«, sagt sie, ohne ihn anzusehen.

»Gut zu wissen.« Er zuckt die Schultern und lächelt auf diese tapfere, aber verletzte Weise, die ihr zeigen soll, dass sie ins Schwarze getroffen hat. Die ihr gleichzeitig die Scham in die

Wangen und die Hitze in den Unterleib treibt. Sie bereut, was sie getan hat. Ein bisschen.

»Weißt du, was ich gerade denke, Baby?« Sie lehnt sich an ihn, küsst die warme, kaum behaarte Haut am Oberarm, die eintätowierten Gitarrensaiten, die sich zu Ornamenten formen, inhaliert sein Aroma aus Pinie und Schweiß. Wie oft hat sie sich vorgestellt, genau das zu tun, nur um dann in Donals Gesicht zu sehen?

»Keine Ahnung, aber es dreht sich wahrscheinlich wieder nicht um mich«, sagt er, tut so, als wäre er beleidigt, und beginnt wieder, Songfragmente zu spielen. Summt leise über eine Welt des Jammers und der Melancholie.

»Du solltest dir das noch einmal überlegen mit dem Studio.«

»Welches Studio?« Er runzelt die Stirn, ohne sein Spiel zu unterbrechen.

»Das am Ammersee, vom Vater meines Freundes. Wenn du jetzt wieder Songs schreibst, sollten wir ihn fragen, ob das Angebot noch gilt, dass du es benutzen kannst.«

Steve nickt unbestimmt. Seine Stirnfalten werden tiefer, als müsste er sich konzentrieren. Wie immer, wenn sie Luis erwähnt. Für ihn ist er nur »der Typ mit dem Unfall«. Namen merkt sich Steve nicht.

»Das ist mir unangenehm. Ich kenne den doch gar nicht«, sagt er schließlich.

»Na und? Ich kenne ihn. Reicht das nicht?«

»Der ist komisch«, sagt Steve. »Da bin ich vorsichtig. Vielleicht solltest du das auch sein.«

»Weil er dir das Studio seines Vaters anbietet?«

Endlich scheint Steve am Gespräch interessiert zu sein. Er hört auf zu spielen, legt die Gitarre neben sich auf die Decke. »Weil der jeden Tag bei dir im Café abhängt.« Er streicht ihr die Haare aus dem Gesicht und mit den Fingern über die Wange, schnappt sich ihre Flasche Radler, nimmt einen Schluck daraus.

»Er hat einfach viel Zeit. Und er glaubt, er verdankt mir was.«

Steve schüttelt den Kopf, grinst. »Komm, so naiv bist du doch nicht. Sieh dich an, Fee. Ein Mädchen wie du – der will sich nicht nur mit dir unterhalten.« Er grinst breiter, streichelt ihr Knie und den Bereich darüber unter ihrem kurzen Jeanskleid. »Ich hoffe, der ist kein Psycho. Sei lieber vorsichtig. Du scheinst solche Typen irgendwie anzuziehen.«

Sicher meint er das als Kompliment. Ist ehrlich besorgt um sie. Warum macht sie die Bemerkung so wütend? Und wer lacht hier so fies? Etwa sie selbst?

»Sprichst du jetzt von Donal oder von dir?«

»Vergleich mich nie wieder mit Donal!« In seinem Lachen ist keine Spur von Humor zu finden. »Wenn mir der Typ jemals wieder unter die Augen kommt, garantier ich für gar nichts mehr.«

»Interessant. Aber ich soll jeden Tag das Bad mit deiner Ex teilen und lieb dazu lächeln.«

»Judith hat mich zumindest nie zum Mörder gestempelt.« Seine freundlichen Züge verzerren sich zu etwas Erschreckendem, und er wird lauter. Erst als sich die ersten Köpfe nach ihnen umdrehen, kriegt er sich wieder in den Griff. »Judith ist eine Freundin, und wir hatten mal kurz was miteinander. Mehr nicht«, sagt er, trifft genau den Ton zwischen verletzt und genervt. »Und ich bin das Thema ehrlich gesagt leid. Judith hat mir versprochen auszuziehen, und das wird sie auch machen.«

»Wann? Hat sie dir das auch gesagt?« Sie klingt schneidend, aggressiv, das hört sie selbst.

Prompt rollt Steve mit den Augen. Schielt nach seiner Gitarre. »Anfang nächsten Jahres. Hab ich dir schon einmal gesagt.«

»Hast du nicht.«

»Weil du immer nur hörst, was du hören willst, Fee. Und dann strickst du dir dein Urteil draus.« Er lächelt wieder. Wohlwollend und so überzeugt davon, im Recht zu sein.

Schnürt ihr die Kehle zu damit. Ein paar Worte entkommen trotzdem. »Und als du damals gesagt hast, ich soll zu dir nach München kommen? Dass ich auf Donal pfeifen soll und wir unsere Chance diesmal nicht verpassen sollten? Da hab ich mich wohl auch verhört.«

Die Kälte in ihrem Ton lässt Steves Züge erst erstarren, macht sie dann weich. Er verbiegt seinen angespannten Körper in Fees Richtung, zieht sie an sich, umarmt sie, streichelt über ihre Haare, ihren Rücken, so lange, bis ihr Widerstand gebrochen ist, sie sich fallen lässt. Es dauert nur wenige Sekunden.

»Ich hab's ernst gemeint, das weißt du. Ich garantier dir, Judith ist bis Anfang nächsten Jahres raus«, flüstert er in ihr Ohr. Aufrichtig, so aufrichtig. Als er sich wieder von ihr löst, holt er noch einmal tief Luft. »Aber was ich im Augenblick nicht brauche, ist dieser ach so dankbare Typ mit Zeit und Geld wie Heu und Daddys Tonstudio. Klar, laden wir gleich mal den Loser von Freund der Lebensretterin in die Villa am See ein. Da kann er auf seiner Gitarre klampfen und gleichzeitig drüber nachdenken, was er alles nie haben wird trotz zwei Jobs. Und wie viel weniger er seinem Mädchen wird bieten können, egal wie sehr er sich anstrengt, weil sein Vater das ganze Geld der Familie versoffen und verspekuliert hat. Darauf hab ich keine Lust, okay?«

Fee lacht. »Daher weht der Wind. Du bist neidisch, weil er Geld hat.«

»Er ist ein Weirdo.«

»Ach, der ist harmlos. Lern ihn doch erst mal kennen.«

»Es gibt so viele Spinner, Fee. Gerade neulich hing so ein Typ vor unserem Haus rum und hat gespannt. Judith hat ihn angesprochen, und er hatte irgendeine Ausrede parat, aber sie glaubt ihm kein Wort.«

Fee lacht. »Judith hat Paranoia. Die findet alle verdächtig. Hat sie ihn denn jemals wiedergesehen?«

»Keine Ahnung.« Steve greift wieder zu seiner Gitarre, klopft mit der flachen Hand auf die Saiten, als wollte er dieses leidige Thema jetzt beenden. »Judith hat eine gute Nase für sowas.«

»Na gut. Wie sah der psychopathische Stalker vor unserem Haus denn aus? Konnte sie ihn beschreiben?«

Steve antwortete mit einem halb amüsierten Brummen.

»Unheimlich, hat sie gesagt.«

»Moment mal, den kenn ich doch!«

Er zwickt ihr in die Nase und schneidet eine Grimasse. »Dunkle kurze Haare, Brille und irgendwie unheimlich. Sowas Ähnliches hat sie gesagt, was weiß ich?«

Neue Haare für neue Leben, denkt Fee.

Und daran, dass Luis ihr erzählt hat, dass er inzwischen die Affäre zwischen Tammi und ihrem Boss Klaus »verifiziert« habe. Als Fee nachfragte, was er damit meinte, hat er nur die Schultern gehoben. »Zufällig getroffen.« Dann kamen seine eng stehenden Zähne zum Vorschein. »Ich wette, das ist bald vorbei.«

Und er hat recht behalten.

»Ja, ja, lach nur über mich«, sagt Steve, der ihre Heiterkeit natürlich wieder auf sich bezieht. »Ich mach mir eben Sorgen um dich.«

»Danke, aber das brauchst du nicht«, sagt sie, gibt Steve einen Kuss und denkt: Ich sollte mal mit Luis reden.

Sie beginnt, die Gänseblümchen im Gras vor sich zu zählen. Bei achtzehn zwitschert ihr Handy in der Tasche, und zeitgleich brummt auch das von Steve, das Display leuchtet auf.

»Stereo-Nachrichten«, sagt Fee und lacht. Es hört sich wackelig an in ihren Ohren, unecht.

Steve nickt bloß und ignoriert das Blinken seines Smartphones.

»Willst du's gar nicht wissen?«

»Nur wenn es gute Nachrichten sind«, sagt er abwesend.

Sie lacht noch einmal und fischt nach ihrem Handy. Liest die Nachricht einmal, zweimal, starrt dann so lange darauf, bis die Gitarre neben ihr verstummt, Steve von Ferne irgendetwas sagt, fragt und dann noch einmal lauter. Ihr schließlich das Handy aus der Hand nimmt.

Textnachricht von Donal, gesendet um 15.42 Uhr

Nur falls du es vergessen hast ... Alles Gute zum 5. Hochzeitstag, *honey*! Habe auch ein Geschenk. Komme dich in München besuchen. Höchstpersönlich, weil du nie ans Phone gehst. Finde, ich hab eine zweite Chance verdient. Oder zumindest eine Aussprache. Außerdem gibt es da ein paar neue Entwicklungen im »Unfalltod« vom armen Barry Whelan, die du vielleicht wissen solltest, bevor du dich endgültig an den Stecher verschwendest. Kuss aus Bray, Donal (Zur Erinnerung: Dein Mann ;-))

Schlafende Hunde

1

Von der Ettstraße in die Breisacher, durch Schneematsch von oben und unten, Stammstrecke gesperrt wegen Defekt. Doppelreihen von Bremslichtern den Gasteig hinauf. Vierter Stock ohne Lift. Kein Defekt, ein Prinzip.

Der Weg nach oben zog sich länger als sonst, jeder Schritt eine mühsame Überwindung der Erdanziehung. Mein Kopf voll wuchernder Gedanken, die ihm Ben Fergusons Wohltat von Stimme eingesetzt hatte. Sie hatte von Robbie erzählt und von Dads Schwester. Tante Róisín glaubte nicht an den Selbstmord ihres Bruders und behauptete, unseren Dad fast dreizehn Jahre nach seinem Verschwinden in Dublin in einen Bus steigen gesehen zu haben. Soweit nichts Neues. Tante Róisín hatte es mir während meines letzten Besuchs in Dublin selbst erzählt. Was man sonst noch über Dads jüngste Schwester wissen sollte: Sie sammelt Engelsfiguren, sieht Auren und glaubt, dass die Mondlandung in einem US-amerikanischen Fernsehstudio inszeniert wurde.

Schockierender war: Sie schien damit nicht mehr alleine dazustehen. Robbie, ausgerechnet. Offenbar hatte er beschlossen, sich auf eigene Faust umzuhören. Dads Spuren bei dessen alten Freunden zu verfolgen, sogar bei alten Feinden. Es passte zu meinem Bruder, dass er sein zufälliges Treffen mit Ben Ferguson für seine Nachforschungen hatte nutzen wollen. Pragmatisch war er, dreist auch. Bei Ben Ferguson hatte er trotzdem auf Granit gebissen.

»Ich habe ihm abgeraten, schlafende Hunde zu wecken«,

hatte mein irischer Kollege gemeint und sich zu keiner weiteren Erklärung bewegen lassen. So trieb diese Bemerkung ungehindert in meinen Gedanken aus, wuchs und formte sich zu etwas Furchterregendem, das mich trotz meiner fehlenden Kondition schneller werden ließ. Erst vor der Wohnungstür im vierten Stock, eine Hand gestützt auf den Türknauf, bemerkte ich, wie sehr ich außer Atem war.

Die Wohnung war dunkel, der Flur eine verlassene Höhle. Nur in der Küche brannte Licht, sandte ein Versprechen auf einen versöhnlichen Abend durch die geöffnete Tür. Ich entledigte mich meiner Sachen. Hörte das Blubbern von etwas Herzhaftem auf dem Herd. Roch eine Menge Knoblauch. Spürte Erwartung.

Stefan saß am gedeckten Tisch. Für zwei. Hatte Robbie für den Abend schon was vor? Oder war es eine Botschaft an ihn? Jedenfalls war er nicht da.

Mein Mann schaute freundlich, wenn auch etwas verkniffen. Er sah älter aus, und das lag nicht nur am unversöhnlichen Licht der Hängelampe über unserem Esstisch.

»Du bist ganz nass«, sagte er ohne Erstaunen.

»Kein Schirm und Oberleitungsstörung.« Ich presste meine kalten Lippen auf seine warmen, kraulte ihm dabei den Zehntagebart. So und nicht anders, seit acht Jahren. Dann wechselte ich zum Herd, hob den Deckel vom Topf. Fisch-Curry. Aufsteigender Dampf wärmte mir das Gesicht. Unsere Rituale wärmten mein fröstelndes Inneres. Und doch.

Stefan fragte nicht, warum ich kein Taxi genommen hatte. Dr. Fuchs weiß, welche Fragen es sich zu stellen lohnt.

Das war mir schnell an ihm aufgefallen. Dass er sich wie Wasser seiner Umgebung und seinem Gegenüber anpasste, um Widerstände herumfloss. Trotzdem verformte sein Druck, schmirgelte geduldig Kanten ab, glättete Konflikte zu seinen

Gunsten, grub beständig Täler in die härtesten Oberflächen. Sein Leben, ein ruhiger, doch zielstrebiger Fluss, weit entfernt von meinem energieraubenden Machetenschwingen.

Meine Theorie: Es ist die finanzielle und emotionale Sicherheit. Die Stabilität und das Geld seiner Familie hatten Stefans Hamburger Kindheit gepolstert, auch nach seinem Umzug ein Netz unter ihm aufgespannt, bis er seine Psychotherapiepraxis trotz seines für München unorthodoxen Auftretens etabliert hatte. Er schien überzeugt: Alles im Leben wird irgendwie gut, wer mal hinfällt, ist nicht gleich aufgeschmissen, und man braucht niemanden sonst, um ein glückliches Leben zu führen.

Deshalb kochte und sorgte er für sich selbst. Pflegte mit milder Toleranz seine Marotten. Trug schon mal AC/DC-T-Shirts während seiner Sitzungen, hörte Prog-Rock, hatte sieben Paar Schuhe – für jeden Wochentag ein anderes – und eine Schwäche für Old Spice und Teures, das alt aussah. Und er hatte niemals mit einer Frau zusammenziehen wollen. Erst Mitte dreißig hatte er den Grundsatz über Bord geworfen. Ausgerechnet für mich.

Sein Zuhören und mein Schweigen. Seine Besserwisserei und meine Sturheit. Sein Spieltrieb und meine Launen. Seine Flexibilität und mein exzessiver Beruf. Alles Teile einer Gleichung, die letztendlich aufging. Erst als ich nicht schwanger wurde, geriet der ruhige, zielstrebige Strom ins Stocken. Seit bald zwei Jahren staute er sich zu einem Reservoir an Enttäuschung und Angst und Unaussprechbarem, so groß, ich konnte Stefan am anderen Ufer kaum mehr erkennen.

Wir aßen Fisch-Curry. Wir tranken dazu passenden Wein. Ich erzählte von Donal McFaddens verworrenem Tod und Stefan von seiner wohlhabenden Klientin mit dem Codenamen ZsaZsa, die sich seit bald fünf Jahren an ihrer lieblosen Kindheit und ihrer leeren Karriere bei Pro7 abarbeitete. Wir lachten über Pauli, der mich wie immer mit größtem Ernst im Seilziehen herausforderte und gewann. Wir setzten ihn in seinen Schlafkäfig und tranken mehr Wein. Stefan stellte keine heiklen Fragen zu meinem Befinden, und ich verschwieg meine beunruhigenden Gespräche mit Konstantin und Ben Ferguson.

»Wie geht es Robbie?«, fragte Stefan schließlich. Hätte ich mir denken können. Zuerst weichklopfen, dann kam die Kröte auf den Tisch. Mein Mann, durch und durch Stratege.

»Keine Ahnung. Habt ihr euch nicht gesehen heute?«

»Er kam erst irgendwann am Vormittag hier reingestolpert von seiner Abendunterhaltung gestern und hat sich gleich schlafen gelegt.« Stefans Kinn wies in Richtung Wohnzimmerecke. Robbies Rucksack, Kleidung und Bettzeug türmten sich dort zu einem überlebensgroßen Maulwurfshügel. Ein Teenager von siebenunddreißig Jahren. »Nach meiner letzten Sitzung war er schon wieder verschwunden.«

»Unsichtbare Gäste sind die besten.«

»Seinen Geruch hat er aber dagelassen.« In Stefans Augen glühte der erste Funke des Zorns, der zwar selten, dann aber verstörend schnell aus ihm herausbrach. »Wir sind hier kein Aussteiger-Hostel.«

Stefan redet schon wie sein Vater, stichelte eine Stimme, die sich in letzter Zeit zu oft in mir meldete. Ein typischer Spießer, made in Hamburg-Eppendorf. Der entspannte Auftritt, die verwuschelten Haare – alles Fassade.

Ach, halt doch die Klappe.

»Tut mir leid, Stefan.« Das kam nicht von Herzen, und Stefan merkte es.

»Du bist nicht verantwortlich für Robbie. Warst du nie.« Sein Ton blieb versöhnlich. Noch.

»Wer hat das denn behauptet?«

Mein Mann seufzte, nahm einen Schluck Wein. Er beschuldigte gern meine Familie und ihre verkorkste Historie, wenn ihm mein Verhalten nicht gefiel. Mein unberechenbarer Dad sei Schuld an meiner Sturheit, die Religiösität meiner Mutter an meinen Schuldgefühlen. Blödsinn.

»Wenn du nicht mit Robbie redest, tu ich es«, sagte er schlicht.

Als ob das etwas nützte. Mein Bruder würde große Augen machen und beflissene Gelöbnisse absondern, mehr nicht. Ich wusste das. Stefan wusste das.

»Wenn Fergal wieder gesund ist, gibt er ihm einen Job und ...«

»Pat, Fergal ist nicht krank.« Stefan verlor die Geduld.

Als ich ihn fragend anschaute, rollte er nur mit den Augen. Jetzt endgültig auf Seiten jener Kräfte, die sich heute gegen mich verschworen hatten.

»War er auch nie. Das ist nur eine von den Lügen, die Robbie dir auftischt, damit er sich hier länger einnisten kann. Und du tust so, als würdest du ihm glauben.«

Etwas in mir verflüssigte sich und gefror dann wieder.

»Hast du Fergal angerufen?«

Stefans Augen bekamen eine silbrige Note, seine dunkle Stimme vertiefte sich zum brummeligen Bass. »Pat. Du weißt, dass es so ist.«

»Ich frage, ob du selbst mit Fergal gesprochen hast.«

»Warum verwendest du den Verhörton nicht mal bei Robbie? Wer weiß, vielleicht kriegen wir dann endlich ein paar zuverlässige Antworten von ihm?«

»Du hast Robbie hinterherspioniert. Oder?«

Fragwürdiges Verhalten zuzugeben fiel Dr. Fuchs schwer. Fehler waren was für andere.

»Ja, ich hab Fergal angerufen.« Er stand auf, als wollte er die Diskussion für beendet erklären, sprach dann aber weiter. »Weil ich mich im Gegensatz zu dir nicht gern von ihm für dumm verkaufen lasse. Robbie schnorrt sich auf deine und unsere Kosten durchs Leben. Dass es uns gerade schlechtgeht, ist im scheißegal.«

Es ging uns also schlecht. Keine Überraschung. Aber zum ersten Mal hörte ich es direkt aus Stefans Mund. Und er war noch nicht am Ende mit seinen Enthüllungen.

»Dich erkennt man sowieso kaum wieder, sobald er da ist. Jedem anderen Gast, der sich so aufführt wie er, hättest du längst Bescheid gegeben. Warum nicht mal Robbie? Würde ihm guttun!«

»Was hat Fergal gesagt?«

Ein düsterer Blick von seinem Platz am Geschirrspüler aus. »Fergal wusste nicht mal, dass Robbie in München ist.«

»Er hat sich gar nicht bei ihm gemeldet?«

Stefan zuckte bloß die Schultern. Lautstark bestückte er den Geschirrspüler, wusch den Currytopf aus. Ließ meinem Ärger die nötige Zeit zum Atmen und Reifen.

Robbie, die Kröte. Kaum jemand brachte mich so an meine Grenzen. Kaum jemandem schuldete ich so viel. Aber davon hatte Stefan keine Ahnung.

»Ich will, dass er verschwindet«, sagte er, ohne mich anzusehen.

»Robbie ist erst zwei Tage da, und ich soll ihn für dich rausschmeißen?«

»So ist das, wenn man einen Bruder hat.«

»Leicht gesagt, wenn man keinen hat.«

Sein Dasein ohne Geschwister war Stefans wunder Punkt. Schon begannen die Töpfe lauter zu knallen. Bekamen Konkurrenz von Pauli in seinem Käfig: »GUTE NACHT, GUTE NACHT.« Er wollte seine Ruhe. Mir ging es ähnlich. Vielleicht half ein Friedensangebot?

»Schau. Ich werde mit ihm reden. Versprochen.«

»Lieber machen als versprechen, okay?«

Friedensangebot abgelehnt. Dieser Tag hasste mich. Bedrängte mich noch auf der Zielgeraden mit allen Themen, die ich seit Jahren erfolgreich umschiffte.

»Bist du auf Robbie sauer oder auf mich?«.

Stefan schüttelte den Kopf, zischte. »Nicht alles hat immer mit dir zu tun.«

»Nicht alles, aber das hier. Früher konntest du Robbie mit Humor nehmen. Was ist diesmal anders?«

»Alles, verdammt!« Stefan erhob seine Stimme selten über Zimmerlautstärke. Jetzt füllte sie den Raum. Erschütterte unser Kartenhaus. Ich blieb still, mein Atem flach. Sogar Pauli war jetzt stumm, verstört von Stefans ungewöhnlicher Heftigkeit.

»Keine Ahnung, wie du das alles wegsteckst, Pat, aber das letzte Jahr hat mich ziemlich Substanz gekostet.« Er schleuderte den Schwamm weg, trocknete sich die Hände ab, als wollte er Saft aus ihnen pressen. »Und ich rede nicht mal vom Geld. Ich rede von der scheiß Hoffnung.«

Da sagte er was. Die Hoffnung war tatsächlich das Schlimmste an den vergangenen sechzehn Monaten gewesen. Nach jedem Scheitern wieder mühsam zusammengekratzt, hatte sie unseren Blick auf die Realität verstellt, auf unseren ohnehin überschaubaren Freundeskreis, auf unsere eigenen Reserven und auf einander. Sich weiterschleppen, einem Ziel entgegen, das sich jetzt als Sackgasse entpuppte. Eine Enttäuschung, zu groß für Worte.

Stefan wollte sie trotzdem hören. Von mir. Mit verschränkten Armen stand er an den Küchentresen gelehnt und wartete.

»Von wegstecken ist keine Rede«, sagte ich.

»Das merke ich«, sagte Stefan. »Ich erkenne dich kaum wieder in letzter Zeit.«

Auch das hatte ich heute schon gehört. Das Gesetz der Serie. Wenn schon Ärger, dann doppelt.

»Ich mich auch nicht. Aber das liegt nicht an Robbie.«

Falsches Stichwort. Stefans Augen und Lippen wurden wieder zu fiesen Schlitzen. »Robbie macht es schlimmer«, sagte er in einem Ton, der jede Diskussion darüber ausschloss. »Ich hab es satt, dass er unsere Gastfreundschaft missbraucht. Er macht dich unruhig. Er kifft uns die Bude voll. Meinen Arbeitsplatz. Das muss aufhören.«

Kein Robbie, kein Problem. Stefan hatte den Schuldigen an unserer Misere gefunden. In meinem Spielfeld. Meiner Familie.

Mein spontaner Ärger darüber verglühte zu lauem Sarkasmus. »Verstanden, Boss. Bis wann soll er sich was anderes suchen?«

»So schnell wie möglich«, sagte Stefan ohne einen Funken Humor.

Im selben Moment wurden seine Augen rund, und sein Blick wanderte Richtung Küchentür. Sie öffnete sich. Und da stand Robbie in seinem Heimkehrer-Look, durchweicht von längst geschmolzenem Schnee. Mit dieser bescheuerten Heiterkeit, die er immer mit dem Dope verströmte und die Stefan schon am besten seiner Tage ärgerte. Ich sah meinen Mann rot werden unter seinem angegrauten Bart, aber nicht vor Scham.

Und ich? Saß an unserem Esstisch aus Eiche, umgeben von elegantem Chardonnay und abgewetzten Ledersofas und gut bestückten Bücherregalen, von der ganzen Haidhausener Gediegenheit. Saß bloß da und hörte der Lunte beim Abbrennen zu.

»So schnell wie möglich, geht klar«, sagte Robbie. »Wie wär's mit gleich? Aber davor sollten wir noch ein paar Dinge klären, Stefan.«

Bumm.

2

Es dauerte eine halbe Stunde, wenn überhaupt. Eine dieser Auseinandersetzungen, nach denen man sich nur noch schwer daran erinnert, wer was zu wem gesagt hat und wann. Wer zuerst die Zurückhaltung aufgegeben, wer sich selbst am schnellsten vergessen hatte.

Was ich noch weiß: Es lief zunächst unheimlich leise ab, wie eine Schießerei ohne Ton. Hier liberaler Spießer, da lügender Kiffer. Das traf durchaus noch meinen Humor. Bis Robbie Stefan dafür verantwortlich machte, dass ich mich mit Hormonen zugrunde richtete, obwohl ich körperlich schon am Ende sei, nur wegen seines egoistischen Verlangens nach einem Stammhalter. Ja doch, Pat hat mir das selbst gesagt, gestern. Nicht wahr, Pat?

Apokalypse.

Robbie raffte auf meinen Befehl hin seinen halb leeren Rucksack an sich und stürmte aus der Wohnung.

Übrig blieben mein Mann und ich und viel verbrannte Erde.

Nach Robbies Abgang verbrachten wir noch eine Stunde auf der Couch. Stefan, ein Scherenschnitt seiner selbst, vermied jede Berührung. Nicht dass unsere Bemühungen um ein Kind zu Ende zu sein schienen, schockiere ihn, sagte er, sondern dass er so etwas von Robbie erfuhr und nicht von mir. Der letzte Beweis in der Kette. Ich vertraute ihm nicht. Ich schloss ihn aus, ich zog mich zurück, versteckte mich hinter meiner Arbeit, hielt Robbie mehr die Stange als ihm. Ja, obwohl ich ihn rausgeschmissen hatte. Dann ging er ins Schlafzimmer und kam mit seiner Decke zurück, legte sich damit auf die Couch. Er brauche jetzt Abstand und ich sicher auch, sagte er. Drohte mir damit, dass morgen auch noch ein Tag sei.

Schlief in einem fast beleidigenden Tempo ein, während

ich in der Wohnung auf und ab tigerte. Immer wieder Stopps in seinem Exil einlegte, ihn betrachtete. Erschöpft, blass, wie tot. Unerreichbar, in einer anderen Welt. Für heute oder für das restliche Leben? Ich ertrug es nicht. Nicht diese Fragen, nicht diese Wohnung. Aber wohin sonst, um halb zwölf Uhr nachts?

3

Der Kollege an der Schleuse hob müde eine Hand zum Gruß, als ich ihn passierte, wandte sich dann wieder seinem Tablet-Computer zu.

Nach oben über glattgetretene Stufen, das Echo meiner Absätze eilte mir voraus. Über mir erwachte flackernd die bewegungsgesteuerte Beleuchtung zum Leben, drängte die Schatten zurück in ihre Ecken, vertrieb das stille Eigenleben des Gemäuers. Präsidium. Letzte Zuflucht für traurige Existenzen.

Schon durch die Glastür zum Dezernat sah ich das Licht in unserem Büro brennen. Hörte nach meinem Eintreten nervöses Innehalten, angestrengtes Lauschen. Die vom Rollsplitt mitgenommenen Sohlen meiner Stiefel rupften am Sisalteppich.

Kris' Arbeitsplatz lag gleich gegenüber der Tür. Als ich um die Ecke kam, sah sie mir mit schreckgeweiteten Augen entgegen. Nicht einmal für eine Begrüßung reichte es. Heute Morgen noch krankgemeldet, jetzt im Büro. Sie erwartete nicht weniger als das flammende Schwert von mir.

Aber wozu? Sie sah schrecklich genug aus. Norovirus oder nicht, ihre Haut, sonst immer ein Leuchtfeuer ihrer Scham, blieb gräulich. Meinem Blick hielt sie nur eine Sekunde lang stand.

»Mir geht's schon wieder besser«, sagte sie zu ihren Oberschenkeln. »Also hab ich mir gedacht, ich arbeite ein bisschen auf.«

Kein schlechtes Ablenkungsmanöver, mir den Fall vor die Nase zu halten. Nichts war gerade verlockender als die Tagesordnung. Der Trost geordneter Abläufe, bereits verhandelter Rollen.

Also fragte ich sie, ob es was Neues gäbe.

Gab es.

»Frau Pfeil hat mir den Anrufbeantworter vollgeplappert.«
»Mit was Wichtigem?«
»Möglicherweise.« Kris hob matt die Schultern. »Über der Wohnung der Pfeil lebt ein junges Paar, das hat am Abend vor McFaddens Verschwinden ziemlich viel Geschrei und Gepolter von unten gehört. Ihr Baby konnte nicht schlafen, und auf ihr Klopfen hat niemand reagiert, der Streit ging einfach weiter. Sie hätten schon die Polizei rufen wollen, es aber nicht getan. Sie wussten, dass die Pfeil immer kurzfristig vermietet, und wollten keinen Ärger machen.«
»Was haben sie gehört?«
»Es wurde Englisch gesprochen. Und es gab angeblich Handgreiflichkeiten.«
»Warum haben wir von denen noch keine Aussage?«
»Sie waren für ein paar Tage verreist und sind jetzt erst wieder zurück. Die Pfeil hat ihnen von McFadden erzählt, und da fiel ihnen der Streit erst wieder ein.«
»Okay. Das brauchen wir noch schriftlich«, sagte ich.
»Hab schon Holger darauf angesetzt, der war für die Befragungen im Haus zuständig.«
»Und dann reden wir noch einmal mit Siobhan McFadden.«
Nicken.
»Haben wir schon Fingerabdrücke von ihr?«
Kopfschütteln.
»Dann machen wir das morgen.«
Kopfwiegen. »Ich glaube, sie wollte morgen Nachmittag abreisen. Anscheinend ist das Inn ausgebucht am Wochenende. Sie will ihre Gäste nicht enttäuschen.«
Flucht in die Arbeit. Kannte ich.
»Dann holen wir sie uns vor ihrer Abreise, wenn möglich.«
»Morgen Vormittag ist schon Luis Kronmeier einbestellt.«
»Verschieben wir. Siobhan McFadden ist die einzige greif-

bare Spur. Konstantin hat die Ermittlung schon halb in der Tonne, und wenn bis Montag nichts Stichhaltiges mehr auftaucht, fällt der Deckel.«

Ich hörte selbst, wie resigniert ich klang.

Kris nickte noch einmal, schien etwas sagen zu wollen. Zögerte. Wir drifteten ab, hinaus ins Schweigen. Unaufhaltsam einer Grenzübertretung entgegen. Seit ich im K11 war, hatte ich nüchtern kaum ein privates Wort mit meinen Kollegen gewechselt. Ausnahmen hatte ich nur für Konstantin gemacht und oft genug bereut. Privatsachen ins Dezernat zu holen macht angreifbar, verheddert geradlinige Beziehungen zu Geduldspielen. Kris' immer offensichtlichere Versuche, meine Meinung zu ändern, hatte ich erfolgreich abgeschmettert. Nun gut. Warum nicht all den heutigen Niederlagen eine weitere hinzufügen?

»Geht's dir wirklich besser?«, fragte ich.

Mehr brauchte es nicht. Schon überzog ein Tränenfilm Kris' Augen. Ihr Blick eine stumme Bitte, ihr die Beichte abzunehmen. Diese Frau war zu aufrichtig für unsere Welt.

Als sie zu einer Erklärung ansetzen wollte, unterbrach ich sie. »Zuerst mal Koffein. Oder hast du einen guten Whiskey zur Hand?«

Kris sah mich prüfend an, beugte sich dann unter ihren Schreibtisch und kramte in ihrem Rucksack. »Reicht ein Asbach Uralt?«

Schon nach dem ersten Schluck sprudelte die Wahrheit aus ihr heraus. Das mit dem Brechdurchfall: gelogen. Das mit der Autopanne am Mittwoch genauso. Die ganze Woche war ein komplettes Desaster für sie gewesen. Schuld daran war ihre Schwester Thea, die mit ihren beiden Söhnen allein lebte und vor drei Jahren in eine schwere Depression gefallen war. Dass es dafür keinen offensichtlichen Grund gab, machte die Situation nicht leichter. Thea, ihre Eltern waren mit der Situation überfordert, deshalb war Kris zu ihr gezogen, um vorübergehend auszuhelfen, bis die Medikamente anschlugen.

Aus vorübergehend waren zwei Jahre geworden. Medikamente kamen und gingen, die Depressionen blieben. Seltsames Verhalten gesellte sich hinzu. Wutanfälle ihren Söhnen, ihren Eltern, Kris gegenüber, nur um sich später tränenüberströmt wieder bei allen zu entschuldigen. Manchmal ging es ihr besser. Gute Tage oder gar Wochen ließen die Familie Hoffnung schöpfen, unvorsichtig werden.

Gestern früh war Thea nicht mehr aufgestanden. Kris hatte einspringen und ihre Neffen in die Schule bringen müssen. Die verschriebenen Medikamente hatten Thea wiederum rastlos gemacht. Heute Morgen war sie ganz verschwunden, und zwar mit Kris' Auto. Stundenlange vergebliche Suche unter dem Druck schlimmster Befürchtungen. Am Nachmittag war Thea wieder aufgetaucht und hatte sich, wenn schon nicht erklärt, zumindest entschuldigt. Geißelte sich unter Tränen selbst, wie immer.

»Ich bin im ständigen Panikmodus. Bei jedem Anruf die Angst, dass sie sich jetzt endgültig ...« Kris schluckte und verstummte, schaute auffallend lange in ihr leeres Glas. »Vielleicht sollten wir sie einweisen lassen. Aber sie will nicht, und sie zu zwingen bringen wir nicht übers Herz.«

So viel Druck. Kein Wunder, das Kris so gereizt war in letzter Zeit.

»Tut mir leid«, sagte ich. Erkannte, dass es nicht genug war. Kris hatte sich mir mitgeteilt, jetzt wollte sie etwas von mir. So lief das wohl.

»Das Dilemma kenne ich leider.« Ich nahm einen Schluck Mut, begegnete Kris' überraschtem Blick. »Mein Vater. Der war manisch-depressiv.«

Die Kollegin blinzelte irritiert. Sowas nannte man heute nur noch »bipolar«. Überzog die Brutalität der Krankheit mit unnötig viel Zucker.

»Hat ... er es im Griff behalten können?«, fragte Kris.

»Er hat sich das Leben genommen.«

Wie hart das klang. So viel fester als meine Überzeugung. War es Selbstmord gewesen? Meine Gedanken begannen wieder, ihre Fühler nach der Akte auszustrecken, die Ben Ferguson ausgegraben hatte. *Die Jungs aus dem Hauptquartier.* Ich zog sie wieder zurück. Nicht jetzt.

»Tut mir leid, dass ich gefragt hab«, sagte Kris und schenkte sich einen Asbach nach.

»Ist über zwanzig Jahre her.«

»Trotzdem. Aber danke, dass du es mir erzählt hast.« Kris sah tatsächlich etwas entspannter aus. Rührend, so viel Vertrauen. Leider auch ein potenzieller Karrierekiller.

»Weiß sonst noch jemand von alldem?«, fragte ich.

»Von Thea? Vielleicht hab ich mal erwähnt, dass es ihr nicht gutgeht, aber ... Wieso fragst du?«

»Es gibt Gerüchte, du willst das Dezernat verlassen.«

»Wer sagt das?« Kris klang alarmiert.

»Stimmt es denn?«

»Nein.« Ehrliche Überraschung.

»Dann sprich in Zukunft lieber mit mir, wenn du private Probleme hast, und nicht in der Kantine. Es gibt Kollegen hier, die hören sich deine Probleme gern an. Nichts ist ihnen lieber, als bestätigt zu bekommen, dass wir Frauen zu wenig belastbar sind für den Job.«

Kris sah aus, als hätte ich sie angeschossen. »Vielleicht bin ich das ja. In letzter Zeit denke ich ...«

»Bist du nicht.« Sagte ich streng. »Du hast nur zu viel um die Ohren. Wenn es Probleme wegen deiner Schwester gibt, komm damit bitte zu mir, wir finden eine Lösung. Und jetzt geh endlich nach Hause und schlaf ein paar Stunden.«

Kris lächelte matt. »Und wann schläfst du?«, fragte sie.

»Heute wahrscheinlich nicht mehr«, sagte ich, exte den Rest von meinem Asbach, stellte das Glas mit dem Coca-Cola-Schriftzug aus den 80ern zurück auf die Arbeitsfläche der Teeküche. Wir hatten sie bisher nicht verlassen.

»Wegen dem Fall?«, fragte Kris in einem Ton, der es bereits besser wusste. »Oder wegen deinem Bruder?«

»Wie kommst du auf den?«

Meine gespielte Verblüffung gefiel Kris. Impfte ihr genug Selbstvertrauen ein für ein schiefes Lächeln.

»Der sieht irgendwie aus wie einer, der gern Probleme macht.«

Ich schnaubte. Voll ins Schwarze.

»Macht er«, sagte ich. »Und dann löst er sie wieder für einen.«

4

»Steh auf, Pat. Nicht liegen bleiben.«

Robbies Stimme. Das Zischen von Kühlwasser auf einem heißen Motor, der tickt wie eine Zeitbombe.

»Komm, steh auf. Du musst. Du erfrierst sonst.«

Ich kann meinen Bruder hören, aber nichts tun. Überall nur Schmerzen, Schmerzen, Schmerzen. Sie scheinen mir von innen den Schädel sprengen zu wollen, werfen sich bei jedem Atemzug gegen meine Rippen.

Irgendwie schaffe ich es trotzdem, den Gurt zu lösen, mich aus dem Sitz zu winden und aus dem Panda zu krabbeln, der nach seinem Tanz auf der Straße und einem Überschlag die Böschung hinab nun im verschneiten Feld auf der Fahrerseite liegt.

Zunächst überstrahlt die Panik alles andere. Ob Robbie etwas passiert ist. Von wem die Blutspur im einzigen noch funktionierenden Scheinwerferlicht meines Autos stammt. Dann steht mein Bruder vor mir, unverletzt, mit großen Augen. Zeigt hinüber in das dunkle Wäldchen.

»Das Reh ist da rein. Wir müssen einen Jäger holen, damit es nicht leidet.«

Erst da entfacht sich mein Zorn. »Du bist Schuld. Du mit deiner Scheißmusik. Loser!«

Ich folge der Blutspur ein paar Schritte, lasse mich dann in die feuchte Kälte sinken. Liegen bleiben, Wange an Schnee und schlafen, nur schlafen. Dann die grelle Panik, die sich in die stumpfe Realitätsflucht mischt: Wenn die Polizei kommt, dann ist alles vorbei.

Mein Plan vom neuen Leben – aus der Kurve geschleudert wie mein Panda, reif für den Gnadenschuss wie das Reh. Welche Chancen hat man in der Polizeischule mit einer Strafanzeige wegen Trunkenheit am Steuer? Wenn man ein unschuldiges Tier angefahren und dem Tod geweiht hat? *Zero, yessir.*

So rede und zittere und weine ich, während Robbie mich zu beruhigen und zu wärmen versucht. Robbie stellt das Warndreieck auf, winkt das nächstbeste Auto heran. Sagt zu mir: »Du kannst dich an nichts erinnern, Pat.«

Kann ich aber.

Dann die Lichter des Streifenwagens. Zwei junge Schupos, einer noch mit Pickeln. Das Gesetz. Die Herren über mein Schicksal.

Einer schreibt mit dem ganzen Gewicht kürzlich erworbener Autorität, während Robbie im Kaleidoskop der Lichtsirene steht, den Kopf gesenkt, in meine Richtung zeigt und erklärt und erklärt, während die Schritte des anderen in Richtung Wäldchen knirschen, das Licht seiner Taschenlampe hüpft über den harschen Schnee. Ich warte auf den Schuss.

Du kannst dich an nichts erinnern, Pat.

Und als mich schließlich der mit den Pickeln fragt, ob ich die Aussage meines Bruders Robert bestätigen kann, dass er den Wagen gefahren habe, weil ich zu betrunken dazu gewesen sei, und er den Unfall verursacht habe, weil er am Radio herumgedreht und das Reh übersehen habe, sage ich: »Ich kann mich an nichts erinnern.«

Der mit den Pickeln verzieht den Mund und schreibt mit. Lässt mich meinen Namen darunter setzen und schickt mich zum Krankenwagen. Hinaus in mein neues Leben, in die Polizeischule.

Robbie kassiert eine Anzeige wegen Fahrens ohne Führerschein unter dem Einfluss halluzinogener Substanzen. Wird von der Familie geächtet. Geht wie prophezeit nie wieder zurück zur Schule. Führt unser altes Leben weiter.

»Ist doch alles schon lang Schnee von gestern und vergessen«, wird er später manchmal sagen, wenn ich ihn darauf anspreche.

Aber ich kann mich erinnern. Ich erinnere mich jeden Tag.

Freitag, 10. November

Between angels and ropes babe what would you choose?
As you kick the dust from your perfect shoes

Tom McRae; »Karaoke Soul«

Judith, am Morgen

Heute ist ein guter Morgen. Eiskalt, sonnig, klar. Es ist ein bisschen so wie in ihrem Kopf. Der Streit gestern Nachmittag war schmerzhaft. Die Erkenntnis, dass Steve ein noch größerer Feigling ist, als sie angenommen hat. Dass er Fiona ebenso hingehalten hat wie sie. Doch jetzt weiß Fiona wenigstens Bescheid. Über alles. Als Judith ihr gestern reinen Wein eingeschenkt hat – über das Baby, über die Abtreibung –, war Fionas Gesicht in Schock erstarrt. Als hätte sie schon vieles geahnt, und doch nicht genug. Sie tut Judith irgendwie leid. Wer so naiv ist, hat im Leben noch viele Enttäuschungen vor sich. Zumindest kann sie sich jetzt entscheiden, ob sie weiterhin bei Steve bleiben oder sich eingestehen will, dass sie mit ihm auf das falsche Pferd gesetzt hat.

Judith jedenfalls hat ihre Entscheidung getroffen heute Nacht. Vielleicht sogar schon in der Nacht, als sie Steve umarmt und geküsst hat im Shamrockers, in dem kleinen Innenhof, in dem die Mitarbeiter rauchen, wo die Mülltonnen stehen, die Getränke-Kegs und Gaskartuschen für die Zapfanlagen und sich das Johlen des Publikums beim Karaoke durch die angelehnte Tür presst. Steves leicht verschwitzte Ausdünstung, die sie an gerösteten Sesam erinnert, seine Lippen, der kühle Kontrast zu seiner behutsam tastenden Zunge. Alles wie immer, aber es spendete ihr keine Wärme mehr, konnte die Routine seiner Zärtlichkeiten nicht mehr überdecken.

Sein mechanisch dargebotener Trost machte sie nur traurig und rastlos und verschärfte die bis dahin vage Erkenntnis, dass sie ihm nichts mehr bedeutete, dass er sie eigentlich nur noch loswerden wollte, so schnell wie möglich. Dabei –

wie paradox – ist er seit dem Abend netter zu ihr. Gestern, als sie sich über die rostige Kurbel und das ständige Quietschen beim Treten beschwert hat, hat er ihr sogar versprochen, sich um ihr Fahrrad zu kümmern.

Vielleicht auch gar nicht so paradox, denkt sie jetzt, während sie ihr Fahrrad entsperrt und aus dem Unterstand zieht, sich die Stöpsel ihrer Kopfhörer in die Ohren steckt, sondern nur Teil einer Strategie, eines Plans.

Die Silberlinge dafür, dass sie gelogen hat für ihn. Oder noch schlimmer: weil Steve vielleicht wirklich etwas mit dem Tod von Donal McFadden zu tun hatte? Was, wenn Fee ihn zu einer Dummheit angestiftet hat? Und jetzt suchen sie nach einem Ausweg? Wie hat sie seine Version der Ereignisse einfach so glauben können?

Sie hat das Shamrockers noch vor der Sperrstunde verlassen. Steve hätte weiß Gott was treiben können in den eineinhalb Stunden zwischen Dienstschluss und zuhause. Wenn er mal auf ein Bier geht danach, dann ist er normalerweise nur selten allein. Und die dumme Judith? Hat ihm die Stange gehalten. Ihre Unbescholtenheit aufs Spiel gesetzt, vielleicht ihre ganze Zukunft, und wofür?

Ein Gedanke, der sie schockierenderweise erst seit Mittwoch heimsucht. Seit dem Anblick der blassen Kommissarin mit den dunklen Haaren, den Augenringen und dem Zarenmantel an der Pforte vom Hort und ihrer Kollegin. Deren etwas ungeschlachte Gutmütigkeit erinnerte Judith an die Ritterin Brienne aus *Game of Thrones*. Leider blieb davon während des Gesprächs nicht viel übrig. Sie hielt vorwiegend den Kopf gesenkt und schrieb, während Judith schutzlos im Fokus der spöttischen Katzenaugen dieser Kommissarin brutzelte.

Das amüsierte Lächeln, das deren sachlichen Ton begleitete, verfolgt sie seitdem in den Schlaf. Ihr Urteil über Judiths

Beziehung zu Steve unausgesprochen, aber vernichtend: Dumme Gans. Opferst dein Herz, dein ungeborenes Kind, dein Leben einem Mann, der es nicht wert ist, anstatt das Weite zu suchen, so schnell du kannst.

Oder hat sie sich verlesen im Gesicht der Kommissarin? Es spielt keine Rolle, denn noch immer steigt ihr die Hitze ins Gesicht, wenn sie daran denkt, wie offensichtlich sie von Steve ferngesteuert worden ist.

Sie tritt stärker in die Pedale, lässt sich Beschämung und irrationale Angst vom Fahrtwind wegkühlen. Die Pedale drehen sich erstaunlich leicht heute. Steve hat sein Versprechen gehalten, schon erstaunlich.

Die frostige Morgenluft prickelt und sticht auf ihrer Haut. Sie schließt kurz die Augen, überlässt sich ganz der Musik. Drei Songs, dann will sie im Hort sein. Drei Songs für die übliche Route über Birkerstraße, Therese-Danner-Platz, dann durch den Verkehr *from hell* an der Auffahrt zur Donnersberger Brücke und rüber zur Landsberger, Zielgerade zum Gollierplatz. Es gibt keinen Grund für die Zahl drei. Keinen außer ihrem Ehrgeiz. So war sie schon immer, hat sich selbst erfundene Challenges gesetzt. Luft anhalten bis zur nächsten Straßenecke. Bis zum Supermarkt fahren, ohne anzuhalten. Unsinnig, das weiß sie, und vielleicht verantwortungslos. Aber aufregend. Wahrscheinlich war es das, was sie so lange an Steve gefesselt hat. Das Versprechen auf Schwierigkeiten, Adrenalin.

Vergangenheit, denkt sie, biegt ein in das Balkon-Kolosseum rund um den Therese-Danner-Platz, während sich Nathaniel Rateliff an ihren Trommelfellen reibt. »Wasting Time«, das passt. Steves Musikempfehlungen wird sie am meisten vermissen. Aber wofür gibt's Spotify?

Sie lacht unwillkürlich, fährt durch ihre eigene Atemwolke, während eine Welle der Euphorie in ihrer Brust anschwillt, klingelt und umrundet elegant eine Frau mit ihrer Promenadenmischung, lacht noch einmal, als Fragmente von deren Empörung zu ihr durchdringen.

Gehsteig ... Frechheit ... gemeingefährlich ... Das Übliche.

Und schon sind beide wieder verschwunden, und sie biegt um die Ecke in die Arnulfstraße ein.

Song zwei ist »Break on Through« von den Doors. Die Challenge wird größer, er dauert nur knapp zweieinhalb Minuten. Aber sie hat heute das Glück auf ihrer Seite, noch ist nicht viel los, der Freitag noch nicht richtig in die Gänge gekommen, schon gar nicht hier, wo so viele Leute in der IT-Branche arbeiten. Und es ist kalt. Die Fahrradspur ist kaum befahren, während die Autokolonne schon zurück bis zur Hackerbrücke reicht.

Judith radelt gegen die Kälte an. Gegen die Zeit, denn die Ampel an der Donnersberger schaltet schon um auf Orange, und die Rotphase hier ist endlos, es wird sie möglicherweise die ganze Challenge kosten.

Sie gibt alles und schafft es auch fast, doch da ist diese Tussi mit dem Kinderanhänger, natürlich gefüllt mit in Watte gepacktem Inhalt, die schon langsamer wird, ganz brav, man will ja Vorbild sein.

Judith klingelt sie zur Seite, doch die Ampel zeigt schon rot, und die ersten Fahrzeuge fahren in die Kreuzung, verdammter Mist.

Sie betätigt die Bremse und will demonstrativ vor der Tussi zum Stehen kommen, doch sie zieht an ihr samt Kinderanhänger vorüber, einfach so, zu schnell, um ihr Gesicht zu erkennen.

Was zum ...?

Judith zieht stärker am Bremshebel, doch da passiert nichts, kein Schleifen, kein Widerstand. Schon ist sie mitten auf der Kreuzung. Die Bremsen – warum funktionieren die nicht?

Fürs Fallenlassen ist es zu spät. Ein LKW von links biegt mit Schwung auf die Landshuter ab, eine Fahrerin, wie ungewöhnlich. Judith sieht noch den Pappbecher an ihren Lippen, bevor das Quietschen der Bremsen einsetzt und das Hupen, eine Wand aus Blech, der Chromgrill, der auf sie zusaust. Sie reißt das Lenkrad noch nach rechts, doch der Chromgrill ist schneller und nimmt Judith mit sich in die Dunkelheit.

In der Familienhölle

1

Wir trafen Siobhan McFadden um halb elf vor ihrem Budget-Hotel in der Tübinger Straße, wo sie Kris und mich mit einer fast fertig gerauchten Zigarette zwischen den Fingern und einem kurzen Kopfnicken empfing. Die Zeit war seit dem Verschwinden ihres Bruders grob umgegangen mit ihr. Hatte die wilde Emotionalität in ihrem Blick abgestumpft, die Entschlossenheit aus ihr gesaugt, ihre Wangenknochen spitzer werden lassen. Den Rest erledigte das Energiesparlicht in der Lobby. Nur ihre silbernen Haare glänzten unerschrocken wie frisch geföhnt.

Aber wer von uns beiden konnte sich ein Urteil über ihr Äußeres erlauben? Kris sah aus wie zu heiß getrocknet, und mein eigener Anblick im Badezimmerspiegel heute Morgen hatte mir einen ziemlichen Schreck eingejagt. Kein Wunder nach maximal zwei Stunden Schlaf, oder besser: Dahindriften knapp unter der Oberfläche meines Bewusstseins – die abgeschabte Ledercouch in Stefans Büro war schön anzusehen, aber eine Zumutung für bald vierzigjährige Rücken.

Bei meiner Rückkehr aus dem Büro hatte ich mich trotzdem dafür entschieden. Das Präsidium war als Schlafstätte keine Option – zu viel Gerede. Neben Stefan, der während meiner Abwesenheit in unser Schlafzimmer zurückgekehrt war, hätte ich niemals Ruhe gefunden – zu viele Schuldgefühle. Die Wohnzimmercouch hatte ich nicht belegen wollen – falls Robbie doch zurückkehrte. Manchmal fehlen mir die Worte über mich.

Dir ist nicht zu helfen. Das Urteil hatte Stefan schon oft über mich gefällt. Heute Morgen, bei unserer fliegenden Begegnung an der Kaffeemaschine, er im Schlaf-Shirt, ich im Wintermantel, hatte er nicht einmal mehr seinen liebsten Tadel für mich übriggehabt. Mich bloß mit aschenem Blick über seine Tasse hinweg gemustert.

»Hast du Bereitschaft am Wochenende?«
»Nein.«
»Gut.«
»Ja ...«
»Dann sprechen wir mal über alles.«
»Ja.«
»Na dann ...«
»Hab einen schönen Tag.«
»Danke.«
»Bis später.«
»Ja, bis dann.«
Ein Dialog aus der Hölle.

»Mein Flug nach Dublin geht in drei Stunden. Werde ich das schaffen?« Siobhan McFadden betrachtete den blutroten Rollkoffer neben sich. Dann mich und Kris. Ihre einzige Sorge schien den unversorgten Gästen des McFadden Inn zu gelten.

»Wir werden es kurzmachen«, versprach Kris.
»Kommt drauf an«, sagte ich.

Die verwinkelte Hotellobby war leer und überheizt, die Rezeptionistin im Hinterzimmer beschäftigt, die Glastür zum Frühstücksraum noch geschlossen. Siobhan McFadden ging voran, ließ sich seufzend auf einer grasgrünen Sitzgruppe auf dünnen Holzbeinen nieder. Dahinter Fototapete mit dem üblichen Wiesn-Kitsch aus Kettenkarussell und fliegenden Lebkuchenherzen.

Sie lehnte sich mit einer jovialen Dominanz zurück, die ich sonst nur von Konstantin oder anderen Karrieristen kannte, und verschränkte die Hände über ihrem Knie. Rentiere und Schneeflocken auf ihrem Pullover, Frost in ihrer Stimme. Passend zum kitschigen Hintergrund. Fernab jeglicher Realität.

»Wie kann ich Ihnen helfen?«, fragte sie.

»Am besten mit einem Fingerabdruck und einer Speichelprobe«, sagte ich. Hörte Kris neben mir Luft einsaugen. Beobachtete, wie Siobhan McFadden steifer wurde als vorher, nur einen Augenblick lang. Dann fing sie sich wieder.

»Weil Sie mich verdächtigen?«

»Weil wir Sie als Verdächtige endgültig ausschließen wollen.«

Ein Pfeifen entwich ihrer Nase. Schweigend sah sie ins Nichts, während sie ihre Optionen erwog. »Bin ich dazu verpflichtet?«

Nicht schlecht. Das fragten die wenigsten, schon allein aus Angst, schuldig zu wirken – was Siobhan McFaddens letzte Sorge zu sein schien.

»Nein. Aber es würde uns allen Zeit sparen.«

Die Andeutung eines Lächelns. »Im Gegenteil. Eigentlich sollten Sie sich gerade mit meiner Schwägerin unterhalten. Oder mit diesem Whelan.«

Ich blieb stumm. Wartete, bis sich Unbehagen bei ihr einstellte.

»Was wollen Sie von mir wissen?«

»All das, was Sie bisher verheimlicht haben.«

Ihre akribisch gezupften Augenbrauen hoben sich zu einem fragenden Dach, zogen ihre Mundwinkel mit sich. Siobhan McFadden, Meisterin des zornigen Lächelns, forderte eine Erklärung von mir.

Konnte sie haben. Mein Inneres war wundgescheuert vom Schlafmangel, Stefans gerundeten Schultern und Robbies Verschwinden. Wollte mehr davon, Schmerz mit noch mehr

Schmerz bekämpfen. In Siobhan erkannte ich eine ähnliche Sehnsucht.

»Nachbarn Ihrer Vermieterin haben am Abend vor Donals Tod einen heftigen Wortwechsel in Ihrer Wohnung mitangehört«, sagte ich. »Noch bevor er die Wohnung verlassen hat, um Fiona zu treffen.«

»Na und?« Sie gab sich keine Mühe zu leugnen, beugte sich zu mir vor, schloss mich ein in eine Wolke ihres Kettenraucheraromas. »Die Leute hier ziehen gern vorschnelle Schlüsse.« Sie wies mit dem Kopf in Richtung Fenster, betrachtete dann die Hände über ihrem Knie. Eine sehnige Verbindung aus Haut und Knochen. Schmucklos. »Vielleicht haben Donal und ich uns gestritten, ja. Wir sind uns nicht immer einig, was das Inn angeht. Und wir sind beide ziemlich impulsiv. Da kann es manchmal lauter werden.«

»Wie sieht es aus mit Handgreiflichkeiten? Oder Bierflaschen?«

»Bierflaschen«, wiederholte sie, wie eine schlechte Pointe.

»Teile davon. Unter dem Bett in Ihrer Unterkunft. Unser Labor konnte die Blutspuren daran Ihrem Bruder zuordnen.«

»Wahrscheinlich hat er sich geschnitten. Donal war ein Tollpatsch. Immer schon.« Diesen Satz hatte sie vorbereitet, nur die Verachtung darin war spontan.

»Die zugehörige Wunde war aber an seinem Kopf«, sagte ich. »Jemand anderer muss sie ihm beigebracht haben. Die Fingerabdrücke auf dem Glas sind nicht von ihm und auch nicht in unserem System.«

Siobhan McFaddens überschlagenes Bein begann zu wippen. Endlich. Der erste Sprung in ihrem Panzer. Sie setzte das Bein abrupt auf den Boden, öffnete den Mund. Ich war schneller.

»Bevor Sie uns wieder an Ihre Schwägerin oder Steve Whelan verweisen: Die Fingerabdrücke der beiden liegen uns vor.«

Kris räusperte sich und rutschte nervös in ihrem Sitz hin und her. Die Anstandsdame. Die Abdrücke lagen uns tatsächlich vor, aber die Ergebnisse des Abgleichs mit der AFIS-Datenbank kamen erst heute Vormittag. Wusste ich auch, aber wir hatten höchstens noch eine Stunde mit Siobhan McFadden, bevor wir sie nach Irland würden ziehen lassen müssen. Dann würde alles kompliziert. Wenn wir sie zum Sprechen bringen wollten, mussten wir ihr Herz treffen und ihre Nieren. Da halfen keine Skrupel.

»Was uns außerdem vorliegt, ist die Information, dass Donal Sie mit einem ziemlich miesen Trick um Ihren rechtmäßigen Anteil am McFadden Inn betrogen hat. Stimmt das?«

Siobhan sagte nichts. Ihr burgunderroter Strichmund verschwand kurz zwischen ihren Zähnen.

»Seine Heirat mit Fee hat er dazu genutzt, ihren Eltern einzureden, dass die Nachfolge für das Inn zu seinen Gunsten geregelt wird.«

»Hat Fee Ihnen das erzählt?« Siobhan schlug das rechte Bein über das linke, als wollte sie es dadurch ruhig halten. Funktionierte bedingt. Ihre Anspannung wich aus in den Zeigefinger.

Tack, tack, tack.

»Ihre Eltern haben es uns bestätigt«, warf Kris fast entschuldigend ein, kassierte trotzdem einen Hitzeblick.

»Meine Eltern haben genug zu kämpfen. Es ist nicht nötig, sie weiter zu quälen.«

»Dann erlösen Sie Ihre Eltern und uns, Siobhan«, sagte ich. »Stammt Donals Verletzung von Ihnen? Haben Sie sich so sehr gestritten, dass Sie sich vergessen haben? Haben Sie ihm eins übergezogen?«

Siobhan McFadden antwortete nicht. Betrachtete ihren verräterischen Zeigefinger mit Abscheu, brachte ihn zum Schweigen. Sekunden später begann ihr Bein wieder auf und ab zu wippen.

»Ach kommen Sie, Siobhan.« Ich beugte mich weiter zu ihr rüber. Nah genug, um das nervöse Zucken um ihr linkes Auge zu bemerken. »Brüder sind manchmal Arschlöcher. Ich muss es wissen, ich hab drei davon. Alle jünger.«

Du weißt nichts, ließ mich Siobhan McFadden stumm wissen. Ein Fortschritt. Sie sah mich immerhin an. Weitermachen.

»Einer von ihnen taucht grundsätzlich nur dann in meinem Leben auf, wenn es darin was zu ruinieren gibt. Sehen Sie meine Augenringe? An denen ist Robbie Schuld.«

Keine Ahnung, welcher Teufel mich da gerade ritt, einer Zeugin und möglichen Täterin so etwas zu erzählen. Kris warf mir eine Reihe rascher Seitenblicke zu. Warnend? Erstaunt? Egal, mich interessierte, was in Siobhan McFadden vorging.

»Und wissen Sie was? Anstatt ihm Bescheid zu sagen, lasse ich mir noch immer von ihm einreden, irgendwie doch die Verantwortung für ihn zu tragen, egal was er angestellt hat. Ein Mann Ende dreißig. Was sagt man dazu?«

Siobhan McFadden rührte sich nicht, schaute nicht weg. Nur ihr Augenlid zuckte weiter. Dann sagte sie langsam: »Jeder hat seine Rolle.« Ihre Kehle ein Steilhang, über den sich Worte nach oben kämpften, nach dem ersten Satz wieder stecken blieben.

»Welche Rolle haben Sie, Siobhan?«

Sie zog eine Grimasse – kein Humor, dafür viel Galle. »Die der Bösen natürlich. Genau wie Sie, Detective.« Sie zwinkerte mir zu, oder vielleicht zuckte auch nur ihr Augenlid besonders heftig. Dann kappte sie die zaghafte Verbindung, die da zwischen uns entstanden war, stellte beide Beine auf den Boden und richtete sich kerzengerade auf. Ihr Blick auf einmal kalkulierend, kalt.«Ihre Geschichte klang sehr rührend. Haben Sie sich die extra für mich ausgedacht, oder erzählen Sie solche Sachen allen Leuten, die Sie des Mordes verdächtigen?«

Ich grinste wider Willen. War diese Frau zu fassen? »Im Gegenteil, Siobhan. So ehrlich wie mit Ihnen war ich noch nie. Meine Kollegin kann Ihnen das bestätigen.«

Ich sah zu Kris hinüber, die bloß ratlos lächelte. Improvisieren war nicht ihr Ding. Zu viel Angst vor Fehlern. Wahrscheinlich hätte mir ein bisschen mehr dieser Einstellung auch gutgetan, wenn man meine Sackgasse von Karriere bedenkt. Stattdessen sagte ich:»Und wenn nicht die Kollegin, dann eben mein Mann.«

Siobhan McFadden gab einen Ton von sich, als würde sie Schluckauf unterdrücken. Noch einmal. War das etwa ein Lachen?

»Man merkt, dass Sie halbe Irin sind, Detective«, sagte sie, müde Anerkennung in der Stimme. »Geschichten und Ausreden, unsere großen Stärken.« Sie kramte in ihrer Umhängetasche, die zusammengesunken neben ihr auf der Couch stand, holte das blaue Feuerzeug hervor, das sie schon bei unserer ersten Begegnung am Dienstag malträtiert hatte, umfasste es mit beiden Händen, als wollte sie es wärmen.

»Wollen Sie nach draußen gehen und eine rauchen?«, fragte ich.

»Können Sie Gift drauf nehmen«, schnaubte sie. »Aber zuerst will ich Ihnen was erzählen. Über den Abend, bevor Donal verschwunden ist.«

2

Wir haben euch genau gleich lieb. Einer dieser typischen Sprüche von Eltern mit mehr als einem Kind. Vielleicht glauben sie es sogar. Das schlechte Gewissen, der gesellschaftliche Druck, die Furcht, seelische Schäden zu verursachen, warum auch immer.

Mary und Declan McFadden hielten von solchen Scheinheiligkeiten offenbar nicht viel. Ihre Tochter Siobhan wurde geboren, weil sich eine Menge Umstände unglücklich verkettet hatten. Erzählten sie immer wieder. Sowohl Verhütung als auch Abtreibung waren Todsünden im damaligen Irland. Declan waren die illegal besorgten Kondome ausgegangen, und als das Malheur offensichtlich wurde und eine Woche lang alle Fähren nach England wegen Sturms ausfielen, verpassten sie die Frist für die Abtreibung. Pech. Es folgten eine überstürzte Hochzeit mit zweiundzwanzig und das ersatzlose Streichen hochfliegender Zukunftspläne. Anstatt wie erträumt eine Karriere in einer internationalen Hotelkette anzustreben, hatte Declan im Pub seines Vaters zu arbeiten begonnen und dem Rest seiner Geschwister beim Auswandern zugesehen, während sich Mary nach einer höllischen Geburt um die kleine, zornige und immerzu schreiende Siobhan kümmerte und ihrem sorglosen Leben nachtrauerte.

Erst nach zehn Jahren waren die McFaddens wieder bereit für ein weiteres Kind, und als nach drei Jahren bangen Wartens schließlich Donal in die Welt schlüpfte, stromlinienförmig und mühelos wie ein Otterbaby, verbreiteten seine dunklen Knopfaugen und das Lächeln mit tausend Grübchen nichts als Entzücken.

Auch bei Siobhan. Sie spielte eifrig Ersatzmutter für den kleinen Bruder, damit ein wenig von seinem Glanz auf sie abfallen möge. Es klappte, und sie wurde viel gelobt für ihren

Einsatz. Als sie dann noch ihre ganze Energie beim Inn einbrachte, während Donal vor allem durch fehlende schulische Ambitionen und großspuriges Benehmen auffiel, schien sich das Wohlwollen der Eltern zu ihren Gunsten zu verschieben. Erst als Donal nach dem Schulabschluss sofort bei McFadden's einstieg und begann, sich als Juniorchef zu produzieren, kippte die Stimmung.

Streit folgte auf Streit. Donal hatte wenig Ahnung, aber viel Meinung. Er gab Siobhans Ideen nonchalant als seine eigenen aus. Außerdem hatte er eine große Fangemeinde unter den Stammgästen, mit denen er regelmäßig weit über die Sperrstunde hinaus am Tresen hockte und sie alle in Grund und Boden soff. Gegen sein Selbstbewusstsein stand Siobhan mit ihrem schwer kontrollierbaren Zorn auf verlorenem Posten.

Ihre Eltern liebten sie zwar für alles, was sie tat und einbrachte, doch Donal vergötterten sie – einfach so. Redeten sich seinen zunehmenden Alkoholkonsum schön und das unberechenbare Verhalten, das damit einherging.

»Dass er zu immer weniger zu gebrauchen war, war mir eigentlich sogar recht«, sagte Siobhan langsam. Starrte auf ihren Daumen, der fortwährend am Reibrad ihres Feuerzeugs drehte, seit sie ihren Monolog begonnen hatte. Weder ich noch Kris noch der inzwischen einsetzende Vormittagsbetrieb im Hotel, das stetige Eintröpfeln von Gästen an der Rezeption, schienen für sie zu existieren. Nur ihre Geschichte.

»Donal konnte Hof halten und die Leute zum Trinken animieren und ich in Ruhe an meinen Plänen für das McFaddens arbeiten.« Sie leistete sich ein stolzes Lächeln.

Aus dem alteingesessenen Pub wurde über die Jahre ein Inn mit fünf hochwertigen Gästezimmern und gutem Essen. Alles lief bestens, der irische Boom boomte, der Traum des McFadden's Inn lebte.

»Ich hab mir schon mit siebzehn immer dieses Foto über unserem Whiskey-Regal vorgestellt. Siobhan McFadden, Inhaberin. Können Sie ruhig drüber lachen, Detective. Donal hat's auch getan.«

Niemand lachte. Auch nicht, als sie den Blick hob, ihn pendeln ließ zwischen Kris und mir auf der Suche nach einer Bestätigung dafür, dass die Welt immer gegen Siobhan McFadden war.

Als 2008 schließlich die Krise über alle hereinstürzte, begannen auch ihre Lebenspläne zu bröseln. Ihre langjährige Beziehung mit einem Lehrer aus Bray scheiterte, eine neue kam nicht in Sicht. Plötzlich war sie die »Single-Frau Ende dreißig«, ausgesetzt dem Kreuzfeuer indiskreter Fragen und ungefragter Ratschläge, den mitleidigen Blicken.

»Am schlimmsten waren die Typen, die ich abgewiesen habe. Glaubten, sie täten mir einen Gefallen mit ihrer Anmache«, lachte sie, schüttelte ihre silbernen Haare, die stark und widerspenstig und faszinierend waren wie sie selbst. »Mir hat es nie was ausgemacht, allein zu sein. Ich mag meine Arbeit und mein Leben. Was soll ich mit Typen, die Frauen anstrengend finden, sobald die mehr anhaben als einen Bikini oder – Jesus – eine eigene Meinung haben? Nein danke, dann lieber fünfzehn Katzen.«

Sie lachte noch einmal auf ihre seltsam amputierte Weise, fixierte dann wieder ihr Feuerzeug.

»Ich habe mich zu sicher gefühlt. Ich dachte, meine Leistung allein reicht. Aber meine Eltern haben sich zu lange diesen Mist von den Pfaffen angehört. Nur eine verheiratete Frau wäre etwas wert. Eine, die Kinder kriegt.«

Worte, ausgestreut wie Legosteine. Eine Einladung, darauf zu treten, sich an ihnen zu verletzen. Ich atmete ein, atmete aus.

»Und dann kam Donal mit seiner jungen Frau und hat Ihren Eltern einen Nachfolger versprochen?«

Siobhan McFadden zischte schwach. »Ganz so simpel war's nicht. Die Krise hat uns fast umgebracht. Wir mussten Angestellte entlassen, die schon lange bei uns waren, weil wir plötzlich nur noch die Hälfte einnahmen. Viele unserer Stammkunden ließen anschreiben und bezahlten dann nicht.«

So wie Barry Whelan. Ich konnte denselben Gedanken auf Kris' Gesicht lesen. Wir behielten ihn beide für uns.

»Damals hat sich auch Donal zusammengerissen und mit dem Trinken aufgehört. Ich nehme an wegen Fee. Er war, wie schon gesagt, verrückt nach ihr.« Sie konnte sich ein Augenrollen nicht verkneifen. »Aber sie hatte damals guten Einfluss auf ihn. Als die beiden verkündeten, dass sie heiraten, fand ich das anfangs gut. Aber dann hieß es nach der Hochzeit plötzlich, das Inn brauche jetzt Nachfolger, die das ganze in die nächste Generation tragen. Und eines Tages, kurz vor der Hochzeit, haben die Eltern uns vor vollendete Tatsachen gestellt. Oder zumindest mich. Donal sah weniger überrascht aus. Natürlich hat er nie zugegeben, dass er meinen Eltern diese Entscheidung eingeredet hat. Aber sogar die Worte, die sie verwendet haben, klangen nach ihm. Meine Eltern konnten mir wochenlang nicht in die Augen schauen.«

Siobhan McFadden ließ dieses Familienglück auf uns wirken, brachte eine Wasserflasche aus ihrer Tasche zum Vorschein. Trank geräuschvoll und rollte die Flasche danach zwischen ihren Händen.

Sie öffnete gerade wieder den Mund, als Kris' Handy zum Leben erwachte. Nicht aufhörte zu brummen.

»'tschuldigung«, sagte sie und holte es aus ihrer Fleecejacke hervor. Studierte das Display mit gerunzelter Stirn, bis ich ihr einen eindeutigen Blick zuwarf.

Kris verschwand pflichtschuldig nach draußen, ließ mich mit Siobhan zurück, die aussah, als würde sie gerade aus einer Hypnose erwachen. Sich fragen, was sie da erzählte. Bloß nicht.

»Das muss sehr schlimm für Sie gewesen sein, Siobhan.«

Sie runzelte die Stirn. Mitgefühl fand sie wohl abstoßend.

»Ich an Ihrer Stelle hätte wahrscheinlich alles hingeschmissen und Donal den Karren allein aus dem Dreck ziehen lassen.«

Das gefiel ihr schon besser. »Hätte ich gern, glauben Sie mir, Detective. Aber 2012 war Irland in der Depression. Wer konnte, suchte das Weite. Natürlich, ich hätte nach Australien gehen können oder nach Kanada. Mich anstellen lassen. Aber dafür«, sie schmunzelte, »eigne ich mich nicht so gut.« Dann erstickte Traurigkeit den zaghaften Humor. »Vielleicht war ich auch zu feige, alles hinter mir zu lassen. Ich war auch schon vierzig.«

»Da ist das Leben noch nicht vorbei«, sagte ich, überzeugte damit weder mich selbst noch Siobhan.

»Mein Leben steckt in diesem verdammten Inn«, sagte sie nachdrücklich. »Donal hätte es gegen die Wand gefahren. Ich konnte das nicht hinnehmen. Das Inn ist alles, was mal von mir bleiben wird, verstehen Sie?«

Sie fragte es, ohne auf Verständnis zu hoffen. Doch ich verstand nur zu gut.

»Ich habe Donal weiß Gott oft den Tod gewünscht die letzten Jahre über. Einen Herzinfarkt oder einen Autounfall vielleicht. Aber nicht so ... schrecklich. Ertrinken. Das verdient kein Mensch.«

Ihr Blick flackerte immer wieder über meine Schulter zu Kris, die ein paar Meter entfernt Unverständliches in ihr Telefon murmelte. Klang irgendwie dringend, nach mit Mühe unterdrückter Aufregung. Unsere Zeit hier lief ab. Ich spürte es.

Studierte die strenge Schönheit von Donal McFaddens Schwester, die vielen Linien um die Lippen, den bemerkenswerten Mangel an Fältchen um die Augen – nichts zu lachen.

»Eine Bierflasche gegen den Kopf hätte zum selben Ergebnis führen können, Siobhan.«

Sie sah mich ausdruckslos an. Saugte wieder ihre Lippen ein. Begann rascher zu blinzeln.

»Sie hatten jeden Grund, wütend auf ihn zu sein, schon seit Jahren. Was hat er getan an dem Abend? Wurde er gewalttätig? Hat er Sie angegriffen?«

Sie sah zur Decke, fand auch da oben keine Erklärung. Sie hob die Schultern, ihre Stimme plötzlich belegt. »Ich ... keine Ahnung. Eigentlich nichts anderes als sonst. Wir waren auf der Weinmesse, und er hatte viel zu viel getrunken. Ich hab begonnen, meinen Koffer zu packen. Er lag nur rum, und als ich ihn drauf anspreche, meint er, er holt sich heute Fee zurück. Ich soll nicht auf ihn warten, er bleibt länger und nimmt zwei Tage Urlaub, einfach so.«

»Sie wussten nicht, dass er diesen Plan hatte?«

»Ich wusste, dass Fee in München ist, und Donal hat mir immer mal wieder von ihr vorgejammert, wenn er betrunken war. Aber wenn ich nachgefragt habe, wurde er aggressiv, also hab ich's gelassen. Dass es so konkret geplant war ... hab ich nicht geglaubt.« Sie klopfte sich schniefend die Manteltaschen ab, fand nichts und entschied, es bleiben zu lassen mit dem Weinen. »Ich stand mal wieder vor vollendeten Tatsachen. Er wollte für Fee Männchen machen, damit er das Inn allein behalten konnte. Wenn Fee zu ihm zurückgekommen wäre und er die Saulus-Paulus-Nummer durchgezogen hätte, hätte er meine Eltern sicher wieder rumgekriegt. Wenn Donal was nicht konnte, war es verlieren.« Ein verrottetes Schnauben. »Und als er da vor mir stand, in Schale geworfen, um eine Frau zurückzuholen die ihn mehrfach betrogen hat, nur um nicht mit mir teilen zu müssen, da wurde mir auf einmal alles zu viel, verstehen Sie? Ich ... ich hab ihn nur noch angebrüllt. Er hat mich am Anfang sogar noch beschwichtigen wollen, aber ich konnte nicht aufhören ... es war wie ... wie im Strahl kotzen.«

Ein Ruck ging durch ihren Oberkörper, als müsste sie sich tatsächlich übergeben. Sie schämte sich dafür, betrachtete ihre Hände im Schoß. Sie sah sehr verletzt aus und sehr schön.

»Es musste raus. Alles. Sachen, die ich noch nie zu ihm gesagt hatte. Gefiel ihm natürlich nicht, klar. Ich wäre selbst Schuld, ich hätte mich mehr wehren müssen, und ich wäre eine ...« Sie rieb sich die Stirn wie unter Schmerzen. Man soll nicht schlecht über die Toten sprechen. »Er hat eine Menge hässlicher Sachen gesagt, und, keine Ahnung, irgendwann hab ich die nächstbeste leere Bierflasche nach ihm geworfen, ohne lang nachzudenken und ...« Sie sah mich betroffen an. Verfiel in Schweigen.

»Was passierte dann?«, half ich leise nach, als sich das Schweigen immer weiter zwischen uns ausbreitete.

»Er taumelte ein bisschen, aber Donal ist eine ziemlich starke Natur. Und er ist recht langsam. Ich konnte mich noch rechtzeitig im Badezimmer einsperren, bevor er so richtig kapierte, was passiert ist.«

»Sie hatten Angst, dass er Ihnen was tut?«

Sie fand meine Frage sichtlich naiv, kräuselte ihre Lippen. Das Burgunderrot war kaum noch vorhanden.

»Ich hatte Angst, dass ich ihm noch mehr tue.« Siobhan lachte trocken, sah dann ins Leere. »Eine Weile ist er vor der Tür auf und ab getigert, hat mich beschimpft und mir gedroht, dass er mich rausschmeißt, aber irgendwann war es dann still. Wahrscheinlich hat er sich verarztet. Dann ist er aus dem Haus, und danach habe ich ihn nie wiedergesehen.«

»Was haben Sie gemacht?«

Wieder hob sie die Schultern. »Als ich rauskam, war die halbe Wohnung voll mit Blutspuren. Ich hab sie alle weggeputzt, damit wir keinen Ärger kriegen mit der Vermieterin, die hatte uns schon bei der Ankunft alle möglichen Sachen verboten. Ich hatte Angst, wir kriegen eine schlechte Bewertung als Gäste. Dann hab ich mich in meinem Zimmer eingeschlossen und eine Beruhigungspille genommen, damit ich schlafen kann. Als ich aufgestanden bin, war Donal nicht da, aber ich dachte, er wäre tatsächlich noch mit Fee unterwegs oder schon in ihrem Bett, was weiß ich. In dem Moment war es mir auch egal, ehrlich gesagt. Ich hatte nur Angst, dass er mich vielleicht doch endgültig rauskelt, was das Ende vom Inn gewesen wäre. Und jetzt«, sie sah wieder hinaus aus dem Fenster, »muss ich für immer damit leben, dass Donal keine hundert Meter von mir gestorben ist, und ich hab im Bett gelegen und ihn gehasst. Meinen einzigen Bruder.«

Noch einmal drängten Tränen an die Oberfläche. Wurden wieder zurückgedrängt.

»Aber zumindest Ihre rechtmäßige Hälfte am Inn werden Sie nun bekommen«, sagte ich.

Siobhan McFadden sah mich an. »Ja. Und die andere gehört dann Fee.«

»'tschuldigung.«

Kris war wieder aufgetaucht, außer Atem, warum auch immer. Ihre Nervosität trieb mich auf die Beine. Siobhan McFadden schoss mit der Energie eines Springteufels in die Höhe. Straffte die Schultern, ordnete sich die Haare, raffte mit vorgeschobenem Kinn ihre Sachen zusammen.

Trotz meiner gut eins siebzig muss sich Kris immer ein wenig zu mir runterbeugen, um diskret zu bleiben. »Es ist was passiert«, flüsterte sie, kaum waren wir außer Hörweite von Siobhan und Rezeptionistin. Ihr Gesicht etwas zu nah an meinem, ihr Atem der typische Polizistencocktail aus Mentos, Kaffee und zu viel Magensäure.

»Mit deiner Schwester?«

»Nein.« Kris wirkte erst irritiert, dann so gerührt, ich bereute meine Frage schon wieder.

»Also, was?«

»Judith Krings. Sie ist auf dem Weg zur Arbeit tödlich verunglückt.«

Übelkeit stieg in mir auf. »Wie …?«

»Anscheinend ist sie an der Ecke Arnulf und Donnersberger bei Rot in die Kreuzung eingefahren, und ein Laster hat sie erwischt. Der Kollege von der SchuPo hat ihren Perso ins System eingegeben und ist auf unsere Untersuchung …«

»Brauchen Sie mich noch?«

Siobhan McFadden stand bereits direkt hinter uns, hatte ihren Mantel zugeknöpft, den fast geräuschlos gleitenden Rollkoffer wie ein Gewehr bei Fuß. Auch ihr autoritärer Ton war zurück. Was auch immer in den letzten Minuten passiert war, es würde sich nicht wiederholen.

»Meinen Flug würde ich äußerst ungern verpassen.«

»Ihre Fingerabdrücke«, sagte ich nüchtern. »Und eine Speichelprobe. Danach fahren wir Sie gern mit Blaulicht vor den Terminal.«

Siobhan schüttelte den Kopf, verzog aber keine Miene. Nur um ihr Augenlid begann es wieder zu flackern. »Danke für das Angebot, Detective Logan. Aber Sie wissen jetzt alles, was ich weiß. Das mit Donals Verletzung tut mir leid, aber das letzte Mal, als ich ihn gesehen habe, war er äußerst lebendig, und er hat mich verabscheut. Warum er tot ist, kann ich Ihnen nicht sagen. Reden Sie mit Fee oder Steve. Oder vielleicht war es auch ein Unfall. Aber inzwischen kenne ich meine Rechte. Wenn

Sie noch immer einen berechtigten Verdacht gegen mich haben und ich dazu verpflichtet bin, mache ich alles, was Sie wollen. Wenn nicht, würde ich jetzt gerne mein Recht als Zeugin in Anspruch nehmen und gehen.«

Was für ein Vortrag. Kris schaute befremdet, geradezu konsterniert, als ich müde abwinkte und dieses seltsame Wesen wieder auf die Welt losließ. Ohne Fingerabdrücke, ohne Speichelprobe.

»Meinetwegen«, sagte ich zu Kris, während wir ihr nachsahen. »Sie war's sowieso nicht.«

3

Halb drei nachmittags. Tote Stunde im Besprechungsraum K11-6. Draußen kraftloses Sonnenlicht hinter blattlosen Bäumen. In meinem Rücken tickte die alte Heizung. Kollegen, die wie Anhängsel ihrer Kaffeetassen um den Tisch saßen.

Sogar Konstantin, sonst auch an Nachmittagen resch und frisch, wirkte äußerst gereizt. Während einer nach dem anderen sich durch die neuesten Entwicklungen seiner Fälle arbeitete, zupfte er ungeduldig an seinem Kapuzenpullover, durch den er an Freitagen immer die Slim-Cut-Hemden ersetzte. Widersprach, drängte, zweifelte an. Wer nicht schnell genug fertig war, wurde nach zehn Minuten abgewürgt.

Bei mir verließ ihn die Geduld schon nach fünf.

»Also gut, Rekapitulation: Siobhan McFadden hat drei Tonnen Gründe, ihren Bruder loszuwerden, hat kein Alibi, verweigert eine DNA-Musterentnahme, und wir winken ihr noch hinterher auf dem Weg ins Ausland, weil sie eine herzzerreißende Geschichte auf Lager hatte? Versteh ich das richtig?«

Neben mir rutschte Kris etwas tiefer in ihren Sitz, musterte ihren Schoß.

»Sie ist Zeugin«, sagte ich. »Wir können sie nicht zwingen.«

»Aber überzeugen.«

»Schade, dass du nicht mit dabei warst. Dann hätte sie sofort ein Geständnis abgelegt.«

Mehr Sarkasmus als uns guttat, vor allem nach unserem Gespräch gestern Abend. Aber was scherte mich ein beleidigter Konstantin, wenn mein Körper sich gerade wand und krümmte, um das Nest, das er über die letzten Wochen gebaut hatte und das leer geblieben war, wieder abzustoßen? Meine Bauchdecke spannte schmerzhaft. Es würde Blut geben. Viel Blut.

Irgendwo am Tisch schmunzelte jemand laut. Wahrscheinlich Reitsamer, der mich von schräg gegenüber musterte, die

Freude der Erwartung in den Augen. Showdowns zwischen Konstantin und mir genoss er besonders, am liebsten bei einer Tasse Kaffee.

»Siobhan McFadden ist keine Sympathieträgerin, aber ich glaube ihr.« Sachlich bleiben. Vielleicht half das. »Sie ist krankhaft besessen von diesem Inn. Ihren Bruder umzubringen hätte bedeutet, einen wichtigen Erfolgsfaktor des Ladens zu verlieren. Sie hatte ja schon ein schlechtes Gewissen wegen der Bierflasche.«

»Diese liebevolle Neckerei zwischen Geschwistern hat sie uns also verheimlicht, weil sie sich geschämt hat?«

»Davon gehe ich aus. Und natürlich hatte sie Angst, dass wir sie nun auch wegen Mordes verdächtigen.«

Konstantin sah mich aus schmalen Augen an. »Verständlich. Aber zum Glück hat uns dein Bauchgefühl ja das Gegenteil bewiesen.«

Wieder unterdrücktes Lachen. Diesmal nicht von Reitsamer. Ich hatte noch mehr Feinde als bisher angenommen. Meinetwegen. Sollten sie lachen.

»Außerdem hatte heute eine Zeugin in der Untersuchung einen tödlichen Fahrradunfall.«

»Ach.« Konstantins Augenbrauen hoben sich.

»Judith Krings, die Mitbewohnerin von Fiona McFadden und Steve Whelan. Auf dem Weg zu ihrem Arbeitsplatz ist sie heute aus ungeklärter Ursache bei Rot in die Kreuzung an der Unterführung Donnersberger eingefahren. Ein LKW konnte nicht mehr rechtzeitig bremsen. Sie kam noch ins Krankenhaus, aber nicht mehr zu Bewusstsein.«

Schmerzenslaute reihum. Konstantin rieb sich die Stirn. Sein Ehering war wieder da. Glänzte wie neu.

»Tragisch. Und was hat das mit uns zu tun?«

»Die SchuPos haben das Rad sichergestellt für den Gutachter von der Versicherung. Ich will, dass Sebi und die Königskinder sich das so schnell wie möglich ansehen.«

Konstantin widersprach nicht. Nickte nicht. Schaute mich nur an, als würde sich gerade ein lang gehegter Verdacht bestätigen: Die Logan, jetzt hat sie den Verstand verloren.

»Jemand hat nachgeholfen, sagst du?«

»Ich sage, wir sollten genauer hinsehen.«

»Das höre ich seit Dienstag von dir. Seitdem sind meines Wissens keinerlei verwertbare Erkenntnisse aufgetaucht, die auf was anderes als einen tragischen Unfall hindeuten.«

»Außer ein zweiter tragischer Unfall.«

Mein Chef schnaufte unwillig. »Sebi hat genug zu tun. Wenn er noch mehr Stunden in diese Untersuchung stecken soll, müssen wir ihm mehr bieten als Zufälle.«

Das erheiterte offenbar nicht nur eine Person am Tisch. Lediglich Reitsamer und Kris schauten ernst. Aber auch von ihnen kein Wort der Unterstützung. Schisser. Dann eben alleine.

»Wir haben Pech gehabt bisher in diesem Fall, das geb ich zu. Wir haben so gut wie nichts in der Hand. Aber zu viel passt hier nicht zusammen. Zu viele Beteiligte haben gelogen und zu viele fallen irgendwelchen verrückten Unfällen zum Opfer. Wenn etwas bei Judith Krings' Tod nicht mit rechten Dingen zuging, will ich das nicht erst vom Versicherungsgutachter erfahren, dann kriegen wir wieder Probleme mit den Forensikern. Und wenn alles mit dem Rad in Ordnung ist und Judith Krings einfach nur ein Ampelsignal übersehen hat, fein, dann war es eben eine dieser absurden Geschichten, die das Leben schreibt. Aber so lange das nicht gründlich geklärt ist, will ich hier weiter meine Arbeit machen, und Sebi soll seine machen.«

Ich lehnte mich zurück, sah in die Gesichter meiner Kollegen – von ausdruckslos bis beklommen bis genervt – und lauschte dem tödlichen Schweigen. Patsy Logan, die Siobhan McFadden des K11 München.

»Ich habe die Augenzeugenberichte gelesen«, sagte Reitsamer langsam. »Beide sprechen davon, dass die Verunglückte noch versucht hat zu bremsen, aber anscheinend die Herrschaft über das Rad verloren hat. Vielleicht hat sich da wirklich jemand zu schaffen gemacht.«

Er nahm einen Schluck aus seiner Tasse. Erwiderte meinen erstaunten Blick mit einem angedeuteten Lächeln. Es wurde breiter, als Konstantin seufzend meinte, dann sollten wir eben machen, in Gottes Namen. Und noch breiter, als sich das Besprechungszimmer eine Stunde später leerte und er mich zur Seite nahm.

»Du bist eine unberechenbare Kuh, Logan«, raunte er mir zu. »Aber du hast Instinkt und zu oft Recht in solchen Dingen. Und Konstantin behandelt dich ziemlich unfair, seit er hier am Ruder ist. Da hast du ein bisschen Unterstützung verdient.«

Ein Kompliment, voll unter die Gürtellinie. Aber mein Kopf war zu schwer, der Schmerz zu sehr verbissen in meinen Unterleib, um mich schnell genug für eine angemessene Reaktion zu entscheiden. Das schien mir noch mehr Wohlwollen einzubringen. Der Kollege Reitsamer prostete mir mit seiner Tasse zu und wandte sich zum Gehen.

»Auch wenn ich mich allen Ernstes frage: Wer hat denn eigentlich was davon, wenn Judith Krings stirbt?«

Ja, dachte ich. Wer?

Luis, heute Abend

Die Unruhe kreist in ihm wie ein Hai, den ganzen Tag schon. Sein Kopf wie Beton. Er hat die Nacht über kaum geschlafen.

Begonnen hat es gestern Nachmittag. Kommissarin Meyerhofers tiefe Stimme, die sich durch die Leitung presste. Ob er so gut sein und morgen noch einmal ins Präsidium kommen könne? Nein, nein, alles in Ordnung, kein Grund zur Sorge. Man habe nur ein paar Fragen, die sich seit dem letzten Gespräch ergeben hätten. Die wolle man kurz klären.

Ja. Natürlich. Verstehe.

Wenn es keinen Grund zur Sorge gibt, dann gibt es garantiert einen. Welchen genau? Die Frage hat prompt den Berserker geweckt. Erst die doppelte Dosis Schmerzmittel konnte seinen Amoklauf durch Luis' Kopf beenden. Zu viel, um noch das Dormex nachzuschießen. Er weiß es aus Erfahrung – zu viele Filmrisse, zu viele trübe Tümpel, wo Erinnerungen sein sollten.

Es hat ihm nicht geholfen, dass das Gespräch wieder verschoben wurde – eine Sekretärin mit viel Rauch zwischen den Stimmbändern entschuldigte sich vielmals im Namen von KHK Logan und KK Meyerhofer.

KHK. Er hat die Abkürzung gegoogelt. Kriminalhauptkommissar. Wahrscheinlich der Vorgesetzte von Meyerhofer. Das hat was zu bedeuten. Die haben einen Verdacht gegen ihn. Vielleicht sollte er Fee fragen. Vielleicht lieber nicht. Das sieht verdächtig aus. Aber wenn er nun nicht mehr wie üblich im Seitenspeise auftaucht – das ist genauso verdächtig.

All die Vielleichts treiben ihn vom Computer weg hinaus aus der Wohnung, zum Isarufer und dann aufwärts, immer aufwärts. Zum Flaucher und wieder zurück, sein Rücken gekrümmt gegen den eisigen Nordwind, der sich entlang des Flussufers eine Rutsche gebaut und eine weitere Regenfront für den Abend im Gepäck hat.

Dann noch durch die frühe Dämmerung hinüber nach Haidhausen. Etwas war anders im Seitenspeise. Die Lampenschirmchen auf den Tischen brannten schon. Hinter dem Tresen mit den Tortenständern und all der Papierspitze und den glutenfreien Kuchen: niemand.

Wahrscheinlich ist sie in der Küche oder auf der Toilette, dachte er.

Stattdessen kam die Frau des Besitzers zum Vorschein – Anita Maurer aus der Opitzstraße, Buchsbäumchen am Fensterbrett. Zu schnell, als dass er hätte unauffällig verschwinden können.

»Fiona ist früher gegangen«, flötete es durch geschürzte Lippen. »Ein familiärer Notfall. Stellen Sie sich vor, noch einer.« Sie zupfte am Trachtentüchlein um ihren Hals. »Das Schicksal schlägt immer doppelt zu, wie grausam.«

»Ja.«

»Am Montag kommt sie wahrscheinlich wieder.« Dann zogen sich ihre Augenbrauen wie an einem Faden zusammen, ohne dass Falten auf der glänzenden Stirn erschienen. »Sagen Sie, kenne ich Sie?«

»Ähm, nicht dass ich wüsste.«

»Fahren Sie vielleicht Pakete aus?«

»Sie verwechseln mich, glaube ich.«

»Komisch, ich könnte schwören ...«

»Ich muss leider wieder los. Danke vielmals für Ihre Hilfe.«

Seit er wieder zu Hause ist, tigert er im Flur auf und ab. Kontrolliert alle paar Minuten sein Handy. Umsonst. Fee antwortet nicht. Er überlegt, zu ihr nach Neuhausen zu gehen. Nachzusehen, was passiert ist. Nein, zu riskant. Er muss den Kopf unten halten. Nicht in Panik geraten.

Also rückt er die Tassen in der Küche zurecht, alle in Reih und Glied. Wechselt hinüber ins Wohnzimmer. Rückt die Bücher im Regal zurecht, Kante an Kante. Dann weiter ins Bad. Ordnet die Medikamente von A bis Z. Setzt sich auf die Couch, versucht, seine Atemzüge zu zählen, wie Fee es ihm einmal bei einem ihrer Gespräche im Seitenspeise geraten hat. Nirgendwo Atem, überall nur Herzschlag.

Und dann – die Klingel. Ein liebliches, fast verschämtes Schalmeien, das er selten zu hören bekommt, seit Margit letztes Jahr ausgezogen ist. Wie gemacht für Fee. Sie steht unten vor der Tür, entschuldigt sich wie immer viel zu oft. Fragt, ob sie zu ihm nach oben kommen darf, nur ganz kurz?

Sticht eine heiße Nadel in sein Herz.

Vielleicht weiß sie schon alles.

Es sind nur zwei Stockwerke, doch sie nimmt den Lift. Zum Glück. So kann er sich kurz beruhigen. Natürlich weiß sie nichts. Würde sie sonst zu ihm kommen? In seine Wohnung? Der Gedanke beruhigt ihn.

Ihre Augen sind trocken, aber verquollen, die Nasenspitze rot vor Kälte, die Haare elektrostatisch aufgeladenes Stroh, als sie sich die grob gestrickte Mütze vom Kopf zieht.

Bezaubernd.

Sie schält sich aus ihrem Steppmantel, macht keine Anstalten, sich die Stiefel auszuziehen. Auf dem Weg ins Wohnzimmer hinterlassen die Absätze feuchte Abdrücke. Egal.

»So sorry I didn't answer you before.« Dabei war ihr Deutsch schon recht passabel. Muttersprache als sicherer Hafen in der Not. Ruhelos gleitet ihr Blick über seine Couch, die Wohnwand ohne Fernseher, die Fenster mit den dunklen, heruntergezogenen Rollos. Sie lächelt gezwungen. »Schön hast du es hier.«

Das muss gelogen sein. Zweckmäßig. Sauber. Aufgeräumt. Aber nichts hier drin verdiente die Bezeichnung schön, bevor sie aufgetaucht ist.

»Was ist los?«, schießt es aus seinem Mund. »Ein Notfall, hab ich gehört. Was ist passiert?«

Sie schaut ihn nur an, nickt, ihre Augen riesig wie die eines Stofftiers. Trotzdem zu klein für die Stürme, die in ihnen toben.

»Judith ... sie hatte einen Unfall. Sie ist gestorben. Heute früh. Ich kann das immer noch nicht ...« Sie wird mit jedem Wort leiser, legt sich eine Hand vor den Mund. Beginnt zu schluchzen.

Er sieht ihr dabei zu. Versteht nicht. Die Öko-Bitch war doch immer Fees größtes Problem. Sie wünschte, sie würde endlich aus ihrem Leben verschwinden, hat sie gesagt. So wie Tammi. So wie ihr Exmann. Jetzt sind alle Probleme gelöst. Warum weint sie?

Er will sie das fragen, beißt sich aber noch rechtzeitig auf die Zunge, schluckt mit metallischem Beigeschmack.

Als sie sich halbwegs beruhigt hat, macht er ihr Tee. Nicht irgendeinen, sondern Barry's Tea, den sie zu Hause in Irland immer trinkt. Er hat ihn online bestellt, schon vor Monaten. Für den Fall der Fälle. Eine der vielen Kleinigkeiten, die er nicht erwähnt, weil sie den falschen Eindruck vermitteln.

»Es ist schön, dich wiederzusehen«, sagt sie, als sie zu ihm in die Küche kommt, nachdem sie minutenlang im Badezimmer war, mehrfach die Spülung betätigt und ihre Nase leer trompetet hat. »Du bist der Einzige, der noch auf meiner Seite ist.«

Ihre Worte regnen warm auf ihn herab. Ihre Hand berührt

ihn an der Schulter, als sie ihm dabei zusieht, wie er mit spitzen Fingern die Teebeutel über Wasser hält. Drückt ein bisschen, und ihm wird heiß, überall.

»Warum in aller Welt haben die keinen Faden dran?«, fragt er und lässt die Teebeutel in die Spüle plumpsen. Zwei kleine braune Wasserleichen, die ihn an Fees Exmann denken lassen. Lieber nicht hinsehen. Besser in Fees Gesicht, in dessen Poren sich noch ein bisschen Restfeuchte gesammelt hat. Sie runzelt und entrunzelt in rascher Folge ihre Stirn.

»Verfälscht den Geschmack.«

»Aber man braucht einen Löffel. Das ist ...«

»Ineffizient?« Sie lacht. Auch bitter klingt bei ihr süß. »Du bist so deutsch.«

Sie betont es wie ein Schimpfwort. Stupst etwas Düsteres, Zorniges in ihm an. Scheint es zu bemerken.

»Sorry. Es ist nicht deine Schuld. Aber mein Leben ist eine Katastrophe, seit ich hier in München bin. Donal ist tot, und jetzt noch Judith. Und Steve ...« Sie schließt die Augen und reibt sich mit Daumen und Zeigefinger den Nasenrücken. »Ich hätte nicht hierherkommen sollen. Es war ein Fehler, alles. Steve war der allergrößte davon. Wenn du wüsstest, was ...« Ihre Stimme kommt wieder ins Schwanken unter der Last der Emotionen. Dann bricht sich eine atemlose, wirre, verzweifelte Aufzählung Bahn.

Unterm Strich: Steve hat sie belogen. Hat mit Judith ein Kind gezeugt, während Fee ihren Umzug nach München vorbereitete. Hat versucht, das zu verheimlichen. Hat eine Falschaussage bei der Polizei gemacht und ihr auch das verheimlicht. Hätte Judith nicht gestern Nachmittag die Bombe platzen lassen, um reinen Tisch zu machen – sie hätte es vielleicht nie erfahren. Und Steves Reaktion, als alles rauskam? Schuhe anziehen, Mantel und ab ins Shamrockers, um drei erst zu Hause. Mit einer Fahne. Das ist der Mann, für den sie ihr ganzes Leben hingeschmissen hat. Wegen dem sie nun als Mörderin dasteht, denn die Polizei, die habe sich natürlich wieder gemeldet bei ihr, wegen Judiths Unfall. Dieselbe Kommissarin, die sie schon wegen Donal verhört hatte. Schon nächste Woche wollte man sie wieder im Präsidium sehen. Die Kommissarin sei nett gewesen, aber das konnte doch nur bedeuten, dass sie verdächtigt wurde, oder nicht?

Und dann: Tränen. Tränen, Tränen.

Luis steht neben ihr, hinter seiner rechten Stirn ein dumpfes Pulsieren, das den Berserker ankündigt. Alles ist Steves Schuld. Ja. Aber darüber wird er später nachdenken. Wenn seine Wut abgekühlt ist. Er wieder sinnvolle Gedanken formen kann. Einen Plan entwickeln. Aber jetzt braucht ihn Fee.

Noch einmal geht sie ins Bad, kommt zurück mit frisch geschrubbtem Gesicht und rotgeputzter Nase. Lässt sich neben Luis auf der Couch nieder und nimmt einen Schluck von ihrem Tee. Luis hat ihr einen neuen gemacht, der erste ist unberührt kalt geworden.

Sie stellt die Tasse nach dem ersten Schluck ohne Kommentar wieder zur Seite. »Falls ich aus dieser Nummer jemals rauskomme, sollte ich verschwinden aus München«, sagt sie, ihr Blick starr auf Luis' Wohnwand gerichtet.

»Weshalb denn?« Er muss nicht übertreiben. Es wäre eine Katastrophe.

Sie lächelt traurig. »Wenigstens einer, den es kümmert.«

»Du musst bleiben. Du bist meine Lebensretterin.«

Sie lacht etwas unsicher, scheint nicht zu wissen, was von so einer Antwort zu halten ist.

»Im Ernst«, beharrt er. »Du solltest München eine zweite Chance geben. Es gibt hier auch nette Leute, weißt du?«

Sie schmunzelt, lässt dann den Kopf nach hinten in die Rückenpolsterung der Couch sinken, sieht an die Decke. »Mehr Menschen sollten so sein wie du, Luis.«

So könnte es sein, denkt er, wenn es diesen Steve nicht mehr gäbe. Sie könnte glücklich sein mit ihm, Luis. Nach einer Zeit ganz sicher.

Als Fee sich aufrichtet, lehnt er sich zu ihr, zieht sie an sich. Sie tut nichts dagegen. Ist weich und gefügig wie eine Puppe. Er riecht feucht-süßen Atem, das Aroma von einmal getrocknetem Schweiß an ihrem Hals. Wimpern wie weiche, nasse Insektenbeine. Sie flattern an seiner Haut, senden ihre Signale durch seinen ganzen Körper, wo sie empfangen und verstärkt werden. Seine Erektion ist heftig, heiß, überwältigend.

»Luis, ich ...«, sagt sie, und dann nichts mehr, denn seine Lippen sind plötzlich auf ihren. Er registriert einen Cocktail aus Lippenbalsam und milchigem Tee. Seine Zunge begegnet ihrer.

Er sollte aufhören. Sollte. Will aber mehr von ihr als diese Kostprobe. Sieht in ihre Augen, die jetzt aufgerissen sind. Erfasst zum ersten Mal die Farbenvielfalt darin. Den silbernen Kranz um ihre Stecknadelpupillen, der Funken sprüht.

Spürt die Knötchen auf ihrem Wollpullover unter seinen tastenden Fingern. Dann ihre Haut. Darunter ihren Puls, schnell und hart wie sein eigener. Ihre Muskeln, ihre Knochen. Sie bewegen sich. Leisten Widerstand. Sanft zuerst, dann bestimmter, bis er sich von ihr löst. Aufspringt von der Couch.

Fee bleibt sitzen, leckt sich über die Lippen, als wollte sie nachschmecken, ob er wirklich dort gewesen ist, ob tatsächlich passiert ist, was passiert ist. Als sie sich mit dem Handrücken über die Knöchel wischt, bleibt eine zartrote Schliere zurück.

War er das?

»Tut mir leid, ich wollte ...«

Sie unterbricht ihn mit einer Geste. »Ist in Ordnung, Luis. Nichts ist passiert.«

Doch, er hat es gesehen. Gespürt.

Sie redet mit ihm wie mit einem der Typen aus der Klapse, die sie früher betreut hat. Einem, bei dem man mit so einem Vorfall rechnen musste. Den man nicht aufregen sollte, weil er sonst weiß Gott was anstellt.

»Ich sollte aufhören, dich mit meinen Problemen zu belasten. Mein Fehler.« Sie erhebt sich langsam vom Sofa. Besonnen, als hätte sie es ohnehin geplant und Luis bloß das Stichwort dazu gegeben.

»Bitte, geh jetzt nicht. Vergessen wir das, ja?«

Wie armselig. Natürlich hält sie so ein Gewinsel nicht auf. Sie wird gehen. Machen, dass sie wegkommt von ihm. So wie Margit. Wie alle.

»Das hier war eine besondere Situation«, sagt sie, ihr Lächeln schmal und bemüht. »Wir sind beide etwas durch den Wind. Wir sehen uns wieder im Seitenspeise. Einverstanden?«

Er will sie aufhalten, wagt aber nicht, sie anzufassen. Kann nur nicken und ihr dabei zusehen, wie sie ihren Mantel nimmt und seine Wohnung verlässt, während in seinem Kopf die Gedanken durcheinanderstrudeln, sinnlos und zerstörerisch. Sie spülen den Berserker mit sich an die Oberfläche. Der beginnt prompt um sich zu dreschen. Gegen die Stirn und hinter die Augen, immer wieder hinter die Augen.

Und niemand da, um ihm Einhalt zu gebieten.

Samstag, 11. November

*Your wolf suit is wearing thin and
your real skin looks like it never bleeds*

Tom McRae; »Karaoke Soul«

Doch noch ein Fall

1

Pat,

ich weiß, ich hab gesagt, wir sollten in Ruhe reden dieses Wochenende. Aber gerade merke ich, ich habe keine Ahnung, was ich dir sagen will. Dazu müsste ich wissen, wer du bist und was du denkst. Dass du mir nach acht Jahren genug vertraust, um ehrlich zu sein. Aber ich kenne dich offensichtlich viel schlechter, als ich dachte.
Vielleicht ist es auch meine eigene Schuld. Seit du letztes Jahr für den Skiller-Fall in Dublin warst, bist du verändert. Aber ich hab es ignoriert, weil dann die ganze Sache mit der IVF begonnen hat. Auf einmal frage ich mich, warum du plötzlich bereit warst für eine Behandlung. Warst du es überhaupt? Oder hast du es nur für mich getan? Um irgendwas gutzumachen, von dem ich bisher nichts weiß? Hätte ich genauer hinhören sollen oder noch mehr nachfragen? Hätte ich sehen sollen, wie unglücklich du wirklich warst nach der Fehlgeburt? Hätten wir früher mit den Behandlungen aufhören sollen? Hab ich dich zu sehr gedrängt und jetzt hasst du mich dafür? Was weiß ich.
Aber dass es ausgerechnet Robbie gebraucht hat, um zu hören, wie es dir geht, muss ich erst mal verdauen. Das kann ich im Augenblick besser ohne dich.
Alle meine Termine für Samstagvormittag und Montag sind jedenfalls abgesagt. Werde mich bei meinen Eltern einnisten, die sind zum Glück noch bis nächste Woche auf Teneriffa.

Solltest du deine Tage bekommen, ruf bitte nicht mehr bei der Klinik an. Ich glaube, wir sind uns einig, dass wir gerade alles andere brauchen können als ein Kind.
Ich hoffe, du kommst übers Wochenende auch mal zur Ruhe, und dann sehen wir weiter. Pass auf dich auf und auf Pauli.

Stefan

2

Robbie mag unzuverlässig sein, ein ungreifbarer, glitschiger Blutsauger von Bruder. Auseinandersetzungen verlaufen aber meistens nach derselben Dramaturgie: zuerst Sarkasmus. Dann Generalabrechnung. Später Schreiduell. Zuletzt: dramatischer Abgang vom Ort des Geschehens und mindestens 24 Stunden lang Funkstille. Nach maximal zwei weiteren Tagen schließlich ein Versöhnungskaffee, der, so wie der Streit, meistens auf Robbies Rechnung geht.

Entsprechend stilvoll unser heutiger Treffpunkt. Der Sitzbereich einer Schnellbäckerei tief in den gekachelten Eingeweiden des Ostbahnhofs, umspült von Menschen auf dem Weg ins Wochenende, Einkaufstaschen im Schlepptau, Koffer, Frühstückssemmeln. So wie ich schienen die meisten zu wissen, wohin sie wollten: weg.

Robbie winkte mir von einem der Hochtische. Übermüdete Augen, die in Restalkohol schwammen. Seinen Mantel hatte er abgelegt. Er trug die gleiche Jeans wie letzte Woche, dazu einen grauen College-Sweater mit zu kurzen Ärmeln, von dem ein süßliches Aroma ausging. Er hob eine Augenbraue, als ich seinen Rucksack, den er am Donnerstagabend bei uns zurückgelassen hatte, neben ihn auf die Bank wuchtete. Schnüffelte prüfend am Inhalt.

»Deine Bekanntschaft hier in München hat sicher eine Waschmaschine«, sagte ich.

»Stefan will mich also rausschmeißen?«

»Nein, ich.«

Robbie Logan. Unverstanden, verletzt. Er nahm einen langen, geräuschvollen Schluck aus seinem Becher.

»Es musste mal ausgesprochen werden. Du hättest dir noch monatelang Spritzen reingerammt, ohne Stefan was zu sagen.«

»Vielen Dank, dass du das für mich übernommen hast.«

»Jetzt habt ihr wenigstens reinen Tisch.«

Ich verdrehte die Augen. Als ich gestern direkt nach der Besprechung nach Hause gekommen war, hatten nur Pauli und der Brief meines Mannes auf mich gewartet. Handgeschrieben. Ein klassischer Stefan. Wenn schon eine Trennung androhen, dann auf Büttenpapier.

Mein Anruf gestern Abend ging auf seine Mailbox, für mehr war mir die Energie abhandengekommen. Stattdessen Vollbad, eine der Situation angemessen hohe Dosis Schmerzmittel, zwei Gläser Rotwein und rein ins Bett, mich vom Schlaf heimsuchen lassen.

In meinen Träumen stellte mir Stefan, Pauli auf der Schulter, seine neue Freundin vor. Gerade mal dreißig, Kindergärtnerin mit Ambition zum Mama-Blog. Eine Perlenkette von Zähnen. Nach zehn Stunden erwachte ich aus meiner Ohnmacht. Schweißnasses Kissen, die Krämpfe in meinem Unterleib abgeflaut. Dusche. Pauli den Nacken kraulen. Eine betäubende Ruhe war über mich gekommen. Nichts mehr zu tun. Keine Zukunft mehr zu haben ist auch eine Art von Entspannung.

Aber ich ersparte es mir, Robbie davon zu erzählen. Sonst quartierte er sich bloß wieder bei mir ein.

Ich kletterte auf den Barstuhl ihm gegenüber. Blies in den dampfenden Pappbecher, den Robbie mir zusammen mit einem Croissant zuschob. Säuerliches Aroma schlug mir entgegen.

»Automatenkaffee, köstlich.«

Er zog eine Grimasse. »War klar, dass dir Haidhausen irgendwann zu Kopf steigt.«

Ich rollte mit den Augen. Die letzten Scharmützel, mehr nicht. Die große Schlacht war geschlagen. Die Verluste auf beiden Seiten beträchtlich.

Eine Weile beobachteten wir den Menschenverkehr, hörten dem Stakkato von Schritten in klobigen Winterstiefeln zu, den Gesprächsfetzen am Handy, den unverständlichen Fahrplandurchsagen und hochtönenden Stimmen des Bedienpersonals neben uns. Suchten nach einem Faden, den wir aufnehmen konnten. Sich entschuldigen lag nicht in der Familie.

»Du siehst ziemlich mies aus«, eröffnete Robbie schließlich.

»Hättest mich gestern sehen sollen.«

»Läufts nicht gut in deinem Fall?«

Ich schüttelte den Kopf – als hätte mein Zustand nichts mit ihm zu tun. »Bis gestern Nachmittag war es gar kein Fall.«

»Und dann?«

»Ist noch jemand gestorben. Eine Zeugin.«

»Kein Zufall, oder?«

»Nein.«

»Und? Weißt du, wer's war?«

Mein Gedankenkarussell kreiste eine Weile. Ließ Donal McFadden an meinem inneren Auge vorüberziehen, sein entkernter Körper weiß und aufgetrieben unter Dr. Harbs Händen. Fiona McFadden, Siobhan, Steve Whelan. Überall Bäume. Weit und breit kein Wald. So wie in meinem Privatleben.

Ich hob nur die Schultern, und Robbie fragte nicht weiter. Das mochte ich an ihm. Die meisten Leute, die ich kenne, wollen ständig Gruselgeschichten aus meinem Alltag hören. Robbie hingegen hatte schon früh das Interesse am echten Leben verloren. Oft genug hatte ich darüber den Kopf geschüttelt. Andererseits: ein paar Monate im Ashram? Vielleicht nicht die schlechteste Idee. Robbie wirkte eindeutig entspannter als ich. Noch.

Ich arbeitete mich durch das Marzipan-Croissant, beobachtete meinen Bruder dabei, wie er Tabak aus dem Nebenfach seines Rucksacks fischte, dann sein Zubehör, dann ein bisschen das Fach abklopfte und schließlich mich scharf ansah.

»Wo ist es, Pat?«

»Beschlagnahmt.«

»Du wühlst in meinen Sachen und stiehlst mein Weed?«

»War doch nicht viel.«

»Aber gute Qualität.«

»Ich weiß«, sagte ich. Genoss die ehrliche Empörung in seinem Blick. Hatte er sich mehr als verdient. »Nach all der Aufregung wollte ich mich endlich mal ein bisschen entspannen.«

»Du Riesen-Bitch. Ich hoffe, du hattest ordentlich Kopfschmerzen.«

»Nur ein paar Albträume, wie üblich.«

»Geschieht dir recht.«

»Übrigens: Detective Ferguson lässt dir schöne Grüße ausrichten.«

»Dein Freund bei den Guards?« Robbie grinste. »Hast ihn also gleich angerufen? Hätte ich mir denken können. Er mag dich.«

Robbies anzüglicher Unterton gefiel mir nicht. Aber das spielte jetzt keine Rolle.

»Ich wollte wissen, was mein Bruder in der Dubliner Drogenszene zu suchen hat.«

»Ein bisschen Gras, mehr nicht.«

»Verkauf mich nicht für dumm, ja? Ben meinte, du wolltest ihn bestechen.«

»Hey – er hätte mir eine Geldstrafe aufbrummen und mich laufen lassen können. Aber er hat mich mit aufs Präsidium geschleppt und mich nach dir ausgefragt. Ihr kennt euch von einem Fall, bla bla bla. Offensichtlich hast du letztes Jahr eine Chance verstreichen lassen, und ich wollte sie jetzt nutzen.«

»Welche Chance?« Eine rhetorische Frage. Schon als Teenager hatte Robbie mich im Suff immer wieder darüber aufgeklärt, dass Dad keinen Selbstmord begangen habe, er wisse und spüre das, all das sei eine große Scharade, Teil einer Verschwörung, deren Hintergrund er nur nicht kenne. Als unsere Mutter Art Logan nach dreizehn Jahren hatte für tot erklären lassen, hat er ein ganzes Jahr lang nicht mit ihr gesprochen.

»Pat«, er leckte an seinem Zigarettenpapier, sah mich vorwurfsvoll an. »Dieser Ferguson hat sicher die Möglichkeit, sich ein bisschen schlauzumachen, was damals los war. Es gab doch eine Untersuchung, kannst du dich erinnern?«

Konnte ich. Und sie war mit dem Ergebnis »Selbstmord« abgeschlossen worden. Die Spuren waren eindeutig gewesen. Kleidung. Schuhe. Abschiedsbrief. Mein Vater war von Howth Head in den Tod gesprungen und irgendwo in die Irische See getrieben worden. Auf Nimmerwiedersehen. Die Lage war klar. Alles andere waren Hirngespinste. Ich musste es wissen. Bei meinem letzten Besuch in Dublin hatte ich selbst eine Vision meines Vaters, am helllichten Tag, mitten auf der von Leuten überfluteten Grafton Street. Und sie war alles andere als schön gewesen.

»Ben hat mir erzählt, du wolltest auf eigene Faust was rausfinden«, sagte ich.

»Stimmt. Ich hab mich bei ein paar von Dads alten Freunden umgehört. Das hat ihm nicht gefallen. Also habe ich ihm Geld geboten, es für mich zu tun. Das hat ihm noch weniger gefallen. Ein ganz Aufrechter, dein Detective Ferguson.«

Robbie lachte. Ein hässliches, zynisches Lachen, das ich viel zu oft gehört hatte in letzter Zeit, und zwar von mir selbst. Mein Bruder spielte mit seiner fertig gedrehten Zigarette, klopfte damit auf den Tisch.

»Was willst du rausfinden, Robbie?«

»Die Wahrheit. Nicht die, die sie uns serviert haben damals.

Meinetwegen roll weiter mit den Augen, Pat, auch über Tante Roisin, das macht es nicht besser. An der Sache mit Dad war was faul.«

»Und die Guards haben uns das aus welchem Grund verheimlicht?« Keine Ahnung, warum ich Zeit gewinnen wollte. Ich kannte die Antwort.

Special Branch. Verheimlichen war deren Geschäft. Und sie hatten ihre Finger in der Untersuchung zum Verschwinden meines Vaters. Robbie wusste das nicht. Besser für uns alle, wenn es so blieb. Der fanatische Glanz in seinen Augen, als er sich mir jetzt entgegenbeugte und mit seiner Zigarette auf mich zeigte, beunruhigte mich.

»Du warst nicht da an dem Abend, bevor er verschwunden ist, Pat.«

Nein. Sommer 1993, der letzte Abend unserer üblichen Sommerferien bei der Nana in Dublin. Offiziell hatte ich ihn auf einer Party meiner Cousine Sinéad verbracht. Inoffiziell am Sandstrand von Bull Island, mit einer Flasche Buckfast-Wein und meinem Stiefcousin Cormack, dem vielleicht schlechtesten Küsser der Welt. Meinen Vater hatte ich nur in beduseltem Zustand gesehen, kurz vor dem Einschlafen. Er war in mein Zimmer gekommen und hatte mit mir reden wollen. Seine Sentimentalität war mir auf die Nerven gegangen, und er hatte sich wieder verzogen.

»Ich hab Jahre gebraucht, um meine Schuldgefühle deswegen loszuwerden. Und du willst jetzt wieder alles aufkochen? Schönen Dank.«

Robbie ließ sich nicht beirren. »Ich hab viel über Selbstmörder gelesen. Wenn sie sich erst mal zu dem Schritt entschlossen haben, sind sie guter Stimmung und gelassen, weil es bald vorbei ist.« Er nahm die Zigarette zwischen die Lippen und wieder heraus, zielte nochmal wie mit einem Speer auf mich.

»Dad war nicht gelassen. Ständig hat er auf die Uhr gesehen und aus dem Fenster und ist nervös auf und ab gelaufen. Nana meinte, er kommt schon wieder ins nächste Hoch. Aber es war kein Hoch, Pat. Er hatte Angst.«

»Ach. Und wovor?«

»Keine Ahnung. Aber er war oft weg in dem Sommer, und in den zwei davor auch, und meistens durften wir nicht mitkommen. Erinnerst du dich?«

Ich hob die Schultern. Meinen Dad hatte ich vor allem überschäumend oder traurig in Erinnerung. Angst passte da nicht ins Bild. Aber was hieß das schon? Ich war noch keine fünfzehn, als er verschwand. Auch wenn wir Kinder viel Zeit damit verbrachten, seine wechselnden Stimmungen zu beobachten, zu analysieren und auszugleichen: In den letzten beiden Sommern mit ihm hatte ich zu viel mit meinen eigenen Hormonen zu tun, um auf ihn zu achten.

»Nicht wirklich. Ich war damals ja selbst kaum zu Hause. Ständig mit Sinéad unterwegs und Cormack.«

»Natürlich. Wir Kleinen durften da nie mit.« Unter Robbies Spott schimmerte noch immer die Verletzung von damals durch. Er hatte sich an mich gehängt, weil Dad als Bezugsperson zu flüchtig und Mamas Rockzipfel meist schon von einem unserer zwei jüngeren Brüder besetzt war. Jetzt verstand ich das. Damals war er bloß eine Klette gewesen, die es abzuschütteln galt, aber unverdrossen saß er mir weiter im Pelz. Eigentlich immer noch.

Eine Weile herrschte aufgeladenes Schweigen zwischen uns. Robbies rastloser Blick blieb an meinem haften, für ein paar Sekunden nur, anstatt sich in der Menge der vorüberziehenden Leute zu verlieren. Lange genug, um mir klarzumachen, was er von mir wollte.

»Für mich rührt dieser Detective in Dublin keinen Finger«,

sagte er. »Aber dir frisst der aus der Hand. Wenn du ihn danach fragst, organisiert er sicher ...«

»Du überschätzt mich.«

»Nein. Du bist einer dieser Menschen, Pat. Für die tut man alles, obwohl man selbst nicht weiß, womit du es eigentlich verdienst. Man tut's einfach. Und dieser Ben Ferguson, der ist einer von uns.«

Uns?

»Keine Ahnung, was du redest. Ben ist einer der Guten, das stimmt, aber in fremden Akten rumwühlen kann ihn den Job kosten. Das macht er nie im Leben, und ich würde es auch nicht von ihm verlangen.« Mein Polizistinnen-Ton überzeugte mich selbst nicht. Der Weg durch meine enge Kehle hatte ihn zu viel Kraft gekostet.

»Du schuldest mir was«, sagte Robbie nüchtern.

»Jetzt ist es also so weit. Die Wiedergutmachung für den Unfall, oder? Und außerdem soll ich Ben Fergusons Karriere ruinieren? Damit ich auch in seiner Schuld stehe für den Rest meines Lebens?«

Robbies Kopf ruckte ungeduldig nach rechts. »Zumindest ein Versuch, Pat. Wenn er nichts macht oder nichts rauskommt, dann ist es eben so.«

»Und wenn was rauskommt? Was ist dann?«, fragte ich.

»Dann wissen wir wenigstens die Wahrheit und können weitermachen mit unserem Leben.« Robbie sagte das mit einem Nachdruck, der mir das Herz brach. Über Jahrzehnte des Nichtwissens aufgebaut durch die vielen Fragen, die unbeantwortet blieben, ganz egal, unter welcher Sternkonstellation oder auf welchem Kontinent sie gestellt wurden und wie oft.

Ich kannte dieses Verlangen. Letztes Jahr noch hatte ich Ben davon erzählt. Nichtwissen sei das Schlimmste. Manche Wahrheiten seien schlimmer als Unwissenheit, hatte er dagegengehalten. *Ignorance is bliss.* Er wisse, wovon er rede. Sein Vater war ein aktives IRA-Mitglied gewesen. Jahrelang habe Ben dafür gekämpft, dass er sein beharrliches Schweigen brach, mehr über seine Zeit im Gefängnis erzählte und warum er da gewesen war. Darüber, was genau er im Namen eines vereinigten Irland getan hatte. Irgendwann hatte er sein Ziel erreicht. Und wünschte sich seitdem die vagen Vermutungen zurück.

Unser Telefonat am Donnerstag: eine unmissverständliche Warnung, mir könnte es ebenso ergehen. Special Branch. Worte, die meinen Magen schrumpfen ließen. Egal, was unser Dad mit diesen Leuten zu schaffen gehabt hatte, in der Akte rumzustochern versprach Ungemach. Viel mehr, als es Robbie oder ich von unserem Bistrotisch hier in München aus überblicken konnten. Und war sie erst mal aus dem Sack – wer würde diese Wahrheit wieder einfangen? Was, wenn sie uns noch mehr Chaos und Schmerz brachte anstatt den Frieden, den Robbie sich davon versprach?

Fragen, die mir Robbie nie ernsthaft würde beantworten können. Trotzdem wollte ich sie ihm stellen. Ihn warnen, so wie Ben mich gewarnt hatte.

Ich hätte es getan. Ganz sicher. Leider kam mein Handy dazwischen. Und mein Reflex, es aus der Tasche zu nehmen.

3

»Pezi! Hörst du mich?«, röhrte es in mein linkes Ohr. Sebi Kramer. Im Hintergrund rauschte es dumpf. Wahrscheinlich saß er im Auto.

»Klar und deutlich.«

»Komm ich ungelegen?«

»Nein, geht«, sagte ich. Beobachtete, wie mein Bruder nach der ungegessenen Hälfte meines Croissants griff, gab ihm eins auf die Finger.

»Entschuldige, dass ich dich privat anrufe. Ich weiß, du hast keine Bereitschaft dieses Wochenende. Aber gestern hat es geheißen, die Sache mit dem Unfallrad von der Frau Krings wäre auf einmal dringender als angenommen, da hab ich die Königskinder, die noch da gewesen sind, drauf angesetzt.« Er nahm einen geräuschvollen Schluck von irgendwas. »Und jetzt hab ich mir gedacht, es interessiert dich, was dabei rausgekommen ist.«

»Schieß los.«

»Also, Details weiß ich natürlich noch keine. Wir haben gestern Abend nochmal Spuren abgenommen, was ging. Ich sag's dir aber gleich, versprich dir nicht zu viel, das Ding ist ziemlich mitgenommen vom Unfall. Wenn ich nicht wüsste, dass es ein Fahrrad war ...«

Mein Magen, heute Morgen ohnehin schon in fragilem Zustand, kletterte ein Stück Richtung Rippen. Ich räusperte mich demonstrativ. Komm zur Sache, Sebi.

»Na, jedenfalls, man konnte trotz allem sehen, dass die Bremszüge schuld gewesen sind am Unfall.«

»Aha. Waren die defekt?«

»Durchgeschnitten.« Der nächste Schluck. »Glatt und sauber. Mit einer Kneifzange oder was ähnlich Scharfem. Müssen wir uns noch genauer anschauen. Aber zu 99 Prozent sind die Bremsen nicht beim Unfall gerissen, sondern haben vorher schon nicht funktioniert. Die Frau Krings hat's wohl erst bemerkt, als es zu spät war.«

Ich dachte an Judiths grünes Fahrrad, an dessen Pedalen sie vor ein paar Tagen noch ihre Wut über unser vorangegangenes Gespräch ausgelassen hatte. An ihren widerborstigen Charme, der sich außer mir offenbar kaum jemandem erschlossen hatte. An den rostroten Lidschatten in ihren Lidfalten. Rooibosteetropfen auf Lammfellhandschuhen. Ihr abgetriebenes Kind. Tot, tot, alle tot.

Ein langer Hupton blökte aus meinem Handy, riss mich zurück vom Abgrund und ließ sogar Robbie aufschauen, seine Nase voll Staubzucker vom Croissant, das er sich nun doch unter den Nagel gerissen hatte.

»Ja, fahr halt zu!«, schrie Sebi, zum Glück nicht direkt in die Leitung. Wandte sich dann wieder an mich, kein bisschen schlechter gelaunt als am Anfang unseres Gesprächs. Machte ein übertrieben genießerisches Geräusch wie in altmodischen Getränkewerbungen. »Was sagst du, Pezi? Haben wir jetzt doch noch einen Fall?«

Der dankbare Herr Kronmeier

1

Nach Sebis Anruf endete das Treffen mit Robbie rasch. Er würde für ein paar Tage bei seiner Münchner Bekannten unterkommen, sagte er. Chandra, wenn ich es unbedingt wissen wolle. Nein, so habe sie nicht immer geheißen.

Keine weiteren Fragen.

Vor dem Ostbahnhof stieg er in den Expressbus Richtung Harras. Sein vom Yoga oder Kiffen oder Aussteigerleben sehnig gewordener Körper drückte sich hart, aber herzlich an meinen. Ein Abschied für unbestimmte Zeit, auch wenn Robbie behauptete, sich dieser Tage bei mir zu melden und natürlich auch bei Fergal – wegen des Jobs. Unseren Dad erwähnte er nicht mehr. Seine Mission war erfüllt, die Botschaft überbracht und eingepflanzt. Bring mir die Asche unseres Vaters. Absurd, und trotzdem: Nur eine Frage der Zeit, bis sie Wurzeln in mir schlug, Warnungen hin oder her.

Im Augenblick hatte ich aber andere Probleme.

Ein Fahrrad mit durchgeschnittenen Bremszügen. Eine Unruhe, die seit dem Telefonat in mir rumorte. Eigentlich nichts Neues. In vielen Fällen gibt es diesen Punkt, an dem ich zum ersten Mal so dicht an der Wahrheit stehe, dass sie mir in den Nacken schnaubt. Ein Schatten, stets hinter mir, ungreifbar, egal in welche Richtung ich mich drehe.

Diesmal war das Gefühl noch intensiver. Dringlicher. Ein Alarm, kurz davor loszuschlagen. So wie letztes Jahr in Dublin. Da war ich zu spät gekommen, hatte das Schlimmste miterlebt, anstatt es zu verhindern.

Und diesmal?

Die forensische Untersuchung von Judith Krings' Fahrrad war noch nicht abgeschlossen. Frühestens Montag sei seine Information offiziell, hatte mir Sebi zum Abschied noch mit auf den Weg gegeben.

Eine Weile blieb ich stehen, beobachtete ein Grüppchen Obdachloser, die ihr Bier heute ohne Mützen genossen, die Jacken und Mäntel geöffnet, ihre vom Wetter und Alkohol gegerbten Gesichter in die Sonne hielten. Der Föhn war verspätet, aber dafür mit ungewöhnlicher Wucht eingetroffen, malte fedrige Wolken an den Himmel und trieb verfaultes Laub wie Steppenhexen die Rinnsteine entlang, die Luft erfüllt mit einer unguten Wärme und dem gereizten Hupen der Autofahrer, den ungehaltenen Kommentaren der Radfahrer, die kopflose Fußgänger zur Seite klingelten.

Ich rief Kris an, landete direkt auf ihrer Mailbox, hinterließ keine Nachricht. Auf Konstantin hatte ich keine Lust. Schließlich setzte ich mich in Bewegung. Ohne Ziel, einfach, weil ich es musste. Weg von hier. Nachdenken.

Wir würden noch einmal ein ernstes Wort mit Fee McFadden reden müssen. Und mit Steve Whelan. Die beiden waren neben den Unfallbeteiligten die letzten Personen, die Judith Krings lebend gesehen hatten. Beide hatten die Möglichkeit und Gründe, sie loszuwerden. Hatten sie sich tatsächlich ihres jeweiligen Partners entledigt, um freie Bahn für eine gemeinsame Zukunft zu haben?

Sowohl Fees Ehemann als auch Steves Exfreundin hatten hartnäckig dem Phantom ihrer vergangenen Beziehung hinterhergejagt. Und Steve war schon mal in einen fragwürdigen Todesfall verwickelt gewesen. Donal McFaddens Drohungen, den Tod von Steves Vater noch einmal vor Gericht zu bringen, hätten objektiv gesehen keinerlei Aussicht auf Erfolg gehabt.

Vielleicht hatte er den Rivalen trotzdem aus der Reserve locken wollen und war erfolgreicher gewesen, als ihm lieb gewesen war?

War Fee McFadden tatsächlich verrückt genug zu glauben, sie würde mit Steve in den Sonnenuntergang reiten, wenn sie zwei Menschen das Leben nahm? Hatte sie Donal geschubst und sich dann noch an Judiths Fahrrad zu schaffen gemacht, als sich die Gelegenheit ergab? Sich ein Alibi von ihrem Freund Luis Kronmeier geholt?

Luis Kronmeier – nie direkt beteiligt, immer am Rande. Beobachter. Wohlmeinender Freund.

Der weiß alles über sie, hatte Kris gesagt in einem lang vergangenen Leben früher in der Woche. Kris hatte auch gesagt, dass er harmlos sei. Etwas eigenbrötlerisch vielleicht und ziemlich einsam, wenn er sich an eine Fremde hängte, die ihm möglicherweise das Leben gerettet hatte. War der nicht Fahrradkurier gewesen? Dann kannte er sich mit Bremszügen aus. Keine Ahnung, warum Kris den so harmlos fand. Warum Reitsamer seinen Namen nur mit einem Schulterzucken quittiert hatte. Warum ich das einfach so hingenommen, mich hatte ablenken lassen von Stefan und Robbie und Ben Ferguson. Jetzt nicht mehr. Höchste Zeit, einen genaueren Blick auf den dankbaren Herrn Kronmeier zu werfen.

2

In der Elsässer Straße tat sich wenig. Wer unterwegs war, hatte zum überwiegenden Teil Kinder im Fußballdress im Schlepptau, auf dem Weg zum Bolzplatz im Hypopark. Man gedachte, die ungewöhnliche Wärme zu nutzen. Auch das Seitenspeise hatte seine im 50er-Jahre-Stil gehaltene Glastür geöffnet und zwei schmiedeeiserne Bistrotische nach draußen gestellt. Nur einer war besetzt, von zwei junge Frauen in Latzhosen, vor sich Müslischüsseln und Kaffee in henkellosen Tassen. Alles noch unberührt, so vertieft waren sie in ihr Gespräch.

Der Laden war der Traum des modernen Biedermeier, mit einem mit Büchern dekorierten Ohrensessel im Schaufenster, umgeben von St.-Martins-Laternen und den üblichen Buch-Begleitprodukten wie Tee und Tassen und Bleistiften.

Hinter der Theke stand eine Frau Ü50, deren kinnkurze Haare und gestärkte Bluse zur Jeans mir sofort die Worte »adrett« und »patent« aufdrängten. Wahrscheinlich die Chefin. Ihr Lächeln war beflissen, erwartungsvoll. Erst beim Anblick meines Dienstausweises welkte es zu Besorgnis. Für die entsprechenden Falten hatte sie zu viel Botox getankt.

Sie tat so, als sei ich eine Kundin, bot mir einen Platz an einem der Tische drinnen an, Streuselkuchen und Kaffee, und setzte sich dann zu mir. Spähte immer wieder hinaus zu den Latzhosen-Frauen. Keine Gefahr. Eine mitteilsamer als die andere.

Auch Anita Maurer war nicht auf den Mund gefallen, ihre Stimme angenehm und etwas verraucht. Während ich mich durch den buttrig-schweren, mit Himbeeren durchsetzten Teig arbeitete, erzählte sie mir von ihrem Lebenstraum, der mit dem Seitenspeise wahr geworden sei. Alles, was sie liebte, in einem Laden vereint. Am Anfang hatte sie selbst immer im Laden gestanden, in letzter Zeit habe sie sich dann die ersten

Mitarbeiter geleistet. Die lohnten sich, wenn sie gut waren, aber waren schwer zu finden. Das fügte sie mit einem unterdrückten Seufzen hinzu.

»Gehörte Fiona McFadden zu den Guten?«

Überzeugtes Nicken. »Ihr Deutsch war am Anfang etwas lückenhaft, und sie hatte keine Erfahrung in diesem Gewerbe, sie ist eigentlich Krankenschwester. Aber sie hat ihr Bestes gegeben. Immer freundlich.«

Ihre kurze Pause war prall gefüllt mit Ungesagtem. Ihre sauber manikürten, unlackierten Finger zwirbelten an den Fransen eines kleinen Lampenschirmchens mit Teelicht darin. Sie lächelte abwesend.

»Wahrscheinlich eignet sich so eine psychiatrische Krankenschwester gar nicht schlecht fürs Gastgewerbe.« Sie wurde wieder ernst. »Auf jeden Fall ist Fiona zuverlässig und diszipliniert. Sie hat viel mitgemacht über die letzten Wochen, trotzdem ist sie jeden Tag da und pünktlich. Sie weiß, dass ich sonst allein im Laden wäre, und gemeinsam mit dem Backen ist das nicht zu stemmen.«

»Gibt es keine Aushilfe?«

»Derzeit bin ich die Aushilfe. Von der Kollegin mussten wir uns trennen, und Ersatz haben wir noch keinen.« Sie räusperte sich, begegnete dem Blick einer Frau, die ins Schaufenster spähte, dann aber weiter ging. »Wissen Sie, dass Fiona einem Mann das Leben gerettet hat?«, wandte sie sich abrupt an mich, »genau hier vor unserem Eingang?« Sie klang angespannt.

Ich schluckte den letzten Bissen meines Kuchens runter, schob den Teller zur Seite. Genug Zucker für heute.

»Luis Kronmeier«, sagte ich.

Dass ich den Namen kannte, schien sie zu alarmieren. »Ja genau, der Sohn von diesem Schnulzen-Produzenten. Der junge Mann hatte Glück im Unglück. Fee hat mir erzählt, seine Verletzung hätte ihn auch das Leben kosten können.« Sie lachte leise und gekünstelt.

»Er ist inzwischen ein enger Freund von Fiona«, sagte ich.

Sie lachte noch etwas lauter. »Eher ein Fan, würde ich sagen. Angeblich ist er inzwischen Stammgast hier und besucht Fiona jeden Tag.«

»Wieso angeblich?«

»Ich habe ihn nie persönlich getroffen – glaube ich.« Sie erhob sich und nahm meinen Teller mit in einen Raum hinter die Theke, der mit einem Vorhang vom Verkaufsraum abgetrennt war. Kam wieder raus, fragte die Frauen draußen, ob sie noch etwas für sie tun könne. Die schüttelten bloß die Köpfe. Es half nichts. Sie musste zurück zu mir.

»Sie sind sich nicht sicher, ob Sie ihn getroffen haben?«

Anita Maurer schüttelte den Kopf, in meinem Nacken wieder der kalte Atem der Wahrheit. Es war eine gute Entscheidung gewesen, hierher zu kommen. Zurück an den Anfang.

»Wissen Sie, Frau Hauptkommissarin ...« Ihr Brustkorb hob und senkte sich unter ihrem schweren Seufzen. »Es sind ein paar Dinge passiert, seit Herr Kronmeier hier ins Café kommt.«

Ich wartete. Sie schien sich die Formulierung ihrer Gedanken nicht leichtzumachen. Steckte sich die gefalteten Hände zwischen die Oberschenkel, betrachtete den portugiesischen Fliesenboden.

»Grundsätzlich ist es merkwürdig genug, dass einer hier jeden Tag auftaucht, finden Sie nicht? Sowas ist doch fast schon Stalking, oder?«

»War Fiona deswegen beunruhigt?«

Sie hob die Schultern. »Offenbar nicht. Sie hat mir davon überhaupt erst vor kurzem erzählt. Anscheinend kam er immer am Vormittag, da bin ich sonst nie im Laden, weil ich die

Kuchen zu Hause vorbereite. Aber er bleibt mindestens eine Stunde, wenn nicht zwei.«

»Wann hat sie es Ihnen erzählt?«

Sie prustete leise. »Vor ein paar Wochen. Ende Oktober?« Sie schaute hilflos, dann traurig. »Es sind schwere Zeiten für mich gerade, ich weiß oft nicht, wo mir der Kopf steht. Mein Mann ...« Sie stockte, blickte in ihren Schoß, beschloss dann, sich jetzt zusammenzureißen. »Mein Mann ist finanziell am Seitenspeise beteiligt. Ich erledige das meiste, weil er hat ja auch noch seine Agentur. Jetzt haben wir uns getrennt. Er lebt noch im Haus, aber ist nie da. Unser ganzer Alltag ist im Chaos versunken.«

»Tut mir leid«, sagte ich. Dachte kurz an meinen eigenen Alltag, der sich so schlagartig beruhigt hatte, seit Stefan weg war.

»Dann habe ich erfahren, dass er ein Verhältnis mit einer unserer Mitarbeiterinnen hatte. Monatelang!«

»Die Mitarbeiterin, von der Sie sich trennen mussten?«

Sie biss sich auf die Lippen. Ihre Augen verletzt und zornig und stark zugleich, nur auf ihrer Stirn war nichts davon zu sehen. Botulinumtoxin, das wahre Pokerface. »Tammi war zwei Jahre bei uns. Sie ist die Tochter eines Nachbarn. Ich kenne sie, seit sie zehn ist, und hab mich gefreut, jemand Vertrauenswürdigen im Café zu haben, damit ich in Ruhe backen kann. Unsere Kinder gehen noch zur Schule, wir haben Haus und Garten, ich habe viel zu tun. Aber Tammi konnte ein Miststück sein. Vor allem ist sie sehr hübsch. Ich war sehr dumm.« Sie hob die Schultern, lächelte bitter. »Klaus und ich waren 25 Jahre verheiratet letztes Jahr. Dass er viel arbeitet, war ich gewohnt. Auch am Abend war er oft unterwegs. Wer weiß, wie oft er mir schon untreu gewesen ist, im Nachhinein sieht man immer alles in ganz anderem Licht.«

Ich nickte, als hätte ich das alles selbst schon einmal erlebt. Sie hörte meine unausgesprochene Frage trotzdem.

»Sie werden sich wahrscheinlich fragen, warum ich Ihnen das überhaupt erzähle.« Sie suchte kurz nach Worten. »Die Affäre ist schon über ein Jahr gelaufen. Sie haben sich meistens am späten Nachmittag getroffen. Nachträglich hat Fiona mir erzählt, dass Tammi oft früher gegangen ist. Irgendwie versteh ich natürlich, dass sie es nicht vorher schon verraten hat. Sie war die Neue und Tammi gut angeschrieben bei Klaus, und sie hat von der Affäre keine Ahnung gehabt. Die beiden haben sich in ihrer Gegenwart immer unauffällig verhalten. Erst nach dem Unfall von Herrn Kronmeier hat sie Verdacht geschöpft. Sie hat ihn ins Krankenhaus begleitet, und Tammi ist trotzdem früher gegangen. Der Laden war unbesetzt, und die Leute haben sich beschwert. Und mein Mann«, sie sprach es aus wie einen Fluch, schüttelte den Kopf, »staucht dafür Fiona zusammen, anstatt dieses egoistische Biest von Tammi. Aber was will man erwarten von so einem Liebestrottel?«

Nun war sie doch noch laut geworden. Hielt erschrocken inne.

»Entschuldigen Sie, Frau Hauptkommissarin. Ich komme jetzt gleich zum Punkt.« Sie schloss die Augen, holte tief Luft, lehnte sich in ihren Stuhl zurück. Einen Moment teilten wir die Stille. Das Plätschern der zwei Frauenstimmen draußen, das der Wind zu uns hereintrug.

»Von der Affäre meines Mannes habe ich Mitte August erfahren – auf sehr merkwürdige Weise.« Sie beugte sich wieder vor, legte die Hände auf den Tisch und verschränkte ihre Finger, ihr hellblauer Blick starr . »Eines Tages kam ein Fahrradkurier zu uns nach Hause. Eigentlich lassen die einen ja immer was unterschreiben, aber er gab mir einfach den Umschlag, das wäre so in Ordnung. Ich habe nachgefragt, von wem er kommt, denn ich habe ja nichts erwartet. Er hat bloß gemeint, von der M & L Werbeagentur – das ist die von meinem Mann. Das war zwar seltsam, aber ich hab's wie immer eilig gehabt, also hab ich einfach den Umschlag genommen. Natürlich hab ich gleich nachsehen müssen, was drin ist, und ...« Ihre Züge wellten sich nun doch unter dem Leidensdruck der Erinnerungen. »Es waren Fotos. Von meinem Mann und Tammi.« Sie lachte wie über etwas höchst Absurdes. »Wie in so einem schlechten Film, verstehen Sie? In irgendeinem Café, und sie küssen sich. Als hätte sich ein Privatdetektiv auf die Socken gemacht. Es hat nicht sehr professionell ausgeschaut und überhaupt: Wer außer mir selbst sollte sowas in Auftrag geben?«

Sie sah mich mit aufgerissenen Augen an, dann fiel sie wieder in sich zusammen.

»Aber bis ich mir diese Frage gestellt habe, ist schon etwas Zeit vergangen. Mein Mann kam natürlich zuerst dran. Und dann Tammi. Und plötzlich waren im Seitenspeise nur noch Fiona und ich.«

Sie faltete die Hände und legte sie sich vor die Lippen, schaute nach draußen auf die jungen Frauen. Sah aus, als würde sie vor meinen Augen in ihre adretten Einzelteile zerfallen. Aber nur einen Augenblick.

»Es war mir bisher ein Rätsel, wer diese Fotos gemacht hat und wer sie geschickt haben könnte. Aber gestern ...« Sie richtete sich kerzengerade auf. »Gestern ist hier ein Mann in der Tür gestanden, am Vormittag. Er hat nach Fiona gefragt, aber sie hatte frei. Er war ziemlich nervös und hat sich sehr schnell wieder verzogen, man möchte meinen, er wäre vor mir geflüchtet. Und ich bin mir sicher, dass es der Fahrradkurier war, der mir im August die Fotos vorbeigebracht hat. Und dieser Luis Kronmeier ist doch Fahrradkurier gewesen.« Sie sah mich an, ihre Besorgnis endgültig manifestiert. »Was sagen Sie, Frau Hauptkommissarin. Das kann doch alles kein Zufall sein, oder?«

3

Klenzestraße, fast schon an der Frauenhofer. Seit zwei Stunden starrte ich auf den Eingang eines kleinen Wohnhauses, umgeben von mittelaltem Baumbestand.

Der Tag stand auf der Kippe zur frühen Dämmerung. Der Himmel war überzogen. Narbige Wolken, milchiges Licht. Die morgige Wetterfront zeigte bereits ihr kaltes Lächeln – siegesgewiss, da mochte der Föhn noch so aufbegehren, Menschen mit ihren Einkaufstaschen vor sich her schieben, sie die Hände hochreißen lassen, um ihre Kopfbedeckungen am Davonfliegen zu hindern, sie mit zusammengekniffenen Augen herumlaufen lassen, bis sie endlich zu Hause ankamen.

Zuhause. Wo war das eigentlich? Wie fühlte es sich an? Eine gute Frage für Robbie, doch wer wusste, wann ich ihn das nächste Mal sehen würde. Er war wieder da draußen, ein losgelöstes Teilchen im Kosmos. Und doch ein Teil meines Zuhauses, würde es immer sein.

Blödsinn. Das ist bloß eine dieser alten Überzeugungen, die lassen sich abbauen, hatte Stefan in unseren ersten gemeinsamen Jahren gesagt und dabei vergessen zu fragen, ob ich das wollte: abbauen. Ändern, was ich geworden war. Und jetzt trieb auch er da draußen, nur noch in Umrissen zu erkennen, mein Anker, nach acht Jahren gelichtet. Kam meine Taubheit vom Schmerz? Oder schlimmer, von dem inneren Achselzucken, mit dem man Ereignisse akzeptiert, deren Eintreffen man schon lange vorhergesehen hat?

Dinge, an die man eben denkt, wenn man zu lange auf eine Tür starrt, aus der niemand kommt und durch die niemand hineingeht. Während man sich an aufgebrühtem Laub mit Sojamilchschaum abarbeitet, weil sich der Laden, in dem man sitzt, zu fein ist für Kaffee.

Endlich. Mein Handy, Retter in der Not.

»Du hast heute Vormittag angerufen.« Kris klang fremd. Erschöpfung oder sonst was Tonnenschweres hatte sich über ihre Stimme gelegt. »Entschuldige, dass ich mich jetzt erst zurückmelde.«

»War bloß ein Anruf, kein Marschbefehl. Alles klar bei dir?«

»Hmmm«, sagte sie, kämpfte ein paar Sekunden mit sich. Ihr Mitteilungsbedürfnis gewann mal wieder. »Ich bin noch im Krankenhaus. Wir haben meine Schwester gestern zum Glück mit dem Hausarzt gemeinsam überreden können, dass sie herkommt, bis es ihr besser geht. Sie hat endlich eingesehen, dass sie Hilfe braucht.«

»Tut mir leid. Aber sie ist sicher in guten Händen.« Formeln und Floskeln. Wie ich das hasste. Aber was konnte man sonst sagen?

»Schon. Aber den Kids das zu sagen, wird noch ein Strauß«, sagte sie düster. Dann, etwas heiterer: »Irgendwer muss ja jetzt auf die Schratzen aufpassen. Aber meine Eltern kriegen das schon hin, denk ich. Müssen sie. Eine Ermittlung braucht Ermittler, sagst du ja immer.«

Ich schmunzelte. Zum Glück war Kris nicht da. Womöglich hätte ich sie noch umarmt.

»Brauchst du was von mir?«, fragte ich.

»Ablenkung vor allem.«

»Davon hab ich reichlich«, sagte ich und fasste mal alles für sie zusammen.

»Oha«, sagte sie nach meinem kurzen Bericht. »Und jetzt sitzt du da seit Stunden und wartest, dass jemand vorbeikommt, auf den die Beschreibung vom Kronmeier passt? Haben wir kein Foto in den Akten?«

»Nein. Reitsamer wollte noch eines auftreiben, aber da ist nichts. Ich hab nachgesehen.«

»Im Büro?«

»Wo sonst?«

Beredtes Schweigen, während Kris darüber nachdachte, wie sinnentleert das Leben ihrer Kollegin war. Vielleicht suchte sie auch bloß nach Luis Kronmeiers Bild im Internet.

»Hm, mit Google finde ich ihn auf den ersten Blick tatsächlich auch nicht«, murmelte sie, räusperte sich dann. »Was ist mit dieser Kollegin von Fee? Wie hieß sie noch?«

»Tamara Gsell«, sagte ich. Sie können mich Tammi nennen, hatte sie mir am Telefon mitgeteilt. »Frau Maurer hat mir ihre Nummer gegeben.«

»Und?«

»Na ja, nicht mein Fall. Und Foto hatte sie auch keins. Dafür eine ziemlich detaillierte Beschreibung. Kein schönes Bild. Er war ihr wohl unheimlich.« Ich nahm einen Schluck von meinem Matcha, sah einen Schatten hinter den Bäumen und dem Sicherheitsglas der Eingangstür zu Luis Kronmeiers Haus – eine Frau etwa in meinem Alter, Yoga-Tasche geschultert, Wasserflasche in der Hand, kam heraus. »Andererseits konnten sie und Fee sich auch nicht besonders leiden. Tamara schiebt das natürlich auf Fee. Die hätte sich einschleimen und sie aus ihrem Vollzeitjob verdrängen wollen, weil sie den selbst haben wollte, um mehr zu verdienen, damit sie sich die Miete mit ihrem Freund leisten konnte, ohne weitere Mitbewohnerin. Dass Judith Krings die Ex von Steve war, wusste sie nicht. Nur, dass Fee die Mitbewohnerin unbedingt loswerden wollte.«

Es röchelte in der Leitung. »Das ist ihr gelungen.«

»Fees Version der Ereignisse würde wahrscheinlich anders lauten.«

»Am besten laden wir sie noch einmal vor, wenn wir die endgültigen Ergebnisse von Sebi Kramer ...«

»Ich werde heute mit ihr reden. Sobald ich mir ein Bild von Luis Kronmeier gemacht habe.«

Schweigesekunde.

»Seinen Termin haben wir auf Montag verschoben.«

»Das ist mir zu spät. Außerdem will ich ihn unvorbereitet sehen.«

Kris' Schweigen wechselte die Tonart. Nicht mehr nachdenklich – betroffen.

»Ich hab ein schlechtes Gefühl bei diesem Typen, Kris. Ständig taucht sein Name auf. Er wusste von Fee McFaddens Treffen mit ihrem Ex. Er hat sie jeden Tag im Café mehr oder weniger belagert. Und diese Tammi behauptet, er hätte gar nicht viel geredet, sondern vor allem Fee.«

»Sie hat einem Fremden einfach so ihr Herz ausgeschüttet?«

»Warum nicht? Sie ist einsam. Steve ist eine Enttäuschung und das Leben mit Judith die Hölle. Und dann kommt da Luis und bringt ihr die Wertschätzung entgegen, die sie von Steve nicht bekommt. Und er hört ihr zu. Viele Iren erzählen auch Fremden ihre Lebensgeschichte, ohne sich viel dabei zu denken. Das halten Deutsche dann gern für Freundschaft, dabei wollen die einfach nur reden.«

»Was heißt das?«, fragte Kris. »Hat sie Kronmeier zu ihrem Racheengel gemacht?«

»Ich bin mir nicht sicher, ob Fee weiß, was da hinter ihrem Rücken passiert.«

So viel Urteil in Kris' kurzem Auflachen. Die Logan und ihre Räuberpistolen, die kannst du nicht erfinden. Besser, wir schenken ihr keine Krimis mehr zum Geburtstag.

»Die Theorie ist also, dass Fee sich an Kronmeiers Schulter ausheult und er loszieht und alle missliebigen Personen aus ihrem Leben entfernt? Hinter ihrem Rücken?«

»Vielleicht mit ihrem Segen, keine Ahnung. Fest steht nur, Luis Kronmeier hat Fees Boss und Tammi gestalkt und Fotos von ihnen gemacht, um die beiden auffliegen zu lassen.«

»Behauptet diese Frau Maurer.«

»Sie war ziemlich überzeugend.«

»Warum sollte er das tun?«

»Aus Dankbarkeit. Und vielleicht hat ihm das später nicht mehr gereicht. Vielleicht ist er falsch auf den Kopf gefallen, oder er war schon immer obsessiv, was weiß ich. Wir sollten mal seine Exfreundinnen fragen. Seine Eltern.«

»Aber du hast den Kronmeier doch noch nicht mal getroffen.« Ein Hauch von Verzweiflung, als wollte sie einen Teenager zur Vernunft bringen.

»Darum bin ich hier.« Ich lachte.

Kris nicht. »Ich verstehe die Eile nicht ganz. Wir verurteilen den Kronmeier zu schnell.«

»Wieso wir? Du hältst ihn doch für unschuldig.«

»Der ist schon ein bisschen seltsam, das geb ich zu, aber ...« Sie schien nicht mehr weiter zu wissen. Oder ich hörte nicht mehr zu.

Ein Mann zwischen jung und mittelalt, kam von der Fraunhofer um die Ecke, behängt mit einem vollgestopften Rucksack und einer Einkaufstasche aus Plastik. Nicht der erste in den letzten Stunden. Nicht der erste mit dunklen kurzen Haaren. Trotzdem. Etwas, das in meinem Ohr klang wie eine Stimmgabel. *Die Brille* hatte Sie-können-mich-Tammi-nennen gesagt. *So eine wie John Lennon.*

Der Typ hier trug genau so eine. Oder? Ich blinzelte, wollte meinen Blick schärfen, aber ein Kastenwagen rollte zwischen uns, bremste vor der roten Ampel.

War das Luis Kronmeier? Verpasste ich ihn etwa gerade?

Nur ein Weg, das rauszufinden.

Luis, jetzt

Er wandelt durch den Tag wie ein Zombi. Die Widerhaken der Nacht zerren an jedem Organ, stechen in jeden Muskel. Die Nacht – zuerst Schmerz, dann ein schwarzes Loch, das ihn mit Haut und Haaren verschluckt hat. Nicht zum ersten Mal, nicht zum letzten.

Inzwischen geht es ihm besser. Die Erinnerung an die vergangenen Stunden hat zwar ein paar Lücken, aber das ist nichts Neues. Sein Gedächtnis zusammen mit dem Schmerzzentrum niedergeknüppelt. Ein Preis, den er gerne bezahlt.

Fees Besuch, gestern noch ein Menetekel, Vernichtung – zu viel Risiko eingegangen, zu viele Fehler gemacht. Blödsinn, denkt er. Ein kleiner Ausrutscher. Davon war er mittags beim Aufstehen überzeugt, und das gilt auch jetzt. Die Tüte mit Lebensmitteln beruhigend schwer in seiner Hand. Er hat zu viel eingekauft. Für zwei. Wie dumm. Aber er mag die Vorstellung – sie bei ihm zum Essen, ihre Körperwärme auf seiner Couch, ihr Gesicht in einem seiner Handtücher. Nur eine Frage der Zeit.

Die Plastikhenkel schneiden unangenehm in seine Finger. Macht nichts, er ist gleich da. Geht schneller. Mit dem Rad fährt er nicht mehr seit dem Unfall. Zu gefährlich. Wie der Unfall der Öko-Bitch ja zeigt.

Er schmunzelt. Dann nicht mehr, denn auf der anderen Straßenseite steht eine Frau auf dem Gehsteig, die da nicht hingehört.

Dunkle Haare um ein blutleeres Gesicht, das nur aus grünen Augen und rot geschminkten Lippen zu bestehen scheint, entschlossen und unverschämt. Keine Jacke, nur ein teuer aussehender schwarzer Pullover, grobmaschig genug, um etwas Haut durchscheinen zu lassen. Es sieht zart aus, und gleichzeitig vulgär. Gerade lässt sie ein Smartphone in der Gesäßtasche ihrer Jeans verschwinden. Er starrt sie an, ohne es verhindern zu können, und sie begegnet seinem Blick. Keine Einladung wie bei Fee – eine Herausforderung. Sie lächelt spöttisch.

»Haben Sie gerade ein Foto von mir gemacht?«, sagt er und geht auf sie zu.

Sie läuft nicht weg, reckt das Kinn vor. Aus Umrissen werden Details. Sommersprossen, die Haare voll, aber brüchig, sie flattern im Föhn, der Pullover spannt um ihren Mittelteil, so seltsam plump gegen ihr klassisches, fast elegantes Gesicht, die Haut wie Eischnee mit verblassten Sommersprossen. Haut für rote Haare.

»Sorry«, sagt sie ohne Bedauern, ihre Stimme kühl und klar. Eine von denen mit vollstem Vertrauen in sich selbst. »Ich wollte Ihr Haus fotografieren, nicht Sie.«

Mit den hohen Absätzen ist sie gleich groß wie Luis.

»Eine Freundin von mir hat mal hier gewohnt. Sie ist nach Hamburg gezogen, und jetzt saß ich da drüben im Café und wollte spontan ein Foto machen und ihr schicken, aus Nostalgie. Auf Google Maps ist ja immer alles verpixelt, Sie wissen schon.« Sie schnauft, als hätte sie sich beeilt. Scheint zu erkennen, dass er ihr kein Wort glaubt.

»Ja, zum Glück. Wie heißt Ihre Freundin?«, fragt er. »Ich wohne schon lang hier, vielleicht kenne ich sie?« Ein Bluff. Er hat sich nie wirklich darum gekümmert, wer hier noch wohnt.

»Rita Meisl«, sagt sie, ohne zu zögern. »Aber ich wette, das war vor Ihrer Zeit, Sie sehen dafür viel zu jung aus.«

Der Charme einer Schlange.

»Ist mir egal. Ich will nicht, dass Bilder von mir im Umlauf sind. Nur weil die Lemminge ihre Seele an Corporate Amerika verkaufen, gebe ich noch lange nicht die Kontrolle über meine Privatsphäre ab.«

Ihr Blick hat sich verändert. Hat etwas von den Bombenentschärfern im Film. Welchen Draht durchschneiden – rot oder blau?

»Okay, okay.« Sie greift in ihre Hosentasche, zieht ihr Handy hervor wie eine Waffe. »Wenn Sie darauf bestehen, lösche ich das Bild, auf dem Sie zufällig gelandet sind, an Ort und Stelle. In Ordnung?«

Sie wischt ein paar Bilder weg. Macht Halt bei einem Graupapagei in Nahaufnahme, der Schnabel riesig, die Augen schwarze, irre Stecknadelköpfe. Surreal. Dann das Bild von seinem Haus mit ihm. Auf seltsame Art sieht er dem Graupapagei ähnlich. Sie löscht es, genauso das nächste. Etwas in Luis' Magen beginnt, sich langsam um die eigene Achse zu drehen. Sein Vortrag von vorhin – paranoid, sogar in seiner Erinnerung.

»Okay?« Die Schlange klingt jetzt beschwichtigend, sanft. Dreht sich weg von ihm und macht ein sorgfältiges Foto von dem Haus. Dann ist das Handy wieder in ihrer Hosentasche. »Nichts für ungut.«

»Tut mir leid«, macht sich sein Mund selbstständig. »Aber in unserem Haus wird immer wieder eingebrochen. Man kann nicht vorsichtig genug sein.«

»Paranoid sind nur die, die zu viel wissen von der Welt«, sagt sie. Lässt offen, ob sie es ernst meint. »Und jetzt gehe ich mal zurück zu meinem Tee«, sagt sie. Verabschiedet sich mit einer Geste und nutzt eine Lücke zwischen zwei Autos, um die Straßenseite zu wechseln und im Café gegenüber unterzutauchen. Lässt Luis zurück mit einer neuen Gewissheit: Diese seltsame Scharade, diese beunruhigende Frau, sie waren Unheilsboten. Der Anfang vom Ende.

Verflucht

1

Fuck! Scheiße! Verdammter Mist!

Diskrete Observierung war was anderes. Wenn Konstantin hiervon erfuhr, würde er mich an die Wand brüllen. Worte wie Kompetenzüberschreitung, Teamunfähigkeit, Verantwortungslosigkeit würden fallen, und das zu Recht.

Auch Kris hatte auf den telefonischen Bericht über meinen spontanen Ausflug in die Klenzestraße nur einsilbig reagiert. Für mehr war sie zu befremdet gewesen.

KHK Patrizia Logan war kein Heißsporn, bekannt weder für Alleingänge noch für unüberlegte Aktionen. Normalerweise.

Aber nichts war mehr normal heute. Ein vages Grauen nistete in meiner Brust und im Magen. Prophezeite mir, dass dieser Fall noch nicht aufgegeben hatte, trieb mich zur Eile an, wenn damit nicht noch Schlimmeres passieren sollte. Wie dieses Schlimmere aussah? Wie ich das meiner Kollegin begreiflich machen sollte? Nicht fragen, Patsy, machen.

Und ich machte.

Erklärte Kris, dass sie sich keine Sorgen machen müsse. Nichts tun brauche, außer sich zu erholen, ihre Woche sei hart genug gewesen. Ja, auch ich würde mir eine Auszeit nehmen, die Füße hochlegen. Sollte sich etwas Fallrelevantes tun, würde sie von mir hören, ansonsten Montag.

Während die Rechnung kam, betrachtete ich das Foto von Luis Kronmeier vor seinem Haus, das ich noch rechtzeitig in meine Cloud hatte speichern können, bevor ich es vor seinen

Augen von meinem Handy gelöscht hatte. Leistete mir ein Schmunzeln. Mission erfüllt.

2

Bei meiner Rückkehr in die Breisacher war es bereits dunkel, der Föhnsturm im Todeskampf. Die Wohnung ein Vakuum mit vier Wänden, Paulis kleine Voliere im Wohnzimmer verdreckt, Federn und Kernhülsen und Apfelteilchen und sägespanfeine Überreste seiner zerlegten Sitzäste in weitem Radius gestreut. Als ich ihm meine Hand zum Sitzen anbot, schnappte er nach mir. Mein grauer Begleiter über die letzten 25 Jahre, das einzige Erbstück meines Dads, war angepisst von den ungewohnt vielen allein verbrachten Stunden, von Stefans Abwesenheit, der gestörten Routine, von mir.

Ich besänftigte ihn mit einer Scheibe Mango, während ich aufräumte. Dann setzte ich mich für ein paar Minuten auf die Couch, schnupperte an der nicht wie üblich zusammengefalteten, sondern zerknüllten Wolldecke, die nach Stefan roch, nach Walnüssen und Antiquariat. Fragte seine Mailbox, wie es ihm ging, und weil ich nicht wusste, was ich ihm über meinen Tag erzählen sollte, entschuldigte ich mich. Ich hatte mein Bestes für ihn und unsere Zukunft gegeben, und es hatte nicht gereicht.

Ein paar Minuten lang betrachtete ich noch mein stummes Handy. Dann rief ich Fee McFadden an.

3

Sie schien meinen Anruf erwartet zu haben, meinem Vorschlag, sie für ein kurzes Gespräch zu besuchen, setzte sie nichts entgegen.

Schon von Weitem konnte ich ihren reglosen Umriss im erleuchteten Fenster sehen. Als sie mich am Lift im dritten Stock abholte und in die Wohnung begleitete, wirkte sie nervös. Ihre Jeans war ausgebeult, ihr Pullover groß genug für Steve. Ihr Haar chaotisch am Hinterkopf geknotet. Fahrige Gesten, Hände wie flatternde Schwingen, ihr Englisch verwaschener, irischer als sonst. Die Fiona McFadden vom Mittwoch, entgegenkommend und entschlossen, einen guten Eindruck zu machen, war nur noch in Spuren vorhanden.

»Verzeihen Sie, Detective«, sagte sie, einen verzweifelten Zug um den Mund. »Aber Steve ist in der Arbeit, und ich weiß gerade nicht wohin mit mir. Das mit Judith ist einfach unfassbar. Jeden Augenblick warte ich auf die Nachricht, dass wieder jemandem was Schreckliches zugestoßen ist, weil ich verflucht bin oder sowas. Kommen Sie mir lieber nicht zu nahe, sonst holen Sie sich auch noch den Tod.«

Ihr Lachen, es passte nicht zu ihr. Aufgestiegen aus einer Tiefe, in die ich selbst schon oft genug gestarrt hatte.

Zerstreut bot sie mir an, mich zu setzen. In die Küche, bitte. Gerade groß genug für einen Tisch für zwei. Wohnzimmer gab es keines. Steve und sie hatten es zu ihrem Schlafzimmer gemacht, die Futon-Couch permanent ausgeklappt und bezogen. Rundherum das Durcheinander, das entsteht, wenn zu viele Menschen auf zu kleinem Raum zusammenleben. Kleidungsstücke zwischen halb abgebrannten Kerzen, benutztes Geschirr zwischen Fernbedienungen, von Fingerabdrücken verschmierte Tablet-Computer.

»Judith hat da drin geschlafen«, sagte sie und zeigte auf

eine geschlossene Tür. Weiße Spanplatte, darauf ein kleiner Bilderrahmen mit einer rauchenden Nadja Auermann in ihren besten Jahren. »Da drin hat sie sich vor Steves und meinem Chaos abgeschirmt.«

Ihre Stimme so trocken wie ihre Lippen. Seit Judith Krings sich gestern Morgen auf den Weg zur Arbeit gemacht hatte, war die Tür nicht mehr geöffnet worden.

»Ich hab sie summen gehört. Sie war gut drauf«, sagte Fee düster.

Aus dem Wasserkocher dampfte es.

»Wollen Sie Tee? Sie sind doch Irin, oder? Ich hab Barry's da.«

»Halb-halb. Meine Mama kommt aus Bayern.«

»Und Ihr Dad? Woher kommt der?«

»Raheny.«

»Oh, Dublin. Lyon's hab ich leider keinen da.«

»Nah, der ist mir zu bitter. Ich bin ein Barry's-Girl«, sagte ich, und Fee McFadden lächelte zaghaft. Die irischste aller Unterhaltungen. Wärme stieg in mir auf. War sie das schon, die Nostalgie des mittleren Alters?

Das harte Münchner Wasser kostete meinen Tee die typisch goldbraune Farbe, überzog ihn mit bräunlicher Haut. Er schmeckte trotzdem. Nach besseren Zeiten, wann immer die gewesen waren.

»Wie kann ich Ihnen helfen, Detective?«, fragte sie nach intensiver werdendem Schweigen, begleitet nur von den nervösen Mikrogeräuschen, die sie von sich gab.

»Kennen Sie den Mann hier?«, fragte ich und ließ sie einen Blick auf mein Handy werfen.

»Natürlich.« Sie hob ihren Blick trotz gesenktem Kopf. Sah plötzlich lauernd aus. »Luis. Ein Freund von mir. Ich glaube, Sie haben schon vor ein paar Tagen mit ihm gesprochen. Wegen meinem Alibi.«

»Ihrer Zeugenaussage.«

»Ich weiß, dass ich verdächtigt werde«, beharrte sie mit Blick auf die Tischplatte. »Ist doch logisch. Ich bin Donals Frau, ich habe ihn zuletzt gesehen. Himmel, ich würde mich selbst verdächtigen, wenn ich Sie wäre.«

»Wollen Sie ein Geständnis ablegen?«

Sie sah mich lange an, schüttelte den Kopf. Machte einen Versuch, ihre Tasse zum Mund zu heben, gab auf, als wäre sie plötzlich zu schwach dazu.

»Wie gut kennen Sie Luis Kronmeier, Fiona?«

»Ziemlich gut«, sagte sie rasch. Dachte dann noch einmal nach. »Seit seinem Unfall vor unserem Café kommt er oft vorbei, und wir unterhalten uns, wenn ich Zeit habe.«

»Was heißt oft?«

»Jeden Tag eigentlich. Er ist seit dem Unfall im Krankenstand. Er hat keine Familie in München, soweit ich weiß, und da hat man eben viel Zeit.« Ihr Blick richtete sich kurz nach innen, hellte sich dann wieder auf.

»Wie lange bleibt er so jeden Tag?«

Achselzucken. Prusten. Achselzucken. »Ein, zwei Stunden schon. Je nachdem. Wenn ich viel zu tun habe, liest er.« Kurz schmunzelte sie. »Aber meistens ist nicht viel los, also reden wir viel. Beziehungsweise ich. Der Arme muss vor allem mir zuhören. Seine Schulden bei mir abbezahlen.«

Ihre Kraft schien zurückgekehrt, und diesmal schaffte es die Tasse bis an ihre Lippen. Sie schloss die Augen beim Trinken, und einen Augenblick, nur eine halbe Sekunde lang glaubte ich, Fiona McFadden durch die Augen von Luis Kronmeier zu betrachten. Ein Leuchtwesen wie Tinkerbell aus Peter Pans Märchenwelt, schutzlos und mächtig zugleich, das man gern auf seinem Nachttischchen stehen hätte. Unter einem Glassturz, ganz für sich alleine.

»Was erzählen Sie Luis da so?«

Das Blut stieg ihr in die Wangen. »Wahrscheinlich zu viel. Aber warum ist das interessant für Sie?«

Zum Glück war ich die Frau, die hier die Fragen stellte. »Woher wusste er zum Beispiel, dass Ihre ehemalige Kollegin Tammi und Ihr Chef, Herr Maurer, ein Verhältnis hatten?«

Überraschung verzog ihr die Stirn mal nach oben, mal nach unten. »Das war nur so eine Vermutung von Luis, weil Tammi einfach mit allem durchkam bei ihm. Ich bin bei solchen Sachen immer schrecklich naiv. Gutes katholisches Mädchen.«

Ihr Lächeln dazu sah weder gut noch katholisch aus.

»Und als Tammi gefeuert wurde? Haben Sie da noch immer nichts vermutet?«

»Sehen Sie«, sagte sie, als bestätigte sich gerade eine Theorie. »Nicht mal das haben die mir am Anfang gesagt. Eines Tages stand plötzlich Anita im Laden und meinte, Tammi hätte jetzt keine Zeit mehr für das Seitenspeise, wegen ihres Studiums, ich könnte den Job jetzt ganztags haben, wenn ich wollte, und sie würde mit aushelfen. Mit Tammi hab ich mich nie besonders vertragen, und ich hatte genug eigene Probleme. Ich war nur froh, dass ich sie los war, da stelle ich doch keine blöden Fragen. Verstehen Sie?«

Ja, ich verstand. Ignorieren, wegschauen – all das erforderte Talent, und Fee McFadden schien im Augenverschließen ein Genie zu sein. Jemand musste sie ihr öffnen. Und das tat ich.

Während ich ihr die Geschichte von Anita Maurer und den Fotos und Luis Kronmeier, Fahrradkurier außer Dienst, erzählte, wurden sie immer größer, immer blauer, immer feuchter. Wo zuvor künstliches Räuspern gewesen war, scharrende Füße, rastlose Finger, die über trockene Haut kratzten, waren jetzt nur Stille und Starre. Ihre Fingerspitzen über den Lippen.

»Von mir hat er die Idee nicht«, nuschelte sie. »Das müssen Sie mir glauben, Detective. Ich hab ihm nie gesagt ...«

»Das behaupte ich gar nicht.«

»Aber warum sollte Luis sowas machen?«

»Sagen Sie es mir. Warum besucht er Sie täglich? Warum hört er sich all Ihre Probleme an, bis ins letzte Detail? Warum stalkt er Menschen, die Sie nicht mögen, und rächt sich ungefragt für Sie?«

Ihr Blick traf meinen ein paar Sekunden, schweifte dann weiter. In die Vergangenheit, zum anderen Ende eines losen Fadens.

»Sagen Sie, Fee«, sagte ich und leerte meine Tasse. »Hatten Sie jemals das Gefühl, dass Luis auch Sie verfolgt? Oder jemanden aus Ihrem näheren Umfeld?«

Reflexartig schüttelte sie den Kopf, zuerst entschieden, dann langsamer. Hielt inne und starrte mich an, den losen Faden plötzlich in der Hand.

Fee, an Halloween

Es ist ein Tag unter schlechtem Stern, von Anfang an. Judiths wie üblich vollkommen verhagelte Miene. Einzige Kontaktaufnahme im Vorübergehen: *Ihr könntet wirklich mal aufräumen. Man bricht sich den Hals auf dem Weg in die Küche.*

Steve? Hilft ihr nicht. Im Gegenteil, er stellt sich schlafend, obwohl er sonst immer mit ihr aufsteht und einen Kaffee trinkt, egal wie spät er nach dem Shamrockers ins Bett kommt. Weil er sauer ist wegen Donal. Weil Fee trotz seiner zahlreichen Einsprüche über die letzten Wochen hinweg das Treffen mit ihm nicht abgesagt hat.

»Was versprichst du dir davon?«, schüttelte er noch gestern den Kopf über sie. »Er hat dich auch früher nicht gut behandelt, obwohl du nett zu ihm warst. Und seit ich in deinem Leben bin, will er dich demütigen, sooft er kann. Warum ermutigst du ihn noch, warum machst du da mit?«

»Deinetwegen. Ich will nicht, dass du wieder durch den Dreck gezogen wirst in Bray, nur weil wir zusammen sind.«

»Das werd ich sowieso. Egal, wie sehr du dich für Donal erniedrigst. Es wird nichts ändern.«

Falls er die Tränen sah, die ihr wegen seiner Grobheit in die Augen schossen, ignorierte er sie. Bemerkte nicht den zunehmenden Zorn darin. Wahrscheinlich die Routine. Sie streiten sich so oft in letzter Zeit.

»Ihn abblitzen lassen macht es auf jeden Fall schlimmer«, sagte sie, und Steve überließ ihr seufzend das letzte Wort. Seitdem haben sie keines mehr miteinander gesprochen.

Er war bei ihrer Rückkehr aus dem Seitenspeise schon im

Shamrockers. Früher als sonst, um ihr aus dem Weg zu gehen. Nur eine kurze SMS:

> Alles Gute für später, sag Bescheid, wie es war. ♥

Auch wenn ihr der Streit eigentlich leidtat. Sie konnte sich nicht überwinden, Steve zu schreiben, bevor sie zur Münchner Freiheit fuhr, um Donal zu treffen. Stattdessen chattete sie mit Luis. Der ist immer da, wenn sie ihn braucht. Schnappt gierig nach ihren spärlichen Aufmerksamkeiten. Auch wenn ihr das nicht ganz geheuer ist – es ist das, was sie jetzt braucht. Dieses zwiespältige Kitzeln zwischen Angst und Geschmeicheltsein. Für wen sonst steht Fiona McFadden im Mittelpunkt?

Und so ließ sie sich von Luis einen Biergarten vorschlagen, in den sie Donal mitnehmen kann. Einen nicht zu weit weg von Donals Unterkunft, damit er sich nicht wieder verläuft. Trotzdem bevölkert genug, damit Donal nicht auf blöde Gedanken kommt.

Seltsam eigentlich. Woher die Vorsicht? Donal hat sie nie geschlagen. Die unausgesprochene Drohung, er könnte es tun, ihr Wissen, dass er dazu fähig wäre, reichten schon.

Das Treffen mit Donal bereut sie, kaum dass sie ihn auf der Leopoldstraße die Seite wechseln sieht. Der Einzige, der nicht an den roten Fußgängerampeln wartet, sondern eine Lücke im Verkehr nutzt, sich nicht schert um die zurechtweisenden Blicke der wartenden Herde, den deutschen Druck nach Konformität und Gesetzestreue.

Ein echter Kerl. Ihre Kolleginnen von der Klinik waren immer begeistert von ihm. Die mittelalten Bardohlen im McFadden's, die mit rauchigen Stimmen über jeden seiner Witze gegackert, die varikösen Beine ohne Strümpfe nur für ihn in hohe

Hacken gequetscht hatten. Verständlich. Er sieht gut aus. Seine dunklen Haare länger und mit neuem Undercut, schicker Pullover unter neuem Parka. Kraftvolle, federnde Bewegungen, der selbstverständliche Anspruch auf Dominanz, das Grübchen im Kinn.

Und doch ist ihr klar – etwas stimmt nicht mit ihm. Aggression, nur mühsam im Zaum gehalten, eilt ihm voraus. Ein hektischer Glanz, sichtbar schon von hier. Er hat getrunken. Vielleicht sogar irgendwas anderes genommen.

Noch hat er sie nicht gesehen. Kurz überlegt sie, sich in den Eingang des Ladens zu flüchten, neben dem sie wartet. Doch der Laden ist nicht groß oder verwinkelt genug, um darin unterzutauchen. Als sie sich nach einer Alternative umsieht, ist da auf der anderen Straßenseite plötzlich Luis. Oder jemand, der ihm ähnlich sieht. Er steht in der Traube von Wartenden an der Fußgängerampel, dritte Reihe, eine Mütze auf und darüber noch die Kapuze eines Hoodies und eine Jacke, die sie von Luis nicht kennt. Er sieht starr geradeaus an ihr vorbei, und nach wenigen Augenblicken, als sich der Pulk in Bewegung setzt, geht er darin auf. Und ihre Chance ist vorbei, und Donal hat sie nicht nur entdeckt, sondern schon erreicht, wächst vor ihr in den Himmel und grinst auf sie herab.

»Fee, Kleines, wie schön, dich endlich wieder in den Armen zu halten. Das hab ich vermisst. Und hübsch hast du dich gemacht«, sagt er durch rotweinverfärbte Zähne. »Hast dich als Engel verkleidet oder was?«

Er drückt sie fest an sich, lässt etwas von seinem Alkoholdunst an ihrer Haut zurück und etwas Fahrenheit, runzelt die Stirn, als sie sich von ihm löst.

»Was ist los mit dir?« Alles, was von ihm ablenkt, ist eine potenzielle Bedrohung. »Nervös? Ist nicht nötig.«

»Nervös? Nein.« Sie lacht. Merkt, wie das Donals ruhiggestellter Aggression einen Tritt versetzt. Stellt fest, dass es ihr gefällt. Was soll er ihr schon tun? Hier, zwischen all den Menschen? »Ich hab bloß gedacht, ich hab einen Freund von mir an der Ampel gesehen. Mehr nicht.«

»Ach so, einen Freund?« Er zieht das Wort ironisch in die Länge, dreht sich in verschiedene Richtungen, als würde er irgendwo Steve erwarten. Fährt sich mit den Fingern durch die Haare, zuckt ein wenig zurück. Ein roter Schlitz in der Haut, kaum verkrustet, kommt zum Vorschein.

»Was hast du da?«, fragt Fee, zeigt auf die Wunde.

Ein verdammter Reflex, so zu lächeln. Ihm gleich helfen zu wollen. Seine Bedürfnisse über ihre eigenen zu stellen. Doch alte Gewohnheiten sterben langsam. Und ihr Mann, nach außen hin runderneuert, nimmt mit sichtlicher Genugtuung zur Kenntnis, dass Fee sich um ihn sorgt.

»Siobhan, diese verfluchte Bitch«, knurrt er. »Jetzt dreht sie vollkommen durch.«

»Was ist passiert? Hast du es anschauen lassen? Das sieht böse ...«

»Wozu?«, erwidert er ungehalten, besinnt sich dann wieder auf die Charmeoffensive, mit der er ihre Begegnung begonnen hat. »Am Anfang hab ich geblutet wie Sau, aber jetzt sieht es wieder ganz gut aus.« Er lacht, zwei raue Silben. »Und jetzt brauch ich endlich ein Bier. Zwei Tage in München und noch keine einzige Maß intus. Das muss sich ändern.«

Sonntag, 12. November

*And you're playing to the crowd
as the ship goes down comforting me*

Tom McRae; »Karaoke Soul«

Dumm sterben

1

Es war eine kurze Nacht, zerschlagen in zahllose Fragmente. Immer wieder wurde ich aus der Schleife des immer selben Traums geschleudert: Mein Dad an einer Klippe, der Wind, der sein Hemd flattern lässt, bevor von der Seite eine gesichtslose schwangere Frau zu ihm tritt und ihn hinunterstößt.

Irgendwann gab ich auf, verließ das Bett und machte mir einen Tee. Wenn ich sowieso nicht schlief, konnte ich auch genausogut über Fiona McFadden nachdenken.

Ihr Treffen mit Donal an Halloween, vor dem sie Luis Kronmeier auf der Straße gesehen hatte, und dann noch einmal, etwas später am Abend, als sie aus der Cocktailbar in der Feilitzschstraße kamen. Dann noch der seltsame Fremde, den Judith vor einigen Wochen um ihr Haus hatte schleichen sehen. Ihre Beschreibung habe auf Luis Kronmeier gepasst, aber gab es nicht dunkelhaarige Männer mit Brille wie Sand am Meer? Kleine Merkwürdigkeiten, scheinbar ohne Verbindung zueinander, denen Fee kaum Bedeutung zugemessen hatte; untergegangen im turbulenten Alltag und der Aufregung um Donals Verschwinden.

Jetzt verknüpften sie sich zu einem Bild. Einer Theorie, absurd und schlüssig zugleich. Von Dankbarkeit, die zur Verliebtheit mutiert und dann zur Besessenheit. Vom Unfallopfer, das sich selbst zur Schutzmacht über die Frau erhebt, die es als seine Retterin sieht.

»Naiv« hatte Fee sich gestern Abend bei der zweiten Tasse Tee selbst genannt. Sie habe zwar immer viel mit Menschen mit mentalen Problemen zu tun gehabt, aber vielleicht dennoch unterschätzt, was die Kopfverletzungen in Luis ausgelöst hatten. Wie besessen er von ihr war und wie weit ihn das treiben konnte.

Erst am Freitagabend habe sie sich zum ersten Mal wirklich Gedanken gemacht, nachdem Luis sie plötzlich zu küssen versucht hatte. Nur mit Mühe habe sie ihn zurückdrängen können.

»Es war wie ein ... Anfall. Eine Sekunde lang hab ich gedacht, jetzt überwältigt er mich, aber dann hat er doch aufgehört, und es tat ihm sehr leid. Ich wollte es eigentlich auch als Ausrutscher sehen«, hatte sie mit leerem Blick auf die sauber gewischte Tischplatte gesagt. »Aber wenn er wirklich ein Stalker ist, was wenn ...« Sie hatte sich mit zusammengepressten Lippen am Weiterreden gehindert.

»Hat er sich danach noch einmal bei Ihnen gemeldet?«

»Nein.« Sie sah mich hilflos an. »Luis wusste wirklich so ziemlich alles von mir. Und er hat immer eine Menge Medikamente genommen wegen seiner Kopfschmerzen. Wer weiß, was sowas auslösen kann. Glauben Sie, er ist uns gefolgt, um Donal eins auszuwischen, weil ich mich so viel über ihn beschwert habe? Oder Judith? Das ... es klingt so ... unglaublich, finden Sie nicht, Detective?«

»Das Leben ist manchmal ein schlechter Film«, hatte ich geantwortet, insgeheim Fee aber natürlich recht gegeben.

Der Gedanke, Luis Kronmeier könnte seine Besessenheit auf die Spitze treiben, klang einerseits absurd. Widersprach allem, was mir schon immer gepredigt worden war und ich an Kris weitergegeben hatte: Die banalste Erklärung stimmt meistens.

Andererseits – Luis hatte Fees Arbeitgeber und ihre Kollegin gestalkt, höchstwahrscheinlich Fee selbst, falls er es gewesen war, der von Judith vor nicht langer Zeit überrascht worden ist. Hatte seine Besessenheit die nächste Stufe erreicht? Hatte er die Initiative ergriffen, nachdem er gesehen hatte, wie die McFaddens im Streit auseinandergegangen sind, und Donal auf dem Nachhauseweg konfrontiert? Hatte er Blut geleckt und auf die nächste Gelegenheit gewartet?

Oder verlor ich gerade den Verstand? Sah Verbindungen, wo gar keine waren? Eine Geschichte, die zu meiner persönlichen Endzeitstimmung passte? Und wenn die Theorie stimmte, befanden sich dann nicht noch mehr Menschen in Gefahr, während ich hier rumsaß und nichts tat?

Und so weiter und so fort, munter im Kreis. Erst als sich draußen langsam der nächste Tag zu formen begann, siegte die Vernunft. Am Montag kam von den Forensikern vielleicht schon ein eindeutiger Hinweis, und alle Nebel würden sich lichten. Bis dahin konnte ich es ja nochmal mit Schlafen versuchen.

2

Als ich nach meinem dünnen Süppchen von Schlaf die Kraft fand, auf die Uhr zu sehen, war es fast zwei Uhr nachmittags. Die Wohnung war still. Beunruhigend. Ohrstöpsel hin oder her, Pauli hätte mich mühelos aus dem Schlaf gekrächzt, wenn ihm langweilig geworden wäre. Spätestens um zehn. Stattdessen rauschte nur Blut in meinen Ohren.

Raus aus dem Bett, hinaus in den Gang – hatte ich die Schlafzimmertür nicht offen gelassen gestern? –, hinüber in die Küche. Paulis Käfig nicht mehr verdeckt und leer. Mein privates Handy auf dem Esstisch, daneben das für die Arbeit. Beide blinkten träge. Signalfeuer. Wenn ich keine Bereitschaft hatte, war jeder Anruf am Wochenende eine potenzielle Sturmwarnung.

Ich streckte meine Hand danach aus, zuckte zurück.

Stefan. Pauli auf der Schulter, stand er in der geöffneten Doppeltür zum Wohnzimmer, wie immer in kurzen Ärmeln, weil ihm ständig zu heiß war, die Haare in alle Richtungen, die Hände in den Taschen seiner Jeans.

»Na?« Er wirkte wider Willen erheitert. »Wen hast du erwartet?«

»Dich jedenfalls erst morgen.«

»Na hör mal. Gestern hast du dich schon per Mailbox bei mir verabschiedet. ›Ich hab alles versucht, es hat nicht gereicht.‹ Ich hab gedacht, ich komm zurück, und die Wohnung ist halbleer.«

»Sowas traust du mir zu?«

»Ich trau dir alles zu.«

Er hatte sich noch nicht vom Fleck bewegt. Ich ging zu ihm, zog ihn an mich. Hielt ihn fest, als könnte er zurückweichen, Widerstand leisten. Tat er nicht. Kam mir aber auch nicht entgegen. Sein Körper schien seine innere Spannung verloren zu haben. Pauli, der durch unsere Umarmung ins Schwanken geriet, machte ein missmutiges Klickgeräusch und schwirrte ab ins Wohnzimmer zu seiner Sitzstange.

»Blödsinn«, sagte ich. »Gute und schlechte Zeiten, hab ich gesagt, kannst du dich erinnern?«

Stefan schnaufte schwer. Der Ehe und vor allem ihrer katholischen Interpretation hatte er immer misstraut. Aber meine Mutter hatte ihr Leben schon immer mit Religion besser ertragen, und nach all dem Ärger, den sie jahrelang mit mir gehabt hatte, war eine kirchliche Hochzeit das Mindeste gewesen, was ich für sie tun konnte. Und Stefan hatte geordnete rechtliche Verhältnisse gewollt. Den zukünftigen Kindern zuliebe.

Und doch war es ein schöner Tag gewesen. Meine Brüder hatten wie immer zu viel getrunken, aber sich trotzdem benommen, sogar Robbie. Stefans Eltern, endlich mal ohne Stock im Arsch, hatten unangemessen laut gelacht und Stefan ... Stefan. Dr. Fuchs, Gegner von Kosenamen. Mein Mann. Dessen Gesicht von einem Grinsen erleuchtet wurde, als er mich in meinem roten Petticoat sah. Der mich zum ersten Mal hatte denken lassen: So, das ist es. Das ist mein Leben. Gut so.

Herzallerliebst, diese Naivität.

»Bin gespannt, wann die guten Zeiten wieder anfangen«, brummte er und zog sich von mir zurück. Eine kühle Barriere baute sich wieder zwischen uns auf.

»Warum schlafen wir nicht mal wieder miteinander«, sagte ich. »Einfach so, wie früher.«

Ein Lächeln entwischte ihm. Wehmütig und, noch schlimmer – schuldbewusst.

Dr. Stefan Fuchs war nie schuldbewusst. Die Rollen zwischen uns waren seit Jahren fest verteilt, und die Bösewichtin war ich. Was jetzt kam, war neu, nie dagewesen.

»Nicht alle Probleme lassen sich mit Sex lösen, weißt du?«

»Einen Versuch wär's wert. Oder willst du um diese Tageszeit schon mit Wein anfangen?«

»Ich muss was loswerden, Pat«, sagte Stefan. »Eigentlich schon länger, aber du warst ja kaum ... greifbar.«

Halt den Mund, schrie es in mir. Bleib mir vom Leib mit deiner Ehrlichkeit.

Schön wär's gewesen. Er sprach schon. Worte, wahrscheinlich über Tage hinweg gedrechselt und geprobt.

»Es gab da eine Klientin.«

Ich lachte, eine ungläubige Silbe. Das war's? Ein jämmerliches Klischee?

»Es ist nichts passiert zwischen uns. Sie wollte es, aber ...«

»Du doch auch. Oder warum erzählst du mir das jetzt?«

Noch nie hatte ich Stefan sich schämen sehen, aber für alles gibt es ein erstes Mal.

»Sie ist nicht mehr meine Klientin. Ich habe ihr einen anderen Therapeuten vermittelt.«

Dann musste es wirklich was Ernstes gewesen sein. Jedenfalls musste er sonst was befürchtet haben, wenn er die Reißleine gezogen hatte. So wie ich bei Ben Ferguson letztes Jahr. Nur etwas früher vielleicht.

»Nach wie vielen Monaten?«

»Vielleicht ein halbes Jahr. Sie ist schon seit September weg.«

Sechs Monate. Zwei erfolglose künstliche Befruchtungen lang. Und ich hatte es nicht bemerkt. KHK Ahnungslos.

»Habt ihr euch gesehen seitdem?«

»Nein.«

»Aber du denkst an sie?«

Er stand nur da, seine Schultern zwei traurige, abschüssige Hügel. Fragte stumm, warum ich ihn und mich so quälte.

Weil ich es verdient hatte, ganz einfach.

»Warum erzählst du mir das alles?«, fragte ich.

»Weil uns das ständige Verschweigen umbringt, Pat. Robbie ist in so vielen Dingen ein Knallkopf, aber da hat er recht. Wir brauchen endlich mal Klartext zwischen uns.«

Vielleicht stimmte das. Vielleicht wollte Stefan uns aufrütteln und dadurch retten. Es sei denn, er wollte sich bloß an mir rächen für alles, was ich ihm vorenthalten hatte und noch immer vorenthielt, von meinem Innenleben bis zum Nachwuchs, in mich schneiden, egal wo, Hauptsache, es tat so weh wie möglich. Tat es.

»Die Wahrheit kann uns genauso umbringen«, sagte ich.

»Immer noch besser, als dumm sterben.«

Die Ruhe der Resignation hatte sich in mir breitgemacht. Stefan hatte recht – es war an der Zeit. Die Bombe werfen. Sehen, was übrig blieb, und danach was Neues aufbauen. Mit oder ohne einander.

Ich nickte bloß, und so standen wir einander gegenüber. Sahen uns so lange in die Augen wie schon lang nicht mehr. Ein absurdes Duell. Wer zog zuerst?

Mein Arbeitshandy. Es blinkte. Vibrierte Richtung Tischkante.

Stefans Blick zuckte zu mir, dann zum Handy, zurück zu mir. Er sagte nichts und damit alles.

3

Eine neue Nachricht, hinterlassen um 14.46 Uhr

»Detective Logan, *so so sorry*, dass ich Sie anrufe. Ich weiß, es ist Wochenende, aber ... Hier ist Fee übrigens. Ich rufe Sie an, weil Steve nicht nach Hause kommt. Ich dachte, er wäre im Shamrockers gestern Abend, aber dann kam er nachts nicht nach Hause und heute Morgen auch nicht, ich ... Das Handy hat er abgeschaltet, und niemand weiß, wo er ist. Ich hab im Shamrockers angerufen, aber anscheinend ist er dort gar nicht erschienen gestern und jetzt ... Ich werd noch ganz verrückt vor Sorge, und ich weiß, ich könnte einfach die Streife rufen, aber ich schaff's nicht, denen die ganze Geschichte zu erklären. Ich hab solche Angst, dass ihm was passiert ist. Als ich das letzte Mal mit ihm gesprochen hab, war er so traurig wegen Judith, was, wenn er ...? Und natürlich fiel mir nochmal ein, dass wir über Luis gesprochen haben. Ich trau mich nicht, ihn anzurufen nach alldem. Nennen Sie mich paranoid, vielleicht ist gar nichts, aber vielleicht können Sie mir helfen. Bitte. Danke. Sorry.«

Eine neue Nachricht, hinterlassen um 15.31 Uhr

»Detective Logan! Ich werde jetzt wirklich Ihre Kollegen anrufen, aber ich wollte, dass Sie es auch wissen: Irgendwas Schlimmes ist mit Steve passiert. Ich konnte einfach nicht mehr in dieser furchtbaren Wohnung sitzen und bloß auf ihn warten, also bin ich ein bisschen durch die Stadt gelaufen, und als ich zurückkam, hab ich in den Briefkasten gesehen. Ich mach das jedes Mal, wenn ich nach Hause komme, einfach so aus Gewohnheit, und meistens ist er leer und ... Sorry, ich schwafle, aber da war ein Brief drin, und ich .... Er ist von Steve ... Er (schluchzt) verabschiedet sich, glaub ich, und ... (schluchzt) sagt ein paar furchtbare Sachen. Ich glaub das einfach nicht. Bitte, kommen Sie, wenn Sie können. Ihre Kollegen hab ich schon angerufen. Ich hoffe, es ist noch nicht zu spät. Danke.«

4

Der Kaltlufteinbruch hielt, was die Vorhersagen versprochen hatten. Regen wie ein Flächenbombardement. Er trommelte auf den Asphalt und auf die Köpfe von Mensch und Tier, die mit eingezogenen Hälsen und hochgezogenen Schultern an den indifferenten Schaufensterpuppen der geschlossenen Luxusläden vorüberliefen. Über Nacht würde es frieren. Blitzeis. Graupel. Dann, endlich, der erlösende Schnee.

»Patsy.« Konstantins Stimme hallte. »Wie ist dein Sonntagabend?«, fragte er. Irgendwo weiter weg ein Fernseher, Kleinmädchenstimmen, Familienglück.

»Nicht so gut wie deiner.«

Man hörte ihn nahezu schmunzeln. »Bist du unterwegs? Bei dem Wetter?«

»Ich war gerade bei Fee McFadden und bin auf dem Weg ins Büro.«

»Zu Fuß?«

»Signalstörung.«

Kurze Denkpause. Warum kein Taxi? Aber er kannte mich zu gut, um nachzufragen. »Was ist los?« Sein ironischer Ton, der mir riet, mir endlich ein Leben außerhalb der Arbeit zuzulegen, war verflogen.

»Sebi Kramer hat mich gestern angerufen. Judith Krings' Fahrrad wurde manipuliert.«

Schweigen. Nur die Mädchenstimmen wurden lauter, steigerten sich zum übermütigen Kreischen. Fangenspiel. Dahinter die ermahnende Stimme von Konstantins Frau Pia.

»Und Steve Whelan ist auch abgängig«, schob ich hinterher. Spielverderberin vom Dienst.

»Wie lange?«

»Wissen wir nicht genau. Möglicherweise schon seit Samstagvormittag. Da hat Fee ihn zum letzten Mal gesehen.«

»Hast du ... Klara, jetzt reichts mir, ins Bett mit euch! Pia, kannst du ...?« Eine Tür schloss sich mit wütender Energie. Unterdrücktes Seufzen. Familienglück.

»Burkhardt weiß schon Bescheid«, sagte ich. »Sie versuchen, das Handy zu orten.«

Konstantin machte bloß einen resigniert zustimmenden Laut.

»Es gibt übrigens einen Abschiedsbrief.«

»Was?«

»Fee hat ihn im Briefkasten gefunden. Steve Whelan behauptet da drin, dass er Donal McFadden umgebracht und die Bremszüge von Judith Krings' Fahrrad durchgeschnitten hat.«

Wieder eine Denkpause, während ich weiterging. Schon längst hatte sich die Feuchtigkeit ins Innere meiner Stiefel gedrängt. Meine Zehen nass, kalt, geschrumpft. So wie ich. Vor dem Bayrischen Hof die Luxuskarossen Stoßstange an Stoßstange. Der Regen spritzte von ihren Dächern. Schirme wurden aufgespannt für die Leute, die ihnen entstiegen, Koffer mit aufgewärmtem Lächeln entgegengenommen.

»Was heißt ›behauptet‹?«, fragte Konstantin nach. Man konnte gegen meinen Chef haben, was man wollte, aber er hatte ein Ohr für Details.

»Den Brief hat nicht Steve geschrieben.«

»Du klingst aber sicher.«

»Wer tippt einen Abschiedsbrief am Computer und druckt ihn aus?«

»Die jungen Leute heute können doch gar nicht mehr mit Hand schreiben, oder?«

»Steve Whelan ist nur ein paar Jahre jünger als du, Stani.«

So hatte ich ihn schon lang nicht mehr genannt. Und Konstantin schien seinen alten Spitznamen auch nicht sehr vermisst zu haben. Er schwieg beleidigt. Meinetwegen.

»Jedenfalls schreibt dieser Typ sogar seine Lieder mit Hand in ein Notizbuch. Zumindest meint das Fee McFadden. Außerdem hat sie den Brief nicht in der Wohnung gefunden, sondern im Briefkasten.«

»Seltsam. Aber mich wundert langsam nichts mehr bei dem Fall. Hast du eine Erklärung? Oder warum rufst du mich jetzt an?«

»Keine Erklärung. Noch nicht. Aber ich glaube nicht, dass Steve Whelan jemanden umgebracht hat. Zumindest nicht Donal oder Judith.«

»Sondern?«

»Jemand will die zwei Morde auf ihn abwälzen.«

»Was soll das heißen? Ein vorgetäuschter Selbstmord? Wer sollte sowas ...?«

»Jemand, der alles über ihn weiß.«

»Wer wäre das? Seine Freundin?«

»Ja. Und ihr Münchner Stalker.«

Konstantin schnaubte. »Also, Patsy. Jetzt wird's grad überdramatisch.«

»Der Tonfall in dem Brief war schief. Der klang bemüht einfach. Nicht nach einem englischen Muttersprachler. So gestelzt.«

Stille. Hatte er aufgelegt? Nein.

»Ich hoffe, du hast bis morgen eine handfeste Geschichte für mich. Mit echten Spuren und so.«

»Kannst du mir heute schon vertrauen?«

Endlich: Ettstraße. Eingang. Schleuse. Ich versprühte Regenschirmwasser in alle Richtungen, winkte dem Kollegen. Der hob kaum eine müde Augenbraue, wartete schon auf die Ablöse von der Nachtschicht.

Tiefes Seufzen am anderen Ende der Leitung.
»Was brauchst du, Patsy?«
»Nur ein paar Überstunden von ein paar Leuten.«

Steve, jetzt

Es hat keinen Sinn. Er hat es probiert, er weiß nicht, wie oft. Rufen. Schreien. Brüllen. An der Türklinke reißen. Fausthiebe. Fußtritte. Nichts. Dann mit der Fußmaschine der Bass Drum gegen das, was er als Panzerglasscheibe ertastet hat. Mit dem Mikrofonständer. Alles umsonst. Seine verschwitzten Hände rutschen über das Chrom, verfangen sich in den Stellschrauben, die Haut zwischen Daumen und Zeigefinger reißt auf. Der Schmerz, heiß und klar. Er stolpert über die verdammten Kabel am Boden. Sein Schreien wird von den schallgedämpften Wänden geschluckt – vielleicht sogar ein Raum im Raum, hier drin wurde bestimmt an nichts gespart.

Fucking deutsche Qualität. Vermutet er, denn noch immer erkennt er hier drin nichts. Hört nichts. Besteht nur noch aus Tasten und Riechen und Herzschlag und Schweiß und Durst, Durst, Durst. Den hätte er kurzzeitig stillen können mit dem Blut, das eben noch aus seiner Wunde kam – hätte er die Geistesgegenwart besessen. Jetzt kommt nichts mehr raus, nur der Schmerz ist noch da, dumpf und pochend.

Er sollte weitermachen, rufen, schreien, vielleicht hilft es diesmal. Aber er kann nicht mehr. Jeder Ton ritzt sich von innen in seine Kehle, seine Stimmbänder spröde und angespannt, noch ein Ton, dann reißen sie, und sein Kopf wird platzen vor Schmerz. Besser, er macht eine Pause, so müde wie er ist.

Er leckt sich über die Arme, diesmal eine andere Stelle. Er schwitzt doch die ganze Zeit, da muss doch etwas Feuchtigkeit zu holen sein. Seine Zunge seltsam ledrig auf der Haut. Die ist feucht, aber das Salz macht ihn noch durstiger. Angeblich hat einmal ein Mensch 18 Tage irgendwo in einer Zelle überlebt, in der ihn die Bullen vergessen haben. Hat Feuchtigkeit von den Wänden geleckt oder sowas. So lange hat er nicht. Hier drin gibt es nichts, was feucht ist, nicht mal Schimmel, dabei ist er doch in einem Keller.

Hinten in der Ecke liegt noch sein *last fucking resort*. Schwerfällig bewegt er sich auf allen vieren vorwärts, bis seine Finger den feuchten Pullover ertasten. Immerhin so weit hat er vorausgedacht. Jetzt nicht daran denken, was es ist. Es ist Flüssigkeit. Manche trinken das glasweise. Schwören auf die positiven Effekte für die Gesundheit. Außerdem hast du keine andere Möglichkeit. Du musst trinken. Also, Augen zu, Nase zu und ...

Er beißt in den Stoff, beginnt zu saugen. Doch sofort würgt es ihn, sein Magen ein harter Gummiball, nicht bereit zu Kompromissen, nicht bereit, die eigene Pisse aufzunehmen. Trotzdem probiert er es noch einmal, würgt noch einmal, sein Magen schickt eine letzte Warnung: Säure zieht eine Feuerspur durch seine Speiseröhre.

Er lässt es sein, spannt alle seine Muskeln an, stemmt sich gegen den Brechreiz, bis der sich legt. Zumindest das gelingt ihm. Nur zum Aufstehen reicht es jetzt nicht mehr.

Wahrscheinlich wird er weinen, so wie letzte Nacht, oder wann das war. Aber auch das kann er sich nicht mehr leisten, keinen weiteren Tropfen verlieren, und bitte auch nicht den Verstand. Deshalb bleibt er liegen und wartet, dämmert hinüber in eine Halbwelt, in der es endlich still und alles in Ordnung ist, auf seine eigene, schreckliche Art.

Der Schutzengel

1

Luis Kronmeier. Wie oft hatte ich mir das Foto von ihm angesehen in den letzten Stunden. Die dunkelbraunen Haarstoppeln. Sein Körper ein Bündel aus langen Gliedmaßen und Misstrauen. Der Blick durch die runden Brillengläser starr, er schien nie zu blinzeln, stocherte und saugte nach Information.

Es hatte geflackert in seinen Augen, als er mich und Kris in seine Wohnung gelassen hatte. Vielleicht erkannte er mich wieder. Vielleicht auch nur Kris.

Sie war auf meinen Anruf hin sofort ins Präsidium gekommen. Hatte das Gespräch mit Fee McFadden mitgeführt und war anschließend mit mir zu Luis Kronmeiers Haus gefahren. Inzwischen war es bald Mitternacht.

»Kann sowieso nicht schlafen«, hatte sie gemurmelt, und ich hatte nicht nach dem Grund gefragt, weil ich ihn kannte. Das schlechte Gewissen ihrer Schwester gegenüber, die nun bis auf weiteres in der geschlossenen Abteilung der Psychiatrie bleiben musste – ihretwegen. Kris ließ im Gegenzug meinen dunklen Anzug unkommentiert, das starke Make-up über geschwollenen Tränensäcken und Augenringen, die mir fast bis zu den Wangenknochen reichten.

Auch meiner Theorie zum Fall McFadden und zur weiteren Vorgehensweise hatte sie nicht widersprochen. Nur genickt. Okay. Ja. Machen wir so.

Vorhin im Präsidium und bei der Fahrt in die Klenzestraße hatte ich den Eindruck gehabt, es wären Konzentration und Zustimmung. Jetzt dachte ich: der Schock. Sie kann's nicht fassen, welches Garn ich mir da zurechtspinne. Wie weit ich in ihren Augen danebenliege. Ihr fehlen nur die Argumente, es mir auszureden.

Außerdem hatte sie von Anfang an eine Schwäche für Luis Kronmeier gehabt. Jetzt verstand ich auch, warum. Er sah harmlos aus. Der Nerd an der Seitenlinie des Lebens. Allein zwischen Wohnwand, Netzvorhängen und beschichteten Rollos, DVD-Kollektion, CD-Kollektion. Klar, dass Kris' gutes Herz für ihn blutete.

Er musterte mich eingehend, dann Kris – von den Magenta-Haaren über das weiße T-Shirt unter dem aufgeknöpften Flanellhemd zu den üblichen Cargos, den üblichen Goretex-Tretern, zu ihrem Waffenholster an der Hüfte und dann wieder retour, während seine langen Finger auf die Esstischplatte trommelten.

»Wollen Sie wirklich nichts trinken?«, fragte er wie ein Mensch, der sich selbst zur Ruhe mahnt.

Wir schüttelten die Köpfe.

»Es wird nicht lang dauern«, sagte Kris überflüssigerweise. Sie schien fast peinlich berührt, hier zu sein. Sogar Luis Kronmeier wirkte irritiert.

»Ich habe Zeit«, sagte er mit etwas, das unter anderen Umständen wahrscheinlich als Lächeln durchgegangen wäre. Doch jetzt schlitzte es seinen Mund auf, offenbarte eine Reihe kleiner, scharf wirkender Zähne.

»Wir leider nicht«, sagte ich und setzte mich näher an den Tisch. »Steve Whelan ist abgängig. Wahrscheinlich schon seit gestern.«

Kurz blieben Luis Kronmeiers Finger in der Bewegung stecken, als er überlegte. »Sie meinen Fees Freund?«

Ich bat ihn stumm, unsere Zeit nicht zu verschwenden, so spät am Abend.

»Das tut mir leid«, sagte er unaufrichtig, »aber ich kann Ihnen da auch nicht weiterhelfen. Ich kenne diesen Steve gar nicht.«

»Sind Sie sicher?«, fragte ich scharf.

Zum ersten Mal nahm ich ein Blinzeln bei ihm wahr.

»Ich bin ihm nie persönlich begegnet, nein.«

»Trotzdem wissen Sie eine Menge über ihn.«

Er ließ seine Finger unter der Tischplatte verschwinden. Da unten trommelten sie weiter, gegen die Kante seines Holzstuhls.

»Fee hat viel von ihm erzählt«, sagte er mit einem Anflug von Verachtung. »Steve ist ihr ein und alles. Wenn, dann weiß sie, wo er ist.«

»Wir haben uns eingehend mit ihr unterhalten, aber sie hat keine Ahnung, wo er steckt. Sie hat nur ein Abschiedsschreiben gefunden, das angeblich von ihm stammt. Jemand hat es in ihren Briefkasten geworfen.«

»Und dieser Jemand war ... nicht Steve?«

War seine Verwirrung echt? Gut gespielt? Ich spürte Kris' Blick von der Seite auf mir. Sie konzentrierte sich aufs Mitschreiben, überließ mir das Spielfeld, auf dem ich allein war mit meiner Überzeugung, dass Luis Kronmeier mit Steve Whelans Verschwinden zu tun hatte. Ich musste recht behalten, die Kette von Ereignissen führte zu ihm – oder ich machte mich hier gerade so lächerlich wie nie zuvor im Leben.

»Nein. Dieser Jemand will uns glauben machen, dass Steve Selbstmord begangen hat.«

Luis Kronmeier erstarrte, schien nicht zu wissen, was er sagen sollte. Was ich von ihm erwartete.

Neuer Versuch. Stochern, wo es wehtat. Fünfzehn Minuten in Luis Kronmeiers Gegenwart hatten gereicht, um über seine wahrscheinlich größte Schwäche Bescheid zu wissen.

»Erzählen Sie mir bitte, wo Sie am Abend des 31. Oktober waren, als Fiona sich mit ihrem Mann getroffen hat.«

Er entspannte sich ein wenig. Bekanntes Terrain. »Zu Hause. Ich hatte Kopfschmerzen. Dann wurde es besser, und ich hab gelesen. Das hat Ihre Kollegin schon alles schriftlich.«

Er beugte sich vor und sah hinüber zu Kris, schob die Brille hoch. Ihm war klar, dass wir etwas wussten. Nur nicht, wie viel.

»Leider konnten wir niemanden finden, der das bestätigt.«

»So ist das, wenn man allein lebt.« Sein Lächeln eine Attrappe.

»Außerdem haben Sie mit Fee McFadden über WhatsApp kommuniziert.«

»Ist das verboten?«

»Nein. Aber mein Kollege hat Sie Mitte der Woche um das Protokoll gebeten. Das haben Sie uns nie geschickt.«

Pingpong beendet. Er veränderte seine Sitzposition. Seine Brillengläser spiegelten jetzt.

»Weil ich keins habe. Ich lösche meine Chats alle einmal in der Woche. Die sind privat und sollen es bleiben.«

»Da haben Sie sehr recht.« Ich lächelte. »Informationen werden leicht missbraucht. Man weiß nie, in welchen Händen sie landen, nicht wahr?«

Er sah mich ein paar Sekunden an. Kämpfte mit dem Drang, der respektlosen Polizistin einen Vortrag zu halten, eine Lektion zu erteilen.

»Ich sehe schon, ich verwirre Sie, Herr Kronmeier. Dann werde ich mal deutlicher.« Ich nickte Kris zu, und sie holte einige transparente Asservatentaschen aus ihrem Rucksack. »Am 21. Juli dieses Jahres haben Sie sich als Fahrradkurier ausgegeben und Frau Anita Maurer, der Chefin Ihrer Freundin Fiona, persönlich diesen Umschlag hier übergeben. Darin befanden sich offenbar heimlich gemachte Aufnahmen des Mannes von Frau Maurer mit Fionas Kollegin Tamara Gsell, die eine Liebesbeziehung andeuten, wie Sie hier sehen. Die Fotos hatten Frau Gsells fristlose Entlassung zur Folge, und Anita Maurer hat sich von ihrem Mann getrennt. Wissen Sie, von wem diese Fotos stammen?«

Nichts regte sich zunächst an Luis Kronmeier. Nur seine Zähne knirschten kaum hörbar.

»Wer hatte Interesse daran, dass Frau Gsell ihren Job verliert?«

Er sah mich an. Mit einer Abneigung, die sich weniger auf mich persönlich zu beziehen schien als auf jemanden, an den ich ihn erinnerte. Trotzdem. Sein langes Schweigen überraschte mich. War er sich so sicher gewesen, dass diese Geschichte nicht aufflog? Hatte er nicht vorgebaut? Zugegeben, er war im Dilemma: entweder sich selbst beschuldigen oder die Frau, der er verfallen war.

»Ich habe diese Frau Maurer nie getroffen«, sagte er sorgfältig.

»Seien Sie vorsichtig mit Ihren Unwahrheiten, Herr Kronmeier. Frau Maurer hat Sie eindeutig auf einem Foto identifiziert und hat sich auch zu einer Gegenüberstellung bereiterklärt.«

»Auf dem Foto, das Sie gestern gemacht haben?«

Sein Zorn war kalt, seine Worte Geschosse. Natürlich hatte er mich wiedererkannt.

»Wer hat Ihnen die Fotos übergeben, Herr Kronmeier? War es Fee?«

Sie haben kein Recht, sie so zu nennen, klagte mich sein Blick an. Ansonsten – Schweigen.

»Fee konnte ihre Kollegin nicht leiden, nicht wahr? Tamara Gsell hat sie schuften lassen, während sie selbst mit dem Chef rummachte und dafür noch ganztags bezahlt bekam, während Fee das Geld fehlte, um sich eine Mietwohnung mit Steve zu leisten. Hat sie Sie gebeten, die Fotos für Sie abzugeben oder gar zu machen?«

»Sowas passt nicht zu ihr. Sie beschuldigen die Falsche.«

»Das hat Fee uns auch beteuert, heute am Präsidium.«

»Sie haben sie verhaftet?«

»Bis auf weiteres.« Lügen. Schwächen und Vorurteile nutzen. Halbwahrheiten verbreiten. Talente, die einen in die Kriminalität führen. Oder zur Kripo.

Tatsächlich war Fee McFadden bei uns im Präsidium gewesen. Sie hatte völlig erschöpft ausgesehen nach ihrer Aussage, und ich hatte ihr geraten, vorerst nicht nach Hause zu gehen. Was immer hier ablief, die Zeit der mysteriösen Unglücksfälle war jetzt vorbei, deswegen wollte ich sie im Auge behalten.

»Wissen Sie, was Fee noch ausgesagt hat? Dass Sie Donal und sie an Halloween verfolgt haben. Genau zu der Zeit, zu der Sie angeblich zu Hause waren. Einmal an einem Fußgängerübergang und dann noch einmal später, auf dem Weg vom Biergarten in eine Cocktailbar. Beide Lokale hatten Sie ihr empfohlen, wussten also, wo sie sein würde. Lügt Fee uns an?«

Keine offensichtliche Reaktion. Luis Kronmeier saß nur da, während sich seine spitzen Schultern langsam rundeten, eine aufblasbare Figur mit Luftmangel.

»Des Weiteren hat Fee ausgesagt, Judith Krings hätte ein paar Wochen vor ihrem Tod eine verdächtige Person vor ihrem Wohnhaus zur Rede gestellt. Ihre Beschreibung soll ganz nach Ihnen geklungen haben. Wie erklären Sie sich das? Hat Fee sich an ihrer Kollegin gerächt, ist ihren Mann losgeworden und dann noch ihre Mitbewohnerin? Und jetzt versucht sie, uns davon abzulenken mit einem eingebildeten Stalker?«

Das Wort richtete Luis Kronmeier schlagartig auf, ließ ihn

wachsen. »Nennen Sie es meinetwegen Stalking.« Er klang verärgert. »Aber ich habe auf Fee aufgepasst, als sonst niemand für sie da war.«

»Ihr persönlicher Schutzengel also«, sagte ich. »Wusste sie davon?«

Er verzog den Mund, angewidert von meinem Spott. »Fee ist was Besonderes. Sie hat mir das Leben gerettet, hat mir geholfen, als der ganze Rest weitergezogen ist und sich einen Scheißdreck um mich gekümmert hat. Aber sie ist ein zu gutgläubiger Mensch. Sie lässt sich ausnutzen und betrügen und einschüchtern. Und wenn sie selbst sich nicht wehrt, wollte ich zumindest sichergehen, dass ihr nichts passiert. Mich um sie kümmern.« Er schnaubte, leckte sich einen Speicheltropfen von den Lippen, nahm die Brille von der Nase, setzte sie wieder auf.

»Stimmt, Fee ist unversehrt. Das kann man von ihrem Exmann leider nicht sagen und von Judith Krings auch nicht. Steve Whelan könnte ebenfalls schon zu Schaden gekommen sein.«

Ein Grinsen in Luis Kronmeiers Gesicht. »McFadden, der Erbschleicher, hat bloß bekommen, was er verdient hat. Warum hat er auch so viel gesoffen? Und die Öko-Bitch hätte sich eben besser um ihr Rad kümmern sollen.«

Die Kälte, die von ihm ausging, kroch mir in die Glieder. Kris summte unangenehm berührt, zog sich einen eisigen Blick von Kronmeier zu. Er beugte sich zu uns vor.

»Und wissen Sie was? Steve und diese Öko-Bitch hatten doch immer noch etwas miteinander. Hinter Fees Rücken. Wenn der Typ menschlichen Anstand besäße, hätte er sich schon längst an einer Gitarrensaite aufgehängt.« Er lachte. Seine Verachtung absolut. Für Steve Whelan, Kris und mich. Alle, die ihm und Fee McFadden schaden wollten.

Gitarrensaite, dachte ich. *Loser.* Versuchte den Funken, den die Worte in meinem Kopf schlugen, das einzige Licht in diesem Labyrinth aus Nebelwänden, vorm Verglühen zu bewahren. Vergeblich.

»Tut er aber nicht«, höhnte Kronmeier weiter, zum eiligen Kratzen von Kris' Stift, das ihn anzuspornen schien, sein allumfassendes Wissen mit uns zu teilen. »Ich sag Ihnen eins. Steve ist nicht tot. Der will sich nur interessant machen. So eine typische Krankheit von Musikern. Glauben Sie mir, ich hab genug von denen gesehen im Studio meines Vaters. Je untalentierter, desto selbstverliebter und kapriziöser.«

Gitarrensaite. Studio. Zwei Funken. Sie flogen, kollidierten, wurden zu etwas Größerem.

»Soll ein tolles Studio sein, hat Fee mir vorhin erzählt. Am Ammersee«, sagte ich. »Sie haben es ihr einmal gezeigt und Steve immer wieder dahin eingeladen.«

Luis Kronmeier unterbrach seine Tirade. »Ja, und?«

»Warum?«

»Was heißt, warum?«

»Ich will den Grund dafür wissen. Sie hassen offenbar Musiker im Allgemeinen und vor allem Steve. Wozu ihn und seine mittelmäßige Musik noch unterstützen?«

Schmunzeln über meine Ahnungslosigkeit. »Fee wollte eben was tun für ihren Freund. Und ich unterstütze Fee bei allem, was sie will.«

»Wollte sie, dass Tamara aus ihrem Leben verschwindet? Ihr Exmann? Judith Krings?«

Sein Blick brannte ein Loch in meine Stirn, während er langsam den Kopf schüttelte. »Sie glauben, dass ich diese Judith auf dem Gewissen habe. Und Fees Mann. Und jetzt vielleicht noch Steve. Sie haben eine ziemlich kranke Fantasie für eine Polizistin.«

Lachen blubberte in mir hoch. Luis Kronmeier hielt mich für verrückt.

»Vielleicht, aber ich glaube nicht an Zufälle.«

»Wie wär's mit Gerechtigkeit?«, fragte Luis Kronmeier, die Wangen inzwischen rötlich verfärbt. »Bisher sehe ich nur Leute, die selbst schuld sind an ihrem Schicksal.«

»Durchgeschnittene Bremszüge sind kein Schicksal«, platzte Kris dazwischen. Luis Kronmeier drehte ihr den Kopf zu, scannte sie wieder von Kopf bis Fuß.

»Entführung auch nicht«, sagte ich.

»Entführung?«

Die Überraschung in seiner Stimme war echt. Niemand konnte sowas spielen. Schon gar nicht so ein empathiearmer Sonderling. Oder?

»Habe ich Steve entführt? Wirklich? Wohin denn?« Luis Kronmeier lachte herausfordernd, machte mit gespreizten Fingern eine Geste in seine Wohnung hinein. »Bitte, durchsuchen Sie gern meine Wohnung. Meinen Kühlschrank. Das Gefrierfach, was Sie wollen.«

Du hast dich verrannt, endgültig, sagte meine Erfahrung. Das ist nicht unser Mann. Ein Fiasko. Armageddon. Karriereende.

Und mein Instinkt? Sprühte Funken.

»Im Augenblick frage ich mich, was wir im Haus Ihrer Eltern am Ammersee so finden würden.«

Wieder die volle Reihe kleiner Reißzähne. »Staub und Kälte, mehr nicht«, sagte er. »Aber bitte, wir können gern hinfahren. Sie überzeugen sich selbst davon. Ich zeige Ihnen auch den Keller.«

Kris und ich wechselten einen Blick. Einsatzzentrale? Den uniformierten Kollegen von der Inspektion Herrsching das Feld überlassen? Uns als Lachnummer präsentieren, wenn meine verwegene Theorie sich doch als Schwachsinn rausstellte? Ärger mit Staatsanwalt Hocke riskieren? Oder lieber den Ball flachhalten und selbst hinfahren?

»Na dann los«, sagte ich.

2

Wir fuhren schweigend. Gespenstisch leerer Südring. Matsch auf der Fahrbahn und auf der Windschutzscheibe. Das Murren der Wischerblätter, mal langsam, mal schneller, während die Schneeflocken sich unserem Opel in immer dichteren Reihen entgegenwarfen.

Kris hatte mir das Steuer überlassen. Gähnte unterdrückt. Ihr Blick pendelte zwischen Rückspiegel, Straße und Handy. Ein blauer Punkt auf ihrem Smartphone, der langsam über die A96 wanderte, einer Adresse in Buch am Ammersee entgegen. Germering. Gilching. Etterschlag. Bei Tag malerische Orte voll gesättigt-freundlicher Menschen, ein weiß-blaues Idyll. Worte ohne Bedeutung, schwarze Buchstaben auf gelbem Grund.

Im Rückspiegel: Luis Kronmeier. Ein Kinn, ein Adamsapfel, der sich immer wieder auf und ab bewegte, mehr war von seinem Gesicht nicht zu erkennen.

Umso besser. Seine demonstrative Gelassenheit seit unserem Aufbruch machte mich unruhig. Sein Schmunzeln, während wir ihn auf versteckte Waffen abgeklopft und auf die Rückbank gesetzt hatten, stellte infrage, wovon ich noch zu Beginn unseres Gesprächs mit ihm überzeugt gewesen war.

Abfahrt Inning. Inning. Ortsende. Aus dunkel wurde schwarz. Einmal rechts, geradeaus, dann links, und wir waren da.

Ein Scheinwerfer am Eingang sprang an und blendete uns, als wir parkten und ausstiegen, über drei Stufen auf die überdachte Veranda stiegen, unter Beschuss von Eiskügelchen, in die der Schneeregen sich inzwischen verwandelt hatte.

Luis Kronmeier ließ sich Zeit. Seine Brillengläser waren voller Wassertröpfchen, als er ebenfalls auf die Veranda kam. Ein Holzbau im skandinavischen Stil. Dunkelrot gestrichen, weiße Fenster. Winterdürre Kletterpflanzen rankten sich um die Pfosten. Büsche warteten im Dunkel, schienen das Haus einzukesseln, eine stumme Armee.

Schluss damit. Seit wann ließ ich mich von meiner Fantasie einholen?

»Soll ich vorausgehen?«, fragte Luis Kronmeier.

Kris nickte ernst, schüttelte den Schnee von ihrer Mütze, setzte sie wieder auf. Fingerte an ihrer P7 herum, während die Schlüssel im schockierend simplen Schloss klimperten. Seit wir miteinander arbeiteten, hatte ich Kris nie ernsthaft ihre Waffe ziehen sehen. Hatte nie ein so großes Bedürfnis verspürt, meine eigene zu berühren. Ihre kalte Autorität in meiner Hand zu spüren.

Nach einer Pause klimperten die Schlüssel noch einmal.

»Alles in Ordnung, Herr Kronmeier?«

»Ja.« Er sah mich nicht an, seine herablassende Heiterkeit verschwunden. Etwas hatte ihn irritiert. War anders als gewohnt.

Er stieß die Tür auf und machte das Licht an. Wir standen in einem Vorraum mit Fliesenboden, durch große Doppeltüren kam man rechts ins Wohnzimmer und links in die Küche. Keine Alarmanlage. Leichtsinnige Leute, diese Kronmeiers.

Ihr Sohn wechselte von einem Raum in den nächsten. Einer nach dem anderen verwandelte sich in ein geschmackvolles Arrangement von Möbeln, Dekor, moderner Kunst. Überall Kälte, Staub, Erwartung. Prompt nieste Kris lautstark, dann noch einmal, rieb sich die Nase an der Schulter, während sie Luis nach oben in den ersten Stock folgte.

Ich blieb unten. Suchte nach der Treppe zum Keller. Fand sie hinter einer mit Fotos übersäten Wand. Wieder sehr geschmackvoll. Luis Kronmeier, die langgliedrige Hand seines Vaters auf den schmalen Schultern. Kleine Augen hinter dicken Brillengläsern. Betont langweilig gekleidet, ohne die Eleganz der perfekt gestylten, etwas korpulenten Mutter oder das Steve-Jobs-Charisma seines Vaters. Ein Fremdkörper zwischen ihnen. Ein Kuckucksei.

Über mir Luis Kronmeiers immer raschere Schritte, Kris' etwas schwerfälligere. Lichtschalter, klick, klick, klick.

Nichts. Nichts. Nichts.

Zu meinen Füßen die Treppe. Die restlichen Fotos zeigten die typischen Produzenten-Klischees. Musiker, drapiert um Jonathan Kronmeier, jung und kindlich in seinem ausladenden Stuhl, zwischen den Hochglanzgesichtern.

Am Fuß der Treppe ein großer Raum mit Klinkerboden und Garderoben. Alles leer. Zwei Türen, einmal Holz, einmal Metall. Kellergeruch und noch etwas anderes, übles ohne eindeutige Quelle. Verstopfter Abfluss? Kanal?

»Hinter der Tür«, sagte Luis Kronmeier. Er kam gerade die Treppe runter, Kris ihm auf den Fersen, zeigte auf die Tür aus Metall. »Da geht's zum Studio. Gehen Sie ruhig rein.«

Ich schüttelte den Kopf. »Abgeschlossen.«

»Und kein Schlüssel? Da ist doch immer ...« Seine Beunruhigung war wieder spontan. Das hier lief nicht wie geplant, für keinen von uns.

»Der vielleicht?« Kris, noch immer brav die Hand an der Waffe, zeigte in eine Ecke hinter mir. Da lag ein Ring mit drei Schlüsseln.

Luis Kronmeier eilte hin, hob ihn auf. »Versteh ich nicht«, murmelte er, sein Gesicht verzerrt von einem plötzlich einsetzenden, heftigen Schmerz. Fummelte den passenden Schlüssel ins Schloss, seine Bewegungen fahrig, fast unkoordiniert, während Kris' Blick auf meinen traf. Der Ansatz eines Lächelns.

Du hattest recht, Patsy, mal wieder hattest du recht.

Ich schüttelte den Kopf. Unverdientes Lob, das war mir

schlagartig klar. Ich hatte die Zeichen richtig gelesen, sie richtig kombiniert und doch in die falsche Richtung gesehen.

Aber keine Zeit, darüber nachzudenken, denn schon öffnete Luis Kronmeier die Tür, schaltete das Licht ein, und die Welt machte einen Sprung in den Schnellvorlauf.

Zuerst traf uns der Gestank, eine Mischung aus Ausscheidungen und sterbendem Mensch. Ich kannte ihn, Kris kannte ihn. Nur Kronmeier entfuhr ein Röcheln aus Ekel und Entsetzen.

»Scheiße«, flüsterte er, und es stimmte. Zumindest zum Teil, denn Jonathan Kronmeiers Studio war ein einziges Chaos – das Mischpult übersät mit Blutspuren, der bequeme Lederstuhl umgekippt, genau wie einer der Computermonitore, in der Verbundglaswand zum Aufnahmeraum klaffte ein Loch, groß genug für einen Menschen, und Blut, überall Blut dieses Menschen, der dieses Loch geschlagen haben musste und sich hindurchgezwängt hatte, in die vermeintliche Freiheit, nur um an der nächsten Barriere zu scheitern.

Nur eine Armlänge von der Tür entfernt: Steve Whelan, oder was von ihm geblieben war – ein an die Wand gelehnter, blutverschmierter, nach konzentriertem Urin stinkender Haufen. Der Haufen zuckte.

Zwei Schritte, und ich war bei ihm, nahm in bei der Schulter, klapste ihm auf die Wangen.

»Steve?«

Da war Puls, da war Atem. Sein Blick, ohne Verständnis, aber mit ausreichend Leben. Er versuchte, mich zu fokussieren.

»Was zum ...«, flüsterte er, sein Atem ranzig, die Lippen trocken und zusammengezogen.

»Alles in Ordnung«, sagte ich. »Wir sind da.«

»Was ...«, setzte er noch einmal an, mit allem Hass, für den er noch Reserven hatte. Versuchte, mich von sich wegzudrücken, war ohne Kraft. »Was hast du getan, du Bitch?«

Mein Magen eine überdrehte Schraube. Steve Whelan redete nicht mit mir. Ich ließ ihn los, machte Platz für Kris, die mit Wasser von der Gästetoilette kam. Kein Glas, nur in der hohlen Hand. Mit der anderen hielt sie ihr Handy ans Ohr.

»Ich ruf die Rettung«, sagte sie, brach dann ärgerlich ab. »Kein Signal.« Versuchte es trotzdem nochmal.

Steve Whelan umklammerte ihre rechte Hand, schnappte gierig nach dem Wasser, verschüttete das meiste auf sein dreckiges T-Shirt, leckte und saugte das, was noch zu retten war, von ihren Fingern, ihrer Hand.

Was hast du getan, du Bitch?

»Gehen Sie rauf«, sagte ich zu Luis Kronmeier. Der schien mich nicht zu hören, stand nur da, stand und glotzte auf Steve Whelan, der sich an Kris klammerte, an ihren Fingern saugte.

»Sie gehen mit mir nach oben. Wir holen die Rettung.«

Luis starrte immer noch, gelähmt, fassungslos, nutzlos.

»Langsam, Steve, immer mit der Ruhe«, sagte Kris, versuchte, ihn sanft von sich zu trennen. »Ich hole noch mehr Wasser, okay?«

Doch der ließ sie nicht los, alle Instinkte auf Überleben, brachte Kris mit seiner plötzlichen Kraft aus dem Gleichgewicht. Ich wollte ihr helfen, doch Luis Kronmeier war schneller, machte einen Satz auf sie zu, streckte die Arme nach ihr aus. Wollte sie auffangen.

Wollte er?

Er riss an Kris' Holster, an ihrer Waffe, und dann hielt er sie schon in der Hand, stolperte gegen die Wand. Hielt die Arme von sich gestreckt wie zum Schuss, die Hände verkrampft, vielleicht hatte er sie noch nicht entsichert, den Spannhahn nicht gedrückt. Ich hatte nichts gehört, vielleicht aber doch, denn all das passiert bei einer P7 fast intuitiv, dafür ist sie gedacht. Für den schnellen Einsatz.

Er richtete sie auf Kris und Steve, der nicht registrierte, was hier vor sich ging, bloß Kris weiter an sich zu ziehen versuchte auf der Suche nach Flüssigkeit.

»Luis«, hörte ich mich sagen, streng und laut, wie einen Befehl, und er wandte sich mir zu, hob die Waffe. Lächelte mich triumphierend an. *Sehen Sie? Kein Mörder. Nie gewesen.*

Setzte sich den Lauf an die Schläfe, bevor ihm einfiel: viel zu unsicher. Drückte ihn sich unter die Wange. Ließ mir ein paar Sekunden mehr Zeit. Nicht zum Nachdenken, aber zum Reagieren. Ein großer Schritt, dann prallte mein Körper gegen seinen, trat der Blockabsatz meines Stiefels auf seinen weichen Turnschuh, umklammerten meine Hände seine Rechte und rissen sie weg von seinem Kiefer und nach oben. Der Schuss ein raumfüllendes Monster, zwei große Pranken, die flach gegen meine Ohren sausten, ein Singen darin hinterließen. Er fetzte ein großes Stück Schalldämmung aus der Wand, ließ Steve Whelan innehalten und sich von Kris lösen. Pulverisierte Luis Kronmeiers spontanen Todeswunsch, riss ihn aus dem Wahnsinn der Verzweiflung. Er wurde schlaff, ließ sich von mir die Waffe aus der Hand nehmen, von Kris die Handschellen anlegen, zu seinem eigenen Schutz und zu unserem. Begann zu weinen wie ein Kind, und ich ließ ihn.

Betrachtete seine zuckenden Schultern, während er vor mir die Treppen nach oben stieg und ich den Kontakt zur Einsatzzentrale herstellte. Dachte: Was hast du getan, Fee?

Fee, an Halloween

Es ist kurz nach elf, das Cocktailhaus und die Straße davor sind voll mit Leuten, die feiern, nur wenige von ihnen maskiert. Etliche Betrunkene. Und dann noch Donal.

Endlich hat sie es geschafft, ihn aus der gerammelt vollen Bar hinaus auf die Straße zu ziehen, ihn zum Heimkehren zu überreden. Zu spät, denn der Schaden ist angerichtet. Sie hätte gehen sollen, als er ihr nach dem Essen im Kini-Garten mehr oder weniger befohlen hatte, noch auf einen Drink mitzukommen, was sei schon ein Drink, wer wisse, wann sie einander wiedersahen? Sie hätte gehen sollen, als er begann, seine Biere mit Whiskey-Shots »zu verabschieden«, wie er es nannte. Es hätte genug Gelegenheiten gegeben und so viele Gründe.

Denn natürlich hat Steve recht behalten. Donal ist nicht nach München gekommen, um sich mit ihr zu versöhnen oder ein Gespräch über ihre Scheidung zu führen. Er will sich an ihr abreagieren. Sie büßen lassen für den Streit mit Siobhan, dafür, dass Fee ihn vor allen bloßgestellt, lächerlich gemacht, ihm öffentlich *die Eier abgerissen habe.*

Natürlich nicht sofort. Während ihres Essens im Kini-Garten hat er seine Wut noch auf Siobhan konzentriert und auf Fee seinen Charme. Er hat sein übliches Spiel mit ihr getrieben, kannte ihre Neigung, Dinge schönzufärben. Meinte, er würde ihrem Wunsch nach einer möglichst raschen Scheidung nicht im Weg stehen, wenn sie auf ihren Anteil des Inns verzichtete. Nickte zufrieden, als sie ihm versicherte, das sei kein Problem. Ihr beigepflichtet, das hier solle kein Rosenkrieg werden, sondern eine zivilisierte Trennung.

Er heuchelte sogar Interesse an ihrem Befinden, an ihrer Meinung zu München und der hier herrschenden Diktatur der Radfahrer, an ihrem Job. Vor allem daran, denn er wusste, dass es der Abschied von Fairview und ihren Patienten gewesen war, der das größte Loch in sie gerissen hatte.

Darin ließ sich gut stochern, mit scheinbar unschuldigen Fragen an wunde Punkte rühren. Später die üblichen kleinen Schnitte, die er ganz nebenbei zufügte. Beleidigende, abwertende, passiv-aggressive Kommentare. Die demonstrative Überraschung, wenn sie sich wehrte.

Was hab ich denn gesagt? Wer wird denn gleich beleidigt sein? Warum so aggressiv? Haben sie dich schon angesteckt mit ihrer Humorlosigkeit?

Dann weiter zu Steve. Ein egozentrischer Feigling, der Fee nicht verdient habe, und warum in aller Welt sei sie ihm auch noch hierher nachgelaufen, weit weg von ihrer Heimat und ihrer Familie? Wo sei Steve denn gewesen, als Fees Mutter totkrank gewesen war, hatte er sich da jemals blicken lassen? Nein, Donal habe sie unterstützt, Donal und seine Familie. Habe sie das schon vergessen?

Und so weiter, die alte Dynamik, die gewohnte Rollenverteilung. Donal erst dominant, dann gehässig. Fee nachgiebig, dann schweigend. Der Korken, unter dem ihr Inneres wallt und brodelt, zuverlässig an seinem Platz.

Warum ist sie immer noch hier, ihre Schulter unter seiner Achsel, damit er überhaupt stehen kann?

Wegen dieser verdammten Hoffnung. Sie ist nicht nach München gekommen, hat sich nicht durch diese Wochen und Monate gebissen, um aufzugeben. Donal und Judith sind Stolpersteine und Hindernisse, nicht mehr. Erste Zeichen zeigen in die richtige Richtung. Deshalb ist sie immer noch hier.

Donals Körper schwankt und seine Stimme, aber nicht der

Wille, Macht über seine Frau auszuüben. Fee solle ihn nach Hause bringen. Bitte. Er kenne sich nicht aus hier, behauptet er. Was, wenn er vom Weg abkomme? Und sie gehorcht. Warum nicht? Auf die paar Minuten kommt es auch nicht mehr an. Auf dem Rückweg wird sie bei Steve im Shamrockers vorbeischauen. Sich entschuldigen. Er hat recht gehabt mit diesem Abend. Eine Katastrophe, aber bald ist er vorbei.

Trotz seiner angeblichen Unsicherheit hat Donal eine feste Meinung darüber, wo es langgeht. Drängt sie langsam die Straße hinunter, durch lose Schwärme von Partygängern, Gelächter und Geschrei. Die angenehme Luft macht die Leute heiter, lauter, leichtsinniger. Sie ertappt sich dabei, wie sie unter ihnen nach Luis Ausschau hält. Ob er sich irgendwo hier versteckt? Sie beobachtet? In ihrem Magen quillt etwas auf. Luis folgt ihr. Vielleicht nicht zum ersten Mal. Hat Judith sich nicht über jemanden beschwert vor ein paar Wochen? Was, wenn er das war? Dass er obsessive Züge hat, weiß sie inzwischen. Aber es gefällt ihr, dass er etwas auf sie projiziert, weil sie für ihn die Rettung gerufen hat. Endlich jemand, für den sie das Maß aller Dinge ist, in dessen Lebensmittelpunkt sie steht. Doch sie weiß, dass Männer wie Luis irgendwann jeglichen Maßstab verlieren. Gefährlich werden. Wer weiß, vielleicht ist es schon so weit.

Würde das nicht verdammt nochmal passen, wäre das nicht eine unglaublich gute Pointe? Fee McFadden, Liebling der Verrückten, Stalker und Narzissten. Oder gibt es gar keine normalen Männer mehr auf der Welt?

Sie lacht leise.

Hätte sie nicht tun sollen. Donal bleibt stehen, imitiert ihr Lachen, höhnisch und übertrieben hoch. »Was ist denn so lustig?«

»Nichts.«

»Doch, doch, etwas hier ist absolut zum Schießen.«

Die Hauptstraße liegt inzwischen hinter ihnen, und auch die kleinere Straße, an der kleinen Kirche mit der Mauer vorbei. Fast sind sie schon am Bach. Hier liegt das Nachtleben im Koma. Keine Menschen mehr, nur Häuser, viele davon unbeleuchtet, Autos, vereinzelt Straßenlaternen im herbstlichen Dunst.

»Es ging nicht um dich, Donal, reg dich ab«, sagt sie. Versucht, den Korken an seinem Platz zu halten, doch der gesammelte Überdruss des Abends ist stärker, will an die Luft.

Sofort kippt die Stimmung, reißt Donals Fassade ein. Sowas passiert bei ihm schnell, nach dem fünften oder sechsten Drink. Heute waren es acht, seit sie einander getroffen haben.

»Lach noch einmal über mich, und du lernst mich kennen, klar?« Seine Hand, die sich vorhin noch auf sie gestützt hat, packt sie jetzt am Arm. Seine Worte verwaschen, aber die Wut lupenrein.

Grobmotorisch wie immer, kommt Donal ins Schlingern, muss sich an Fees Arm festhalten, macht einen Ausfallschritt, um nicht zu fallen. Doch da ist keine Straße, nur ein paar Meter Böschung, die sie vom Englischen Garten und dem Bach trennen. Donal stolpert abwärts, nimmt Fee mit sich. Erst zwei Schritte vor dem Ufer kommen sie zum Stehen.

»Knapp«, sagt Donal, löst sich von ihr und putzt sich ab, als hätte er sich dreckig gemacht mit ihr. Lacht humorlos. »Besonders stabil bist du ja nicht auf den Beinen. Und das nach drei kleinen Drinks. Was ist deine Entschuldigung, Fee?«

Ihr Zorn über den heutigen Abend und alles, was sich über die ganzen letzten Jahre angesammelt hat – seine offensichtliche Entschlossenheit, sie bis zum Letzten für seinen gekränkten Stolz zu bestrafen, sein Urteil über Steve und das nagende Gefühl in ihr, dass er damit recht hat –, dieser Zorn ist nicht mehr aufzuhalten.

»Fick dich, Donal, und dann find deinen Weg allein! Ich hab dich so satt!« Sie genießt den Druck der Worte. Wie sie Donals Gesicht im Halbdunkel verzerren. So hat sie noch nie mit ihm gesprochen! Werde sie auch nie mehr, denn wenn hier jemand jemanden fickt, dann er sie, kapiert? Wäre gerade gut genug für Steve Whelans Hure.

Fee hat genug gehört, genug von allem, will die Böschung hoch. Er hält sie zurück, reißt sie herum und mit sich mit. Eine Ohrfeige, die erste in ihrem Leben, mit der flachen Hand direkt auf die Wange. Lächerlich schwach für das, was Donal mit ihrem Gesicht anrichten könnte. Trotzdem brennt sie. Lässt den Zorn in ihr explodieren, und mit aller Kraft stößt sie ihn von sich weg. Donal stolpert einen Schritt rückwärts, und irgendwo da hinten ist ein Ast oder eine Wurzel, keine Ahnung, hier liegen so einige Hindernisse, und er fällt hin. Bleibt liegen, eine dunkle Masse direkt am Ufer.

Sie geht zu ihm, hört seinen Atem, fühlt seinen Puls. Nichts Lebensgefährliches. Donal wird wieder aufstehen. Und wenn er es tut, dann gnade ihr Gott. Ihr und allem, was ihr lieb ist. Sie betrachtet die dunkle Masse, ihren Exmann, fühlt ihren Herzschlag hart werden und ruhiger als noch vor einer Minute. Betrachtet den Bach, der unaufgeregt, aber zügig fließt und sich in der Dunkelheit verliert. Wie tief ist der eigentlich? Tief genug für bewusstlose, alkoholisierte Nichtschwimmer. Und nur fünfzehn Zentimeter entfernt.

Als es vorbei ist, beginnt sie schwer atmend zu zählen. Eins, zwei, drei, vier, fünf Sekunden und zehnmal so viele Herzschläge. Sucht nach einer schwarzen Masse, die an die Wasseroberfläche kommt. Findet nichts, nicht hier und nicht bachabwärts. Zählt weiter bis sechzig. Lauscht den Geräuschen der Halloween-Nacht, nach Schritten in ihrer Nähe. Hört nichts. Zählt weiter und weiter bis achtzig, und dann noch einmal weiter bis hundert, bevor sie sich umdreht und die Böschung hinaufgeht, ohne einen weiteren Blick zurück.

Sie muss zu Steve. Er hat noch eineinhalb Stunden Dienst. Egal, dass er es nicht gern hat, wenn sie ihn im Shamrockers besucht. Sie muss zu ihm, ihn sehen. Sie wird ihm nicht erzählen können, was sie gerade in seinem und ihrem Namen getan hat, welcher Befreiungsschlag das war. Aber sie wird ihn küssen können und umarmen, so fest wie möglich.

Das Shamrockers ist die übliche mit Alkohol betriebene chaotische Spaßzentrale. Hier sind viele maskiert, Sponge Bobs und Harley Quinns und Zombies und Schnurrbärte und Männer mit auf den Kopf geklemmten Messern aus Pappmaché, so eines wie das, mit dem Steve heute das Haus verlassen hat. Die Leute grölen. Die Leute trinken. Hinten aus der Karaoke-Bar dröhnt Lady Gagas »Pokerface«.

Steve kann sie nirgendwo entdecken. Sie dreht eine Runde um die Bar, eine zweite. Getrieben vom Adrenalin, von den überbordenden Emotionen. Wo ist er? Sie fragt einen seiner Kollegen, einen Spitzbart namens Jamie, aus Cork, der sie nicht zu erkennen scheint, auch wenn sie ihm schon zweimal begegnet ist in den letzten Wochen. Wäre er auch so indifferent, wenn er wüsste, dass er gerade eine Mörderin vor sich hat? *Don't think so.*

»Rauchpause wahrscheinlich. Draußen hinter der Küche«, sagt er mit einem lässigen Daumenzeig hinter seine Schulter, sieht sie kaum an über die Reihe an Biergläsern, die auf ihre Befüllung warteten.

Steve raucht nicht, denkt der Teil in ihr, der sich immer Sorgen macht und immer das Schlimmste erwartet, der Teil, der jetzt wieder lauter zu hören ist, seit das Adrenalin langsam abflaut.

Halt die Klappe, entgegnet der andere Teil, der vorhin am Bach das Kommando übernommen hat. Du hast Verfolgungswahn. Denk dran: Du bist die Königin der Welt. Löst deine Probleme. Eines nach dem anderen. Wie soll Steve auf dich warten, wenn du ihm nicht mal eine Nachricht schreibst, dass du kommst? Dann überraschst du ihn eben, kein Problem.

So angefeuert, kämpft sie sich weiter durch die Leute, mal mehr oder weniger sanft, wird immer wieder mit überschwappendem Bier bespritzt. Passiert die Küchenhelfer mit ihren karierten Käppis und Plastikwannen mit Geschirr und Gläsern in den Händen und findet endlich den Ausgang, von dem Jamie aus Cork gesprochen hat.

Und tatsächlich, da ist Steve, ganz hinten bei den aufgestapelten Bier-Kegs. Da ist das Pappmaché-Messer auf seinem Kopf. Und da ist Judith, die ihn umarmt und küsst.

Montag, 13. November

'Cause you're talking rock and roll
Walking karaoke soul
If you see me falling asleep
Please don't wake me from this dream

Tom McRae; »Karaoke Soul«

Im Rampenlicht

1

Fee McFadden hatte sich verändert. Ihre mittelblonden Haare trug sie offen anstatt im üblichen Knoten. Ihr Gesicht war gezeichnet von einer schlaflosen Nacht und einem Tag voller polizeilicher Formalitäten, aber frisch gewaschen und dezent geschminkt. Da es in ganz München keinen Menschen mehr zu geben schien, der ihr frische Sachen hätte bringen können, war Kris in die leere Wohnung in der Birkerstraße gefahren und hatte ihr einen Pullover in Rosé und Jeans mitgebracht.

Bei unserer letzten Begegnung hatte Fee sehr jung gewirkt, fast kindlich. Eine Frau ohne Eigenschaften, ohne Profil, die nichts tat, als sich im Licht der anderen zu spiegeln. Jetzt nicht mehr. Die vergangenen Tage hatten ihr Gewicht verliehen und Ausstrahlung. Fee McFadden schien angekommen, wenn auch am denkbar schlechtesten Ort.

Als Kris und ich vergangene Nacht ins Präsidium zurückgekehrt waren, hatte sie unsere ausgezehrten Gesichter mit einem unergründlichen Lächeln gemustert. Es verließ sie nicht, als wir sie wegen dringendem Tatverdacht in zwei Fällen sowie wegen versuchten Mordes verhafteten. Sie nickte bloß und leugnete mit keinem Wort.

Seit Vernehmungsbeginn redete sie. Ein großer Moment, auf den sie sich lange vorbereitet hatte. Setzte jedes Wort mit Bedacht, während sie immer wieder in die Kamera sah, mit der wir das Gespräch für unseren Dolmetscher aufnahmen, als wollte sie das Publikum grüßen.

Wir hatten ihr mehrfach angeboten, eine Pause einzulegen.

Sie hatte dankend abgelehnt. Ihr Glas Wasser, das ich ihr gleich zu Beginn der Vernehmung hingestellt hatte, blieb unberührt. Ihre Energie schien sich wie von selbst zu erneuern, sich aus unserer Aufmerksamkeit zu speisen, aus unserem Bemühen zu verstehen, was zum Teufel in ihr vorgegangen war in den vergangenen Tagen. Offenbar immer noch vorging.

»Ich hatte zu keiner Zeit die Absicht, Donal umzubringen. Es war eher ...«, sie runzelte die Stirn, »... eine Gelegenheit. Ich wusste, wenn er aufwacht und sich daran erinnert, dass er meinetwegen im Dreck liegt, dann macht er mir und Steve das Leben zur Hölle, bis es einen von uns ins Grab bringt. Es gab in dem Augenblick nur einen logischen Weg für mich, das zu verhindern. Und als ich Steve mit Judith im Shamrockers rummachen sah, da wurde mir auf einmal klar, dass er es nie wert gewesen ist. All die Opfer, die Jahre, in denen ich mir eingebildet habe, dass sich das Schicksal gegen uns verschworen hat. Als wäre ich die ganze Zeit blind gewesen, und plötzlich konnte ich wieder sehen. Alles, die ganze Wahrheit.«

»Sie waren nur ein paar Sekunden im Hinterhof«, sagte ich, um mich aus meiner eigenen Übermüdung und Leere zu reißen. »Wie konnten Sie so genau sehen, was genau zwischen Steve und Judith vor sich ging? Steve hat uns erzählt, es sei bloß eine freundschaftliche Umarmung ...«

»Ich habe genug gesehen, keine Sorge«, unterbrach Fee mich barsch. Sie hatte sich ihre Version zurechtgelegt, sie anzuzweifeln war Verrat.

Es brauchte ein paar Momente, bis sie sich wieder gesammelt hatte.

»Das war ein so seltsames Gefühl. Ganz klar und scharf«, sagte sie dann, betrachtete ihre Fingernägel. Zum ersten Mal sah ich sie lackiert, frisch und sorgfältig. »Als wäre ich gar nicht mehr ich selbst, sondern sähe dieser Frau zu, einer Doppelgängerin von mir. Nur stärker und entschlossener ... kontrollierter.« Sie schüttelte den Kopf, ein leises Kichern entschlüpfte ihr. »Ich wollte nicht für Donal ins Gefängnis gehen. Daran hab ich gedacht und wie ich es am besten anstellte. Der Rest war mir egal.«

Sie nahm ein kalkuliertes Schlückchen aus ihrem Wasserglas. Ich spürte Kris' vielsagenden Blick auf mir. Sie hielt sich nicht schlecht dafür, dass sie vor kurzem mit ihrer eigenen Dienstwaffe bedroht worden war und Luis Kronmeiers Selbstmordversuch ermöglicht hatte. Der Schock über all das würde später kommen. Nach Feierabend, wenn wir allein zurückblieben, zu müde, um den Film der letzten Stunden am Ablaufen zu hindern. Die Fragen danach, was wir alles hätten verhindern können, wenn ... Aber nicht jetzt. Noch gehörte die Bühne Fee McFadden.

»Ich bin zu Fuß nach Hause vom Shamrockers und hab überlegt, was ich machen soll. Anfangs war der Plan, einfach den Kopf unten zu halten. Es war zu neunzig Prozent ein Unfall gewesen, also dachte ich, das wird auch so behandelt. Hier in München kennt mich außerdem niemand, und in meinem Leben bin ich noch nie jemandem im Gedächtnis geblieben, außer meiner engsten Verwandtschaft. Ich hab mich also ziemlich sicher gefühlt an dem Abend.« Sie lachte trocken.

Was für ein unverschämtes Glück sie gehabt hatte. Wäre es nicht so nass und stürmisch gewesen, wäre Donals Leiche womöglich früher gefunden worden – mit noch verwertbaren Spuren von Fee McFadden. Judith Krings würde noch leben. Steve Whelan nicht den Rest seines Lebens Angst vor der Dunkelheit haben. Wäre, hätte, würde.

»Nur Luis war natürlich ein Problem«, sagte Fee McFadden. »Ich wusste nicht, ob er mich weiterhin verfolgt und mich mit Donal gesehen hat. Aber mit ihm war alles normal – sofern man das bei dem überhaupt sagen kann.« Sie schnaubte verächtlich. »Trotzdem dachte ich, falls das mit dem Unfall doch nicht durchgeht und jemand genauer nachfragt, dann brauche ich einen Plan B.«

Wieder spürte ich Kris' Blick auf mir. Die Härchen auf meinen Armen stellten sich auf. Ja, jemand hatte genauer nachgefragt. Hatte den Unfall nicht Unfall sein lassen.

»Und dieser Plan B war, Luis zum Mörder zu stempeln?«

Ein verletzter Seitenblick von Fee McFadden zu Kris. Sie wollte immer noch gemocht werden. Verstanden.

»Luis ist eine Zeitbombe, falls Sie das noch nicht bemerkt haben. Keine Ahnung, ob der Unfall dran schuld ist, vielleicht war er schon immer so. Bei Tammis Entlassung hatte ich schon ein komisches Gefühl, und dann hat Steve mir von dem Stalker erzählt, den Judith gesehen hatte. Weil ich so unglücklich war und nicht noch meinen einzigen Freund hier verlieren wollte, hab ich das verdrängt und mir schöngeredet. Das konnte ich immer schon gut.«

Ihr Lachen ließ mich noch einmal frösteln.

»Aber als ich ihn an dem Abend gesehen hab, wurde mir klar: Nur eine Frage der Zeit, dann macht er den nächsten Schritt. Bei mir oder bei der nächsten. Dass er hinter Tammis Entlassung steckte, hab ich irgendwie geahnt, aber als Sie mir das vorgestern erzählt haben, war das eine Bestätigung dafür, dass ich das Richtige tue.«

Ich schluckte. Spürte nur Sand in meiner Kehle. So verquer ihre Logik war, sie war in sich stimmig. Fee McFaddens Mann war ihr Feind geworden, vielleicht immer gewesen, und der vermeintliche Prinz Steve die große Enttäuschung. Gleichzeitig stellte sich ihr dankbarer neuer Freund Luis als potenzielle Bedrohung heraus. Plötzlich ergab sich die Möglichkeit, alle drei auf einmal loszuwerden.

Dazu eine schockierende Portion Berechnung und Glück. Und eine Patsy Logan, die den Braten zwar gerochen hatte, doch zu abgelenkt, zu beschäftigt, zu erschöpft gewesen war, um Fee McFadden und ihr stets ein wenig schief gelegtes Köpfchen zu durchschauen, sie letztendlich genauso unterschätzt hatte wie Donal, Luis und Steve. Ein Gedanke, der meinen Magen noch übler, meinen Kopf noch schwerer machte.

»Woher kam die Idee, Steve im Tonstudio von Luis' Vater einzusperren? Ziemlich gewagt.«

Kris räusperte sich neben mir. Einer Beschuldigten den Bauch zu pinseln für so eine grauenhafte Tat, ging ihr zu weit. Aber die Anerkennung war der Köder, nach dem Fee McFadden zuverlässig schnappte. Meinetwegen sollte sie ihr Rampenlicht haben, solange sie gestand.

»Noch in derselben Nacht«, sagte sie, zufrieden mit ihrem Einfallsreichtum. »Ich wollte, dass er mal an mich denkt. Wie er mich am langen Arm hat verhungern lassen. Mir falsche Versprechungen gemacht hat, damit ich hierherkomme, nur um mich dann zu ignorieren, zu belügen und zu betrügen. Ausgleichende Gerechtigkeit, verstehen Sie?«

»Hat Steve jemals versucht, Sie zu ermorden?«, hielt Kris es nicht mehr aus.

»Seelisch hat er mich umgebracht an dem Abend«, fuhr Fee überdramatisch zurück. »Außerdem lebt er doch noch.«

»Nicht mehr so wie vorher.«

»Na und? Da geht's uns allen gleich.«

Ich atmete ein, atmete aus, bat Kris stumm um Zurückhaltung. Fühlte sich Fee McFadden tatsächlich im Recht, oder unterdrückte sie ihre Schuldgefühle so überzeugend, dass es aussah wie Gefühlskälte? Würden wir das jemals erfahren?

»Wir urteilen hier nicht über Sie«, log ich, Fees gewissenlose Verbündete, »aber wir müssen verstehen, was passiert ist. Wie Sie es geschafft haben.«

Sie zuckte mit den Achseln. »Es war einfach. Wir hatten am Vorabend einen Streit mit Judith.«

»Am Donnerstag?«

»Ja. Nachdem Steve bei Ihnen zum Verhör war. Da kam alles raus. Dass sie sich getroffen haben, dass sie schwanger war von ihm. Danach war Steve ziemlich kleinlaut. Er meinte, er würde alles für mich tun, wenn ich ihm noch eine Chance gebe, eine letzte.«

Sie schaute durch mich hindurch, einen Augenblick so trostlos, fast mochte man den Arm um sie legen. Dann war die Mauer wieder intakt.

»Also schlug ich am Freitag vor, einen Ausflug zum Ammersee zu machen, ganz früh, noch vor der Arbeit, nur wir zwei. Das hatte er mir seit Monaten versprochen. Wir sind mit der S-Bahn rausgefahren, und dann sind wir am See entlangspaziert, es war ja so warm. Schließlich kamen wir zufällig«, sie machte Kratzfüßchen in die Luft, so wie Konstantin immer, »beim Haus von Luis' Eltern vorbei, und ich hab ihm vorgeschlagen«, sie lächelte, »einfach mal reinzugehen. Ein bisschen an der Gitarre dort rumklimpern vielleicht. Der Schlüssel war im Garten hinterlegt, das wusste ich. Steve mochte es schon immer, wenn was verboten ist. Und natürlich war er neugierig auf das Studio, er war ja bloß zu stolz, das Angebot von Luis anzunehmen. Na ja, und als er dann im Aufnahmestudio war ...«

Sie tauchte aus ihren Erinnerungen auf, schien Lob von mir zu erwarten. Mein Besuch bei ihr am Freitag. Die Show, die sie für mich abgezogen hatte – während Steve Whelan in einem Keller in Buch um sein Leben kämpfte, fachsimpelten wir über Tee. Und ich hatte ihr alles abgenommen.

Schnell an etwas anderes denken, oder ich würde hier auf der Stelle kotzen müssen.

»So war das. Einfach, wie gesagt. Aber ich hatte auch Glück. Seine Jacke mit dem Handy hatte er draußen im Kontrollraum ausgezogen. Keine Ahnung, ob man das Signal hätte empfangen können, aber so konnte ich auf Nummer sicher gehen.« In Richtung Kris sagte sie, als wollte sie sie persönlich ärgern: »Das liegt jetzt da irgendwo im See.«

»Von Judiths Unfall hatten Sie da noch nichts mitgekriegt?«

»Nein«, sagte sie. »Davon hab ich erst erfahren, als ich wieder zurück in der Wohnung war und sie nicht zurückkam. Die Polizei hatte eine Nachricht hinterlassen, weil niemand da gewesen war, und ich habe angerufen. Dass Judith gestorben ist, hat mich ziemlich schockiert.«

»Ach, *really*?«, hielt es Kris nicht mehr aus. Offenbar wollte sie aus dem Stand einen Satz über den Tisch machen und Fee McFaddens unschuldig aufgerissene Augen eigenhändig schließen. Verständlich. 36 schlaflose Stunden. Der Horror von Steve Whelans ausgehöhltem Gesicht, wie einem Gemälde von Munch entnommen. Der Schock darüber, dass ihr ein wildgewordener Zivilist die eigene Waffe abgenommen hatte. Trotzdem wiederholte ich meine stumme Botschaft. *Reiß dich zusammen.* Sie kam nicht an.

»Was passiert denn sonst, wenn man Bremszüge durchschneidet?«

»Judith hatte eine faire Chance«, konterte Fee McFadden mit der Kühle der Rechtschaffenheit. Kris' Aufregung schien sie nicht zu verstehen. »Bis zur Straße war es doch ein gutes Stück. Hätte sie nur einmal vorher die Bremsen benutzt, wäre alles anders gekommen. Das war Schicksal.«

»So wie Laura? War das auch ein Unfall? Oder war sie auch

im Weg?«, sagte Kris ungewohnt leise, ihre voluminöse Stimme gepresst, ein abgründiger Glanz in ihren Augen.

Treffer. Und was für einer. In Fees Gesicht ein Ausdruck, der so ungeheuerlich war, so schnell kam und ging, dass ich mir später nicht mehr sicher war, ob ich ihn mir eingebildet hatte. Doch in diesem Augenblick war ich überzeugt: Fee würde uns nun auch noch diesen Verdacht bestätigen. Dass sie sich ihrer kleinen Schwester entledigt hatte, die zwischen ihr und der Aufmerksamkeit stand, die sie sich wünschte. Sich die Anerkennung auch für dieses tragische Ereignis holen wollen, egal, wie spät, egal, was es sie kosten würde. Der Augenblick verging.

»Sie wollten, dass Judith stirbt«, sagte Kris, als hätte es davor noch einen Zweifel an ihrer Meinung gegeben.

Fee McFadden sah sie mit der Ruhe einer Todgeweihten an, ihre Hände auf der Tischplatte zwischen uns ineinandergelegt, als würde sie um eine kleine Spende bitten.

»Ich habe ehrlich gesagt nie damit gerechnet, dass es so weit kommt. Dass es so lange dauern würde, bis alles auffliegt«, sagte sie. »Zuerst dachte ich, Sie kommen mich schon am ersten November holen, weil Sie irgendwelche Spuren von mir gefunden haben oder mich einfach grundsätzlich verdächtigen, weil ich seine Ex bin. Aber dann verging die Zeit, und nichts passierte. Und da dachte ich – das passt. Niemand hat je von dir Notiz genommen. Nie erinnert sich jemand an dich. Fee ist nett und harmlos und hält die andere Wange hin. Machst du das eben zu deiner Stärke und siehst, wie weit du kommst. Ob du doch noch deine Gerechtigkeit kriegst. Und als Sie so viel nach Luis gefragt haben, hab ich das als Zeichen dafür gesehen, dass ich auf dem richtigen Weg bin. Und so ging es weiter. Ich habe improvisiert. Eins ergab das andere. Tja. Und hier sind wir.«

2

Alles war besprochen und aufgeschrieben, dokumentiert und für die spätere Verwendung archiviert. Fee McFadden war abgeholt und nach Stadelheim gebracht worden – der Kopf hoch erhoben, die Handfesseln eine Art Schmuck. Kris und Konstantin waren nach Hause gegangen und auch die meisten Kollegen, also machte ich mich ebenfalls auf den Weg. Was blieb mir sonst übrig?

Es war noch nicht spät, keine sieben Uhr. Trotzdem war es dunkel in der Wohnung. Kein Geruch nach Essen. Kein Krächzen. Erst als ich die Tür hinter mir schloss, ging die Stehlampe im Wohnzimmer an.

Stefan auf der Couch ausgebreitet, ein gefallener Riese mit verstrubbeltem Haar und sichtbar schlechtem Atem. Das Pink-Floyd-T-Shirt hatte ich gestern schon an ihm gesehen. Die Flasche seines liebsten Single Malt auch – nur um achtzig Prozent voller.

»Gut, dass du so lange Dienst hast. Den Rausch hab ich inzwischen ausgeschlafen«, sagte er und lächelte erst, als ich es tat.

Wie schnell sich Dinge ändern. Acht Jahre, und plötzlich umkreist und beäugt man einander wieder wie Wesen unbekannter Natur, unberechenbar und möglicherweise gefährlich.

Stefan richtete sich auf, als ich näher an die Couch trat, richtete den Lichtstrahl der Stehlampe auf mich, nur eine Sekunde, mehr brauchte er nicht.

»Was ist passiert?«, fragte er.
Ich erzählte es ihm.
Alles.

Fee, Anfang Dezember

Lieber Luis,

sorry, dass ich so lange nicht geantwortet habe. Es ist nicht so, dass ich mich nicht gefreut hätte – im Gegenteil! Dieser Tage melden sich nicht so viele Leute bei mir, die nicht von der Polizei oder mein Anwalt sind.
Der sagt, eigentlich dürfte ich dir gar nicht zurückschreiben, immerhin bist du Zeuge in diesem ganzen Schlamassel. Das ist eine Ausnahme, unter der Bedingung, dass ich über nichts schreibe, was mit dem Schlamassel zu tun hat, und dass mein Anwalt das noch vorher liest (Hallo, Mr. Sigmund!) und die Ermittlungsleiterin auch (Hi, Detective Logan!). Wahrscheinlich hoffen sie, dass sie aus dem hier etwas über mich erfahren. Das Gefühl habe ich nämlich, dass sie nicht so richtig verstehen, egal, wie oft ich ihnen alles erkläre. Das war bei dir immer anders.
Anyway, wir dürfen erst wieder Kontakt miteinander haben, wenn die Verhandlung über die Bühne ist. Gott weiß, wann. Ich hab Hoffnung in die Deutschen, dass die das schneller auf die Kette kriegen, als sie das auf unserer kleinen Insel jemals könnten, aber trotzdem. Wie du sicher selbst weißt, gibt es noch kein Datum für die Verhandlung, sonst würde ich die Tage zählen. Aber ich bin okay. Mach dir keine Sorgen.
Wenn alles vorbei ist, kommst du mich ja vielleicht wirklich besuchen. Ich würde mich freuen. Ganz ehrlich! ☺

xxx, Fee

Epilog: Kehraus

Kurz vor eins im Gewölbe des Kater Mikesch. Die Weihnachtsfeier der Kriminalfachdezernate München taumelte ihrem unrühmlichen Ende entgegen. Wem etwas an seiner Karriere oder moralischen Integrität lag, der war schon weg. Der Rest lag einander in den Armen, vertrat gestenreich kontroverse Standpunkte oder machte sich auf der Tanzfläche lächerlich. 90ies Charts. Was auch sonst.

Keine Ahnung, warum ich noch da war. Andererseits – man schenkte immer noch Wein aus.

»Hey, KHK Logan!« Der Kollege Reitsamer kam mit rudernden Fäusten zu meinem Bistrotisch getanzt, verschwitzt und bester Laune. »Warum so steif? Wie wärs mal mit Tanzen, Mädchen? *Wanna make you sweat.*«

Ich lachte. Vielleicht aus den falschen Motiven, aber Reitsamer gefiel es. Bei solchen Anlässen blühte er auf, und warum auch nicht? Er würde mir fehlen. Mehr so wie ein Schmerz, der so lange da ist, dass er schon zu einem gehört, aber doch.

»Wo ist die Meyerhofer?«, brüllte er mir ins Ohr.

»Gegangen.«

»Gegangen?«, brüllte er noch lauter. »Obwohl du noch da bist? An deinem letzten Abend?« Er hob die Schultern, als sei mir nicht zu helfen.

»Was soll das heißen?«

Reitsamer schüttelte nur den Kopf, sein Grinsen zwischen anzüglich und erstaunt. »Vielleicht brauchst du wirklich eine Pause, Frau KHK«, sagte er, und dann eine Weile nichts mehr. Ließ meine Erinnerungen in mir arbeiten.

Wie Kris mich eben bei der Verabschiedung umarmt hatte.

Länger als nötig. Das Geschenk, das sie mir zugesteckt hatte. Mir alles Gute gewünscht hatte. Ihre gutmütigen Labradoraugen etwas feuchter als üblich, als Konstantin am Nachmittag meinen mehrmonatigen Abschied vom Dezernat offiziell angekündigt hatte. *Ich hoffe, wir sehen uns auch so einmal.* Ihre übliche Gefühlsduselei, hatte ich gedacht. Ihre übliche Angst vor dem Mehr an Verantwortung, das Konstantin ihr auf meine Empfehlung hin übertragen würde.

Jetzt dachte ich: Höchste Zeit, dass ich wegkomme von hier.

»Bildungskarenz also, ja?« Reitsamer blinzelte mir zu. »Da hat dir der Stani ja eine schöne Rutsche gelegt. Glückwunsch.«

Ich antwortete mit minimalistischem Lächeln.

Von Rutsche konnte keine Rede sein. Gegenwehr bis zum Schluss. Zuerst mit Lob: Ohne mich wäre Steve Whelan verdurstet oder hätte zumindest irreparable physische Schäden davongetragen. Schuldgefühle unnötig. Nicht meine Fragen, sondern Fee McFaddens plötzlicher Selbstermächtigungskoller hatten diese tödliche Kettenreaktion ausgelöst. Danach hatte er alle Horrorszenarien aus dem Hut gezogen, wie sich so eine Pause auf meine Karriere auswirken würde. Das Dezernat nicht zu vergessen. Erst als ich ihm erzählte, dass ich bei meinem Bruder Kevin wohnte, vorübergehend oder längerfristig, während Stefan und ich unsere neue Politik der kompromisslosen Ehrlichkeit zu verdauen versuchten, hatte er kapituliert.

»Und was treibst du in der Karenz so, wenn ich fragen darf?«, ließ Reitsamer nicht locker. Wir hatten nicht mehr viel Zeit. Der DJ hatte inzwischen zu den Weihnachtsliedern gewechselt.

»Fairy Tale of New York« von den Pogues. Ausgerechnet. Unser Dad hatte da früher schon immer feuchte Augen bekommen und seine Liebe zu dem Song in uns Kinder verpflanzt. Das und eine Vorliebe für schlechte Entscheidungen.

»Ich geh nach Irland für eine Weile.«

»Aha. Und was gibt's da so zu tun für dich?«

»Jede Menge, Erwin«, sagte ich und leerte den Rest meines Rotweins. »Jede Menge.«

Danke

All jenen, die mir beim üblichen Kampf mit der Materie so großzügig mit Zeit, Expertise und Herzblut zur Seite standen:

Dr. Nezar Ammari und Dr. Susi Obermann für ihren medizinischen Rat und KHK/Autorin Manuela Obermeier für ihren polizeilichen. Sorry für all jene Stellen, an denen ich euer Fachwissen zur Kenntnis genommen und dann ignoriert habe.

Nadine Rapp vom »Propagandaministerium München« für die wochenlange Gastfreundschaft, die vielen Spaziergänge, Tatortbesichtigungen und bubbly Pick-me-ups.

Sarah Stiller für die Zeit am Ammersee und in ihrem unglaublichen Garten.

Orla Connolly, für ihre Offenheit über die interkulturellen Fallstricke, die Deutschland für irische Einwanderer bereithält. Und natürlich die Fotos.

Matt Hanlon für die Einführung in die Welt des psychiatrischen Pflegepersonals.

Dorothee Schmidt und die Agentur Hille&Jung für die Betreuung.

Katrin Trometer und Thomas Halupczok für das herzlich-harte Lektorat (*schnaub*).

Insel-Verlagsteam für den 1a-Einsatz.

Wolfi fürs S.O.S.-Lesen, Launen aushalten, Aufrichten, und das alles trotz Travel-Ban.

Christina, Dolo, Natalie und Goeby (Klugscheißen über Weißblau und Bremszüge rules!), die sich mal wieder den Director's Cut gegeben haben zum Wohle der Allgemeinheit.

Den Lieben daheim, wie immer!

Irische Namen
und wie man sie ausspricht:

Siobhan – [Schi-wonn]
Sinead – [Schi-neeid]

Ungewollte Kinderlosigkeit

hat unzählige Gesichter, ist aber leider noch immer ein gesellschaftliches Tabu, versteckt sich hinter vorgehaltenen Händen, anonymisierten Berichten, »Wunderstories« und unbegründeter Scham. Hier gibt es Unterstützung, Austausch und neue Perspektiven:

kindersehnsucht.de
mama-kinderlos.de
Gateway-women.com (Englisch)

Zitatnachweis

Songzitate auf S. 9, S. 73, S. 159, S. 239, S. 275, S. 321 und S. 361:
Karaoke Soul
M & T: Tom McRae
© Sony/ATV Music Publishing (UK) Limited
Mit freundlicher Genehmigung von Sony/ATV Music Publishing (Germany) GmbH

»**Ein hoch spannender Krimi.**«
Radio Bremen

Patsy Logan, 38, deutsch-irische Kommissarin beim Münchner LKA, ermittelt in einem angesagten Online-Unternehmen. Schnell zieht der Fall immer weitere Kreise, der mediale und interne Druck ist enorm. Und auch Patsys Privatleben gerät zunehmend in Schieflage …

Harte Landung ist der Auftakt zu einer neuen Krimireihe um Hauptkommissarin Patsy Logan. Schlagfertig und eigensinnig liefert die »Frau der Stunde« Ergebnisse – mit klarem Verstand, trockenem Humor und einem Instinkt, der niemandem unheimlicher ist als ihr selbst.

Ellen Dunne, Harte Landung. Ein Fall für Patsy Logan.
Kriminalroman. insel taschenbuch 4588. 441 Seiten.